Knaur.

Knaur.

Über den Autor:
Chandler McGrew wurde in Texas geboren und lebte mehrere Jahre in Alaska. Heute wohnt er mit seiner Frau und ihren gemeinsamen drei Töchtern in Maine. Mehr über den Autor auf seiner Homepage www.chandlermcgrew.com

Chandler McGrew
Leichenblass

Thriller

Aus dem Amerikanischen von
Sabine Schilasky

Knaur Taschenbuch Verlag

Die amerikanische Originalausgabe erschien 2005
unter dem Titel »In Shadows« bei Bantam Dell, New York

Besuchen Sie uns im Internet:
www.knaur.de

Deutsche Erstausgabe Januar 2007
Copyright © 2005 by Chandler McGrew
This translation is published by arrangement with The Bantam
Dell Publishing Group, a division of Random House, Inc.
Copyright © 2007 für die deutschsprachige Ausgabe by
Knaur Taschenbuch.
Ein Unternehmen der Droemerschen Verlagsanstalt
Th. Knaur Nachf. GmbH & Co. KG, München.
Alle Rechte vorbehalten. Das Werk darf – auch teilweise –
nur mit Genehmigung des Verlags wiedergegeben werden.
Umschlaggestaltung: ZERO Werbeagentur, München
Redaktion: Kathrin Stachora
Umschlagabbildung: Getty Images
Satz: Adobe InDesign im Verlag
Druck und Bindung: Nørhaven Paperback A/S
Printed in Denmark
ISBN 978-3-426-63462-2

5 4 3 2 1

Für Amanda –
das Licht meines Lebens

Ohne einen Traum,
der uns den Weg erleuchtet,
ist die Welt ein sehr dunkler Ort.
Marion Zimmer Bradley

Manchmal kommt er in Gestalt des Todes.
In seinem Atem liegt der Gestank von Verfall.
Sobald die Nacht den Tag verdrängt,
treiben Dämonen ihr böses Schattenspiel.
Weit weg für jene, die nicht sehen können,
summt der Drache Geschichten unserer
Erinnerung.
> *»Thunderstorm« von Cooder Reese,*
> *aus »Dead Reckonings«*

Dienstag

Pierce Morin lebte in einer Welt des Berührens und Schmeckens, einer Welt, in der die seltsamsten, schönsten Düfte die Finsternis seiner Tage und Nächte durchwirkten. Er war taub, blind und kleiner als die meisten anderen Dreizehnjährigen. Sein Bewegungsradius beschränkte sich auf das Haus und den Garten sowie gelegentliche Einkaufsfahrten mit seiner Mutter am Wochenende.
Dennoch war er sehniger und kräftiger, als die Leute zunächst annahmen. Stundenlanges Lesen von Brailleschrift und das Hantieren mit elektronischen Teilen hatten seine Fingerspitzen spröde gemacht. Seine Ersatzteile und Werkzeuge bewahrte er in fein säuberlich sortierten Plastikbehältern auf, angeordnet auf einem Klapptisch, der eine ganze Wand seines Zimmers einnahm.
Seine Mutter und er waren es längst überdrüssig, anderen zu erklären, wie er Radios und Fernseher reparieren konnte, die er weder sah noch hörte.
So verbrachte der Junge seine Tage in stiller Abgeschiedenheit und bastelte an Transistoren und Wandlern, die jeder Techniker für hoffnungslos hinüber erklärte. Jeder außer Pierce. Selbst Pastor Ernie interessierte sich brennend dafür, *wie* Pierce es anstellte, doch die einzige Erklärung, die dieser ihm geben konnte – und er musste sie Ernie in die Handfläche buchstabieren, weil die Zei-

chensprache zu kompliziert und Ernie darin ohnehin nicht so berauschend war –, war die, dass er die Fehler in den Geräten *sah*, ebenso wie er, woran auch immer, erkannte, wie sie zu reparieren waren.
Heute Morgen jedoch saß Pierce nicht an seinem Arbeitstisch, sondern auf dem Stuhl neben dem offenen Fenster. Er hatte die Hände aufs Fensterbrett gestützt, wo sie von der Sonne gewärmt wurden, und genoss den Duft frisch gemähten Grases, der sich mit dem kühlen Aroma mischte, welches vom kleinen Bach hinaufdrang. Hinzu kamen die verschiedenen Gerüche aus dem Hausinneren: Frühstücksflocken, Kaffee, das Shampoo und Parfüm seiner Mutter. Eine zarte Brise wehte über seine Unterarme, sodass sich die kleinen Härchen aufrichteten. Eigentlich war alles idyllisch, und doch empfand Pierce eine unerklärliche Bedrücktheit. Er fühlte sich wie ein Kaninchen, das sich unter einem Busch versteckt und keine Ahnung hat, welche Gefahr ihm droht, nur dass sie droht und es darauf vorbereitet sein muss.
Plötzlich war die Sonne fort, als hätte sich eine Wolke davorgeschoben. Pierces Wangen wurden unangenehm kühl, wenngleich seine Hände nach wie vor im wärmenden Licht zu liegen schienen. Er neigte den Kopf leicht zur Seite und versuchte zu verstehen, was hier vor sich ging.
Irgendetwas stimmte nicht, das fühlte er, und zwar nicht in dem Sinne, wie er es beispielsweise fühlte, wenn nachts eine Tür offen stand. Vielmehr war es, als würde die Welt, wie er sie kannte, auseinanderbrechen. Ein Teil

seines Universums hatte sich in etwas Bedrohliches, ja Tödliches verwandelt. Fröstelnd rieb er sich die Schultern.

Dann stand er langsam auf, tastete mit den Fingern nach dem oberen Rand des Schiebefensters und schob es zu. Nachdem er es verriegelt hatte, zog er die Vorhänge vor, wobei er hoffte, dass sie nicht nur zur Verzierung da waren. Wären sie so dünn, dass sie das Sonnenlicht durchließen, dann konnte auch durch sie hindurchsehen, was immer da kam. Und welchen Sinn hatten solche Vorhänge überhaupt?

Auf einmal wusste er, dass jenes undefinierbare Etwas direkt hinter der Scheibe war. Er spürte, wie es zu ihm hineinsah, ihn durch die Vorhänge musterte wie eine seltene Spezies. Wissenschaftler machten das mit kleinen Tieren, Käfern etwa, und Pierce hatte sich oft gefragt, ob es den Käfern wirklich nichts ausmachte. Jetzt hatte er die Antwort. Waren ihm die fraglichen Insekten auch nur ein bisschen ähnlich, dann erlebten sie eine solche Situation ebenso wie er als den unbegreiflichen Schrecken des *Wissens*, etwas Mächtigerem ausgeliefert zu sein, gegen das man sich nicht wehren kann.

Unwillkürlich zog es ihn näher ans Fenster. Mit zitternden Händen schob er die Vorhänge ein Stück auseinander und lehnte sich weit genug vor, damit er das kühle Glas an seiner Nasenspitze fühlen konnte, ohne die Scheibe richtig zu berühren. Die Sonne schien noch, wenngleich er wieder deutlich spürte, dass *noch etwas* hinter dem Glas war, nur Zentimeter von seinem Gesicht entfernt. Er spürte es genauso, wie er spürte, wenn

Stromkreisläufe unterbrochen waren. Was er da fühlte, waren Gedanken, aber nicht die eines anderen Menschen, die bei allem Chaos irgendwie stets einen Sinn ergaben. Diese hier nämlich ergaben keinen Sinn, zumindest nicht für Pierce. Stattdessen füllten sie ihn gleichsam mit einem Strudel von Gefühlen, dass ihm der Kopf zu zerbersten drohte, und ohne nachzudenken, holte er mit der Faust aus und durchschlug das Glas. Die Vibrationen schossen ihm durch den Arm bis hinauf zur Schulter.

Wie erstarrt stand er da. Die Zacken um das Loch in der Scheibe pikten an der Unterseite seines Arms, während er spürte, wie sich das Etwas auf der anderen Seite allmählich zurückzog. Auch wenn er sich gern eingebildet hätte, es mit seinem unvermittelten Gewaltausbruch vertrieben zu haben, ahnte er doch, dass es aus einem anderen Grund verschwand, nur wusste er nicht, aus welchem.

Vorsichtig betastete er die kaputte Scheibe mit den Fingern der anderen Hand, ehe er seine Faust aus dem entstandenen Loch zurückzog. Als er den Arm befühlte, stellte er fest, dass er sich erstaunlicherweise nicht verletzt hatte.

Kein einziger Kratzer.

Jake Crowley blinzelte durch den Regen, der auf seinen geparkten Wagen niederprasselte. Durch die Windschutzscheibe, auf der sich der Schleier aus dichten Tropfen stetig erneuerte, wirkte die sturmgepeitschte Bucht von Galveston nur noch wie eine bräunliche formlose Illusion, und vom Himmel drang an diesem Spätnachmittag kaum noch genug Licht hinunter, um den Brief zu lesen, den Jake in der Hand hielt.

Onkel Albert wurde ermordet, Jake, und wir müssen reden. Ich weiß nicht, ob du mich je zurückrufen wirst, aber kannst du nicht wenigstens zur Beerdigung nach Hause kommen? Ich liebe dich, Jake. Du fehlst mir.

Er faltete den Brief zusammen und schob ihn behutsam in den Umschlag zurück, ehe er ihn ins Handschuhfach steckte.

Jake seufzte. Den ganzen Weg von Houston hierher war er durch den strömenden Regen gefahren, um sich mit einem Mann zu treffen, der um keinen Preis in der Nähe der Stadt mit ihm gesehen werden wollte. Jake verstand sogar, warum, denn sollte Reever ihm tatsächlich die Informationen geben können, auf die er hoffte, dann würden die beiden größten Syndikatsbosse Houstons demnächst für mehrere Jahre Tüten kleben. Vorausgesetzt natürlich, sie schafften es, trotz des zusehends korrupten und bestechlichen Rechtsapparats eine stichhaltige Anklage zustande zu bringen.

Fernes Donnergrollen ließ die Scheiben des Wagens vibrieren. Der Regen wurde noch stärker, sodass Jake nicht einmal mehr sehen konnte, wo das Meer begann. Sein Handy summte und er klappte es auf. Gewiss rief

sein Partner Cramer an, der mit einer Grippe im Bett lag. Er würde Hackfleisch aus Jake machen, sollte er mitbekommen, dass dieser so blöd war, allein zu einem Treffen wie diesem zu fahren.
»Ja«, meldete sich Jake.
»›Ja‹? In vierzehn Jahren rufst du mich keine drei Mal an, und dann bekomme ich ein ›Ja‹ zur Begrüßung?«
»Pam?« Seine erste Reaktion auf die Stimme seiner Cousine war eine Mischung aus Schmerz und Furcht. Vor seinem geistigen Auge stand sie immer noch an den riesigen Fenstern des Flughafens und winkte ihm nach. Zugleich war ihre Stimme der seiner Mutter entsetzlich ähnlich und beschwor eine noch fernere Vergangenheit herauf, die er zu gern vergessen wollte.
Lauf weg, Jake, lauf weg!
»Wie schön, dass du dich an mich erinnerst«, sagte Pam.
»Hör zu, im Moment ist es ungünstig. Woher hast du überhaupt diese Nummer?«
»Einer der Sergeants hat sie mir gegeben. Ich kann ziemlich überzeugend sein, weißt du das nicht mehr? Na ja, ausgenommen bei dir.«
Jake schüttelte den Kopf. »Ehrlich, Pam, ich kann jetzt nicht.«
Der Wind frischte auf und kam nun direkt vom Wasser. Murmelgroße Regentropfen donnerten bedrohlich gegen die Windschutzscheibe. Wieso, um alles in der Welt, hatte Reever darauf bestanden, sich ausgerechnet hier mit ihm zu treffen? Jake gefiel dieser Ort ganz und gar nicht, zumal der Treffpunkt, den er für *belebt* gehalten

hatte, bei dem Wetter vollkommen verlassen war. Andererseits hatte Reever den Sturm ja nicht voraussehen können.
»Jake, Onkel Albert wurde totgeprügelt, richtig schrecklich.«
Jakes Bauchmuskeln zogen sich zusammen und er umklammerte das Handy so, dass seine Fingerknöchel weiß wurden. Albert war eine weitere längst verdrängte Erinnerung.
»Jake? Bist du noch da?«
»Ja«, antwortete er mit zittriger Stimme. Verdammt, er *bebte* geradezu.
Inzwischen konnte er durch die Frontscheibe nichts mehr erkennen und er fragte sich, ob die Massen von Wasser, die in den Zwischenraum zwischen Kühlerhaube und Scheibe flossen, nicht irgendwann im Motor landen und ihn lahm legen würden.
»Jake, sag doch etwas!«
»Was soll ich denn sagen, Pam?«
»Na ja, wohl nichts. Entschuldige, dass ich angerufen habe.«
»Ich melde mich wieder, aber im Moment warte ich auf jemanden, der jeden Augenblick kommen kann.«
Er blickte sich um, doch die Sicht durch die Seitenfenster war kein bisschen besser. Was, wenn das Gewitter kein harmloses Unwetter war, wenn sich ein Tornado oder eine Windhose auf ihn zubewegte? Er hätte keine Ahnung und somit auch keine Chance, zu entkommen.
»Klar, Jake. Ich warte dann, bis du dich meldest.« Das Klicken am anderen Ende war wie eine Ohrfeige.

Jake steckte das Handy wieder in seine Jackentasche. Pam und er waren wie Geschwister aufgewachsen und nach so langer Zeit ihre Stimme zu hören verursachte in ihm einen regelrechten Tumult an Gefühlen. Scham und Angst schnürten ihm fast die Kehle zu, und wenn er sich nicht sofort von beidem befreite, landete er zwangsläufig bei seinen Erinnerungen an Mandi. Er hörte Cramer, der ihn in seinem typischen tiefen Cajoun-Akzent ermahnte.

Konzentriere dich aufs Wesentliche, sonst nichts. Du hältst besser deine sieben Sinne beisammen, Mann, sonst endest du auf dem Seziertisch.

Cramer, ein riesiger Schwarzer, wechselte mühelos zwischen Cajoun und dem reinsten weißen Südstaatenamerikanisch hin und her. Er passte sich der jeweiligen Situation an, und doch haftete ihm stets ein Hauch jener Welt an, für die vor allem seine Großmutter stand, Memere, die ihrerseits fast nichts außer Patois sprach.

Jakes Problem war vor allem, dass Reever nicht straßenerfahren war. Er arbeitete als Auftragskiller für die Houstoner Mafia, gegen die er allerdings einen persönlichen Groll hegte, seit sein Bruder von einem der Bosse übers Ohr gehauen worden war. Normalerweise leistete sich die Organisation derartige Schnitzer nicht. Die Regel war: Man kümmerte sich um die Leute, denen man einen Gefallen schuldete, oder man wurde sie los. Bei Reevers Bruder hatten sie diese Regel verletzt und damit einen Fehler begangen, den Jake für sich nutzen konnte.

Wo aber steckte Reever? Bei Jakes Ankunft war der

Strandparkplatz leer gewesen. Deshalb war er die Gegend langsam abgefahren, doch die Wagen, die entlang der Küstenstraße parkten, waren leer gewesen, und auch auf den überdachten Veranden der umliegenden Häuser war niemand zu entdecken. Wahrscheinlich stand Reever in einer der Haltebuchten auf der Autobahn und wartete darauf, dass der Sturm nachließ. Jake hätte also Zeit gehabt, mit Pam zu reden, doch dafür fehlte ihm der Mut.

Er dachte an Albert; Albert mit seinen dicken Flanellhemden über dem dünnen Oberkörper und den Sägespänen im grauen Vollbart, stets umgeben von einer Duftwolke aus Pfeifentabak, Axtöl und Kiefernharz. Albert war ein mitteloser Holzfäller und schon vor vierzehn Jahren, als Jake aus Maine fortging, viel zu alt für diese Knochenarbeit gewesen. Sein Leben lang war Albert Junggeselle geblieben. Jake hatte ihn geliebt wie einen Vater.

Die Feuchtigkeit wurde beständig unangenehmer. Obwohl draußen über zwanzig Grad herrschten, startete Jake den Motor und stellte die Heizung an. Da vernahm er neben dem Brummen des Motors und dem Prasseln des Regens einen anderen Wagen, der von hinten kam. Er schaltete seine Lichter ein und trat mehrmals auf die Bremse. Der Fahrer des kommenden Wagens antwortete mit einem kurzen Aufblenden. Die Umrisse des Autos selbst waren in dem Regen nur noch schemenhaft zu erkennen.

Reever parkte so dicht neben Jakes Fahrerseite, dass Jake sich für einen Moment fragte, ob er ihn absichtlich

einklemmte. Instinktiv fasste er erst den Schaltknüppel, dann unter seine Jacke nach der Glock in seinem Schulterhalfter. Seit Jahren trug er eine Waffe und dennoch weckte die Berührung gemischte Gefühle in ihm. Er nahm die Hand wieder herunter und sah in den anderen Wagen.
Reever schien allein zu sein. Er sprang zur Fahrertür hinaus und rannte vorn herum zu Jakes Beifahrertür. In den wenigen Sekunden, bis er neben Jake saß, hatte ihn der Regen vollständig durchnässt.
»'ne Scheißsintflut ist das da draußen!«, schimpfte Reever und schüttelte sich das fettige schwarze Haar.
»Wieso parkst du nicht auf der anderen Seite?«, fragte Jake und beäugte ihn misstrauisch.
Reever zuckte mit den Schultern. »Ich konnte nichts sehen, Mann! Ich sag doch: Das ist 'ne verdammte Sintflut, du Idiot.«
»Ja, ich freue mich auch, dich zu sehen.«
»Ja, scheiß drauf. Wie geht's der Alten und den lieben Kleinen?«
Reevers Grinsen erinnerte Jake an das eines Brandopfers, das er einmal in der Leichenhalle gesehen hatte, bei dem die Haut ähnlich weit gespannt über gelblichen Zähnen und einem seltsam verfärbten Kiefer gewesen war. Jake hatte den Verdacht, dass irgendetwas Ekliges in Reevers Mund wuchs.
»Denen geht's gut«, antwortete er, dabei wussten sie beide, dass Jake keine Familie hatte. Ob Reever solchen Smalltalk mit allen Leuten führte, die er umzulegen plante? Nein, gewiss war er nicht so blöd, einen Cop

umzubringen, schon gar nicht an einem Ort wie diesem. Andererseits wusste man das bei Kerlen wie Reever nie. Sie waren schwer einzuschätzen.
»Was hast du für mich?«, fragte Jake, der Reevers Hände aufmerksam im Blick behielt.
»Ich hab meinen Arsch riskiert, um herzukommen.«
»Ich auch, also sparen wir uns die Floskeln. Haben wir einen Deal oder nicht?«
»Welchen Schutz bietest du mir?«
»Du weißt, wie das läuft. Liefere mir etwas, woraus sich eine Anklage basteln lässt, dann rede ich mit dem Staatsanwalt und du kommst ins Zeugenschutzprogramm, mit neuem Namen, neuer Identität und allem Drum und Dran.«
Jake hatte keine Ahnung, ob sich der Staatsanwalt auf einen Handel einlassen würde, was Reever ebenfalls klar sein durfte. Sie machten sich hier doch etwas vor, wenn auch aus unterschiedlichen Gründen.
Jake wollte die Drahtzieher festnageln, Reever wollte kassieren.
»Und reichlich Kohle«, ergänzte Reever mit seinem Brandleichengrinsen.
»Ich weiß nicht, was du dir unter ›reichlich‹ vorstellst, aber ich bin nicht Bill Gates.«
Reever lachte und es klang wie das metallische Kreischen bei einem Frontalzusammenstoß. »Scheiße, Mann, du verdienst nicht einmal so viel wie meine Putzfrau. Wenn ich davon ausgehen müsste, dass du mich bezahlst, würde ich jetzt in meinem Hotelzimmer in San Antone sitzen und mir von der blonden Nutte einen

blasen lassen. Nein, deine Bosse werden Geld locker machen, falls sie wirklich scharf darauf sind, die Torrios zu kriegen.«
»Wie viel?«
Reever lachte wieder. »Darüber reden wir, sobald ich im Schutzprogramm bin.«
»Meinst du nicht, das könnte ein bisschen spät für Verhandlungen sein? Ganz abgesehen davon, dass ich gleich Informationen brauche, mit denen ich etwas anfangen kann.«
Reever schüttelte den Kopf und Jake glaubte in seinem Blick ein seltsames Flackern wahrzunehmen, das allerdings gleich wieder verschwand.
»Wir werden noch jede Menge Zeit haben«, sagte Reever schließlich. »Ich habe viel zu erzählen und dachte, ihr zahlt mich Wort für Wort. So werden Reporter doch auch bezahlt, oder?«
»Kann sein.«
Jake sah aus dem Seitenfenster und ärgerte sich, dass Reevers Wagen so dicht an seinem parkte. Als machte dieser entsetzliche Regen es nicht ohnehin schon schwer genug, überhaupt etwas zu erkennen! Er wandte sich wieder Reever zu.
»Nervös?«, fragte dieser lachend. »Ein Großstadtbulle wie du? Wovor musst du Schiss haben?«
»Einen Cop aufs Kreuz zu legen ist immer eine schlechte Idee.«
Reever runzelte die Stirn. »Drohst du mir?«
»Sollte ich denn?«
Reever schüttelte den Kopf. »Du hast keinen Grund,

bei mir den bösen Bullen zu spielen. Wir versichern uns gegenseitig, ist doch logisch. Wenn ich dich bescheiße, hast du nichts, null, nada, und wenn du mich bescheißt, bin ich tot.«
»Gut erkannt.«
Dennoch gefiel Jake die Art nicht, wie Reever den Kopf leicht schräg hielt und seine Hand auf dem Oberschenkel kaum merklich zuckte, als betätigten seine Finger einen nicht vorhandenen Abzug. Im Laufe der Jahre hatte Jake schon häufiger Vorahnungen gehabt und Cramer hatte ihm gepredigt, seinem Instinkt zu vertrauen.
Eine falsche Vorahnung kostet dich nicht viel. Vielleicht lacht jemand über dich, aber lebendig ausgelacht zu werden ist immer noch besser als tot. Es bringt Unglück, nicht auf seine Vorahnungen zu hören.
Da war es wieder. Reever drehte sich *fast* zu seinem Seitenfenster um. Wonach hielt er Ausschau? Auf *wen* wartete er? Jake trat das Gaspedal und ließ den Motor aufheulen, wobei er die Hand wieder auf den Schaltknüppel legte.
An die Waffe, hörte er Cramers mahnende Stimme, doch Jake ignorierte sie.
»Also rede«, sagte er, fest entschlossen, das Spiel vorerst mitzuspielen. »Gib mir etwas, das mir beweist, dass du nicht bloß Mist anbietest.«
»Die Torrios haben sich mit den Zinos zusammengetan.«
Jake stutzte. Das war eine echte Neuigkeit, wenn sie denn stimmte. Die Zinos waren in Vegas und L. A. groß

im Geschäft. Was aber wollten sie in Houston? »Die Zinos sind hier?«

»Hier und da und überall«, kicherte Reever. »Wo sind die nicht?«

»Die Torrios teilen nicht mit den Zinos. Warum sollten sie?«

Reever zuckte mit den Schultern. »Solange genug da ist, tut Teilen nicht weh.«

»Aber es ist kaum genug für Jimmy und José Torrio zum Teilen da. Klingt für mich, als wolltest du mir einen Haufen Mist verkaufen.«

»Banken«, sagte Reever.

»Womit sonnenklar ist, dass du mir nur Blödsinn erzählst«, stellte Jake fest und entspannte sich ein wenig. Vielleicht war das der Grund für Reevers Nervosität: Er wollte testen, ob er genug wusste, damit sich ein Deal mit ihm lohnte. »Keiner der Torrios ist so dumm, Banken auszurauben.«

»Ich hab ja auch nicht gesagt, dass sie Banken ausrauben«, erwiderte Reever. »Sie *kaufen* die Dinger, damit sie mit dem Geld machen können, was sie wollen. Die Torrios haben einen Draht zu den Bankern in der Stadt, denen das Wasser bis zum Hals steht, und die Zinos bringen die Fonds mit gewaschenem Geld, damit alles glatt aussieht.«

Reever war kein Harvard-Betriebswirtschaftler, aber Jake begriff, worum es ging. Die Torrios waren die Muskelprotze, die Zinos die Raffinierten. Sie hantierten mit Zahlen, bei denen die angehängten Nullen bis zum Horizont reichten. Und sie hatten bestimmt jede Menge

Leute auf ihren Gehaltslisten, die tatsächlich aus Harvard kamen. Wenn sie sich mit den Torrios zusammentaten und die Mehrheitsanteile an Houstoner Banken kauften, in die sie dann ihre eigenen Leute setzten, war kaum abzusehen, was sie alles auskochen könnten.
Jake hörte das tiefe Röhren eines hochtourigen Motors und hinter seinem Wagen spritzte Wasser auf. Eine dunkle Limousine hielt mit quietschenden Reifen schräg hinter ihm, sodass er praktisch eingekesselt war. Im nächsten Augenblick sprangen zwei Gestalten aus dem Auto, und gerade als Jake zu Reever sah, zog der seine Waffe.
»Du Mistkerl!«, fluchte Jake und versetzte ihm einen Schlag ins Gesicht, dass er das Nasenbein brechen hörte.
Reevers Kopf schnellte erst nach hinten, dann wieder vor, und Jake schlug noch einmal zu. Er legte den ersten Gang ein und gab Gas. Der Wagen krachte im selben Moment gegen die niedrige Betonmauer, als ein Schuss die Windschutzscheibe durchbrach und die Scherben flogen. Jake duckte sich, schaltete in den Rückwärtsgang und trat wieder aufs Gas. Er rammte den Wagen schräg hinter sich. Gleichzeitig holte er seine Waffe hervor. Der Schütze draußen lud sein Gewehr nach.
»Nicht mich!«, schrie Reever, der jetzt wieder zu sich kam und direkt in den Gewehrlauf starrte.
Keine Sekunde später wurde Reever der Kopf weggeblasen und Jake hob seine Waffe. Er traf den Schützen zweimal in die Brust. Der zweite ging in Deckung. Jake blickte sich um. Sein Wagen war zwischen der Beton-

mauer und dem anderen Auto eingekeilt, aber wenigstens hatte er auf der Fahrerseite etwas mehr Platz bekommen.
Er stieß seine Tür auf und rollte sich hinaus aufs Pflaster – gerade rechtzeitig, um zu sehen, wie sich von der anderen Seite jemand dem Wagen näherte. Geduckt schlich er weiter nach hinten. Sobald er an seiner rückwärtigen Stoßstange ankam, sah er, dass die hintere Tür des anderen Autos offen stand, und zu seinem Erstaunen fand er sich plötzlich von Angesicht zu Angesicht mit José Torrio. Die Tür kippte zu, aber Jake packte sie und anschließend Torrios Jacke, um ihn davon abzuhalten, auf der anderen Seite aus dem Wagen zu springen. Dann drückte er ihm die Waffe in den Rücken und rief, so laut er konnte: »Waffen runter! Ich habe euren Boss!«
In dem prasselnden Regen konnte er weder hören, ob die beiden anderen etwas antworteten, noch sehen, wo sie gerade waren.
»Ihr lasst die Waffen fallen oder ich erschieß das Arschloch!«, schrie er.
»Du erschießt niemanden«, sagte eine raue Stimme direkt hinter ihm.
Riesige Hände packten seine Schultern und zogen Jake mitsamt José nach oben. Jake fasste Josés Hals, doch er griff nur eine dünne Kette, die zerriss, und José entwand sich ihm. Dann fühlte Jake einen Pistolenlauf etwa in Höhe seiner rechten Niere, und er wusste, dass jeden Moment eine Kugel folgen würde. Ohne nachzudenken, drehte er sich herum und schlug dem Mann die Waffe aus der Hand, während er mit der anderen Hand

seine Waffe gegen dessen Bauch presste. Er drückte den Abzug und der Mann ging zu Boden.
Als er sich wieder umdrehte, stand Torrio vor ihm, diesmal allerdings mit einer Waffe in der Hand. Jake sprang zur Seite und gleich neben seinem Gesicht pfiff eine Kugel vorbei. Wieder drückte er seinen Abzug. Ein kreisrundes Loch erschien auf Josés Stirn. Als Nächstes heulte eine Kugel über das Dach des Wagens hinweg und Jake erkannte einen weiteren Schützen, der sich aus dem Fenster eines Autos lehnte, das über den Parkplatz auf sie zugerast kam. Er ließ sich auf den Boden fallen und kroch wieder ans vordere Ende seines Wagens, wo er sich in den engen Raum zwischen Betonmauer und Stoßstange quetschte. Sobald der nächste Schuss gefallen war, rollte Jake sich über die niedrige Mauer und begann, über den nassen Sand zu rennen. Nun kam noch ein Wagen angerast, parallel zum Strand, und Jake wusste, dass es Torrios Leute waren, die ihm den Weg abschneiden wollten. Entweder hielt José ihn tatsächlich für gefährlich oder er hatte vorgehabt, seinen Jungs mit dieser Schießerei eine Art Praxislehrgang zukommen zu lassen.
Im Rennen stopfte er Josés Kette in seine Hosentasche und holte sein Handy hervor. Er drückte den Kurzwahlknopf für die Polizei in Houston und erklärte dem Telefonisten in Drei-Wort-Sätzen, wer und wo er war. Vielleicht konnten sie ihn so orten und – wenn er Pech hatte – wenigstens seine Leiche finden. Und wenn er auch nur ein bisschen Glück hatte, würde gleich Sirenengeheul ertönen und die Kerle verjagen. Bis es so weit

war, blieb ihm nichts anderes übrig, als zu rennen, was in dem dichten Regen und dem matschigen Sand wahrlich nicht leicht war. Aber er musste versuchen, irgendwie von den Killern wegzukommen, die ihm nun zu Fuß nachstellten.

Reever hatte gewusst, dass etwas im Busch war. Der erste Kerl mit dem Gewehr hatte direkt auf Reever gezielt und ihm den Kopf weggepustet, was bedeutete, dass sie wussten, was er vorgehabt hatte. Oder die Torrios oder Zinos wollten bloß zwei Fliegen mit einer Klappe schlagen.

Jakes Schuhe waren inzwischen halb voll mit Sand und Wasser. Er kickte sie weg und lief barfuß weiter. Der Strand fühlte sich kalt an, aber Jake schwitzte so, dass ihm außer Regen auch jede Menge Schweiß herunterlief. Weiter vorn blitzten Scheinwerfer auf, als ein Wagen über eine kleine Zufahrt auf den Strand preschte.

Bis die Zentrale in Houston die Polizei in Galveston alarmiert hatte, würden Minuten vergehen, und dann weitere, bis man hier reagierte. In zwei Minuten jedoch konnte Jake tot sein. Der Wagen fuhr direkt auf ihn zu und war nahe genug, dass er das Knirschen des Sandes unter den Reifen hören konnte. Wenn das Schicksal auf seiner Seite war, blieben die Schweine stecken.

Aber die Lichter wippten munter weiter und kamen immer näher, sodass Jake keine andere Wahl hatte, als die Richtung zu wechseln und sich geradewegs in die Fluten zu stürzen. Die Strömung in dem pisswarmen Wasser bremste ihn, während die brusthohen Wellen ihn hochhoben und an den Strand zurückschleuderten.

Er sah nach hinten. Der Wagen kam näher und näher. Jake tauchte.
Der Wellengang war stark, aber nicht so stark, dass er nicht unter den Wellen hindurchtauchen konnte, wenn er sich richtig anstrengte. Prustend tauchte er auf, um Luft zu holen – die Pistole an seinen Bauch gepresst –, und hoffte, dass der Wagen vorbeigefahren war. Der aber stand nun gleich vorn am Wasser. Jake spürte, wie neben ihm etwas ins Wasser einschlug, und hörte erst dann den dumpfen Knall. Er zielte auf den beleuchteten Innenraum des Autos – aus dieser Entfernung konnte er keine Umrisse erkennen – und feuerte blindlings drauflos. Er rechnete nicht damit, irgendjemanden zu treffen, aber zumindest zwang er die verdammten Kerle so, in Deckung zu gehen.
Unterdes strampelte er rückwärts durch die Fluten, weg vom Strand, und schwamm mit jeder Welle abwechselnd einmal nach links, einmal nach rechts, um den Schützen kein allzu leichtes Ziel zu bieten. Falls er es ins tiefere Wasser schaffte, bis die Cops kamen, war er in Sicherheit. Wo blieben die Sirenen?
Er blinzelte in die Dunkelheit gegen den Regen und die Wellen an, während er hektisch mit den Beinen ins Wasser stieß und mit den Armen ruderte. Ein Schatten bewegte sich wie eine düstere Wolke über den Strand, die noch finsterer schien als die tiefgrauen Unwetterwolken am Himmel. Wieder packte ihn eine Welle, ein stechender Schmerz durchfuhr die rechte Seite seines Brustkorbs und für einen Augenblick war er wie gelähmt. Seine Pistole glitt ihm aus der Hand und ging unter. Erst

jetzt kam der Knall bei ihm an, der zu der Kugel gehörte, die ihn getroffen hatte. Starr vor Angst trieb er auf dem Wasser, während der rote Fleck auf seiner Jacke rapide größer wurde. Mit aller Kraft wandte er den Kopf so, dass er zum Strand sehen konnte. Voller Panik und hilflos musste er zusehen, wie Mündungsfeuer aus verschiedenen Pistolen und Gewehren aufblitzten. Jake hielt die Luft an und wartete auf die tödliche Kugel.

Doch durch den dichten Salz- und Regenwassernebel schien es beinahe, als würden die Schüsse nicht in seine Richtung abgefeuert, sondern parallel zum Wasser den Strand herauf und herunter. Waren die Cops schon da? Hatte er die Sirenen überhört? Sie konnten doch unmöglich ohne Sirenengeheul gekommen sein.

Auf einmal stoppten die Schüsse. Jake zählte eine Minute ab. Zwei. Er traute sich kaum, an den Strand zurückzuschwimmen. Andererseits konnte er nur noch einen Arm gebrauchen und fürchtete daher, dass ihn über kurz oder lang die Strömung hinaustreiben würde. Endlich vernahm er Sirenengeheul, doch es kam ihm vor wie Stunden, ehe er den ersten Polizeiwagen erkannte, der mit grellem Scheinwerferlicht über den Strand heranjagte.

Sobald er im flacheren Wasser ankam, watete er durch die Wellen auf die Polizisten zu, die mit gezückten Waffen aus dem Wagen stiegen. Einer von ihnen blendete ihn mit seinem Suchscheinwerfer.

»Detective Crowley!«, rief Jake und angelte seine Marke hervor.

Der Polizist signalisierte ihm mit dem Scheinwerfer,

dass er kommen sollte, steckte seine Waffe aber erst ein, nachdem er Jakes Marke aus der Nähe gesehen hatte. Im gleißenden Licht hatte das rote Haar des Cops einen Neonschimmer, was allerdings auch daran liegen mochte, dass Jakes Wahrnehmung umständehalber verzerrt war. Inzwischen fuhr ein zweiter Polizeiwagen vor und die Polizisten leuchteten den Strand mit ihren Scheinwerfern ab. Dutzende von Fußspuren durchzogen den Sand. Jakes Blick fiel auf eine Vertiefung neben dem Wagen, die aussah, als wäre sie mit Blut statt mit Salzwasser gefüllt.
»Wo sind sie?«, fragte er einen Officer mit schwarzem Schnurrbart.
Der Mann zuckte mit den Schultern. »Bis jetzt haben wir zwei am Wagen und einen weiter unten am Strand gefunden – alle drei von Kugeln durchlöchert.« Er sah auf Jakes Schulter. »Hat's Sie erwischt?«
Jake schob seine Jacke zur Seite. Dem Loch in seinem Hemd nach zu urteilen, musste die Kugel im rechten Lungenflügel stecken, aber er fühlte keine Atemnot, sondern nur ein fieses Stechen. Wenigstens hatte er jetzt langsam auch wieder Gefühl im Arm und in der Hand. Der Polizist brachte ihn zum Wagen und riss sein Hemd vorn auf.
»Verdammtes Schwein gehabt«, sagte er und stieß einen leisen Pfiff aus.
Das Loch war tiefer, weil Jake auf dem Rücken gelegen hatte, als ihn der Schuss traf. Die Kugel war ihm über den Brustkorb und am Schlüsselbein entlanggeschrammt, dessen heller Knochen freigelegt war.

»Kommen Sie«, sagte der rothaarige Polizist, während der andere zum Wagen der Torrio-Killer ging. »Ich fahre Sie ins Krankenhaus.«
Jake schüttelte den Kopf. »Ich will die Typen sehen, die auf mich geschossen haben.«
»Das muss genäht werden.«
»Ich verblute schon nicht so schnell«, erwiderte Jake.
»Na gut«, sagte der Polizist achselzuckend. »Wollen Sie mir verraten, was hier los war?«
Nachdem Jake beschrieben hatte, was vorgefallen war, starrte ihn der Officer nur schweigend an. »Sie haben die nicht alle mit einer Pistole erledigt«, stellte er schließlich fest.
»Sind alle tot?«, fragte Jake. Er erinnerte sich daran, dass es wie ein Schusswechsel *am* Strand ausgesehen hatte, aber auf wen hatten sie geschossen, wenn nicht auf ihn oder die eintreffende Polizei?
»Das kann man wohl sagen«, antwortete der Polizist misstrauisch.
Ein wenig schwankend ging Jake um den Wagen herum dorthin, wo die anderen Polizisten mit Scheinwerfern auf die Leichen leuchteten.
Er hatte schon viele Tote gesehen: Unfallopfer, Mordopfer, Selbstmordopfer. Harris County war nicht L. A., aber die Texaner standen den Kaliforniern ungern nach – nicht einmal wenn es um Verbrechensraten ging. Also konnte auch Texas ein recht beeindruckendes Kontingent an Serientätern, Kneipenprüglern und sonstigen Gewalttätern vorweisen. Und Schießereien waren hier ebenso Tradition wie Rodeos. Trotzdem sahen diese

Kerle auf dem Strand aus, als hätte es ein wahres Massaker gegeben. Ihre Körper waren buchstäblich zerfetzt von Gewehr- und Pistolenkugeln.
Der rothaarige Polizist sah Jake fragend an.
»Ich habe Ihnen alles gesagt, was ich gesehen habe«, sagte Jake heiser, da er einen unangenehmen Kloß im Hals hatte.
»Wann hörten die Schüsse auf?«
»Vor vier, fünf Minuten vielleicht.«
»Und außer Ihnen und Torrios Männern war niemand am Strand?«
»Ich habe sonst niemanden gesehen«, antwortete Jake.
Von beiden Enden des Strandes näherten sich weitere Wagen mit eingeschalteten Suchscheinwerfern und Sirenen. Jake wollte noch darauf hinweisen, dass die Wagenspuren alle brauchbaren Fußabdrücke ruinierten, doch das erledigte ohnehin der Regen.
»Na gut«, sagte der Cop und führte Jake zu seinem Wagen zurück. »Es ist wohl überflüssig, dass *wir* hier auch noch herumstehen und nasser werden.«
Jake sank erschöpft auf den Beifahrersitz und der Polizist schaltete die Heizung ein, sobald er den Motor angelassen hatte.
»In der Mittelkonsole ist Verbandszeug. Soll ich Ihnen ein paar Mullkompressen auf die Wunde legen?«
Jake schüttelte den Kopf und biss mit den Zähnen die Plastikhülle einer Baumwollkompresse auf. Dann nahm er die Flasche mit dem Wunddesinfektionsmittel, tropfte etwas auf den weißen Stoff und presste ihn auf den Riss über dem Schlüsselbein. Er verzog das Ge-

sicht, wenn auch weniger vor Schmerz als vor Ekel angesichts der Fremdsubstanz, die direkt in sein Fleisch eindrang.
Aus dem Funkgerät kam lautes Knacken und Knistern.
»Sieht aus, als wäre noch einer angespült worden.«
Jake nickte hinaus in den Regen. »Fahren wir.«
Die Reifen bohrten sich in den Sand, ehe sich der Wagen schlingernd vorwärtsbewegte, auf einen dunklen Wagen zu, der dicht am Wasser stand. Der Cop hielt und stieg aus.
Jake folgte ihm langsam. Er bemühte sich, den brennenden Schmerz zu ignorieren, der von seinen Rippen über den gesamten Brustkorb ausstrahlte.
Neben dem dunklen Wagen lag eine Leiche, eine zweite wurde gerade von zwei Uniformierten aus dem Wasser gezogen.
Jake wurde übel.
»Geht's Ihnen gut?«, fragte der Rothaarige. »Sie sind reichlich blass.«
»Nein, alles okay«, sagte Jake.
Das war natürlich eine Lüge. Vierzehn Jahre lang war es Jake auf wundersame Weise gelungen, jedwede Gewalt zu vermeiden – in einem Job, in dem Schießereien zum Tagesgeschäft gehörten. Und jetzt hatte er binnen weniger Momente drei Männer auf dem Parkplatz erschossen, Reever war tot und hier am Strand lagen noch mindestens vier Leichen.
Er ging um die Polizisten herum und blickte auf das, was von der Leiche am Strand übrig war. Die Verletzungen sahen aus, als hätte der Mann versucht, sein Ge-

wehr aufzuessen. Jake wandte sich rasch ab und trat ein paar Schritte ins Wasser, den Polizisten mit dem grausigen Treibgut entgegen.

Einer von ihnen rang sich ein makabres Grinsen ab, als er den Toten an einem Arm aus dem Wasser zog. Auch diese Leiche war von Kugeln durchsiebt. »Sind das alle?«

Jake zuckte mit der unversehrten Schulter. »Ich weiß nicht, wie viele in den Autos waren.«

Der Cop nickte und zeigte auf das andere Ende des Strandes. »Da hinten ist noch eine Blutlache, die sogar größer ist als die bei dem Wagen da drüben. Wer hat bloß all diese Typen umgebracht?«

»Ich weiß es nicht«, antwortete Jake.

Er zitterte vor Kälte. Dann fiel ihm etwas ein und er griff in seine Hosentasche nach der Kette, die er Torrio vom Hals gerissen hatte. Er hielt sie ins Licht: Ein Stein mit schräg geschliffenen Kanten, der die Farbe frischen Blutes hatte, eingefasst in massives Gold. Jake starrte die Kette an und fragte sich, was ihn wohl dazu gebracht hatte, sie in all dem mörderischen Durcheinander nicht einfach wegzuwerfen.

»Sie müssen einen Schutzengel gehabt haben«, sagte der Cop mit einem sarkastischen Grinsen und zerrte noch einmal an dem Arm des Leichnams, worauf sich dieser vom Körper löste. Der Cop stieß einen Pfiff aus und sein Partner packte den Kragen des Toten, an dem er ihn an Land zog. »Haben Sie schon einmal jemanden gesehen, der so übel zugerichtet wurde?«

»Was?«, flüsterte Jake.

»Ich fragte: Haben Sie schon einmal jemanden gesehen, der so übel zugerichtet wurde?«
»Ist schon lange her.«
Er steckte die Kette wieder ein, drehte sich um und ging zum Wagen zurück.
Lauf weg, Jake! Lauf weg!

Bis zum Abend hatte sich der Sturm gelegt und die dichten Wolken waren weitergezogen. Die Luft roch noch nach Ozon, aber der Himmel war dunkelblau und sternenklar.
Den Rest des Nachmittags und den halben Abend hatte Jake sich erst von der Polizei in Galveston und dann von der in Houston befragen lassen. Auf beiden Revieren hatte man ihn wieder und wieder gefragt, was in ihn gefahren war, allein ein Treffen mit Reever zu vereinbaren, und wie es dazu hatte kommen können, dass am Ende acht Männer tot waren, von denen vier wie Siebe zerlöchert waren. Jake wusste darauf keine Antwort – was ihn nicht minder wurmte als alle anderen. Am schlimmsten jedoch setzte ihm diese schiere Explosion der Gewalt zu, und er wurde einfach den Gedanken nicht los, dass er irgendwie für alles verantwortlich war.
Hätte er das Treffen besser geplant, einen Ort mit mehr Publikum gewählt, wäre José nie auf die Idee gekommen, zuzuschlagen. Und hätte er Cramer vorher infor-

miert, wäre es überhaupt nicht erst zu dem Treffen gekommen. Hätte ...
Gegen drei Uhr morgens war Jake bei seinem dritten doppelten Scotch angekommen und hörte das Klicken eines Schlüssels in seiner Haustür. Auf dem Glastisch neben ihm stand eine unangebrochene Packung mit Schmerztabletten. Er hatte eine Betäubung mittels Alkohol vorgezogen, doch leider vernebelte der ihm die Sinne nicht ansatzweise so nachhaltig, wie er es sich wünschen würde. Da sich der hell erleuchtete Raum hinter ihm in der Scotch-Flasche spiegelte, musste er sich nicht umdrehen, um zu sehen, wer da kam. Außerdem lag seine Glock gleich neben der Flasche – für den Fall der Fälle.
»Hallo, Cramer«, sagte er, als sein Partner zu ihm auf den Balkon trat.
Cramers Stirn war so tief zerfurcht von Sorgenfalten, dass daran ein Baseball abgeprallt wäre. Im Halbdunkel wirkte Cramer wie ein riesiger schwarzer Granitblock. Er setzte sich schweigend auf den Gartenstuhl neben Jake. Cramer war so dunkelhäutig, dass einige Leute behaupteten, das Weiße in seinen Augen würde sie blenden. Er war ein harter, erfahrener Cop, der nicht nur eine, sondern gleich drei Schussnarben vorweisen konnte, die er sich bei unterschiedlichen »Zahlpartys«, wie er sie nannte, eingefangen hatte. Jake hoffte eigentlich, ein paar nette Lebensweisheiten aus Cramers Cajoun-Heimat zu hören, doch daraus wurde nichts.
»Na prima«, sagte Cramer mit Blick auf die Flasche und das Schmerzmittel. »Ich könnte einer von Torrios Leu-

ten sein und du bist so zugedröhnt, dass du wahrscheinlich noch grinst, während man dir deinen dämlichen Schädel wegpustet.«

Jake schüttelte den Kopf. »Ich halte mich ausschließlich an Scotch. Und soweit ich weiß, hat von den Torrios keiner einen Schlüssel zu meiner Wohnung.«

»Neu?«, fragte Cramer und hob die Waffe mit einem Finger hoch.

»Ersatz.«

»Verdammt, Jake! Dieses Treffen war so ziemlich die blödeste Nummer von allen, die du je abgezogen hast.«

»Du wirkst gereizt«, stellte Jake fest.

»Von wegen *gereizt*, du Schwachkopf! Wenn du nicht mehr mein Partner sein willst, sag es einfach.«

»Ich habe nie behauptet, dass ich nicht mehr dein Partner sein will. Du bist der einzige Freund, den ich habe«, gestand Jake, wenngleich es ihm schwerfiel, die Worte über die Lippen zu bringen.

Cramer hielt kurz inne, ehe er sagte: »Dann benimm dich auch so. Was zum Henker wolltest du da ganz allein?«

Wieder schüttelte Jake den Kopf. »Du warst krank. Aber irgendwie hatte ich gleich ein ungutes Gefühl, als Reever zu mir ins Auto stieg.«

»Als es verflucht nochmal zu spät war, meinst du.«

»Ja, na ja, ich dachte, in deiner Gegenwart ist Reever vielleicht weniger gesprächig.«

Cramer stieß einen leisen Grunzlaut aus. »Weil er mich wegen Körperverletzung angezeigt hat?«

»Zwei Mal.«

Nun zuckte Cramer mit den Schultern. »Mir geht's übrigens wieder besser. Danke, dass du fragst. Ich habe mir den ganzen Tag die Eingeweide rausgekotzt, musste zum Klo *sprinten* und mein Kopf fühlt sich an, als würden sie da drinnen ein Squaredance-Festival veranstalten.«
»Kann Memere dir nicht helfen?«, fragte Jake grinsend.
»Mach dich nicht über Memere lustig. Viele Leute lachen über ihre Heilmethoden, obwohl sie ihren letzten Cent für ihre *Paket kongos* und ihre *Potèts* hergeben würden.«
Jake hatte ein solches *Potèt* erst ein einziges Mal gesehen – eine komische weiße Porzellanschale, in der Haare, abgeschnittene Fingernägel und ein Bananenblatt gewesen waren sowie die verbrannten und pulverisierten Rückstände von etwas, über das Jake lieber nichts Genaueres hören wollte. Dieses Ding stand auf einem Ehrenplatz in Memeres Wohnzimmer. Ein *Paket kongo* besaß Jake allerdings selbst, da Cramer es ihm gleich im ersten Monat aufgezwungen hatte, als sie sich kennen lernten.
»Es bedeutet nichts«, hatte Cramer ihm versichert, als er Jake das zwiebelförmige Ding übergab, und hatte es auf sein Bücherregal gestellt, wo es angeblich für immer bleiben musste. Es war ein Beutel aus rotem Stoff und Federn – Hühnerfedern, wie Jake vermutete. »Wenn es nicht funktioniert, macht es nichts, und wenn doch, schadet's nicht. Was hast du zu verlieren?«
Jake blickte auf die Spiegelung in der Flasche. Das *Paket* war immer noch an seinem Platz.

»Du solltest im Bett bleiben«, sagte er und blickte Cramer in die vom Fieber glasigen Augen.
»Und mich um das Erlebnis bringen, mit dir mitten in der Nacht zu trinken?«, entgegnete Cramer, wischte den Flaschenhals mit seinem Ärmel ab und nahm einen großen Schluck direkt aus der Flasche. »Wieso gehst du nicht an dein beschissenes Telefon?«
»Mir ist nicht nach Reden«, sagte Jake und dachte an die Nachricht von Pam, die bei seiner Rückkehr auf dem Band gewesen war: »Jake, ich möchte, dass du nach Hause kommst. Bitte, ruf mich an.« Sie hatte ihre Nummer hinterlassen und aufgelegt.
»Ich habe mit Doc Miller gesprochen«, erzählte Cramer.
Jake horchte auf. Miller war der beste Pathologe in ganz Houston. Aber Galveston hatte einen eigenen Gerichtsmediziner. »Wieso Miller?«
»Sie haben ihn nach Galveston gerufen, damit er sich die Leichen ansieht.«
»So schnell können sie unmöglich schon etwas herausgefunden haben.«
»Genug.«
»Was?«
»Er meinte, er sei sich noch nicht hundertprozentig sicher, aber wie es *aussieht*, haben sich die Opfer zumindest einige ihrer Wunden selbst beigebracht. Und die Jungs in Galveston haben die meisten der Waffen, die benutzt wurden, am Strand eingesammelt. Die waren total leer gefeuert. Scheint, als hätten sie sich gegenseitig niedergemetzelt.«

Jake runzelte die Stirn und wartete.

»Außerdem sagt Miller, sie seien nicht bloß erschossen worden, sondern sie hätten auch diverse andere Verletzungen, Brüche, Quetschungen, Schürfungen, alles Mögliche. Die wurden regelrecht durch den Häcksler gejagt. Möchtest du mir deine Version der Geschichte erzählen?«

Jake erzählte ihm, was er gesehen und gehört hatte, aber Cramers zweimaliges Augenzwinkern verriet ihm, dass er nicht alles glaubte, was er hörte.

»So war es«, beharrte Jake.

Cramer kniff die Augen zusammen, nickte jedoch nur und hockte eine Weile schweigend da. Als er schließlich sprach, war seine normalerweise raue Stimme nur noch ein sanftes Flüstern.

»Manche Fragen bleiben besser unbeantwortet.«

Jake lachte kurz auf. »Du bist ein solcher Küchenphilosoph!«

»Damit will ich nicht sagen, dass Fragen wie diese ebenfalls dazu zählen. Die Abteilung wird die ganze Sache irgendwann einfach vergessen wollen, wenn du bei deiner Geschichte bleibst und sie den Fall nicht abschließen können. Ein paar tote Torrio-Schergen mehr oder weniger kratzen da niemanden. Aber unsere Freunde von den Medien werden wie die Schmeißfliegen an dir kleben.«

Jake nickte. »Ich kann denen nichts anderes sagen.«

»Sie werden dir nicht glauben.«

»Glaubst du mir?«

Cramer lehnte sich zurück, dass der Gartenstuhl ächzte,

41

nahm noch einen großen Schluck aus der Flasche und starrte hinauf in den Nachthimmel. »Ich schätze, ich muss dir glauben, was du mir erzählst.«
»Danke.«
»Du würdest mich nicht anlügen.«
Jake versuchte ihm ins Gesicht zu sehen, schaffte es aber nicht.
»Werde nicht so wie ich, Jake.«
»Was soll denn das nun wieder heißen?«
»Ich beobachte dich seit Jahren. Du bist ein guter Cop, verdammt, du könntest ein Spitzen-Cop sein.«
»Quatsch!«
Cramer machte nie Komplimente, niemandem. Wie ein Kompliment hörte es sich allerdings auch nicht an, sondern eher wie ein Geständnis auf dem Sterbebett, und Jake lief ein eisiger Schauer über den Rücken.
»Das ist kein Quatsch, und unterbrich mich gefälligst nicht. Dir liegen die Leute am Herzen, zu sehr vielleicht, und du hast einen Instinkt, der selbst mir manchmal unheimlich ist. Doch ich habe dich in brenzligen Situationen erlebt und gesehen, dass du zu lange nachdenkst, bevor du endlich deine Waffe ziehst, als wolltest du dir doppelt und dreifach sicher sein, ehe du etwas unternimmst. Ich habe nie gesehen, dass du einen Schuss abgefeuert hast, und dabei gab's genug Momente, in denen das durchaus angebracht gewesen wäre.«
»Ich habe dich nie hängen lassen«, verteidigte sich Jake hilflos.
»Nein, zumindest bin ich immer noch in einem Stück und ich habe mir deinetwegen nie eine Kugel eingefan-

gen. Trotzdem machst du mir manchmal Angst, Jake. Ich mache mir Sorgen, dass ich eines Tages erschossen werden könnte, weil du den Abzug nicht rechtzeitig drückst.«
»Willst *du* einen anderen Partner?«
Cramer seufzte. »Habe ich das vielleicht gesagt? Ich bin zweiundvierzig, sehe aus wie fünfzig und es gibt Tage, da fühle ich mich wie sechzig. So alt werde ich sowieso nicht, ob mit oder ohne dich, weil ich weitermache, bis ich verdammt zu alt und verdammt zu langsam für den Job bin. Aber wenn ich am Ende sterbe, dann bestimmt nicht, weil ich Schiss davor hatte, jemandem wehzutun.«
»Was ist mit deinem *Paket kongo*?«, fragte Jake schmunzelnd.
»Den Dummen helfen die Geister nicht«, antwortete Cramer ernst. »Und alles, was wir länger machen, als es gut für uns ist, ist dumm. So etwas passiert Cops dauernd. Wir verlieren unseren Biss und dann holt *Gede* uns. Ihm ist es schnurz, ob wir die Zeit für richtig halten oder nicht.«
»Max Hartley ist einundsechzig und einer der besten Detectives.«
Cramer nickte. »Max ist klug genug, nur die Fälle zu übernehmen, die er sich zutraut und die ihn weder Blut noch Tränen kosten. So schlau bin ich nicht. Und jetzt halt verflucht nochmal das Maul!«
Plötzlich sprach Cramer nicht mehr wie der alte verschrobene Onkel. Da war wieder seine scharfe, strenge Stimme, wenn auch mit einem Unterton echten Schmer-

zes. »Ich wollte nie etwas anderes sein als ein Großstadt-Cop«, sagte er, lehnte sich noch weiter zurück und legte die Füße auf die Balkonbrüstung. »Das ist das Einzige auf der Welt, was ich wirklich kann. Ich habe versucht, Ehemann zu sein, aber das hat nicht funktioniert.« Er sah Jake an. »Ich habe es bisher nicht erwähnt, weil es da nichts zu sagen gibt. Ich hatte meine Arbeit, und die war mir wichtiger als meine Ehe. Ich denke, ein guter Schriftsteller würde sagen, dass ich ein zweidimensionaler Typ bin, ohne Tiefe eben. Du nicht, du wärst nur gern so.«
»Was faselst du da eigentlich?«
»Du schleppst eine Menge Ballast mit dir herum, und entweder wirst du den los oder du kannst es vergessen. In unserer Branche macht man sich zu viele Feinde, da kann man es sich nicht leisten, dauernd über die Vergangenheit nachzudenken oder zurückzuschrecken, wenn man schießen sollte.«
»Ich hatte nie Feinde, die mich nervös gemacht haben, nicht bis die Torrios auftauchten«, sagte Jake, womit er die Wahrheit bis an die Schmerzgrenze strapazierte.
»Eines ist jedenfalls klar: Du wirst dir über kurz oder lang eine Kugel einfangen, Jake, und ich als dein Freund möchte nicht dabeistehen, wenn du stirbst.«
»Habe ich dich je mit meinen Geschichten belästigt?«
Cramer schüttelte den Kopf. »Nein, und genau das ist es ja. Du *hast* überhaupt keine Vergangenheit, und das wiederum sagt mir, dass da eine *Menge* Vergangenheit ist. Acht Tote liegen am Strand, die offensichtlich entschieden haben, statt dich zu erschießen, sich gegensei-

tig platt zu machen. Wie ich es sehe, bietet sich dir eine einmalige Chance. Die *Schramme* an deiner Schulter und die Ermittlungen werden ein paar Tage dauern, und die solltest du nicht am Schreibtisch herumsitzen. Nimm dir frei und bring das, was hinter dir liegt, endgültig hinter dich. Anschließend kannst du genauso ein Pappkamerad werden wie ich – und ein teuflisch guter Detective. Oder du findest endlich heraus, was bei dir so verdammt falsch läuft, und kommst vielleicht zu dem Schluss, dass du eigentlich gar kein Cop sein *willst*.«
»Das ist der größte Schwachsinn, den ich im Leben gehört habe. Ich habe mir den Arsch aufgerissen, um dahin zu kommen, wo ich heute bin.«
Cramer nickte. »Ich weiß. Aber hast du dich auf ein Ziel hin- oder von etwas anderem weggearbeitet?«
Jake hatte das Gefühl, Cramer hätte soeben eine Schublade mit seinen privatesten Dingen geöffnet. Und das Einzige, was sein Partner darin noch nicht entdeckt hatte, ganz hinten unter den Socken, war die kleine Schachtel, auf der stand:

NICHT ÖFFNEN.
ENTHÄLT WAHNSINN.

»Können wir vielleicht einmal eine Pause einlegen? Ich möchte gern ins Bett.«
»Ich habe alle Berichte gelesen und mit jedem der Polizisten gesprochen, die am Tatort waren. Der Diensthabende, der deinen Notruf annahm, meint, du wüsstest mehr, als du sagst.«

»Ich war in dem Scheißwasser! Ich konnte nichts sehen. Was soll ich wohl wissen?«

Cramer hob die Schultern. »Ich will ehrlich zu dir sein. Selbst ich zweifle langsam an deiner Glaubwürdigkeit. Ich nehme dir ab, dass *du* diese ganzen Leute nicht umgebracht hast. Verdammt, ich denke, niemand, nicht einmal der Gerichtsmediziner, kann sich vorstellen, *wie* du das hättest bewerkstelligen sollen. Aber irgendjemand hat sie umgebracht, und du musst mir sagen, wer, wie ... und warum.«

»Es war so, wie ich gesagt habe.«

»Du wirst zugeben, dass das schwer nachzuvollziehen ist. Du behauptest, du seist höchstens fünf Minuten im Wasser gewesen, und die ganze Zeit haben zumindest ein paar der Kerle auf dich geschossen.«

»Ich sagte den Polizisten bereits, dass sie anfingen, auf dem Strand herumzuballern.«

»Auf ihre eigenen Leute.«

»Das weiß ich nicht.«

»Warum sollten sie das machen?«

»Cramer, ich weiß, wie absurd die Geschichte klingt. Vielleicht gab's eine Art Meuterei in Torrios Organisation. Vielleicht gehörten einige von den Kerlen zu den Zinos. Aber was ich dir und den Polizisten in Galveston erzählt habe, ist wahr.«

Cramer seufzte laut. »José Torrio geht auf dein Konto?«

»Ja.«

»Hmm, da wird Jimmy wenig erfreut sein. Die Brüder stehen sich sehr nahe, oder *standen* sich sehr nahe.«

»Ist mir klar.«
»Du solltest wirklich ein bisschen Urlaub machen, bis sich die Wogen etwas geglättet haben.«
Beide schwiegen. Jake schenkte sich noch ein Glas Scotch ein, doch er schmeckte ihm auf einmal nicht mehr. Und als Cramer schließlich sprach, war es mit einer seltsam matten Stimme, in der aufrichtiges Mitgefühl durchklang.
»Wirst du nach Hause fahren, um deine Geschichte in den Griff zu bekommen, oder nicht?«
»Was soll das heißen?«, fragte Jake.
Cramers Augen reflektierten das Funkeln der Nachtsterne.
»Würdest du auf die Nachrichten auf deinem Anrufbeantworter reagieren, brauchten deine Leute nicht deinen kranken Partner zu belästigen. Sergeant McCallister rückt die Nummer vom Papst raus, wenn ihn eine nette Frau darum bittet.«
»Pam hat dich angerufen? Was hat sie gesagt?«
Cramer zuckte mit den Schultern. »Das Quatschen scheint bei euch jedenfalls nicht in der Familie zu liegen. Trotzdem staune ich immer wieder, wie viel man erfährt, wenn man einfach nur genau hinhört. Wieso hast du mir nie erzählt, dass dein Vater deine Mutter umgebracht hat?«
Jake holte tief Luft. »Darüber hat sie mit dir gesprochen? Nicht nur über den Tod meines Onkels?«
»Wenigstens bestätigt das mein Gefühl, dass du eine Menge Ballast mit dir herumschleppst. Bist du deshalb aus Maine weg?«

Jake nickte, denn er war nicht gewillt, Cramer den wahren Grund seines Fortgehens zu verraten.
»Ich bin hundemüde«, sagte er nach einer Weile.
»Willst du deine Cousine nicht einmal anrufen?«
Jake warf Cramer einen strengen Blick zu, und als der nicht wirkte, sah er auf seine Uhr. »Bei ihr ist es fünf Uhr morgens.«
»Dann ruf sie später an«, schlug Cramer unbeirrt vor.
»Ja, mach ich. Geh jetzt nach Hause, du siehst beschissen aus.«
»Danke, gleichfalls«, sagte Cramer und stand auf.
»Lass deine Schlüssel hier und mach die Tür hinter dir zu.«
Leise vor sich hin lachend ging Cramer durch die Balkontür hinein und zog sie hinter sich zu.

Cramer parkte seinen Wagen neben einem alten Volvo-Kombi. Zwei der Straßenlaternen waren aus und auf dem Parkplatz des Miethauses, in dem Memere lebte, tanzten düstere Schatten. Trotz der nachtschlafenden Zeit waren mehrere Fenster im Haus hell erleuchtet. Cramer wusste, dass dort die Junkies wohnten. Als Memere vor zwanzig Jahren herzog, war die Gegend eigentlich ganz okay gewesen, aber inzwischen war sie zu einem dunklen und gefährlichen Viertel verkommen. Wieder und wieder ärgerte sich Cramer, dass er so wenig dagegen tun konnte. Typen wie die Torrios

hochzunehmen mochte den Drogengroßhandel kurzfristig zurückschrauben, doch in null Komma nichts wurden sie durch die nächsten Drogenbosse ersetzt. Cramer und seine Kollegen arbeiteten gegen einen Sumpf an, der nicht austrocknen wollte. Manchmal kam er sich vor wie Herkules, der den Augiasstall ausmistet. Er schlug seine Autotür laut zu, worauf sich prompt einige Vorhänge an den Fenstern bewegten. Die Arschlöcher dahinter wussten sehr wohl, dass Cramer ein Cop war.
Er griff nach der Glock unter seinem Arm, wenngleich er nicht mit irgendwelchem Ärger rechnete. Die meisten der Nachbarn hatten genauso viel Respekt, wenn nicht gar Angst vor Memere wie er selbst. Bei der Vorstellung, wie drogensüchtige Kriminelle mit allen möglichen unerlaubten Waffen ängstlich vor einer achtzigjährigen Frau zurückwichen, die keine neunzig Pfund wog, musste er lächeln.
Seine Schritte hallten auf dem Gittergang, der zu Memeres Tür führte. Unter einem flackernden Licht weiter hinten hockten ein paar Jugendliche und rauchten Gras. Sie sahen sich nur kurz zu ihm um und rauchten unbeeindruckt weiter. Cramer holte seinen Schlüsselbund hervor und suchte Memeres Generalschlüssel heraus, mit dem er erst den großen Sicherheitsriegel und dann das normale Türschloss aufsperrte. Sobald er die Tür geöffnet hatte, schlug ihm ein starker Pfefferminz-Weihrauch-Geruch entgegen und er musste die Luft anhalten, um nicht zu würgen. Memere probierte dauernd etwas Neues aus.

Ein Zedernpfosten – der *Poto mitan*, die kosmische Achse in Memeres Tempel, die Himmel und Erde verband – bildete die Mitte des Wohnzimmers. Mehrere hohe brennende Kerzen standen auf Untertassen überall auf dem Teppich und auf einem großen Leinentuch war ein Muster aus Maismehl gestreut. Dieses Streubild nannte sich *Veve*, und heute stellte es Cramers Schutzgeist dar, Ogou, der die Machete schwang. Aus dem Schlafzimmer hörte Cramer ein Klappern. Vorsichtig ging er um die Kerzen herum.
Memere trug ein traditionelles weißes Leinengewand, das beinahe steif war vor lauter Stärke, und hatte das graue Haar zu einem strengen Knoten aufgesteckt. Sie beugte sich über einen der kleinen Alkoven, in denen ebenfalls Kerzen brannten. Außer den Kerzen fanden sich in diesen Nischen noch winzige Tassen mit Rum und Süßigkeiten sowie kleine Bilder von allen wichtigen Voodoo-Geistern. In der Hand hielt Memere das *Ason*, die heilige Rassel. Flüsternd sprach sie jeden der Geister an, schüttelte das Ason und verneigte sich leicht. Cramer wusste, dass sie seine Anwesenheit längst bemerkt hatte. Schließlich richtete sie sich auf, kam zu ihm und umarmte ihn. Ihr Kopf reichte gerade einmal bis knapp über seinen Bauchnabel, aber dafür waren ihre dünnen Ärmchen erstaunlich stark. Sie blickte zu ihm auf und Cramer war klar, dass sie ihm direkt in die Seele schaute. Wortlos zog sie ihn mit sich in die Küche, wo ein Kessel auf dem Feuer stand, und schenkte ihnen beiden eine Tasse Tee ein, den sie mit einem ordentlichen Schluck Rum abrundete.

»Bist du so früh gekommen, weil du sehen willst, wie ich die Geister wecke?«, fragte sie und nippte mit ihrem fast zahnlosen Mund am Tee. Ihr Gesicht strahlte vor Wärme.
»Ich habe Licht bei dir gesehen«, antwortete Cramer achselzuckend.
»Du weißt, dass ich die Kerzen immer brennen lasse. Du bist wegen dem Jungen hier.«
Mit »*dem Jungen*« war Jake gemeint.
»Warum sagst du das?«
»Ich denke, Jake ist in einer Welt voller Schmerz. Und du denkst das auch.«
»Er trägt eine Menge Ballast mit sich herum, das denke ich.«
»Mit Ballast kenne ich mich nicht aus, aber mit Schwierigkeiten. Ogou sagt: Bleib bei dem Jungen, und du kriegst auch Schwierigkeiten. Wirst du?«
Cramer atmete tief durch. »Ich weiß nicht. Ich glaube nicht, dass er mich bei sich haben will. Seit ich ihn kenne, ist er verschlossen und angespannt. Aber jetzt ist etwas passiert.«
»Die Ermordeten am Strand.«
Er runzelte die Stirn. »Woher weißt du davon?«
Memere lachte. »Ist in den Nachrichten! Denkst du, Ogou kommt, um mir davon zu erzählen? Brauche ich Geister, die mir erzählen, was auf CNN läuft?«
»Irgendetwas Komisches ist da draußen passiert, aber er sagt nichts. Jake wurde fast umgebracht. Und seine Cousine aus Maine rief bei mir an. Sein Onkel wurde ermordet.«

Seine Großmutter nickte nachdenklich. »Ich sag dir was. Der Junge hat große Schwierigkeiten, in die du dich nicht einmischen willst. Oder doch. Das bestimmst du.«
»Wie?«
»Ist er es wert?«
»Was wert?«
»Für ihn zu sterben?«
Cramer spürte eine eisige Kälte zwischen den Schulterblättern. »Du denkst, das könnte geschehen?«
»Ich denke, den Jungen erwartet eine ganze Tonne Unglück. Vielleicht kommt er durch, vielleicht nicht. Er hat José Torrio erschossen, oder? Wer in seiner Nähe ist, wird bis zum Hals im Dreck schwimmen, das sag ich dir.«
»Du machst dir Sorgen wegen der Torrios?«
Memere verzog das Gesicht, was so viel bedeutete wie *vielleicht, vielleicht nicht*. »Die Torrios sind böses *Juju*. Sie bringen die Geisterwelt durcheinander, wie wenn einer mit 'ner Klobürste im Suppentopf rührt.« Sie schüttelte den Kopf und eine graue Haarsträhne fiel ihr in die Stirn. »Aber der Junge hat anderen Ballast, der schlimmer ist. Die Torrios sind nur wie das Sahnehäubchen auf einem Kuchen aus Kuhmist. Du musst selbst wissen, was du tust.«
»Wieso sagst du mir nicht, *wie* ich das entscheiden kann?«
Lächelnd klopfte sie ihm auf die Schulter. »Das wirst du wissen, wenn's so weit ist. Einige Dinge sind es wert, für sie zu sterben, andere nicht.«

»Für dich würde ich sterben«, sagte Cramer leise.
Memere legte den Arm um ihn. »Ich weiß.«
»Ich muss los«, sagte Cramer und trank seinen Tee, der leider nicht gegen das eisige Unbehagen half.
»Ogou passt auf dich auf, dafür sorge ich. Aber du musst auch auf dich aufpassen. Du kennst dein Problem.«
»Ja, ich bin zu weich«, sagte Cramer lächelnd.
»Du bist verdammt zu weich für die Geister. Du magst sie, hast sie immer gemocht. Du musst härter werden und sie nicht so leicht zu dir durchdringen lassen. Das ist kein Spaß, Junge. Eines Tages wird dich einer kriegen, und dann wirst du's teuflisch schwer haben, ihn wieder loszuwerden.«
»Früher hast du gesagt, ich könnte einmal ein großer *Houngon* werden.«
»Kannst du vielleicht auch. Aber um ein Priester zu sein, musst du wissen, wie du die Geister im Zaum hältst. Wenn du bei Jake bleibst, könnt ihr zwei in große Schwierigkeiten kommen. Sei vorsichtig.«
»Verriegle die Tür hinter mir, ja?«
Memere lachte. »Wer hier einbricht, wird es bitter bereuen, das verspreche ich dir.«

Donnerstag

Jake betrachtete den Sonnenaufgang über dem Rollfeld und wartete, bis die restlichen Passagiere an Bord und auf ihren Plätzen waren. Um ihn herum herrschte ein ziemliches Gewimmel, doch er war so tief in Gedanken, dass er es nur noch wie das leise Blubbern einer Aquariumsluftpumpe wahrnahm.
Den ganzen gestrigen Tag hatte er hin und her überlegt, ob er Pam anrufen sollte oder nicht. Sie hatte ihm die Entscheidung dann abgenommen, indem sie *ihn* anrief. Seither ging ihm ihre Stimme nicht mehr aus dem Kopf.
»Komm nach Hause, Jake. Verabschiede dich von ihm. Das bist du ihm schuldig.«
Er hatte ihren Mann im Hintergrund gehört, der ihr riet, nicht so zu drängen. Pam hatte Ernie Peyton, einen protestantischen Pfarrer, kurz nach Jakes Fortgang aus Maine geheiratet. Jake vermutete, dass Ernie ein ganz besonderer Mann sein musste, wenn Pam ihn für sich auserwählte. Gewiss würde er sich bestens mit ihm verstehen.
»Entschuldige, Jake«, hatte Pam gesagt. »Ich weiß, dass du nichts mehr von mir hören und dieses Tal nie wiedersehen wolltest, aber Albert hat dich geliebt wie einen Sohn.«
Den Stich, den ihm ihre Worte versetzten, spürte er bis jetzt. »Dass ich dich nicht wiedersehen will, stimmt

nicht, Pam. Ich musste nur weg von Crowley, das ist alles.«

»Und von Mandi?«

Der Name traf ihn nicht wie ein Stich, sondern wie ein Axthieb. Er war drauf und dran, zu antworten, *vor allem von Mandi*, doch seine Stimme versagte.

»Bitte komm nach Hause, Jake. Du musst ja auch nicht bleiben.«

Pam hatte so enttäuscht geklungen, genauso enttäuscht und traurig wie vor vierzehn Jahren, als er in ein anderes Flugzeug gestiegen war, um vor dem wegzulaufen, der er gewesen war. Diesmal aber konnte er nicht weglaufen.

»Na gut, Pam«, hatte er gesagt. »Ich komme.«

Cramers Stimme riss ihn jäh aus seinen Gedanken. »Du blockierst zwei Sitze, Mann«, röhrte er in seinem tiefen Bariton und wedelte mit einer Boarding-Card vor Jakes Gesicht. »Der hier ist meiner.«

»Was machst du denn hier?«, fragte Jake verwirrt. Als er zur Seite rückte, durchfuhr ein brennender Schmerz seine bandagierte Wunde.

»Ich mache Urlaub. Nach Maine wollte ich schon immer einmal.«

»Wolltest du nicht. Du hasst das Landleben wie überhaupt alle Orte, an denen es keine Einkaufszentren gibt. Woher wusstest du, welchen Flug ich nehme?«

Cramer zückte seine Polizeimarke. »Falls du's noch nicht bemerkt hast, ich bin Detective.«

»Du musst nicht mitkommen. Ich will bloß ein paar Tage Ferien machen.«

»Ob du's glaubst oder nicht, der Chief mag dich. Und als ich ihm erzählte, dass du eine kleine Reise unternimmst und ich dich vielleicht besser begleiten sollte, fand er die Idee richtig gut. Jimmy Torrio ist nämlich spurlos verschwunden.«
»Du hast mit dem Chief gesprochen?«
Für Jake bedeutete das in etwa so viel wie mit Gott sprechen.
»Du warst in sämtlichen Nachrichten, Hohlkopf.«
In den Nachrichten zu erscheinen *und* vom Chief bemerkt zu werden waren alles andere als gute Zeichen.
»Was meinst du damit: Jimmy Torrio ist *verschwunden*?«
»Wir haben keine Ahnung, wo er steckt, was schon merkwürdig ist, wo doch sein Bruder gerade gestorben ist. Er und José klebten wie Pech und Schwefel aneinander. Wie dem auch sei, erzähl mir etwas von deiner bezaubernden Heimatstadt.«
Jake seufzte und klickte seinen Sitzgurt fest. »Crowley ist keine richtige Stadt, eher ein bewaldetes Tal, in dem hier und da ein Haus steht. Es ist die Sorte Gegend, in der niemand nachts die Tür abschließt. Wird dir gefallen.«
»Und dieses Tal ist nach deinem Ururgroßvater benannt?«
»Ja, Jacob Crowley«, sagte Jake und warf Cramer einen warnenden Blick zu.
Der aber tippte nur gegen seine Brusttasche, in der die Marke steckte. »Und du bist der König von's Ganze!«
»Wohl eher der verlorene Sohn.«

»Dann grillen sie für dich ein gemästetes Kalb, wenn du wiederkommst?«
»Ich glaube kaum, dass sich außer Pam noch irgendjemand an mich erinnert. Hast du etwa jemanden kontaktiert?«
Cramer blickte an Jake vorbei aus dem kleinen Flugzeugfenster. »Einen Dorf-Gendarm in Arcos namens Milche.«
»Virgil Milche ist kein Dorf-Gendarm«, erklärte Jake. »Er ist der County-Sheriff und ein verdammt guter Polizist. Er ist der Grund, weshalb ich beschloss, selbst Polizist zu werden.«
»Tatsächlich? Tja, er wollte jedenfalls wissen, wieso du nicht zur Beerdigung da warst und jetzt plötzlich doch kommst.«
»*Wann* hast du mit ihm geredet?«
»Gleich nachdem Pam angerufen hatte.«
»Und warum hast du mir nichts davon gesagt?«
»Als hättest du mit mir darüber reden wollen! Wieso konntest du nicht zur Beerdigung und kannst jetzt aber auf einmal doch noch kommen?«
»Weil Pam wieder angerufen hat.«
»Und?«
»Und ich habe das Gefühl, dass die Sache mit Albert ihr reichlich zusetzt.«
»Standen sie und dein Onkel sich sehr nah?«
»Nicht so nah, wie ich ihm stand. Hör zu, ich fliege nach Crowley, erweise meinem Onkel die letzte Ehre und versuche Pam zu beruhigen. Sie ist ziemlich durcheinander.«

»Willst du nebenbei den Mörder suchen?«
Jake seufzte.
»Wie kommst du darauf, dass du etwas herausfindest, was dieser Polizist nicht gefunden hat, wo er doch deiner Meinung nach so großartig ist?«
Jake lehnte sich zurück und schloss die Augen. »Guten Flug wünsche ich.«
Die Maschine rollte an. Jake blickte aus dem Fenster und sah zu, wie das Rollfeld zu einem grauen Fluss verschwamm, während der Motorenlärm zu einem Donnergrollen anschwoll.

Bei Sonnenaufgang stieg Memere aus dem Bett und ignorierte die Schmerzen, die in ihren Knien, Ellbogen und Hüften brannten. »Rheumatische Arthritis« hatte der Arzt es genannt. Memere musste lachen, als sie an all die Pillen dachte, deren Packungen unangebrochen in ihrem Medizinschränkchen standen. Sie ging in das zweite Schlafzimmer ihrer kleinen Wohnung, das sie in einen Schrein für die Geister umgewandelt hatte. Dort nickte sie jedem der Alkoven zu, in denen unterschiedliche Gegenstände für die jeweiligen *Iwas* – die Geister – aufgestellt waren. Außerdem standen frische Opfergaben vor den kleinen Nischen. *Iwas* konnten ziemlich zickig, wenn nicht gar gefährlich werden, zollte man ihnen nicht das nötige Maß an Respekt.
Die Luft war schwer von Honigduft und Memere ver-

zog die Nase. Diese neue Räucherstäbchensorte fand sie doch zu *benebelnd* und längst nicht so angenehm wie die Pfefferminzstäbchen. Sie verneigte sich noch einmal vor den Altären und ging in die Küche, wo sie sich ein frisches *Paket kongo* für ihre Beschwerden bereitete. Das und ein langes wohliges Geisterbad würde ihr besser helfen als alles, was der Arzt ihr verschreiben konnte.

Nun, zumindest ging es ihr hinterher so gut, wie es eine achtzigjährige Voodoo-Priesterin – eine *Houngon* – erwarten durfte. Sie schüttelte ihr neues *Paket kongo*, damit Loko Atizou und Ayizan, die Schutzheiligen der *Houngon* und die Geister, zu deren Beschwichtigung sie das Päckchen hergestellt hatte, auch wirklich wach wurden. Manchmal waren die *Iwas* genauso wie Cramer als Kind und taten bloß so, als könnten sie einfach nicht wach werden.

Vor sechzig Jahren war Memere in den Sümpfen außerhalb Baton Rouges zur *Houngon* geweiht worden. Bei der Zeremonie hatte sie die traditionellen sieben *Paket kongos* bekommen, die bis heute auf einem Ehrenplatz in ihrem Schlafzimmer standen. Jetzt berührte sie beide Knie mit der Seidenzwiebel ihres frischen *Paket*, dann beide Ellbogen und schließlich beide Hüften, während sie Loko Atizou und Ayizan anrief. Schon während des Rituals spürte sie eine deutliche Linderung ihrer Schmerzen, und nach dem Bad würde sie sich noch besser fühlen. Sie stellte das *Paket* auf den Küchentresen und sah im Altarraum nach, ob sie auch keines der vielen Rituale vergessen hatte, die täglich abgehalten werden mussten. Nein, fürs Erste sollten die *Iwas* mit ihr zufrieden sein.

Also ging sie ins Bad, ließ sehr heißes Wasser in die Wanne ein und warf eine Hand voll Jasminblüten hinein. Danach folgten ein Tropfen Mandelmilchsirup, einige gehackte Mandeln, etwas Wasser aus einer Quelle in Florida, mehrere Tropfen Heiligen Wassers von einem meist freundlichen, wenn auch bisweilen überheblichen Priester weiter oben in der Straße und schließlich ein Schuss Champagner. Dieselben Zutaten trocknete Memere und füllte sie in kleine Tüten, die sie an ihre Kunden verkaufte. Viele dieser Kunden waren bekannte Leute in der Stadt, die zu ihr kamen, weil sie wussten, dass sie sich auf ihre Diskretion verlassen konnten. Für ihren eigenen Bedarf indes verwandte Memere nur die frischesten Badezusätze.

Im Bad waren die Wände wie in der ganzen Wohnung mit gerahmten Ikonen und handgemalten Bildern der Voodoo-Geister behängt. Eine kleine Skulptur, die aussah wie ein Ameisenhügel mit einem Barbiepuppenkopf darauf, stand direkt neben der Flasche mit Mundspülung. Memere nickte der Skulptur zu und murmelte ein Gebet zu Danbala, einem der *Rada*-Geister. Die Geister teilten sich in zwei Völker auf: die *Rada*, was so viel bedeutete wie »kühl«, und die *Petwa*, was gleichbedeutend mit »hitzig und ungestüm« war. Man charakterisierte sie nicht als »gut« oder »schlecht«, denn solch eine Unterteilung war für die Geister unbrauchbar. Danbala war der Schlangengeist, der je nach Situation kühl oder hitzig sein konnte. Doch wie alle Schlangen

musste auch Danbala sorgsam umhegt und im Auge behalten werden. Dafür konnte er in Zeiten großer Not ein sehr guter Verbündeter sein.
Memere zog ihr Leinengewand aus und lachte kopfschüttelnd, als sie ihr Spiegelbild betrachtete. Sie fand, dass sie mit jedem Jahr mehr wie eine der Trockenpflaumen aussah, die sie regelmäßig essen musste, um nicht hoffnungslos zu verstopfen.
Du bist, was du isst.
Ihr Kichern wurde lauter.
Dann stieg sie in die Badewanne, stellte den Wasserhahn ab und streckte sich im heißen Wasser aus. Die Hitze und die Spezialzusätze vervollständigten die Linderung, die bereits mit dem *Paket kongo* begonnen hatte. Memere fühlte, wie sich ihre Muskeln entspannten und ihre alten Gelenke lockerer wurden. Wohlig inhalierte sie den Jasmindampf. Ein Bad wie dieses tat der Seele ebenso gut wie dem Körper. Es entführte Memere gleichsam an einen sanften Ort, der sie alle Sorgen vergessen und klarer denken ließ.
Cramer hatte sie ganz schön auf Trab gehalten, seit seine Mutter, Memeres Tochter Angelina, ihn damals in ihre Obhut gab. Andererseits war Angelina noch viel schlimmer gewesen. Von dem Moment an, da sie zum ersten Mal blutete, war sie zur Schlampe geworden, und Memere war es nicht gelungen, sie zu kontrollieren, egal wie sehr sie die Geister beschwor und um Hilfe anrief. Keine Frau sollte gezwungen sein, allein ein Kind aufzuziehen, doch Memere war es gleich zweimal abverlangt worden. Wenigstens war aus Cramer mehr ge-

worden als aus seiner Mutter, auch wenn er – wie Angelina – von frühester Kindheit an zu übertriebener Abenteuerlust geneigt hatte. Memere hatte Jahre gebraucht, um ihn halbwegs zur Vernunft zu bringen und ihn davon zu überzeugen, dass er im Leben nichts überstürzen sollte. Sie hatte ihn zuzuhören gelehrt, wenn die Geister zu ihm sprachen. Und jetzt? Jetzt machte er sich auf die unsinnige Reise in den Norden auf, was Memere gar nicht gefiel. Kein bisschen. Jake Crowley brachte Cramer in eine Menge Schwierigkeiten, noch dazu in große.

Sie hatte Jake einige Male getroffen und tief in ihrem Inneren mochte sie ihn sogar. Leider mochte Cramer ihn weit mehr, als gut für ihn war, denn Jake Crowley hatte einige ernst zu nehmende Probleme mit den Geistern. Beide Völker – die *Rada* und die hitzigeren, ungestümeren *Petwa* – gerieten jedes Mal vollkommen aus dem Häuschen, wenn Jake in der Nähe war. Deshalb war er kein schlechter Mensch. Allerdings hieß das, dass die Geister auf ihn eingestimmt waren, während er es aus irgendwelchen Gründen auf sie nicht war. Wie dem auch sei – Memere sähe es weit lieber, wenn Cramer nichts mit diesem Mann zu schaffen hätte. Doch wenn es schon unvermeidbar war, musste sie eben beide beschützen. Jeden Abend betete sie für die zwei zum Pantheon und sie hatte darauf bestanden, dass Cramer seinem Partner Jake ihr stärkstes *Paket kongo* gab, damit wenigstens die *Iwas* in dessen Gegenwart einigermaßen friedlich blieben. Irgendwo da draußen wartete ein besonderes Schicksal auf Jake und Memere fürchtete, dass

Cramer soeben dabei war, ein Teil dieses Schicksals zu werden.

Ein Geräusch aus dem anderen Zimmer ließ sie aufhorchen. Zunächst hörte sie nur das leise Plätschern des Wassers auf ihrem Bauch und ihren flachen Brüsten. Die meisten ihrer drogensüchtigen Nachbarn machten einen weiten Bogen um sie, denn sie hatten Respekt vor einer alten *Houngon*. Einige von ihnen hatten wahrscheinlich sogar Angst, sie könnte sich im Zweifelsfall ähnlich einem *Bokor*, einem dunklen Priester, gebärden. Zugleich war sich Memere darüber im Klaren, dass manche von diesen Drogenkids so unter Strom standen, dass sie vor nichts und niemandem zurückschreckten.

Was immer das Geräusch gewesen sein mochte – es war weg. Memere lehnte sich wieder zurück. Von Zeit zu Zeit passierte es ihr, dass sie in der Wanne einschlief. Dann träumte sie von ihren Tagen als Voodoo-Königin in den Bayous, lange bevor Angelina geboren war. Damals hatte sie ihre Nächte damit verbracht, zu Trommelklängen zu tanzen, umgeben vom schweren Duft des Sumpfwassers sowie einem Gemisch aus Rum, roten Bohnen und Reis. Während des Tages hatte sie in den Armen von Jean Coupe gelegen, dem Mann, der fortlief und sie mit einer leeren Keksdose zurückließ, als er erfuhr, dass er Vater werden würde.

Aber nicht der Gedanke an Jean ließ sie die Augen öffnen. Da war wieder ein Geräusch aus dem Wohnzimmer gewesen, ein leises, rhythmisches Klicken wie bei einem Käfer, der seine Flügeldecken hebt und senkt.

Langsam stieg sie aus dem Wasser und streckte ihre Gelenke. Sie war froh, dass das Bad und das *Paket kongo* die gewünschte Wirkung zeigten. Vor Eindringlingen fürchtete sie sich nicht besonders. Die Geister hingegen nahmen Störungen wenig freundlich auf. Der *Sac-de-papier*, der ihre Altäre störte, konnte einem jedenfalls leidtun.

Eilig trocknete Memere sich ab und zog sich ihren verwaschenen Frotteebademantel über, ehe sie die Badezimmertür öffnete. Der Duft der Houstoner Morgenluft schlug ihr entgegen, der sogar die Honigräucherstäbchen übertönte. Es war eine Mischung aus Benzin und Kohlendioxid, Eiche, Kiefer, Magnolie und etwas, das Memere nur als den Gestank schmutzigen Geldes beschreiben konnte. Sie wusste sofort, dass die Wohnungstür offen stand. Als sie ins Wohnzimmer gehen wollte, schlug die Tür hinter einem Mann zu, der genauso groß war wie ihr Enkel, allerdings bleich wie ein Leichentuch. Ein sehr viel kleinerer Mexikaner war im Altarraum und beugte sich über die Ogou-Statue. Und ein dritter Mann erschreckte sie, indem er sie plötzlich von hinten ansprach.

»Ich bin Jimmy Torrio«, sagte er mit einem Lächeln, das Memere an Zahnpastareklame erinnerte. Er hatte kurz geschnittenes lockiges schwarzes Haar, eine auffallend gerade Nase und vorstehende Wangenknochen. Obwohl Memere seine Züge – vor allem die dunklen, verschlagenen Augen – unheimlich fand, konnte sie sich gut vorstellen, dass einige Frauen diesen aalglatten Typ mochten. Ihn umgab die Aura eines sehr reichen Man-

nes und er roch nach schmutzigem Geld wie die Morgenluft der Stadt. »Ich möchte dir wirklich keine Umstände machen, Memere. Ich brauche lediglich ein paar Informationen.«
»Raus aus meinem Haus!«, befahl sie streng und wurde rot vor Wut.
»Das wird sich nicht einrichten lassen, alte Frau. Ich muss deinen Enkel finden, und leider sind meine Kontakte bei der Polizei diese Woche nicht besonders kooperativ. Also, wo steckt er?«
»Ich sage dir gar nichts. Du stolzierst hier herein, als gehörte dir das ganze Haus, dir und deinen Drogendealern. Du bringst dich in gewaltige Schwierigkeiten, Mr. Großkotz Jimmy Torrio, nur dass du's weißt.«
Torrios Lachen brachte die Gesichtszüge seiner beiden Begleiter zum Versteinern. Memere blickte von einem zum anderen. In ihren Gesichtern erkannte sie das Böse in Reinform.
»Ich habe nichts gegen dich, alte Frau«, sagte Torrio und schüttelte den Kopf. »Aber du sagst mir besser, was ich wissen will. Dann werden wir wieder verschwinden, ohne dass dir etwas geschieht.«
»Ich sag's nochmal, und du hörst besser auf mich: Geh, solange du noch kannst!«
Torrio blinzelte und Memere spürte, wie die Geister unruhig wurden. Dann schlug er ihr so hart ins Gesicht, dass ihr schwarz vor Augen wurde. Als sie in den Armen des bleichen Riesen wieder zu sich kam, schlug Torrio sie ein zweites Mal. Diesmal blieb sie bei Bewusstsein, doch der Schmerz war gemein. Sie spuckte

Blut auf den Teppich. Das störte die *Iwas* ganz sicher. Die Geister reagierten stets aufgebracht auf den Geruch von Blut. Und das Blut einer *Houngon* regte sie besonders auf.
»Wo ist dein Enkel?«
»Was willst du von ihm?«
»Geht dich nichts an. Erzähl mir, wo er ist, sonst wird Paco da drüben dein kleines Irrenhaus zerlegen.«
Torrio winkte dem Mexikaner im Altarraum zu und der Mann holte mit dem Arm aus. Im nächsten Moment zerbrachen Gläser und Tontöpfe. Agwes Altar wurde geschändet. Memere begann zu schreien, da schlug Torrio sie erneut.
»Sag schon!«, brüllte er.
Paco trat gegen einen anderen Schrein und Memere fühlte den wachsenden Zorn der Völker. Niemand konnte vorhersagen, was sie tun würden. Manchmal wurden die Geister aus den nichtigsten Anlässen wütend. Dann wieder reagierten sie nicht einmal auf die schlimmsten Beleidigungen. Memere hoffte, sie würden sich diesmal furchtbar rächen.
Sie schloss die Augen und rief Ogou an, Cramers und ihren Schutzgeist. Von allen Geistern war Ogou der unberechenbarste, konnte aber auch einer der gefährlichsten sein. Nachdem sie ihm ihre künftigen Dankesdienste angeboten und seinem männlichen Ego geschmeichelt hatte, indem sie sich ihn in seiner ganzen kriegerischen Pracht vorgestellt hatte, bat sie ihn um zusätzlichen Schutz für Cramer und sich.
»Ich will dich nicht umbringen«, sagte Torrio. »Ich habe

noch nie eine Großmutter umgebracht. Aber du musst mir sagen, wo Cramer ist.«
Sie konnte nicht mehr. »Er ist weggefahren.«
»Das weiß ich. Wohin?«
»Was willst du von meinem Jungen?«
Wieder lachte Torrio und Memere dachte: Ein solches Lachen sollte niemand über längere Zeit aushalten müssen. Es klang wie das Entweichen von Körpergasen aus dem Mund einer einen Tag alten Leiche. »Von deinem Jungen will ich gar nichts, alte Frau. Ich will seinen Freund und dein Junge wird mich zu ihm führen.«
Memere nickte. Jakes *Ballast* zog sie alle in den Untergang. Dieser Jimmy Torrio war kein Geist, aber er diente den Geistern, indem er Böses tat, ob er sich dessen bewusst war oder nicht.
»Also? Redest du jetzt?«
Sie schüttelte den Kopf und wieder schlug er ihr ins Gesicht, wenn auch nicht ganz so hart wie die vorherigen Male.
»Wenn ich es dir sage, ist es nicht gut für dich«, nuschelte sie durch die geschwollenen Lippen.
Torrio warf einen hämischen Blick auf das *Poto mitan*. »Da bekomme ich aber mächtig Angst. Also, wo sind sie?«
Memere zuckte mit den Schultern. »Wenn du ihnen folgst, wirst du vielleicht sterben.«
»Sag schon!«
Sie wischte sich mit dem Ärmel das Blut vom Mund. »In einem Ort namens Crowley. Genauso wie Jake. In Maine.«

»Wo in Crowley?«
»Mehr weiß ich nicht.«
Torrio musterte sie mit eiskalten Augen, doch Memere hielt seinem Blick stand. Dann nickte er und gab seinen beiden Begleitern ein Handzeichen. Paco kam aus dem Altarraum, als wäre der Teufel hinter ihm her, und Memere musste trotz ihres schmerzenden Kiefers lächeln. Der große weiße Kerl, der inzwischen noch bleicher geworden war, wenn Memere nicht alles täuschte, öffnete die Wohnungstür und trat hinaus auf den Gang. Torrio blieb auf der Schwelle stehen und drehte sich zu dem Mexikaner um. »Du bleibst hier und passt auf sie auf, bis wir zurück sind.«
»Ich?«, fragte Paco und blickte sich um, als fürchtete er, die Ikonen an den Wänden könnten jederzeit aus ihren Rahmen steigen und über ihn herfallen.
»Was ist los, Paco?«, fragte Torrio. »Hast du etwa Schiss vor *Geistern*?«
Paco schüttelte den Kopf. »In dieser Wohnung bekomme ich 'ne Gänsehaut, Boss. Wieso kann Jules nicht hier bleiben?«
Wieder lachte Torrio, aber seine Augen blickten dabei streng von dem einen Mann zum anderen. Als das große weiße Monster gleichgültig mit den Achseln zuckte, atmete Paco erleichtert auf.
»Na gut«, sagte Torrio genervt. »Dann komm mit. Vielleicht kann ich dich gebrauchen.«
Während Paco hinter Jimmy hereilte, kam Jules wieder in die Wohnung und schloss schweigend die Tür. Er und Memere beäugten sich wie Boxer, die frisch in den

Ring stiegen und versuchten ihren Gegner einzuschätzen.
»Magst du Schlangen?«, fragte Memere zischend und grinste ihn an.

Cramer beugte sich über Jake, um aus dem schmalen Flugzeugfenster auf die grüne Landschaft unter ihnen zu sehen. Von hier aus gesehen zur anderen Seite des Flugzeugs hin erstreckte sich die Casco-Bay, doch das tiefblaue Wasser faszinierte Cramer nicht halb so sehr wie die dichten Wälder.
»So viele Bäume habe ich noch nie auf einem Haufen gesehen.«
»Wünschst du dir schon, du wärst nicht mitgeflogen?« Cramer zuckte mit den Schultern. »Nein, ich weiß nur gern, was mich erwartet. In diesem Staat muss es ja von gefährlichen Tieren wimmeln.«
Jake lachte. »Das größte Raubtier hier ist der Schwarzbär, und von dem leben höchstens noch ein paar Exemplare weit verstreut in den Wäldern. Außerdem attackieren sie keine Menschen, es sei denn, sie werden bedroht.«
»Klar, deshalb hört man auch so viele Geschichten von Bärenangriffen.«
»Wieso hast du solchen Schiss vorm Wald?«
»Weiß nicht. Ich war noch nie in einem.«
»Nie?«

Cramer schüttelte den Kopf. »Memere hatte zu wenig Geld für Touren durch die Nationalparks. Ich weiß aber, dass man Bären mit Pfeifen oder Pfefferspray verscheuchen kann.«
»Hast du schon einmal etwas von Losung gehört?«
Cramer nickte. »So nennt man Tierkot.«
»Genau. In den Losungen von Schwarzbären finden sich jede Menge Überreste von Beeren und Nüssen.«
»Und?«
»In denen von Grizzlys tauchen häufig Pistolen, Pfeifen und Pfefferspraydosen auf.«
»Sehr witzig.«
»Um Crowley herum gibt es keine Grizzlys, im Umkreis von tausend Meilen nicht.«
»Bei meinem Glück haben sie die Strecke inzwischen geschafft. Und was ist mit Wölfen, Kojoten und Berglöwen?«
»Wölfe gibt's nicht, Berglöwen meines Wissens auch nicht und Kojoten greifen keine Menschen an.«
»Luchse und Vielfraße?«
»Woher kennst du so viele Raubtiere?«
»Ich habe mich schlau gemacht.«
»Der Luchs oder Vielfraß, der so blöd ist, auf einen Mann von deiner Größe loszugehen, tut mir leid.«
»Dann meinst du also, die Wälder seien vollkommen sicher?«
»Nein. Ich sage lediglich, dass du kaum von einem Raubtier angegriffen werden wirst. Aber du kannst in einen Fluss fallen und ertrinken, oder du verläufst dich und stirbst an Unterkühlung. Ach, und falls das deine

nächste Frage ist: In Maine gibt es keine giftigen Schlangen.«
»Ganz sicher?«
»Absolut.«
»Na, dann will ich dir mal glauben.«
»Das wäre das erste Mal.«
Die Landung und die Passkontrolle verliefen ereignislos, wenn man von den beiden alten Damen absah, die so sehr damit beschäftigt waren, Cramer anzustarren, dass sie darüber glatt alles andere zu vergessen schienen. Jake entdeckte Pam hinter den Glasscheiben, die die Gepäckhalle vom Wartebereich trennten. Ihr welliges rotbraunes Haar reichte bis auf die Schultern des blauen Baumwollkleides, doch vor allem fielen Jake die Sorgenfalten auf, die ihre Stirn zerfurchten. Sie verschränkte die dünnen Arme vor der Brust und beobachtete ihn, als er durch das Drehkreuz schritt. Für einen kurzen Moment blieb er unsicher vor ihr stehen und dachte über eine angemessene Begrüßung nach. Leider wollte ihm keine einfallen.
Pams tiefblaue Augen waren trotz all der Jahre kein bisschen blasser geworden. Dieses Blau beschwor die Erinnerung an die langen Sommerabende hinauf, an denen Pam und er auf der Veranda gesessen und über die Zukunft gesprochen hatten. Pam wollte damals Filmstar werden – besser: Filmstar war *ein* Wahlberuf von mehreren gewesen – und er wollte mit Virgil im Sheriff-Büro arbeiten. Keiner von beiden war da angekommen, wo sie sich damals gesehen hatten, und Jake fragte sich, ob Pam mit ihrem Leben, wie es sich entwickelt hatte,

glücklicher war als er mit seinem. Schließlich seufzte er und breitete die Arme aus.
Lächelnd schmiegte sie sich an ihn, erschrak jedoch, als sie den Kopf an seine Schulter lehnte und Jake unwillkürlich zusammenzuckte.
»Ich habe da einen Kratzer, der sich ein bisschen entzündet hat.«
Sie betrachtete die kleine Beule vom Verband. »Einen Kratzer?«
»Du hast mir gefehlt.«
»Ja? Davon habe ich nichts gemerkt«, sagte sie und löste sich aus seiner Umarmung. »Möchtest du mir nicht deinen Freund vorstellen?«
Er machte die beiden bekannt. Cramer bot an, sich um das Gepäck zu kümmern.
Pam lächelte. »Danke. Wir treffen uns draußen. Mein Wagen ist der gelbe alte Jeep.«
Sie ging mit Jake die Treppe hinunter und über die Straße zum Parkhaus.
»So viele Jahre«, sagte sie nachdenklich und schüttelte den Kopf.
»Es tut mir leid, Pam.«
»Du hörst dich fast an, als wenn du's ernst meinst. Aber wieso, Jake? Du hast mir nie gesagt, warum.«
»Weil es für alle das Beste war, dass ich ging.«
»Wie kommst du denn darauf?«
Jake antwortete nicht. Sie stiegen in den Jeep und fuhren vor den Ausgang der Gepäckausgabe.
»Gibt es irgendetwas Neues bezüglich Alberts Ermordung?«, fragte er.

»Wie viel weißt du denn bis jetzt?«
»Cramer ließ sich den Ermittlungsbericht von einem der Deputys faxen, aber der ist schon eine Woche alt.«
»Er wurde in seinem Haus überfallen und totgeprügelt. Es war ... Virgil meinte, es war sehr brutal.«
Jake sah aus dem Fenster auf das rege Treiben. Der alte Mann hatte in seinem ganzen Leben nie jemanden auch nur schief angeguckt.
»Warum wolltest du unbedingt, dass ich nach Hause komme?«
Pam gab vor, sich ganz aufs Fahren zu konzentrieren, ehe sie schließlich antwortete: »Ich brauche dich, Jake, ist das denn so schwer zu verstehen? Wir sind eine Familie.«
»Ja, schon gut.«
»Hast du *nie* daran gedacht, zurückzukommen?«
Sollte er ihr sagen, wie oft er daran gedacht hatte? Wollte er ihr von den unzähligen Nächten erzählen, die er bis zum Morgengrauen wach gelegen und an nichts anderes gedacht hatte?
»Manchmal.«
Sie nickte und schluckte gegen einen Kloß im Hals an.
»Pam«, begann er. »Du musst mir glauben, dass ich nicht zurückkommen konnte, jedenfalls nicht für immer. Ich bin mir nicht einmal sicher, ob es gut ist, dass ich jetzt hier bin.«
»Hast du Mandi überhaupt nicht vermisst?«, flüsterte sie.
Wie sollte er ihr erklären, dass er in den vergangenen vierzehn Jahren jede Sekunde an Mandi gedacht hatte?

Dass er bei keiner der wenigen Frauen, die er in der Zeit berührt hatte, etwas empfinden konnte? Über kurz oder lang erkannten sie, dass sie mit einem Phantom konkurrierten, und welche Chance hatten sie gehabt, da nicht einmal Jake selbst in der Lage war, dies offen einzugestehen?
Seufzend sah er aus dem Fenster zu Cramer, der mit zwei großen Rollkoffern aus dem Terminal kam.
»Wir reden später«, sagte Pam, noch ehe Jake aus dem Wagen sprang.

Ein Eichelhäher hüpfte durch die Bäume, als Cramer die lange Kiesauffahrt zu Pams Haus entlangging. Er hatte gerade ein wenig gelauscht, in der Hoffnung, er könnte erfahren, was zwischen Pam und Jake vor sich ging, beispielsweise warum Jake dieses Tal vor vierzehn Jahren verlassen hatte. Leider wollte anscheinend keiner von beiden reden, solange Cramer in Hörweite war. Also hatte er sich nach draußen verzogen, während Jake und Pam weiter über eine Kirchenveranstaltung am Abend stritten, zu der Pam die beiden partout mitnehmen wollte.
Eine Wolke schob sich vor die Sonne und Cramer blieb abrupt stehen, erschrocken darüber, wie verändert der Wald auf einmal aussah. Plötzlich schienen die Bäume buchstäblich über dem geschlängelten Weg zu hängen und ihn in eine enge dunkle Gasse zu verwandeln. Das

Bild versetzte Cramer sogleich in Habtachtstellung, zumal er Mühe hatte, sich an den wechselnden Schattenspielen zu orientieren. Beim Blick in den Wald versuchte jeder Mensch automatisch, das Auge auf eine bestimmte Tiefe einzustellen, was angesichts der Baumdichte unmöglich war und einen beinahe schwindlig machte.
Links von Cramer knackte ein Zweig und er drehte sich ruckartig in diese Richtung um.
»Hallo?«, rief er. Jake hatte ihm versprochen, dass es hier keine gefährlichen Tiere gab. Zu gern würde er ihm glauben.
Der Wald verschluckte seine Stimme, und doch bildete Cramer sich ein, eine Antwort zu hören, wie ein Flüstern oder wie Fetzen eines Liedes, die der Wind herantrug. Was es auch sein mochte – es war gerade eben laut genug, um Cramers Fantasie zu den wildesten Spekulationen zu veranlassen.
»Wer ist da?«, rief er.
Er blickte sich auf dem schmalen Weg um, während die Sonne sich vergebens abmühte, zwischen den Wolken hindurchzukommen. Kein Lüftchen regte sich.
Cramer sah auf das Unkraut, die Farne und die Kiefernnadeln, dann auf seine Schuhe, die vom Kiesweg mit einem staubgrauen Schleier überzogen waren. Da! Er könnte schwören, die *Stimme* wieder gehört zu haben, gerade so leise, dass er keine einzelnen Laute erkennen konnte.
Wider besseres Wissen verließ er den Weg und ging zwischen einer Zwillingsfichte durch, die nur an den Wurzeln zusammengewachsen war. Rechts von ihm tat sich

ein schlüpfriger Hang auf, der zum Talweg weiter unten führen musste. Vor ihm schmiegte sich der Wald direkt an einen Berghang. Hier und da standen die Bäume weniger dicht, dann wieder versperrten ihm Tannen, Unterholz und junge Koniferen jede Sicht.
»Ist da jemand?«, rief er und schritt vorsichtig noch tiefer in den Wald. »Wer sind Sie?«
Das Geräusch, das ähnlich einem nervigen Insekt einmal da war und einmal nicht, schien gleichsam hinter den Berg zu verschwinden. Cramer überlegte, ob er umkehren sollte. Jake hatte ihm gesagt, wie schnell man sich in den Wäldern verlaufen konnte. Andererseits war er vielleicht fünfzig Meter von der Auffahrt entfernt, also sollte er problemlos zurückfinden können.
Seine Straßenschuhe boten ihm wenig Halt auf der dünnen Schicht verwitternder Kiefernnadeln und er rutschte einen steilen kleinen Hang hinab. Unten angekommen fand er sich von dunklen Schatten umgeben. Er blickte zurück den Hang hinauf, dann die Kuhle entlang, in der er stand. Falls es in dieser Gegend doch Menschen fressende Raubtiere gab, wäre eine kleine enge Schlucht wie diese der ideale Ort für sie, um über ihre Opfer herzufallen. Allerdings war das gefährlichste Wildtier, das er zu sehen bekam, ein riesiger Käfer, der ihm über den Schuh und die Socke lief, ehe er unter einem verfaulenden Holzstück verschwand.
Bis Cramer am anderen Ende der kleinen Schlucht den Hang wieder heraufgekrabbelt war, hatte er zerkratzte Hände und seine Unterarme juckten unangenehm. Er wischte sich mit seinem Taschentuch den Schweiß aus

dem Nacken. Seine Schuhe wiesen ebenfalls Risse auf, die wahrscheinlich vom Unterholz oder von kleinen Felsstücken stammten, und Cramers Sportjacke wie auch seine Leinenhose waren übersät mit kleinen Dornenzweigen. Er versuchte sie abzuzupfen, doch kaum hatte er ein paar abgepflückt, verhakten sich schon wieder neue, die aus dem Nichts zu kommen schienen, an anderer Stelle.

»Mist!«

Er drehte sich einmal um die eigene Achse, was allerdings nur zur Folge hatte, dass er erneut einen leichten Schwindel verspürte, weil er in diesem Dickicht einfach keinen festen Punkt ausmachen konnte. Dafür war das murmelnde Geräusch deutlicher und kam nun aus einer erkennbaren Richtung. Cramer ignorierte die Dornenzweige und kämpfte sich zwischen ein paar besonders dicht stehenden Kiefern durch, bis er schließlich auf eine kleine Lichtung stolperte. Im selben Moment lugte die Sonne zwischen den Wolken hervor und warf goldenes Licht auf das hohe Gras.

»Wie ein Park«, murmelte Cramer überrascht und lauschte nach dem Flüstern.

Auf einmal verstummte das unheimliche Geräusch. Die Luft war klar und totenstill. Schlagartig setzte ein Kribbeln in Cramers Händen und Armen ein. Er kannte das Symptom aus anderen Situationen wie jene, als ein Bewaffneter überraschend aus einer Tür trat und ihm eine Kugel in die Brust feuerte. Blinzelnd schaute er sich um, aber die Schatten unter den Bäumen wollten einfach keine Form zu erkennen geben. In diesem Durcheinan-

der einen einzelnen Umriss ausmachen zu wollen war ungefähr so aussichtslos, als wollte man in einer Delfinschule ein bestimmtes Tier im Auge behalten.
»Ogou, du passt besser mit auf mich auf«, raunte Cramer leise und bekreuzigte sich.
Er schritt in die Mitte der Lichtung, zog seine Waffe und zielte auf etwas, das wie ein großer Mann aussah, der unter einer Ansammlung kleinerer Fichten kauerte.
»Wer sind Sie? Kommen Sie raus, damit ich Sie sehen kann.«
Doch der Schatten rührte sich nicht. Nachdem er ein paarmal tief durchgeatmet hatte, schlich Cramer ein Stück näher heran, wobei er die Waffe mit beiden Händen festhielt. Je kürzer der Abstand zwischen ihm und dem seltsamen Schatten wurde, desto gewaltiger wirkte der Mann, bis er am Ende unmenschlich groß erschien.
»Ich will Ihnen nichts tun!«, sagte Cramer und kam sich furchtbar albern vor. »Zeigen Sie sich.«
Kurz vor den dichten Bäumen hielt er inne. Der Wald schien vollkommen verstummt. Cramer rannen Schweißperlen übers Gesicht, die in seinen Augen brannten, sodass er blinzelte, während er erst einen, dann zwei Schritte unter die Bäume machte. Aus der Nähe entpuppte sich der Unbekannte als ein Wirrwarr von Ästen, knorrigen Wurzeln und Unterholz. Cramer blickte nach links und nach rechts, aber es war weder ein Riese noch ein lauernder Killer, gewalttätiger Wahnsinniger oder gar ein Bär zu entdecken. Er trat zurück auf die Lichtung und starrte erneut in die Bäume.
Was zum Teufel ging hier vor? Das Geräusch war da

gewesen, das würde er schwören. Und er war ziemlich sicher, dass kein *Tier* dahintergesteckt hatte. Sicher war er allerdings nicht, denn dafür hatte er schlicht zu wenig Erfahrung mit freier Natur.

Er suchte den Weg, auf dem er gekommen war. Zunächst konnte er keinerlei Anhaltspunkte erkennen, worauf er weit ängstlicher reagierte, als er sich selbst eingestehen wollte. Nach einer Weile fand er dann doch noch den kleinen Abhang wieder, den er heruntergeschlittert war. Während des gesamten Rückwegs blickte er sich immer wieder um, und kaum war er auf dem Weg angekommen und klopfte sich den Schmutz ab, setzte das unheimliche Flüstern wieder ein.

Cramer drehte sich um, doch außer dünnen gelben Sonnenstrahlen, die durch die Bäume schienen und ihnen zackengleiche Konturen verliehen, war nichts zu sehen.

Die Dämmerung setzte bereits am Spätnachmittag ein, da dunkelgraue Wolken aufzogen und die Luft so schwer wurde, dass sie gleichsam an den Hauswänden klebte. Bis sechs Uhr war es stockfinster geworden. Bei solchem Wetter stellte sich beinahe automatisch eine finstere Stimmung ein. Mandi kämpfte dagegen an, während sie sich für den Kirchenabend bereitmachte. Pierce war, wie immer, spät dran.

»Beeil dich, Schatz!«, rief sie. Sie hatte sich von Anfang

an angewöhnt, in seiner Gegenwart zu sprechen und ihn sogar zu rufen, obwohl sie ja wusste, dass er sie nicht hörte.

Ihr Sohn stand im Bad, spuckte Zahnpasta ins Waschbecken und trocknete sich ohne jede Eile das Gesicht ab. Sie tippte ihm auf die Brust, woraufhin er sein Hemd zuknöpfte, und als sie ihm die Krawatte umlegte, übernahm er und machte den Knoten allein. Sobald er fertig war, nahm Mandi seine Hand und signalisierte ihm in amerikanischer Zeichensprache, mit der es schneller ging als mit dem reinen Buchstabieren: *Wir kommen zu spät.*

Er schrieb zurück in ihre Handfläche: *Dann halten sie uns für wichtig.*

Mandi lachte und gab ihm einen Kuss auf die Wange. *Du bist auch wichtig.*

Sie reichte ihm seinen Stock und wartete geduldig, bis er den Weg zum Auto damit ertastet hatte. Den Motor ihres Subaru-Kombi ließ sie erst an, als Pierce angeschnallt war. Während der Fahrt lehnte er sich zurück, die Hand auf der Armlehne. Mandi wusste, dass er auf diese Weise jede Vibration des Motors und der Straße erspürte.

Ihr Leben lang hatte sie freiwillig in der Kirche ausgeholfen, wenn Veranstaltungen anstanden. Deshalb mussten Pierce und sie auch heute Abend früher da sein als die anderen, um alles vorzubereiten, ehe die übrigen Gemeindemitglieder eintrafen. Jeden Sonntagmorgen saßen Pierce und sie in der ersten Kirchbank neben Pam, und Mandi zeichnete ihrem Sohn den Text des Gottes-

dienstes in die Hand. Als er jünger war, hatte Pierce das Meiste versäumt, weil er dauernd zwischendurch Fragen stellte, doch mit den Jahren war er richtig bibelfest geworden.
Mandi war bisweilen hin- und hergerissen in ihren Wünschen für ihn. Einerseits wünschte sie, der Staat würde mehr Geld für bessere Schulen und Ausstattungen zur Verfügung stellen, um Kinder wie Pierce zu fördern, andererseits war sie glücklich gewesen, ihn bei sich unterrichten lassen zu können, wo sie ständig um ihn herum war. Was ihm an Sozialisierung im Vergleich zu anderen Kindern seines Alters fehlte, machte er mit der zusätzlichen Zeit wett, die ihm blieb, um frei von Hänseleien durch andere zu lernen, mit seiner Behinderung umzugehen. Natürlich wusste sie, dass sie ihn in mancherlei Hinsicht zu sehr beschützte, doch Pierce beklagte sich selten – es sei denn, sie verletzte das, was er als seinen persönlichen Bereich betrachtete. Wenigstens war die Regierung so freundlich gewesen, ihnen Lernhilfen und Bücher für Taubblinde zu finanzieren. Und als Pierce noch ein Kleinkind war, hatten sie sogar eine nette alte Lehrerin aus Portland bezahlt bekommen, die dreimal wöchentlich den Weg zu ihnen heraus machte, um Mandi zu helfen, Pierce zu *erreichen*. Der größte Durchbruch damals war gewesen, als Pierce auf einmal erkannte, dass er kommunizieren konnte. Zuerst hatte sich diese Kommunikation auf das Wesentliche beschränkt.
Hunger.
Aua.

Traurig.
Abstrakte Dinge mitzuteilen und zu verstehen war die nächste Hürde gewesen. Doch Pierce lernte schnell, schneller als alle anderen Kinder, mit denen die alte Dame vorher gearbeitet hatte, wie sie sagte. Mandi war ohnehin von seiner Genialität überzeugt – sie war es immer gewesen. Bisweilen konzentrierte er sich tagelang ausschließlich auf eine einzige Sache und man brauchte ihm Dinge nur ein Mal zu sagen, damit er sie sich merkte.
Er begriff intuitiv, dass um ihn herum eine sehr viel größere Welt existierte, die sich weit über die Grenzen der Dunkelheit und der Stille erstreckte, welche ihn umgaben. Als er jünger war, hatte Mandi jede freie Minute darauf verwandt, ihm Dinge wie Himmel, Telefon und Fernsehen zu erklären. Mit vier Jahren beherrschte er die Brailleschrift und verbrachte anfangs beinahe ebenso viel Zeit damit, Mandi Fragen zu stellen, wie mit dem Lesen. Gegenwärtig trieb Ernie Spenden auf, um Pierce einen Laptop mit Brailledisplay zu kaufen. Davon hatte Mandi dem Jungen allerdings noch nichts gesagt, weil sie nicht wollte, dass er sich eventuell vergebens Hoffnungen machte. Ernie hingegen war wild entschlossen und zuversichtlich.
Pierce war in vielerlei Hinsicht ein beeindruckender Junge, nicht zuletzt weil er eine ungeheure Begabung besaß, wenn es ums Reparieren von technischen Geräten ging. Dieses besondere Talent hatte Mandi erstmals bemerkt, als Pierce sechs Jahre alt war. Sie erklärte ihm damals, dass er keinen Toast zum Frühstück bekommen

könnte, weil der Toaster den Geist aufgegeben hatte. Als sie in die Küche zurückgekommen war, hatten überall auf der Arbeitsplatte verkohlte Krümel gelegen und Pierce war gerade dabei gewesen, das Gehäuse mittels eines Buttermessers wieder zuzuschrauben. Zu Mandis großem Erstaunen funktionierte der Toaster danach besser denn je. Von da an begann Pierce alle möglichen Sachen zu reparieren – ein Radio, aus dem nur Rauschen und Knistern kamen, einen Staubsauger, bei dem ein Keilriemen nach dem anderen durchschmorte. Dr. Burton hatte behauptet, Pierce wäre eine klassische Inselbegabung, doch Mandi machte sich schlau und fand heraus, dass die meisten Menschen mit so genannten Inselbegabungen einen sehr niedrigen Intelligenzquotienten hatten. Pierce hingegen war viel zu klug, um als *Idiot savant* bezeichnet zu werden.

Mandi parkte so nahe wie möglich an der Kirchentür. Zwar wies der hohe Holzturm mittlerweile eine derart deutliche Neigung auf, dass man glaubte, beim nächsten Läuten müsste die Glocke zur Seite herausfallen, aber so stand das Gebäude schon seit über hundert Jahren da, ohne dass etwas passiert wäre. Als sie mit Pierce den Mittelgang entlang zur kleinen Küche ging, tippte er ihr leicht mit dem Stock gegen das Schienbein und sie blieb stehen. Pierce zog die Augenbrauen zusammen und schien sich nach rechts und links umzusehen. Mandi starrte ihn an, als könnte er tatsächlich sehen, als wäre er tatsächlich ein normaler Junge wie Millionen andere auch. Wie oft malte sie sich das aus! Es war wie ein Tagtraum, dem sie wieder und wieder nachhing. Wahr-

scheinlich würde sie ihn bis ans Ende ihres Lebens träumen.
Sie nahm Pierces Hand. *Was ist?*
Ich höre etwas, schrieb er zurück und lauschte weiter.
Du hörst?, fragte sie verwundert.
Auch Pierce schien irritiert. *Hier ist etwas.*
Was?
Das Ding aus dem Tal. Es ist hier. Ich höre es.
Hier ist gar nichts, Schatz. Ehrlich nicht. Wir sind allein.
Aber er schüttelte den Kopf.
Mandi blickte hinauf zu den bunten Kirchenfenstern, von denen eines Jesus, ein anderes Maria darstellte. Pierce hatte in seinem ganzen Leben noch nie einen Laut gehört, ebenso wie er niemals Licht oder Schatten, geschweige denn Farben gesehen hatte. Auch konnte er keinen Laut von sich geben, denn die begrenzte Ausdrucksform, die man einem Taubblinden beibringen könnte, erforderte ein sehr teures Training, zu dem der Staat keine Zuschüsse gab und das Mandi sich nicht leisten konnte. Manchmal quälte sie deshalb das schlechte Gewissen, wie es wohl alle Eltern in ihrer Lage quälen würde – aber was sollte sie tun?
Sie verneigte sich und sprach ein Gebet: Was immer geschah, war Gottes Wille, und sie würde damit umgehen können, wenn Er es von ihr verlangte. Dennoch wäre sie dankbar, würde Er ihren Jungen behüten, da Pierce in seinem kurzen Leben doch schon so viel durchgemacht hatte. Sie klopfte ihm auf die Schulter und führte ihn zur Küchentür.
Dort ließ sie ihn auf einem Klappstuhl in der Ecke Platz

nehmen, gab ihm die Braillebibel, die Ernie extra für Pierce in seiner Kirche bereithielt, und begann Teller aus dem Schrank zu holen, die sie sauber wischte und dann auf dem großen Tisch im Gemeindesaal nebenan verteilte. Dann stellte sie die große Kaffeemaschine an und riss die Tüten mit dem Plastikbesteck auf. Währenddessen sang sie leise vor sich hin.
»Amazing grace, how sweet the sound ...« Als sie nach der Kaffeemaschine sah und ein Tablett mit Tellern und Bechern bestückte, hörte sie einen Bariton, der vom vorderen Ende der Kirche in ihr Lied einstimmte. Lächelnd sang sie weiter.
»Ist der Kaffee schon durch?«, fragte Ernie. Er wuschelte Pierce durchs Haar, und der griff nach seiner Hand, die er sorgfältig betastete, ehe er ihm zur Begrüßung Buchstaben in die Innenfläche malte.
Hi, Ern!
Zur Antwort wuschelte Ernie ihm erneut durchs Haar.
»Mandi«, sagte er, »ich habe hier jemanden mitgebracht, von dem Pam meint, du möchtest ihn vielleicht begrüßen.«
Mandi stellte ihr Tablett auf den Tresen und folgte Ernie in die Kirche. Pam stand an der Vordertür und nickte Mandi nur kurz zu, da sie gerade die anderen Gemeindemitglieder begrüßte, die nun nach und nach eintrafen. Neugierig sah Mandi an Ernie vorbei auf die beiden Männer hinter ihm.
»Jake!«, rief sie überrascht aus, sobald der aus dem Schatten des großen Schwarzen hervortrat.
»Hi, Mandi«, sagte Jake, dessen Blick von ihr zu Pam

wanderte. Seine Cousine lächelte verschmitzt. Dann wandte er sich wieder an Mandi. »Darf ich dir meinen Freund Cramer vorstellen? Cramer, das ist Mandi Rousseau.«
»Morin«, korrigierte sie ihn.
»Entschuldige«, sagte er verlegen. »Pam meinte ... ich dachte ...«
»Ich habe den Namen nach der Scheidung nicht geändert. Ernie und Pam sagten schon, dass du kommst. Wie ist es dir ergangen?«
»Ganz gut«, antwortete er. »Und dir?«
»Na ja, in meinem Leben gab es einige Veränderungen«, sagte sie wahrheitsgemäß. »Warte hier.«
Sie holte Pierce aus der Küche und stellte ihn Cramer und Jake vor.
Pierce tastete die Gesichter der Männer ab, wobei er sich bei Jake besonders viel Zeit nahm. Jake konnte gar nicht aufhören, den Jungen anzusehen.
»Er kann überhaupt nicht sehen?«, fragte Cramer.
»Pierce ist eines der wenigen Kinder, die taub und blind geboren werden. Er hat noch nie irgendetwas gesehen oder gehört.«
»*Mon* armer *petit ami*«, murmelte Cramer.
Mandi sah Jake an. »Ich habe mich oft gefragt, was aus dir geworden ist.«
»Na ja, ich lebte sehr zurückgezogen.«
Sie nickte. »So zurückgezogen, dass weder ein Anruf noch eine Postkarte drin waren.«
Jake wurde rot. »Es tut mir leid.«
Er sah zu Cramer, doch der tat, als gehörte seine ge-

samte Aufmerksamkeit einem Teller mit Muffins auf dem Tisch.
»Ich hab's verkraftet«, sagte Mandi. »Obwohl ich mich die ganze Zeit gefragt habe, ob du mir irgendwann verrätst, warum du verschwunden bist. Bleibst du?«
»Nein, ich bin nur zu Besuch hier.«
Langsam kamen immer mehr Leute durch die Doppeltüren und den Mittelgang hinunter. Mandi blickte zu Pierce, aber der schnupperte konzentriert und neigte den Kopf einmal zur einen, einmal zur anderen Seite. Wahrscheinlich wusste er inzwischen genau, wer in der Kirche war und wer fehlte.
»Wie gefällt Ihnen Crowley?«, fragte sie Cramer.
»Ich find's aufregend.«
»Aha, ich hätte nie gedacht, dass einmal jemand Crowley als *aufregend* bezeichnen würde.«
Jake lächelte. »Cramer hat sich heute im Wald verlaufen.«
»Tatsächlich?«
»Ich dachte, ich hätte etwas gehört, und da bin ich hinterher«, erklärte Cramer. »Polizisteninstinkt eben.«
»Sie sind also auch Polizist?«
»Ja, ich bin Jakes Partner.«
Mandi nickte. »Was haben Sie gehört?«
»Weiß ich nicht genau. Ich hielt es für eine Stimme und glaubte, jemand hätte sich verirrt.«
»Er dachte wohl eher, dass es ein Grizzly war«, spottete Jake.
»Hier gibt es keine Grizzlys.« Mandi verstand den Witz nicht.

»Das erzählte man mir auch«, sagte Cramer.
»Aber Sie haben nicht gesehen, was es war?«
»Nein, es war zu schattig.«
»Vielleicht haben Sie sich von den Schattenspielen täuschen lassen.«
»Klar, und die Schatten machten komische Geräusche.«
»Welche Geräusche waren das denn?«
Cramer überlegte und runzelte die Stirn. »Ich weiß nicht, wie ich es beschreiben soll, und ich konnte auch keine klare Richtung ausmachen, aber es hörte sich wie ein Flüstern oder ein leiser Singsang an.«
Mandi nickte nachdenklich und wandte sich wieder Pierce zu.
»Ein hübscher Junge«, sagte Jake.
Sie nickte. »Er ist mein Ein und Alles.«
»Wo wohnst du jetzt?«
»Im alten Miller-Cottage, zwischen Alberts Haus und der Schnellstraße.«
Sie sah Jake an und wollte sich ohrfeigen dafür, dass sie ihn immer noch liebte. Er brauchte bloß mit dem Finger zu schnippen, und sie läge in seinen Armen. Wie unendlich dumm sie sich vorkam!
Sicherheitshalber sandte sie ein Stoßgebet gen Himmel, dass Jake nicht schnippen möge. Wo war die Wut, die sie die letzten vierzehn Jahre lang aufrecht gehalten hatte?
Pierce nahm Cramers Hand und zeigte ihm, wie er mit den Fingern buchstabierte, indem er jeden Buchstaben des Alphabets in dessen Hand »schrieb«. Jake beobachtete die beiden.

»Es muss hart sein, ihn allein großzuziehen«, sagte er zu Mandi.

»Ich hätte es nicht anders haben wollen«, erwiderte sie achselzuckend, stellte jedoch fest, dass es schroffer klang, als sie beabsichtigte. »Wir wachsen mit unseren Aufgaben.«

Jake nickte und glaubte schon erfolgreich das Thema gewechselt zu haben, doch so leicht ließ Mandi ihn nicht davonkommen.

»Warum bist du weggelaufen, Jake?«, flüsterte sie. »War es wegen einer anderen Frau?«

Er sah sie entsetzt an. »Nein, das darfst du nicht denken. Niemals!«

»Warum dann? Nenne mir einen Grund.«

Er blickte sich in der Kirche um. Leute kamen auf sie zu und Mandi bemerkte, dass Cramer sie beide angestrengt *nicht* belauschte, während er so tat, als würde er sich ausschließlich auf Pierce konzentrieren.

»Können wir später weiterreden?«, fragte Jake flehentlich.

»Natürlich«, antwortete sie. »Wir haben gewiss noch jede Menge Gelegenheit.«

Pam näherte sich mit einer alten Frau am Arm. Barbara Stern trug ein rotes Kleid, das in den frühen Achtzigern ziemlich teuer gewesen sein musste, wie Mandi schätzte. Und ihre Schuhe hatten so hohe Absätze, dass sie beim Gehen schlingerte und die Kette mit den riesigen Kunstperlen vor ihrer Brust hin- und herschwenkte. Die Kunstperlen waren groß genug, dass ein Pottwal daran ersticken konnte.

»Jake Crowley!«, rief Barbara begeistert und strich sich das blondierte Haar zurück. »Ich dachte, du seist tot.«
»Nein, Barbara«, sagte er und reichte ihr die Hand. »Ich bin wohlauf, wie du siehst. Wie geht es dir?«
»Na ja, ich werde mit jedem Tag klappriger, aber was soll's! Ziehst du in das alte Haus zurück?«
Jake warf Pam einen gequälten Blick zu. »Nein, ich denke nicht.«
»Zu viele schlimme Erinnerungen?«
»Ich lebe jetzt im Westen.«
»Tust du das, ja? Und was machst du da?«
»Ich bin bei der Polizei in Houston.«
»Wie aufregend! Darüber musst du mir alles erzählen. Komm doch einmal vorbei«, sagte sie und tätschelte ihm die Wange, als wäre er ein zehnjähriger Junge. Dann musterte sie Cramer interessiert von oben bis unten. »Und bring ja deinen Freund mit, hörst du?«
Mit diesen Worten zog sie weiter zum Buffettisch und alle sahen ihr nach, wie sie auch einem seltsamen Seewesen nachgesehen hätten, das plötzlich über den Strand kriecht. Selbst Pierce rümpfte die Nase. Er musste ihr Parfüm gerochen haben.
Mandi lachte als Erste. »Sie *wird* klappriger? Und bring ja deinen Freund mit!«, wiederholte sie leise kichernd, bevor sie Cramer erklärte: »Sie behauptet, dass sie in den Fünfzigern beim Film war, aber niemand hat je einen Film mit ihr gesehen.«
»Worüber habt ihr denn gerade geredet?«, fragte Pam neugierig. »Das sah ja enorm spannend aus.«
»Über alte Zeiten«, antwortete Jake.

»Über flüsternde Stimmen«, kam von Mandi. »Cramer hat Stimmen im Wald gehört.«
Mandi lächelte zwar, doch Pam schien wenig amüsiert.
»Es ist schon ein merkwürdiger Zufall«, fuhr Mandi fort. »Vor ein paar Minuten sagte Pierce mir, dass er auch etwas gehört hätte.«
»Pierce?«, fragte Pam.
Mandi zuckte mit den Schultern. »Als wir in die Kirche kamen, meinte Pierce, er *hörte* etwas. Er ist schon seit ein paar Tagen komisch. Neulich sagte er, er hätte etwas vor seinem Fenster gehört. Ich weiß nicht, was mit ihm los ist … Vielleicht ist es der Crowley-Fluch. Erinnerst du dich, wie deine Mutter uns die Spukgeschichten über das Tal erzählte?«
Jake schwieg.
»Flüche sind wie Ballast«, murmelte Cramer und sah Jake an.
Der wandte sich irritiert ab.

Jake entdeckte Ernie, der sich weiter vorn in der Kirche mit Virgil Milche unterhielt, und bahnte sich mit Cramer einen Weg durch die Menge der Gemeindemitglieder zu den zweien. Ernie wirkte beunruhigt. Er wedelte mit den Armen, um die anderen auf sich aufmerksam zu machen.
»Sheriff Milche hat etwas zu sagen!«, rief er laut.
Sobald alle verstummt waren, holte Virgil tief Luft,

nickte Jake kurz zu und begann: »Meine Damen und Herren, ich weiß nicht, wie ich es am besten sage, und mir wäre es lieber, ich müsste es nicht gerade hier bekannt geben, aber es gab einen weiteren Mord.«

Ein aufgeregtes Raunen ging durch den Raum. Cramer stieß Jake an und schenkte ihm ein vielsagendes Grinsen.

»Ich wusste doch, dass es ein interessanter Urlaub wird«, flüsterte er.

»Wir haben das Opfer bereits identifiziert«, sagte Virgil. »Es handelt sich um ein junges Mädchen aus North Carolina, das von zu Hause weggelaufen ist. Wir gehen davon aus, dass sie getrampt ist. Ich denke, die Details kann ich uns allen ersparen, aber ich muss wissen, ob sie jemand in der Nähe der alten Schulbushaltestelle an der Schnellstraße gesehen hat.« Er blickte sich um, doch niemand regte sich. »Nicht? Sie trug Jeans und ein gebatiktes T-Shirt.«

Mandi erschrak hörbar.

»Hast du sie gesehen?«, fragte Jake, als Virgil auf sie zukam.

Sie nickte. »Ja, das muss sie gewesen sein. Ich machte heute früher Schluss, weil im Büro nichts los war. Auf dem Weg nach Hause fuhr ich hier vorbei. Ich wollte schon einmal mit den Vorbereitungen für heute Abend anfangen. Und als ich dann heimfuhr, sah ich sie beim alten Crowley-Haus.«

»Wann war das, Mandi?«, fragte Virgil.

Sie überlegte. »Gestern, so gegen drei.«

»Hast du gesehen, wohin sie ging?«

»Nein. Ich fragte sie noch, ob ich sie mitnehmen kann, aber ... ich weiß nicht mehr, was sie sagte ... Jedenfalls fuhr ich dann weiter, weil ich zu Pierce wollte. Wenn ich sie mitgenommen hätte, wenn ich ihr angeboten hätte, bei mir zu übernachten ...«
Virg schüttelte den Kopf. »Mach dich nicht verrückt, Mandi. Du konntest schließlich nicht ahnen, dass sie hier in Gefahr war. Bist du sicher, was die Zeit betrifft?«
»Ja, ziemlich sicher.«
Virgil schwieg einen Moment. »Na ja«, sagte er schließlich, bevor er sich wieder an die Gemeinde wandte. »Falls jemandem noch etwas einfällt: Ihr wisst, wo ihr mich erreicht. Jede Kleinigkeit kann wichtig sein.«
Er klopfte Mandi auf die Schulter und sah Jake an. »Du hast dir eine tolle Woche ausgesucht, um nach Hause zu kommen. Mein Beileid wegen Albert. Bleibst du länger?«
»Nein, ich bin nur zu Besuch. Mein Partner und ich brauchten mal eine Pause«, antwortete er und stellte Cramer vor.
»Die Polizeiarbeit in der Großstadt kann schlauchig sein, was?«, fragte Virgil und musterte Jake.
»Warum sagst du das?«
»Weil ich selbst Polizist bin.«
Jake lachte, wurde allerdings sogleich wieder ernst, als Virgil ihn beiseite nahm.
»Ich möchte, dass du dir etwas ansiehst, Jake«, sagte er leise und holte ein Polaroidfoto aus seiner Jackentasche.

Jake starrte auf das Bild. Die zwei Kristallkerzenhalter darauf kamen ihm schrecklich bekannt vor. Sie waren wie Diamanten geschliffen und oben etwas breiter als unten, nicht schön und wahrscheinlich auch nicht besonders standfest.

»Die lagen bei ihr?«, fragte er schockiert.

Virgil nickte. »Ich dachte mir gleich, dass ich die irgendwoher kenne. Sie standen immer auf dem Kaminsims bei euch zu Hause, stimmt's?«

Jake nickte. »Es sei denn, in der Stadt hat noch jemand genau die gleichen.«

»Unwahrscheinlich.«

»Na gut. Erzähl mir alles, was du bis jetzt weißt.«

»Du bist im Urlaub.«

»Aber die Frau ist offensichtlich in *mein* Haus eingebrochen.«

»Tja, mag sein. Ich kann noch nichts Genaues sagen. Sie wurde ziemlich brutal zusammengeschlagen, aber nicht schlimm genug, um daran zu sterben. Ich muss noch das Ergebnis der Gerichtsmedizin abwarten, ob sie vergewaltigt wurde, was ich vermute.«

Er sah Jake an, als wartete er darauf, dass der ihm weiterhalf.

»Schon was Neues über den Mord an Albert?«, fragte Jake.

»Nein, aber wer immer das war, er muss wahnsinniger gewesen sein als ein Maultier auf Whiskey. Es war ein furchtbarer Anblick, Jake. Wenn du mich fragst, müssen das Fremde gewesen sein. Hier ist keiner so irre. Ich tippe auf einen misslungenen Einbruchsver-

such. Gestohlen wurde nämlich, soweit wir bis jetzt wissen, gar nichts. Wie es aussieht, hat sich irgendein Irrer zur falschen Zeit an den falschen Ort verirrt. So ungern ich es zugebe, aber du weißt, wie so etwas läuft. Höchstwahrscheinlich wird der Fall nie aufgeklärt werden.«
»Brauchst du Hilfe?«
Virgil sah ihn nachdenklich an. »Nein«, sagte er schließlich. »Du hast hier keinerlei Befugnis. Ganz abgesehen davon hast du mir bereits vor Jahren unmissverständlich klargemacht, dass du mit dem Sheriff-Büro hier nichts zu tun haben willst. Hinzu kommt, dass Albert ein Verwandter von dir war.«
Jake zuckte mit den Schultern. »Cramer und ich könnten dir trotzdem helfen.«
Virgil nickte. »Ja, klar. Und ihr könntet mir meine Beweiskette kaputtmachen, sodass die Schuldigen am Ende durch unser Rechtssystem schlüpfen. Du weißt doch, wie Strafrechtsanwälte sind.«
»Wir haben beide eine Ausbildung, die du nie hattest«, beharrte Jake. »Und du könntest dich auch irren. Zwei Morde innerhalb eines Monats in Crowley? Beide Opfer wurden brutal verprügelt? Meinst du nicht, dass es da einen Zusammenhang gibt?«
Einige der Gemeindemitglieder hatten sich mittlerweile dicht genug an die beiden herangeschlichen, um ihr Gespräch zu belauschen. Virgil warf ihnen einen strengen Blick zu, ehe er fortfuhr: »Die beiden Morde haben *nichts* miteinander zu tun. Die junge Frau war Opfer einer Vergewaltigung, die außer Kontrolle geraten ist.«

»Alberts Leiche wurde aufrecht am Küchentisch gefunden. Wie habt ihr die Frau vorgefunden?«
Virgil runzelte die Stirn. »Woher weißt du das?«
»Cramer hat sich den Bericht besorgt.« Als Virgil ihn überrascht ansah, lächelte Jake. »Er ist recht einfallsreich.«
»Verstehe. Die junge Frau lag auf dem Bauch. Sie war vollständig bekleidet, Jeans, T-Shirt und Wanderstiefel. Es sah aus, als wollte der Täter nicht, dass sie ihn ansieht.«
»Kommt vor«, sagte Jake. »Ein panischer Killer entwickelt hinterher eine Art Reue. Er zieht sein Opfer wieder an oder bedeckt es. Manchmal erkennt man daran eine gewisse Handschrift, aber in den meisten Fällen machen die Täter solche Sachen aus einem Impuls heraus. Albert jedenfalls saß an seinem Tisch.«
»Da hätten wir also keine erkennbare Handschrift«, stellte Virgil fest.
»Sie wurden beide verprügelt«, erinnerte Jake.
»Ja.« Virgil verzog das Gesicht. »Aber die junge Frau sah nicht halb so schlimm aus wie Albert. Die meisten ihrer Verletzungen hätte sie sich sogar selbst zuziehen können, als sie durch den Wald rannte.«
»Es ist ziemlich ungewöhnlich, dass ein zweites Opfer weniger brutal zugerichtet wurde als das erste«, bemerkte Cramer. »Normalerweise steigert sich ein Täter.«
Virgil betrachtete die beiden. »Ich fahre direkt von hier zur Gerichtsmedizin. Morgen klappern meine Leute noch einmal alle Häuser im Tal und an der Schnellstraße

ab. Wenn jemand etwas gesehen hat, werden wir es erfahren.«
»Viel Glück«, sagte Jake, als Virgil sich bereits auf den Weg zur Tür machte. »War schön, dich wiederzusehen.«
Virgil drehte sich nicht noch einmal um.
Cramer sah Jake an. »Was ist hier los?«
»Was meinst du?«, fragte Jake.
»Woher kommt diese seltsame Spannung zwischen dir und dem Sheriff?«
Jake zuckte nur mit den Schultern.
Cramer schüttelte den Kopf und blickte auf die versammelte Gemeinde. »Dann muss ich es wohl auf die altmodische Art herausfinden.«

»Pierce hinkt nicht von Geburt an«, sagte Pam, die Jake eine Tasse Glühwein und ein Sandwich reichte.
»Was ist passiert?«
»Mandi denkt, dass Rich dahintersteckt, aber Pierce traut sich nicht, etwas zu erzählen. Rich behauptet, er wäre unschuldig, und Claude, sein Cousin, schwört, Rich wäre zur fraglichen Zeit mit ihm zusammen gewesen. Entsprechend wurde auch nie Anzeige erstattet.«
»Waren Rich und Mandi da schon getrennt?«
»Ja, schon seit Pierce etwa drei Jahre alt war. Aber Rich kam, na ja, häufiger zurück. Zumindest so lange, bis Mandi eine Verfügung gegen ihn erwirkt hatte. Seitdem muss er sich von ihr fernhalten.«
»Wo ist Rich jetzt?«
»Er wohnt oben an der alten Burnout-Straße in einem

Wohnwagen, zusammen mit deiner Cousine zweiten Grades, Carly.«
»Carly und Rich?«
»Tja, Carly entstammt dem richtig verlotterten Zweig der Crowley-Familie, so viel steht fest.«
»Was für eine unchristliche Einstellung«, sagte Jake lächelnd.
»Schlampe ist Schlampe«, erwiderte Pam kopfschüttelnd, sah sich allerdings sogleich beschämt in der Kirche um. »Tut mir leid, das hätte ich nicht sagen sollen. Weißt du, dass du Mandi genauso anschaust wie vor vierzehn Jahren? Es bricht mir das Herz, euch zwei zu sehen.«
Jake blickte in seine Tasse, die sich jedoch nicht als unerwarteter Fluchtweg entpuppte. »Zwischen Mandi und mir funktionierte es eben nicht.«
»Du meinst, weil du aus dem Tal wegmusstest.«
Er nickte.
»Weißt du, Jake, Familie und Freunde sind dazu da, dass man mit ihnen seine Sorgen *teilt*, nicht sie voreinander versteckt.«
»Und was ist, wenn man die Familie und die Freunde schützen will?«
»Manchmal wollen wir gar nicht beschützt werden«, sagte Pam.
»Das zwischen Mandi und mir ist eine Ewigkeit her.«
»Ich schätze, Exfreundinnen bedeuten immer Schwierigkeiten«, sagte Pam und sah ihn an.
»Im Moment machst du mir mehr Schwierigkeiten.«

Pierce tat so, als gehörte seine Aufmerksamkeit ausschließlich Pastor Ernie, der ihm eine alberne Frage nach der anderen in die Hand buchstabierte.
Wie geht's dir?
Gut.
Was liest du gerade?
Herr der Ringe.
Dabei konzentrierte Pierce sich auf die Vibrationen, die von den Leuten in der Kirche hervorgerufen wurden, die Luftbewegungen und vor allem auf jenes geisterhafte Ding, das er vor seinem Fenster gespürt hatte und das jetzt ganz in der Nähe sein musste. Endlich ließ Ernie ihn in Ruhe. Pierce schnüffelte.
Die meisten der Leute, die er kannte, konnte er am Geruch erkennen. Manchmal legte ihm jemand eine Hand auf die Schulter und er griff danach. Andere zog er zu sich, damit er ihre Gesichter abtasten konnte. Dann lächelte er, nahm ihre Hand in seine und buchstabierte ihnen langsam ihre Namen in die Handinnenflächen, um sie zu begrüßen. Seine Mutter musste bemerkt haben, dass etwas nicht stimmte, denn sie versuchte ihn abzulenken, indem sie seine Hand nahm und ihm hineintippte, wer sie gerade begrüßte. Aber Pierce wollte nicht abgelenkt werden. Er schüttelte seine Hand energisch, um ihr zu signalisieren, dass er wissen wollte, was er spürte.
Ich weiß nicht, was gerade geschieht, Liebling, tippte sie. *Vielleicht sollten wir die Ärztin fragen.*
Pierce zuckte mit den Schultern. Dr. Burton war okay, doch wie konnte sie wissen, was er in seinem Kopf

hörte? Denn er hörte es nicht etwa, wie andere Leute Dinge hören mochten. So viel wusste er. Er stellte sich eher vor, dass Hörende sich auf diese Weise an Geräusche *erinnerten*. Andererseits hatte er gar keine Erinnerung an irgendwelche Geräusche. Bis heute jedenfalls nicht.

Cramer hat etwas Seltsames gehört, buchstabierte ihm seine Mutter. *Heute, draußen im Wald.*

Pierce reckte den Kopf in die Höhe. Wer ihn nicht kannte, würde meinen, dass er jemanden in der Menge suchte. *Wirklich?*

Er sagte, er hätte etwas gehört.

Wahrscheinlich wollte er bloß nett sein, tippte Pierce und schüttelte den Kopf.

Er hat mir aber davon erzählt, ehe ich ihm sagte, was du gefühlt hast.

Pierce zögerte. *Es fühlte sich wirklich furchtbar an.*

Wie furchtbar?

So wie wenn ich einen Albtraum habe.

Sie drückte seinen Arm. *Hier ist nichts Schlimmes. Und dir wird nichts passieren. Nie wieder.*

Er nickte, weil er ihr zu gern glauben wollte. Sie hatte sich immer um ihn gekümmert, ihn beschützt – bis auf das eine Mal, und daran trug sie keine Schuld. Und sie hatte ihn nie belogen. Niemals. Doch heute merkte er, dass sie ihn ein bisschen zu sehr zu beruhigen versuchte. Irgendetwas musste ihr große Sorgen machen.

Wovor hast du Angst?, fragte er sie.

Ihr Händedruck wurde kaum merklich fester und er spürte, wie sie zögerte, ehe sie antwortete.

Es wurde wieder jemand ermordet.
Hier?
Nein, unten an der Schnellstraße. Ein junges Mädchen.
Pierce nickte langsam.
Das hat nichts mit dem zu tun, was du gehört hast, zeichnete Mandi. *Das denkst du doch nicht, oder?*
Nun war er es, der zögerte.
Ich weiß nicht.
Sie nahm ihre Hand weg und er spürte, wie sie sich von ihm wegbewegte. Auf einmal fühlte sich der Raum um ihn herum beklemmend leer an. Die Besucher mussten sich alle in einen anderen Teil des Kirchensaals begeben haben. Pierce roch noch Aftershave, Deodorant, Tunfischsalat, Kaffee und andere Düfte, die meist lange Zeit in der Luft blieben, nachdem ihre Träger nicht mehr da waren. Aber da seine Mutter ihm gesagt hatte, er sollte auf seinem Platz bleiben, tat er es. Diese Lektion hatte er auf die brutale Art gelernt.
Als kleines Kind durfte er sich im gesamten Erdgeschoss des Hauses frei bewegen, nur nicht in den ersten Stock hinaufgehen. Mit circa fünf Jahren hatte er jeden Winkel des Erdgeschosses erkundet gehabt und sogar den Garten. Eines Tages dann – seine Mutter war bei der Arbeit gewesen und die Babysitterin schlief auf der hinteren Veranda – war er die steile Treppe in den ersten Stock hinaufgestiegen. Zentimeter für Zentimeter hatte er das Schlafzimmer seiner Mutter ertastet, ihre weichen Wolldecken befühlt, an ihren Parfümflaschen und an ihrem Nagellack gerochen. Jede Schublade hatte er inspiziert, jedes Kleidungsstück und jeden Bogen Schrankpapier.

Er fand die zwei Fenster, von denen er aufgrund des Luftzugs im unteren Stockwerk nur geahnt hatte, dass sie da waren. Er war einfach dem Kiefernduft und der Sonnenwärme gefolgt, bis er direkt vor ihnen gestanden hatte.

Dann war ihm langweilig geworden und er hatte Hunger bekommen, also machte er sich wieder auf den Weg nach unten, wobei er sich vorsichtig an der Wand entlangtastete und mit den Zehen auf den Boden vor sich tippte, damit er rechtzeitig spürte, wo die Treppe anfing. An der ersten Stufe hatte er sich hingesetzt, um auf seinem Po hinunterzurutschen. Da plötzlich war er von zwei kräftigen Händen gepackt worden, die ihn nach oben rissen. Panisch hatte er mit den Armen gerudert, versucht, sich irgendwo festzuhalten, doch er schien buchstäblich in der Luft zu hängen. Und dann flog er nach unten. Für den Bruchteil einer Sekunde hatte er gefürchtet, in einer noch tieferen Dunkelheit zu landen, in der es nicht einmal mehr Berührungen oder Gerüche geben würde, für immer.

Seine Hand konnte einen Stab des Treppengeländers greifen, als er mit der Schulter auf eine Stufe aufschlug. Mit einem schmerzhaften Knacken kugelte seine Schulter aus und gleich darauf fühlte er am ganzen Körper Schmerzen, während er hilflos die Treppe hinunterpurzelte. Kurz darauf folgte ein dumpfer Aufprall und er verlor das Bewusstsein. Als er wieder zu sich kam, lag er in einem fremden Bett, aber seine Hand wurde von der seiner Mutter gehalten, und sie bedeutete ihm in Zeichensprache, dass ihm so etwas nie wieder zustoßen

würde. Jedes Mal, wenn sie ihre Hand kurz wegnahm, fühlte sie sich danach feucht an. Sie hatte geweint.
Monatelang musste Pierce im Krankenhaus bleiben, wo er schmerzliche Übungen über sich ergehen ließ, um wieder neu laufen zu lernen.
Dennoch hatte er nie erzählt, was geschehen war. Niemandem.
Und nun wartete er geduldig in der hell erleuchteten Ecke der Kirche, umgeben von Stille und Dunkelheit, während er spürte, dass die Welt um ihn herum noch dunkler wurde – egal wie sehr seine Mutter ihn vom Gegenteil zu überzeugen versuchte. Daran konnte auch sie nichts ändern.

Ernie brachte Mandi und Pierce zu ihrem Wagen. »Nochmals vielen Dank«, sagte er und klopfte ihr auf die Schulter, während Mandi sich hinters Steuer setzte.
Sie blickte hinaus in den dunklen Wald. »Ich freue mich immer, wenn ich helfen kann.«
Ernie legte die Stirn in Falten. »Warum kommst du nicht mit Pierce für eine Weile zu uns?«
Mandi überlegte einen Moment. »Nein, vielen Dank, aber ihr habt doch schon Besuch. Wir kommen zurecht.«
»Trotzdem solltet ihr jetzt vielleicht besser nicht allein sein.«

»Uns wird nichts passieren«, versicherte Mandi. »Ich verriegle alle Türen, und sollte ich doch noch nervös werden, rufe ich dich an.«

Er strich ihr über den Arm. »Na gut, aber mach es auch wirklich, ja? Fahr vorsichtig. Und solltest du es dir anders überlegen, springt ihr einfach in den Wagen und kommt, egal wann. Wir sind Tag und Nacht für euch da.«

»Danke, Ernie«, sagte sie, schloss das Fenster und fuhr winkend los.

Die Auffahrt hinunter folgte sie Barbaras altem Buick. Warum jemand, der so weit draußen im nördlichen Waldteil lebte, einen solchen Dinosaurier von Wagen fuhr, war Mandi schleierhaft. Ihr eigener Subaru war zwar auch schon acht, aber wenigstens hatte er einen Allradantrieb. Der Buick bog Richtung Tal ab, Mandi in die entgegengesetzte Richtung zu ihrem Haus.

Die junge Anhalterin wollte ihr nicht aus dem Kopf gehen. Was wäre gewesen, wenn sie angehalten und der Frau angeboten hätte, bei ihr zu übernachten? Wahrscheinlich würde sie dann noch leben und nicht auf einem kalten Metalltisch im Leichenschauhaus liegen. Für irgendjemanden war sie »sein kleines Mädchen« gewesen ...

Dennoch durfte Mandi sich nicht die Schuld an ihrem Tod geben. In ihrem Herzen war nur begrenzt Raum für Schuldgefühle vorhanden und seit acht Jahren – seit Pierces Unfall – war dieser Platz vollständig ausgefüllt. Nicht zuletzt deshalb hatte sie die Wahl getroffen, statt der Fremden Beistand anzubieten, nach Hause zu Pierce zu eilen. Und sie würde sich immer wieder genauso entscheiden.

Sie blickte hinaus auf den dunklen Waldweg, der nur von ihren Scheinwerfern erleuchtet wurde. Dann sah sie zu Pierce, doch der hatte das Gesicht zu seinem Seitenfenster gewandt.

Als sie gerade wieder auf die Straße sah, kam ein großer Rehbock zwischen den Bäumen hervorgesprungen und kollidierte beinahe mit ihrem Kühlergrill. Mandi trat mit voller Wucht auf die Bremse, während sie gleichzeitig mit einem Arm hinüber zu Pierce griff. Die Reifen knirschten auf dem Schotter, und auf einmal schienen die Bäume näher zu kommen. Pierce fasste ihre Hand und fragte sie mit den Fingern, was los wäre, doch sie ignorierte ihn und sah angestrengt durch die Windschutzscheibe hinaus. Sobald der Wagen aufhörte zu schlittern, fuhr sie an den Wegrand, um sich kurz von dem Schreck zu erholen. Pierce malte ihr hektisch Zeichen in die Hand und jetzt antwortete sie ihm, wobei sie Mühe hatte, ihr Zittern zu unterdrücken. Es war ohnehin sinnlos, denn ihr Sohn hatte ein Gespür dafür, wie sie sich fühlte.

Was ist passiert?, fragte er.
Wir hätten fast ein Reh überfahren.
Wow.

Sie blinzelte und versuchte in dem dunklen Wald etwas zu erkennen. Wovor mochte das Tier geflüchtet sein? Sie dachte an Cramers Grizzlybären und lächelte. Der Rehbock allerdings war eindeutig vor *irgendetwas* geflohen.

Ist es weg?, tippte Pierce.
Ja.
Schade.
Schade, dass wir es nicht überfahren haben?
Wir hätten gegrilltes Rehsteak essen können.
Sie versetzte ihm einen Knuff und er lächelte.
Der Rest der Heimfahrt verlief ereignislos. Dennoch blickte Mandi sich besorgt um, als sie vor ihrem Haus aus dem Wagen stieg. Vergeblich mühte sie sich, ihre Nervosität abzuschütteln, während sie darauf wartete, dass Pierce die Rampe hinauf zur Haustür kam. Sie verriegelte die Tür hinter ihnen und ging in die Küche. Pierce ging ins Bad. Mandi nahm sich ein Glas Milch und blickte hinaus in die Dunkelheit. Sie dachte an Jake.
Unwillkürlich musste sie immer wieder ihre damalige Beziehung zu Jake mit dem Leben vergleichen, das sie mit Rich geführt hatte. Die beiden Männer waren wie die entgegengesetzten Pole eines Magneten. Jake war stets so zärtlich gewesen, freundlich und liebevoll, wohingegen Rich von ihr nur eines wollte. Die Nähe zu Jake heute Abend war wundervoll und schmerzhaft zugleich gewesen. Ungeachtet dessen, was sie zu ihm gesagt hatte, war sie sich immer sicher gewesen, dass er sie nicht wegen einer anderen Frau verlassen hatte. Irgendetwas hatte ihn aus dem Tal getrieben, doch es war gewiss keine Frau gewesen. Und heute Abend hatte sie in seinen Augen denselben Schmerz erkannt, den sie bisweilen in ihren eigenen sah. Was aber hatte sie auseinandergerissen? Wieder und wieder hatte sie ihre

letzte gemeinsame Nacht in Gedanken durchgespielt. Inzwischen wusste sie nicht einmal mehr, ob ihre Erinnerungen überhaupt noch stimmten. Darin jedenfalls ließ sich kein Grund ausmachen, weshalb er plötzlich aufwachte und darauf bestand, Crowley zu verlassen. Und doch hatte er genau das getan.
Mandi hörte die Toilettenspülung, das Klappern der Badezimmertür und dann Pierce, der in sein Zimmer ging. Sie hörte, wie er seinen Pyjama hervorkramte, und ging zu seiner Tür. Er stand in Unterhosen neben seinem Bett und faltete sorgsam jedes Kleidungsstück zusammen, ehe er es auf den kleinen Tisch neben dem Bettgestell legte. Dann zog er seinen Pyjama an und kroch unter die Decke. Mandi wartete, bis er sein Abendgebet beendet hatte, und nahm seine Hände.
Hier ist nichts Gefährliches, zeichnete sie ihm in die Hand. *Und dir wird nichts passieren. Nie wieder.*
Er nickte unsicher.
Gute Nacht, tippte sie und hielt seine Hand an ihre Wange, bevor sie ihm buchstabierte: *Ich hab dich lieb.*
Ich dich auch.
Sie ließ die Tür einen Spalt offen und schaltete das Licht aus.
Als sie die Treppe hinauf zu ihrem Schlafzimmer ging, stellte sie fest, dass der Mond hinter dunklen Wolken verschwunden war. Die Nacht war stockfinster und die Außenseite des Fensters bedeckte ein dünner Dunstschleier.

Pierce fühlte noch die Fingerspitzen seiner Mutter in seiner Hand.

Hier ist nichts Gefährliches. Und dir wird nichts passieren. Nie wieder.

Zwar wusste er, dass sie ihn liebte und ihr Leben gäbe, um ihn zu beschützen, doch er war nicht sicher, ob sie das konnte. Er lag regungslos unter seiner Decke und spürte das dunkle Etwas direkt vor seinem Fenster.

Diesmal jedoch zitterte er nicht vor Angst, sondern dachte nach, was es sein könnte, das ihn durchs Fenster anstarrte, und was es von ihm wollte. Wieder einmal wollten sich nur wirre Beinahe-Gedanken in seinem Kopf bilden, die keinen Sinn ergaben. Zugleich war da etwas jenseits seiner Gedanken, fast wie etwas, das er verstehen *konnte*.

Auf einmal erlebte er das allzu vertraute und schreckliche Gefühl, in einer Dunkelheit allein zu sein, in der es weder Gerüche noch Vibrationen noch Geschmäcker gab, einfach nur beängstigende Leere. Und in diese schreckliche Leere drang dasselbe Etwas ein, das draußen vor dem Fenster lauerte. Er spürte, wie es nach ihm griff, ihn auf eine Weise forderte, die er nicht verstand. Es wollte etwas von ihm und er wusste, dass es dafür töten würde. Doch er hatte keine Ahnung, was dieses Ding brauchte. Auf jeden Fall aber konnten ihn weder seine Mutter noch sonst irgendjemand davor beschützen.

Vielmehr musste er sie beschützen.

Und plötzlich fühlte er sich sehr klein und sehr allein.

Freitag

Nach dem Frühstück fragte Pam, was er und Cramer für heute geplant hätten, und Jake zuckte mit den Schultern.
»Warum fahrt ihr nicht nach Arcos und schaut bei Mandi vorbei? Ihr Büro ist mitten im Ort.«
Jake schüttelte den Kopf. »Das halte ich für keine gute Idee.«
»Sie hat dich vermisst, Jake.«
Den Eindruck hatte er gestern Abend nicht gehabt. Wahrscheinlicher war, dass sie ihn hasste und es lediglich gut zu verbergen wusste – was wohl auch besser war.
»Willst du dich die ganze Zeit hier draußen verstecken?«
»Ich verstecke mich doch nicht, nur weil ich einer früheren Freundin nicht auf den Wecker gehen will.«
»Ich dachte, ihr beide wärt mehr gewesen als das.«
Jakes Miene verfinsterte sich, dabei hatte Pam Recht. Er und Mandi waren weit mehr gewesen als Freund und Freundin. Wie er es nennen sollte, wusste er nicht. »Seelenverwandte« kam jedenfalls nicht infrage, denn das klang albern und traf nicht annähernd das, was sie beide verbunden hatte.
»Was habe ich gesagt, das dich letztlich doch noch bewegt hat, herzukommen?«, fragte Pam. Jake war überrascht, dass sie dieses Thema vor Cramer ansprach. Der

wiederum schien die Unterhaltung entschieden zu sehr zu genießen, um sich von etwas so Unerheblichem wie Etikette gezwungen zu fühlen, den Raum zu verlassen.
»Meine Gefühle für Albert«, murmelte er.
»Das könnte ich dir sogar glauben«, sagte sie, wobei ihr Blick ihm bedeutete, dass sie noch mehr dahinter vermutete. »Ich bin wirklich froh, dass du gekommen bist.«
»Was dir nicht direkt anzumerken ist.«
»Wie soll ich es mir denn anmerken lassen?«, fragte sie und stellte eine frisch gespülte Pfanne auf das Abtropfgestell.
»Ach, ich weiß auch nicht, warum ich das gesagt habe. Entschuldige.«
»Willst du zum Grab gehen?«
»Das sollte ich wohl. Liegt er auf dem Familienfriedhof?«
»Ja, ganz in der Nähe deiner Mutter«, sagte Pam leise.
Jake sah Cramer an.
»Ich lasse dann schon einmal den Wagen warm laufen«, verkündete der brav und stand endlich auf.
Jake blickte ihm nach und fragte sich, weshalb Cramer mit ihm hergekommen war. Jimmy Torrio war wohl kaum so blöd, ihnen nach Maine zu folgen. Und warum hatte Cramer offensichtlich das Gefühl, er hätte ihn am Strand im Stich gelassen, obwohl die ganze Geschichte doch eindeutig Jakes Fehler gewesen war? Na ja, so war Cramer eben, auch wenn er es nie zugeben würde.
»So sind wahre Freunde nun mal«, sagte Pam.
»Kannst du meine Gedanken lesen?«

»Muss ich gar nicht. Ich sehe dir an, was du denkst. Du hast dich gefragt, wieso er sich um dich kümmert.«
Sie konnte also doch seine Gedanken lesen. Das hatte sie schon immer gekonnt. Einzig seine tiefsten, finstersten Gedanken blieben ihr verborgen. Und manchmal fürchtete er, sie könnte die auch noch lesen.
»Ich wollte immer, dass du wiederkommst und dich dem stellst, was dir zu schaffen macht, Jake«, flüsterte sie. »Hier können wir dir alle helfen, dahinterzukommen. Und solltest du danach wieder fortwollen, meinetwegen.«
»Was ist, wenn sich daran sowieso nichts ändern lässt?«, fragte er, wobei seine Stimme beinahe zitterte. »Was ist, wenn es nicht reicht, sich dem einfach zu stellen?«
Sie drückte seinen Arm, bevor sie ihn sanft zur Vordertür bugsierte. »Ich habe nie behauptet, dass es einfach wäre. Nichts, was sich wirklich lohnt, ist jemals einfach.«

Der Familienfriedhof lag an einem Hang am unteren Ende eines der höchsten Berge, die das Tal wie eine Reihe recht abgenutzter Drachenzähne umrahmten. Jake stützte eine Hand auf den schlichten Grabstein seiner Mutter und blickte hinüber zu Alberts Grab, das noch frisch war und deshalb keinen Stein hatte. Der Geruch von Erde und verwelkenden Blumen lag in der Luft, vermischt mit dem klaren Duft der Kiefern, die links und rechts vom Friedhof standen. Von seiner Warte aus hatte Jake eine gute Aussicht über das Tal, das sich unter ihnen erstreckte. Er fühlte eine seltsame Leere, als stün-

de er inmitten eines unendlichen schwarzen Raums, erfüllt von einem noch dunkleren und noch mächtigeren Vakuum in seinem Inneren.
Fast fünfzehn Jahre lang hatte er sich vor seiner Familie und seinen Freunden versteckt, weil es zu ihrem Besten war. Über vierzehn Jahre hatte er wie ein Eremit gelebt, keine vertrauten Stimmen gehört, keinen vertrauten Menschen berührt. Eigenartigerweise hatte er eine Art Frieden gefunden, indem er sich einem sehr gefährlichen und potenziell gewalttätigen Beruf verschrieben hatte. Aber vor allem hatte er geglaubt, in Houston weit genug weg zu sein, um nicht selbst die Ursache von Gefahr für Menschen zu werden, die ihm nahestanden.
Und nun hatte er Albert nie wiedergesehen. War seine Entscheidung richtig gewesen? Seine Gedanken wanderten zu Mandi und ihm stiegen Tränen in die Augen. Er hatte so vieles aufgegeben.
»Albert brachte mir bei, wie man mit einer Kettensäge umgeht und einen Bulldozer fährt«, sagte er nachdenklich.
»Hübsche Talente. Und was ist mit Tischmanieren?«, fragte Cramer.
Jake lächelte. »Für die interessierte Albert sich nicht besonders. Er brachte mir bei, ein richtiger Mann zu sein.«
»Wie passt der Sheriff ins Bild?«
»Virgil kam ziemlich oft vorbei ... nachdem meine Mutter umgebracht worden war. Ich glaube, er hatte Mitleid mit mir, genauso wie Albert. Manchmal, wenn wenig

los war, nahm er mich mit auf Streife. So trieb ich mich auch häufiger im Gefängnis von Arcos herum. Virgil brachte mir eine Menge bei, unter anderem wie man sich absolut ruhig verhält.«
»Was du nicht sagst!«
»Schon gut.«
»Ich höre auf zu fragen, wenn du nicht reden willst. Wie wurde deine Mutter umgebracht?«
Jake ging zum Wagen zurück, doch Cramer holte ihn mühelos ein. Jake riss die Beifahrertür des Miet-Camrys auf und warf Cramer einen strengen Blick zu, woraufhin der sich bereitwillig zur Fahrerseite begab.
»Sie wurde entsetzlich zusammengeprügelt«, erklärte Jake schließlich. »Aber laut Leichenbeschauer starb sie an Herzversagen.«
»Hatte dein Vater sie zuvor schon einmal geschlagen?«
»Nein, nie.«
Cramer schüttelte den Kopf. »Und was brachte ihn dann plötzlich dazu?«
»Ich möchte nicht darüber reden«, sagte Jake, womit für ihn das Thema erledigt war.
Bis sie den Berg hinunter waren, war Jake überzeugt, dass Cramer sie beide umbringen würde. Statt auf den kleinen Feldweg zu achten, der aus kaum mehr als zwei ausgefahrenen Reifenspuren bestand, sah er dauernd rechts und links in den Wald, sodass sie mehrfach gefährlich nah an die Schlucht rollten. Als Jake endlich die Talstraße vor ihnen sah, atmete er erleichtert auf und Cramer sah ihn ein wenig beleidigt an.
»Mein Sohn, ich hätte für Nascar fahren können, hätte

ich Ruhm und Reichtum gewollt«, erklärte er bestimmt.
»Aber nicht irgendwo, wo Bäume stehen.«
»Okay, ich geb's zu, ich eigne mich nicht besonders für die Wildnis. Wollen wir langsam einmal mit unseren Ermittlungen anfangen?«
»Wir sollen uns doch nicht einmischen.«
Cramer schwieg.
»Wenn Virgil uns erwischt, wird er richtig sauer«, sagte Jake.
»Und wozu sind wir dann hier? Du bist doch nicht zweitausend Meilen geflogen, um vor einem Grab zu stehen. Und was Familientreffen angeht, die scheinen auch nicht direkt deine Stärke zu sein.«
Das versuchte Jake selbst gerade herauszufinden. Er war seinem Instinkt gefolgt, als er ins Flugzeug stieg. Doch seit er wieder im Tal war, verhielt sich dieser Instinkt befremdlich ruhig. Er blickte auf die Kreuzung. Mögliche Antworten konnten nur in einer Richtung liegen. Aber war er bereit, sich ihnen zu stellen?
»Fahr rechts bis zur ersten Einfahrt«, sagte er ruhig.
»Ich schätze, da wohnte dein Onkel.«
Jake nickte. Als sie zur Einfahrt kamen, zeigte er auf den Straßenrand. »Halt beim Briefkasten.«
Er griff durch das geöffnete Fenster unter den Briefkasten, wo der Ersatzschlüssel an einem Magnet klebte. Dann fuhr Cramer die Einfahrt hinauf und parkte zwischen Alberts altem Wohnwagen und einem großen Schuppen mit Blechseitenwänden. Gelbes Polizeiband war in Form eines X über die Wohnwagentür gespannt.

Jake zog es ab und zuckte nur mit den Schultern, als Cramer ihn fragend ansah.

Drinnen schlug ihnen der vertraute Geruch von Salz und Urin entgegen, wie er für den Tod so typisch war, und Teppichboden wie Wände waren gestreift von braunen Blutspuren. Jake nahm außerdem Reste von Alberts Schweiß und dem Old Spice wahr, das er immer benutzt hatte, ebenso wie vom Knoblauch und Pfeifentabak – zwei Düfte, die den alten Mann ständig umgeben hatten. Ein Kloß bildete sich in Jakes Hals, als er das abgewetzte Sofa betrachtete, wo er unzählige Male gesessen und mit seinem Onkel Dame gespielt oder einfach nur geredet hatte. Ein Sessel lag umgekippt in der Ecke und auf dem Boden verteilt waren zerrissene Zeitschriften und Zeitungen.

All die Jahre über hatten die Leute im Tal für Jake in einer Art Zeitverzerrung gelebt, in der sie nicht alterten und sich somit auch nicht veränderten. Zu erfahren, dass einer der Menschen, die ihm am nächsten gestanden hatten, ermordet worden war, versetzte ihm daher einen Schock. Er konnte nicht begreifen, dass jemand Albert brutal zu Tode geprügelt hatte. Auf die Blutflecken starrend stellte er sich vor, was für ein Gemetzel hier stattgefunden haben musste. Albert war klein und alt gewesen, aber er hatte sich garantiert heftig zur Wehr gesetzt.

»Hier wird wohl nicht viel zu finden sein«, sagte Cramer. »Der Tatort ist zu alt, Jake. Die Polizei und die Leichenbeschauer werden schon alles auseinandergenommen haben.«

»Ich weiß ... aber es ergibt überhaupt keinen Sinn.«
»Nein«, stimmte Cramer ihm zu. »Verrückte Killer, die ihren Spaß daran haben, Blutbäder anzurichten, hinterlassen irgendwelche abgedrehten Hinweise.«
»Genau.«
Die Umrisse von Alberts Unterschenkel waren für immer in den abgelaufenen grünen Teppich eingefärbt, gleich neben dem umgekippten Sessel. Die Kunststoffdecke des Wohnwagens war von Blutflecken übersät und bräunliche Tropfenspuren zogen sich über die Fensterscheiben. Den Spuren nach musste der Kampf beim Sofa begonnen haben. Jake vermutete, dass Albert dort gesessen hatte, als er erkannte, was geschehen würde.
Cramer ging an Jake vorbei in die kleine Küche, wo er Schubladen und Schränke öffnete und wieder schloss.
Virgil musste *irgendetwas* übersehen haben.
Jake hob Alberts alten Sessel hoch und stellte ihn wieder unter die staubige Leselampe. Durch die Fenster fiel gräuliches Licht herein – so schwach, dass man glauben mochte, der Teppich verschluckte es. Die Feuchtigkeit verstärkte den Geruch geronnenen Bluts. Jake strich mit den Fingern über die Wände. Der Mörder musste wie ein Verrückter auf Albert eingedroschen haben, um solche Blutspuren zu verursachen. Und der Anblick war Jake entschieden zu bekannt.
»Eine Sache beunruhigt mich«, überlegte Cramer laut, nachdem er und Jake den Rest des Wohnwagens inspiziert hatten und wieder hinausgingen.
Jake sah ihn an.

»Wo sind seine Waffen? Hat der Killer sie mitgenommen? Laut Bericht fehlte nichts.«
Jake schüttelte den Kopf. »Albert konnte Waffen nicht leiden. Er war kein Jäger.«
»Ein Holzfäller, der in einer Hinterwäldlerbude wie dieser hier hockt, und dann ein Anti-Waffen-Verrückter?«
»Er war kein Verrückter. Er mochte eben keine Waffen. Sein Vater hatte sich erschossen. Albert sprach nie darüber.«
»Sein Vater, also dein Großvater?«
»Mütterlicherseits. Albert war der Bruder von Tante Claire und meiner Mutter.«
Cramer schloss die Tür hinter ihnen. Jake versuchte das Polizeiband wieder anzubringen, doch es haftete nicht mehr, sodass er es schließlich aufgab.
Er stieg die wackligen Stufen hinunter und sah zum Schuppen, in dem normalerweise Alberts Bulldozer stand. Da fiel ihm ein ausgerissenes Stück Zeitungspapier auf, das mit einem Zipfel im Feuerholzstapel an der Blechwand hing und im Wind flatterte. Wahrscheinlich war es Abfall und hergeweht worden. Virgil oder einer seiner Männer hatten den Schuppen schon überprüft. Trotzdem sagte Jakes Instinkt ihm, dass er sich das Papierstück genauer ansehen sollte. Er ging über den Kiesweg zum Holzstapel und wollte es abnehmen, doch ehe er es von dem Splitter abziehen konnte, an dem es hängen geblieben war, fasste Cramer sein Handgelenk.
»Nicht«, sagte er.
»Meinst du ...«, begann Jake und starrte auf den Fetzen.

»Ich weiß nicht«, murmelte Cramer.
In einer Ecke des Papiers war der Abdruck einer Schuhspitze zu erkennen, in Form eines klaren braunen Flecks wie von getrocknetem Blut. Und in der Mitte der Sohle war ebenso deutlich ein achtzackiger Stern zu sehen.
Natürlich hatte es auch blutige Fußabdrücke auf dem Teppich des Wohnwagens gegeben, doch die waren so verschmiert, dass es unmöglich gewesen wäre, danach auch nur die Schuhgröße zu bestimmen, geschweige denn die Schuhart.
Jake schüttelte den Kopf. Er wollte nicht glauben, dass sie so mühelos fanden, was Virgil und seine Leute übersehen hatten. Cramer schien zu wissen, was er dachte.
»Sieh es dir an«, sagte er und zeigte auf das flatternde Papier. »Wenn es am Tag der Ermordung windig war, konnte das Ding sonst wohin geweht sein.«
»Um dann wieder hierher zurückzuwehen und genau hier hängen zu bleiben?«, fragte Jake ungläubig.
»Es sind schon komischere Sachen passiert«, erwiderte Cramer achselzuckend. »Manchmal passen die *Iwas* auf dich auf.«
»Das versuch mal dem Richter klarzumachen.«
»Zuerst müssen wir wissen, wer der Mörder ist. Anschließend machen wir uns Gedanken über den Richter.«
Cramer hielt behutsam ein Holzscheit gegen das Papier, damit es zu flattern aufhörte.
»Ruf deinen Freund, den Sheriff, an.«

Virgil war nicht gerade erfreut darüber, dass Jake und Cramer Beweise gefunden hatte, die bei seiner Tatortbesichtigung übersehen worden waren. Ebenso wenig freute ihn, dass sie sein Polizeisiegel aufgebrochen und sich auf eigene Faust im Wohnwagen umgesehen hatten. Rechnete man Jakes Verwandtschaft mit dem Opfer hinzu, würde ohnehin alles, was sie jetzt noch fanden, von einem Strafverteidiger vor Gericht zerpflückt und als nachträglich platziert verworfen werden.

»Ich hatte nichts in der Hand, bevor ihr das hier fandet«, gestand er zerknirscht, als sie alle drei in seinem Dienstwagen saßen. »Was allerdings nichts an der Tatsache ändert, dass ihr widerrechtlich das Polizeisiegel aufgebrochen habt, wie ihr wohl wissen dürftet. Ich habe mir übrigens den Bericht über *euch* aus Houston schicken lassen. Ihr habt hoffentlich nicht vor, euren Privatkrieg mit diesen Torrios hierher zu verlegen.«

Jake sah ihn an. »Cramer und ich *können* dir helfen.«

Virgil musterte ihn nachdenklich.

»Nein«, sagte er dann. »Du hast mir vor langer Zeit ziemlich nachdrücklich erklärt, dass du nichts mit der hiesigen Polizei zu tun haben willst.«

Jake wurde rot. »Und? Was willst du jetzt machen?«

Virgil seufzte, stützte beide Hände aufs Lenkrad und blickte hinaus, wo vor Kurzem ein unangenehmer Nieselregen eingesetzt hatte. »Ich habe keine Verdächtigen außer den üblichen Ganoven in der Gegend, und die haben entweder Alibis oder wären außerstande, so eine Tat zu begehen. Teufel nochmal, jeder sollte außerstan-

de sein, mit einem Menschen das anzustellen, was Albert angetan wurde! Meine Jungs waren in jedem Haus im Tal und entlang der Schnellstraße. Wir haben mit Spürhunden das ganze Gelände abgesucht, aber sie haben keine einzige Spur entdeckt. Wie wir den Zeitungsfetzen übersehen konnten, ist mir ein Rätsel. Es gab keine Fasern im Teppich oder an den Möbeln und das ganze Blut drinnen stammte ausschließlich von Albert. Das heißt nicht, dass ich aufgebe. Natürlich schicke ich das Zeitungsstück nach Augusta ins Labor. Und sollten die nichts damit anfangen können, geben sie es ans FBI weiter. Ihr zwei aber, ihr haltet euch ab sofort raus!«
»Viel Glück!«, sagte Jake und stieg aus dem Wagen. »Hat mich gefreut, dich wiederzusehen.«
Virgil schüttelte den Kopf.
Auf dem Weg zu ihrem Wagen versetzte Cramer Jake einen leichten Knuff. »Er ist nur wütend, weil du zurückkommst und gleich einen Beweis entdeckst, den er nicht gefunden hat.«
»Nein«, sagte Jake bestimmt. »Das hat ganz andere Gründe.«
Cramer nickte. »Ballast«, murmelte er.
Sie sahen, wie Virgils Streifenwagen die Einfahrt hinunterfuhr und verschwand. Eine ganze Weile saßen sie schweigend und in Gedanken versunken im Auto, ehe sie ebenfalls wegfuhren.

Cramer bog gerade aus Alberts Einfahrt, als ihnen ein roter Sportwagen beinahe die Stoßstange abfuhr. Jake konnte einen kurzen Blick auf ein jugendliches Gesicht erheischen. Der Fahrer war eben alt genug, um über das Lenkrad schauen zu können. Im nächsten Augenblick verschwand das Auto mit quietschenden Reifen um die nächste Biegung und hinterließ eine dunkle Abgaswolke.

»Na endlich«, sagte Cramer und fuhr hinterher auf die Talstraße. »Hier ist ja doch mal was los!«

»Wir sind keine Verkehrspolizisten«, erinnerte ihn Jake, schnallte sich an und trat in den Beifahrerfußraum, als wären da noch Ersatzbremsen.

»Yeehaa!«, rief Cramer, als der Wagen in der Kurve kurzfristig nur auf zwei Rädern rollte.

»*Ich* habe das Auto gemietet«, sagte Jake.

Cramer grinste ihn breit an, bevor er wieder auf die Straße sah. »Muss blöd sein, in deiner Haut zu stecken, *mon ami.*«

Sie hatten den anderen Fahrer beinahe eingeholt, als er unten im Tal abbremste, um auf die Schnellstraße einzubiegen. Doch dann schaltete der Mustang in einen höheren Gang und Cramer hatte seine liebe Mühe, auch nur in Sichtweite von ihm zu bleiben. Der Sportwagenfahrer musste die Streife vor ihnen früher bemerkt haben als Jake, denn er raste von der Schnellstraße hinunter auf einen Feldweg. Cramer blieb an ihm dran. Jake hielt seine Polizeimarke hoch, sodass die Streifenwagenbesatzung sie sehen konnte. Die beiden Polizisten nickten und schalteten ihr Blaulicht ein.

»Das ist eine schlechte Straße für ein Rennen«, murmelte Jake, sobald sie auf dem Feldweg waren.
Cramer sah ihn kurz an. »Gibt es etwas, das ich wissen sollte?«
»Ein paar Sachen, die *er* hoffentlich weiß«, sagte Jake. »Hier sind alle möglichen Aussichtspunkte neben dem Weg, von denen die wenigsten mit einem Geländer gesichert sind.«
Noch während er sprach, fuhr Cramer über einen niedrigen Hügel und erreichte die Spitze gerade rechtzeitig, dass sie sehen konnten, wie der Mustang die nächste Kurve zu scharf nahm. Zwar gab es dort ein Geländer, doch das hielt den Sportwagen nicht auf, und Jake kannte die Strecke gut genug, um sicher zu sein, dass der Junge den Unfall kaum überleben würde.
Cramer brachte den Camry an dem Aussichtspunkt in der Kurve zum Stehen. Jake sprang aus dem Wagen und lief zum durchbrochenen Geländer. Noch ehe er etwas sehen konnte, hörte er das tosende Wasser unterhalb des Weges. Zitternd stand er da und blickte hinab, wo er gerade noch den letzten Rest des Mustangs im Strom versinken sah. Der Körper des jungen Fahrers musste herausgeschleudert worden sein, denn er lag etwa vierzig Fuß tief auf einem Felsvorsprung. Schrillend näherten sich zwei Polizeisirenen. Als Jake sich umdrehte, erkannte er, dass der zweite Streifenwagen Virgils war. Mit knirschenden Reifen kamen beide Polizeiwagen hinter Jake und Cramer zum Stehen, dann wurden Wagentüren geöffnet und zugeschlagen. All die Geräusche schienen Jake so weit weg, dass er sie nur wie durch

einen Nebel wahrnahm. Selbst als Cramer ihm recht unsanft auf den Rücken schlug, merkte er es kaum.
»Toller Urlaub«, stellte Cramer fest und sah hinauf in den Nieselregen.
Jake zeigte den Abhang hinunter. »Da unten liegt ein toter Junge.«
»Ein toter Autodieb. Ich sag's ja immer wieder, die Weißen sind alle Kriminelle. Ihr Leute besitzt einfach keine Werte.«
Ein Hilfssheriff befestigte ein Seil an dem noch unversehrten Teil des Geländers und machte sich zum Abstieg bereit. Jake sah ihm zu, ohne wirklich interessiert zu sein.
Der Partner des Hilfssheriffs kontrollierte Jakes und Cramers Papiere. Er nickte Virgil zu, als der zu ihnen kam.
»Touristen?«, fragte der Polizist Jake.
»Familientreffen«, antwortete Cramer.
Der Mann blickte Cramer verdutzt an und Jake verdrehte die Augen. In Maine gab es ungefähr so viele Schwarze wie Brieftauben.
»Was ist passiert?«, fragte Virgil die beiden.
»Der Junge ist mit an die hundert Meilen auf der Talstraße an uns vorbeigerast«, erklärte Jake. »Wir konnten ihn nicht einholen.«
Der Hilfssheriff sah zu dem Seil, das sich über der Abhangkante spannte. Virgil gab ihm mit einem Kopfnicken zu verstehen, er solle seinem Kollegen helfen, und übernahm das Klemmbrett, um Jakes und Cramers Aussage weiter aufzunehmen.

»Sonst noch etwas?«, fragte Virgil und wandte sich wieder an Jake.
»Nicht viel«, sagte Jake. »Der Junge war so klein, dass ich durch die Rückscheibe nicht einmal seinen ganzen Kopf sehen konnte.«
»Füll das hier aus«, wies Virgil ihn an und gab ihm das Klemmbrett, damit er seine Aussage selbst aufnehmen konnte. »Ihr zwei habt echt keine Zeit verschwendet, neuen Ärger aufzutun.«
Kopfschüttelnd ließ er die beiden stehen und ging zu seinen Hilfssheriffs.
»Du siehst müde aus«, stellte Cramer mit Blick auf Jake fest.
»Ich bin es leid, dass Menschen sterben«, erklärte Jake und klemmte sich das Notizbrett unter den Arm.
»Saubere Ferien, was?«, meinte Cramer. »Wollen wir zurück zu Pam?«
»Nee, ich dachte, ich miete mir einen anderen Wagen, fahre die Küste hinauf und bringe mich um.«

Mandi hatte die Fensterscheibe provisorisch mit Klebeband repariert. Pierce saß ruhig vor dem Fenster, atmete genüsslich den Duft feuchten Grases ein und fühlte den feinen Wassernebel auf seinen Händen.
Doch auf einmal war da ein Gefühl, das weder über seine Nase noch über seine Zunge oder seine Haut vermittelt wurde. Es schien gleichsam direkt in seinem Kopf

zu sein, wie ein Vibrieren, das unheimlich auf und ab schwoll, wellenähnlich, gleich unterhalb seiner Schädeldecke. Ihm war, als würde er aus seinem Zimmer hinausgesogen und irgendwohin geweht. Zwar spürte er, dass seine Füße nach wie vor den Boden berührten, doch fühlte er ebenso deutlich die Vibrationen, die er nunmehr als die eines Wagens erkannte, der mit hoher Geschwindigkeit fuhr und rasch die Gänge wechselte. Als Nächstes waren da seltsame Explosionen in seinem Schädel wie ... Formen ... nur dass er sie als *Muster* wahrnahm, statt sie tatsächlich zu fühlen. Merkwürdige, sich steigernde, ständig wechselnde ... Unterschiede ... mehr variierende *Dinge* anstelle der eintönigen Wand von Dunkelheit, an die er gewöhnt war. Dann plötzlich hörte das Vibrieren auf und ihm war, als würde er entsetzlich tief stürzen. Währenddessen erfüllte ihn eine befremdliche Angst oder ein unwirklicher Schrecken, der nichts mit der Furcht zu tun hatte, wie sie das Ding vor dem Fenster in ihm ausgelöst hatte, und ebenso wenig mit dem eingebildeten Sturz. Das Verwirrendste jedoch war, dass er nicht begriff, ob *er* diese Angst erlebte oder jemand anders.

Er stöhnte und spannte jeden Muskel seines Körpers an, bis er schließlich einen Seufzer ausstieß, der ewig zu währen schien, als würde er langsam sein Leben aushauchen.

Die Arme zitternd auf dem Fenstersims abgestützt, schloss er die Augen und konzentrierte sich, versuchte verzweifelt, das entsetzliche Gefühl festzuhalten, es zu verstehen. Natürlich hatte das Schließen der Augen kei-

nen physischen Effekt bei Pierce, und doch bildete er sich ein, es würde ihm beim Nachdenken helfen.
Er streifte seine Schuhe ab und stellte die Füße auf den Holzboden.
Im Haus regte sich nichts. Seine Mutter war bei der Arbeit und er war ganz allein.
Er fuhr sich mit den nassen Fingern übers Gesicht, tastete seine Haut vom Wangenknochen bis zum Ohrläppchen ab. Der merkwürdige Kontakt war aus dem Nichts aufgetaucht und plötzlich abgebrochen, wie das Vibrieren und unvermittelte Verstummen des Rasierers seiner Mutter, wenn man den Schiebeknopf betätigte.
Summ.
Aus.
Und dennoch verstand er zumindest ein wenig von dem, was geschehen war, und diese Lösung weckte in ihm Furcht und Erstaunen gleichermaßen. Seine Mutter hatte ihm erklärt, wie das funktionierte. Ein Geräusch.
Für den Bruchteil eines Augenblicks, eine Millisekunde lang, wusste Pierce, dass er *gehört* hatte.
Und vielleicht, ja, nur vielleicht … hatte er *gesehen*.
Mehr als alles andere auf der Welt wünschte Pierce sich, sehen und hören zu können. Es gab nur einen anderen Wunsch, den er dagegen eintauschen würde, sollte Gott sich plötzlich entscheiden, zu ihm zu kommen, und sagen: *Pierce, du bist ein prima Junge. Was möchtest du, dass ich für dich tue?* Andererseits hielt er die Möglichkeit, hören und sehen zu können, für mindestens so unwahrscheinlich wie die, einen richtigen Vater zu haben.
Bis jetzt.

Doch *was* hatte er gehört? *Was* hatte er gesehen? Und was hatte er *gefühlt*?
Die Angst hatte ihn mit Monsterarmen gegriffen und eine Furcht in ihm geweckt, die so tief saß, wie nur die vor dem unmittelbar bevorstehenden Tod sitzen konnte. Trotzdem war alles mit einem Schlag vorbei gewesen.
Jemand war gestorben.
Staunen, Schock und Furcht schnürten ihm den Brustkorb zu, dass er fast meinte, *sie* zu hören. Das Letzte, was er auf dieser Welt hören oder sehen wollte, waren sterbende Menschen. Sollte dies der einzige Weg sein, der sich ihm in die Welt der Hörenden und Sehenden öffnete, würde er lieber verzichten. Könnte Gott ihm so etwas antun? War es eine Art Test, so wie Hiob auf die Probe gestellt worden war?
Pierces Fingerspitzen glitten über den nassen Fenstersims und kratzten über den abbröckelnden Lack.
Ich will nicht wissen, dass Menschen sterben, lieber Gott. Schon gar nicht, wenn ich doch nichts dagegen tun kann. Bitte, verlang nicht von mir, das zu wissen.
Doch im Grunde seines Herzens wusste er, dass genau das gerade mit ihm geschah, denn er spürte immer noch Gefahr. Keine direkte, drohende Gefahr. Kein Vibrieren mehr. Kein übler Geruch, der in sein Zimmer drang. Dieses Gefühl von Gefahr war viel abscheulicher und schrecklicher, weil es so weit weg und zugleich so durchdringend war. Dieses Ding war gekommen und beobachtete ihn von draußen. Und es bewegte sich.
Er beugte sich näher ans Fenster. Wäre draußen jemand

vorbeigekommen, hätte er gemeint, Pierce sähe hinauf zu den Bergen. Seine Nasenflügel bebten mit jedem Atemzug. Irgendetwas im Tal war zerbrochen und Pierce wusste, dass es noch schlimmer würde. Selbst ohne Augen und Ohren erkannte er früher als irgendjemand sonst, dass sich ein heftiges Unwetter zusammenbraute.
Dabei war es, abgesehen von dem rhythmischen Tropfenschlag auf seinen Händen, totenstill.

Jules beobachtete argwöhnisch die alte Frau, wie sie durch die Wohnung wuselte, einmal hier, einmal da eine klare Flüssigkeit hinschüttete und Rum in winzige Porzellanschälchen goss, die vor den merkwürdigen Arrangements aus Glas, Gras, Federn, Perlen und Gott weiß was für Zeug standen. Er hatte schon von Orten wie diesem gehört, sich allerdings in seinen kühnsten Träumen nicht ausgemalt, einmal in so einer Höhle wohnen zu müssen – und sei es auch nur für wenige Tage. Im Gegensatz zu Paco war Jules kein bisschen abergläubisch. Trotzdem musste er zugeben, dass diese verrückte Alte ihn nervös machte.
Im Gefängnis hatte er sich angewöhnt, mit offenen Augen zu schlafen, und auch letzte Nacht war er mehrmals aufgestanden, hatte die Alte aber jedes Mal an derselben Stelle vorgefunden, an der er sie zuletzt gesehen hatte: Halb aufrecht auf einem Berg von Kissen in ihrem Bett.

Doch obwohl er so leise geschlichen war, dass ihn nicht einmal eine Katze gehört hätte, erwartete sie ihn jeweils mit weit offenen Augen und starrte ihn mit dem leeren Blick einer Toten an. Zuerst hatte er tatsächlich geglaubt, sie wäre tot, und ihm war ein eisiger Schauer über den Rücken gelaufen.
Jetzt beobachtete er sie wie das Kaninchen einen kreisenden Greifvogel. Als das Telefon läutete, zuckte er zusammen und warf dabei beinahe den kalten Kaffee um, der auf dem Küchentresen neben ihm stand. Memere sah erst ihn unschuldig an, dann zum Telefon.
»Geh ran«, sagte er. »Aber sei ja brav, es sei denn, du willst, dass ich dasselbe mit dir mache wie Jimmy.«
Memere nahm den Hörer ab. »*Oui?*«
Gleich darauf hielt sie das Telefon auf Armlänge von sich weg, als verströmte es einen üblen Gestank. »Ist für dich«, sagte sie.
»Ja?«, fragte Jules in den Hörer, ohne den Blick von Memere abzuwenden. »Ach, Boss! Ja, kein Problem. Die geht nirgends hin. Habt ihr die Mistkerle schon gefunden?«
Er bemerkte, wie die Alte die Ohren spitzte, aber das scherte ihn nicht. Sollte sie doch mithören. Es war nicht verkehrt, wenn sie langsam ein bisschen nervös wurde.
»Ihr seid erst heute Morgen losgefahren?«
Die Stimme an seinem Ohr wurde schriller.
»Wir lange werdet ihr in D. C. festsitzen?«
Er nickte, als der Klang vom anderen Ende zusehends drohender wurde. Wenn Jimmy wütend war, versuchte man am besten, ein möglichst normales Gespräch mit

ihm zu führen und nichts darauf zu geben, dass er einen als ein »blödes Stück Scheiße« titulierte.

»Ich kümmere mich darum, Boss. Mach dir keine Sorgen. Aber die Alte ist echt schräg. Ja. Paco hatte wohl Recht.« Er hörte zu und lachte. Doch dann sah er Memere an und sogleich wurde er wieder ernst. »Ich weiß nicht, ob sie mich verflucht hat … Nein, war nur'n Witz. Ich bin okay. Mit der komm ich klar.«

Er nickte wieder und legte auf.

»Verflucht!«, kicherte Memere. Sie nahm einen winzigen Schluck aus der Rumflasche, ehe sie etwas in eine Tasse schüttete und damit wieder im Altarraum verschwand.

Jules folgte ihr.

Sie hatte das zerbrochene Glas zusammengefegt, aber eine der Puppen hatte ein rissiges Gesicht und der Ständer war grob mit klarem Silikon geklebt. Die Tassen, die Paco zerschlagen hatte, waren sämtlich durch neue ersetzt. Jules wusste nicht, ob von den Feder- und Stoffgebilden auch etwas neu war. Dieser ganze Hokuspokus war ihm eine Spur zu abgedreht. Wie wollte er da den Überblick behalten?

Die Alte beugte sich über einen der kleinen Altäre, zündete eine Kerze an und schüttete noch mehr Rum in eine Tasse. Bei ihren Geistern handelte es sich offensichtlich um starke Trinker.

Memere murmelte vor sich hin und linste über die Schulter hinweg zu Jules. Ihre dunklen Augen und das Zahnlückengrinsen verursachten bei ihm eine Gänsehaut. Er schüttelte sich fluchend. Die Alte würde ihm

mit ihrem Voodoo-Quatsch bestimmt keine Angst machen.
»Dein Boss steckt in Schwierigkeiten, was?«, fragte sie.
Jules schüttelte den Kopf. »Nein.«
»Nein? Und wieso ist er in D. C. und nicht in Maine?«
»Weil es Probleme mit dem Flugzeug gab. Sie mussten zwischenlanden.«
Sie lächelte vielsagend. »Der wird mehr Schwierigkeiten bekommen, als du denkst.«
»Blödsinn«, sagte Jules. »Willst du mir weismachen, dass du dafür gesorgt hast, dass das Flugzeug kaputtgeht?«
Memere zuckte mit den Schultern. »Ich habe gar nichts gemacht. Die *Iwas* machen, was sie wollen.«
»Was zum Henker sind *Iwas*?«
»Geister!«, antwortete Memere und wedelte mit den Händen in der Luft, als wollte sie mit ihren knöchrigen Fingern ein paar der unsichtbaren Gottheiten einfangen.
Jules seufzte laut. »Du bist bloß eine verrückte Alte. Keiner dreht was an einem Jumbojet, dein Hokuspokus schon gar nicht.«
»Du glaubst mir nicht?«
»Höre ich mich an, als würde ich dir glauben?«
Memere neigte den Kopf zur Seite und musterte ihn. »Nein, aber du *siehst aus* wie einer, der glaubt.«
Genervt riss Jules eines der hässlichen Bilder von der Wand und wollte es auf den Boden werfen. Memere stand ganz ruhig da und wartete ab. Als sie den Kopf schüttelte, hielt Jules inne. Er wollte Glas zerspringen, Holzbilderrahmen brechen hören und Angst im Ge-

sicht der Alten sehen, aber im Grunde wusste er, dass sie keine Angst zeigen würde, ganz gleich, was er anstellte. Sie war eben verrückt.
»Du hast nichts gemacht!«, sagte er energisch und warf das Bild auf den Teppich, allerdings nicht hart genug, um dabei den Rahmen zu zerbrechen.
»Sag ich doch«, entgegnete sie schmunzelnd.

Samstag

Jake saß auf Pams vorderer Veranda, trank Kaffee und starrte in den trüben Morgen. Der Nieselregen war über Nacht stärker geworden. Die Zweige der Bäume glänzten vor Nässe und das dumpfe Trommeln der Regentropfen zerrte an Jakes Nerven. Er fühlte den blutroten Stein, den er Jimmy Torrio vom Hals gerissen hatte, in seiner Hosentasche. Eigentlich hätte er ihn als Beweismittel abgeben müssen, aber er fand, dass die Torrio-Geschichte persönlich geworden war, als José versuchte, ihn zu töten, weshalb er den Stein als Erinnerung an den tödlichen Abend am Strand behalten wollte. Jedes Mal, wenn er den Anhänger berührte, durchfuhr ihn ein befremdliches Kribbeln, als wäre das Ding elektrisch aufgeladen. Und er wurde den Gedanken nicht los, dass er dieses Gefühl irgendwoher kannte.
Geschlafen hatte er so gut wie gar nicht. Zuerst war ihm die Unfallszene mit dem Jungen wieder und wieder durch den Kopf gegangen. Unzählige Male hatte er die Verfolgungsjagd im Geiste durchgespielt und versucht zu ergründen, ob er den Jungen nicht hätte retten können. Als Nächstes hatten ihn die Bilder von Alberts misshandeltem Körper gequält. Im Morgengrauen hatte er sich vorgestellt, wie der alte Mann auf dem Autopsietisch lag, mit dem klaffenden Y-Schnitt auf der Brust und einem vorwurfsvollen Gesichtsausdruck.

Aber was warf Albert ihm vor? Was erwartete er von
Jake?
Er sollte etwas tun. Irgendetwas.
Der Fußabdruck war eher verwirrend als erhellend gewesen, weil er auf eine rationale Erklärung für Alberts
Tod schließen ließ.
Und dennoch sagte Jake eine bohrende Stimme in seinem Kopf, dass all die Gewalttaten der letzten Zeit miteinander zusammenhingen. Das Gemetzel am Strand
hatte die Rückkehr der alten Dämonen eingeläutet, die
gekommen waren, um ihn zu jagen, egal wie hartnäckig
er es leugnen wollte.
Doch selbst wenn es eine Verbindung zwischen Alberts
Tod und den Männern am Strand gab, zwischen dem
Mord an seiner Mutter vor über zwanzig Jahren und
dem der jungen Tramperin, zwischen ihnen allen und
einem Heranwachsenden, der einen Wagen stahl – was
sollte er dabei tun? Ein Gefühl der Bedrohung legte sich
wie ein kalter Umhang über ihn, wie der Regen sich
über das Tal legte.
Die Fliegentür hinter ihm ging auf und im nächsten
Moment setzte sich Pam auf den Stuhl neben ihn. Sie
hakte sich lächelnd bei ihm unter. Die Nähe zu ihr
weckte ein paar schöne Erinnerungen, an die er sich zu
gern klammern würde. Er wünschte nur, sie wären die
einzigen Erinnerungen.
»Es tut gut, dich hier zu haben«, sagte sie.
»Es tut gut, hier zu sein.«
»Wirklich?«
Er nickte. »Na ja, es tut gut und auch weh. Ich kann

nicht genau erklären, wie ich mich fühle. Wie ging es Albert in den letzten paar Jahren?«
»Er hat dein Weggehen immer verteidigt«, sagte sie und legte die Stirn in Falten. »Er meinte, du hättest getan, was du tun musstest.«
Der Schmerz in Jakes Brust meldete sich wieder.
»Jake, der Tod deiner Mutter liegt Jahre zurück. Du warst gerade zehn Jahre alt, und was du gesehen ... was du erlebt hast ... ist es da ein Wunder, wenn deine Erinnerungen vor allem schmerzlich sind? Du bist ein Cop. Du weißt doch, was in einem solchen Fall mit einem Kind passieren kann. Trotzdem glaubst du hoffentlich nicht, der Mann, von dem der Schuhabdruck stammt, hätte auch deine Mutter umgebracht, oder?«
»Ich weiß nicht«, sagte Jake kopfschüttelnd. »Hat Cramer dir erzählt, was am Strand von Galveston passiert ist?«
Sie nickte. »Du meinst doch nicht, dass *das* etwas mit deiner Familie zu tun hatte? Dafür muss es eine vernünftige Erklärung geben.«
»Danach suche ich die ganze Zeit vergeblich.«
Sie saßen eine Weile schweigend da, ehe Pam weitersprach: »Virgil hat angerufen. Der Junge in dem Wagen ... Es war Dary Murphy.«
»Doch nicht Karen und Berts ...«
»Ihr Sohn«, bestätigte Pam.
Karen und Bert Murphy wohnten gleich oben an der Straße. Jake war mit Bert zusammen in die Schule gegangen, hatte mit ihm Football und Baseball gespielt.
»Jesus«, murmelte er.

Pam drückte seinen Arm fester an sich. »Virgil sagte, sie wären beide am Boden zerstört gewesen, als sie davon erfuhren. Er hat Ernie zu ihnen geschickt. Ich werde herumtelefonieren und es den anderen sagen. Sie werden ihnen beistehen wollen.«

Jake nickte.

»Cramer scheint ein netter Kerl zu sein«, sagte Pam einen Moment später.

»Er ist der Beste.«

»Du hattest nie viele Freunde. Selbst als du noch ein Kind warst, hast du die meiste Zeit allein verbracht. Aber die dich mochten, wussten, dass du ihre Liebe wert warst.«

Das war einfach zu viel. Jake schloss die Augen, da er mit den Tränen rang. Eine stahl sich dennoch heraus und rollte ihm über die Wange, was Pam selbstverständlich nicht verborgen blieb.

»Es wird alles gut, Jake Crowley«, versprach sie ihm und nahm ihn in den Arm. »Du bist zu Hause und alles wird gut.«

Wie gern wollte er ihr glauben! Er wünschte sich nichts mehr, als ihr glauben zu können, doch dann erinnerte er sich wieder an die Stimme seiner Mutter.

Lauf weg, Jake! Lauf weg!

Als die Fliegentür ein zweites Mal quietschend aufging, öffnete Jake die Augen wieder. Cramer wartete, bis Pam hineingegangen war, ehe er sich auf den nun freien Stuhl setzte.

»Herrlicher regnerischer Morgen«, stellte er fest und blickte nachdenklich in seine Kaffeetasse.

Jake lächelte. »Kein Malzkaffee, stimmt's?«
»Ich erwarte nun einmal nicht, dass Yankees etwas von Kaffee verstehen«, erwiderte Cramer achselzuckend. »Übrigens begreife ich ein paar Sachen einfach nicht.«
Jake wartete ab.
»Du hast doch eine gut aussehende Frau wie Mandi nicht wegen eines Mordes verlassen, der in deiner Kindheit geschah. Und eine andere Frau steckte auch nicht dahinter. Also muss da irgendetwas anderes sein, etwas richtig Schlimmes.«
»Wir Crowleys sind verflucht«, sagte Jake und zog eine Grimasse. »Früher oder später wird dir jemand alles darüber erzählen.«
»Und warum nicht du? Jetzt?«
Jake starrte in den Regen und fühlte, wie ihn der alte Schmerz wieder einholte. »Ich liebe Mandi«, platzte es aus ihm heraus. »Ich liebe sie so sehr.«
»Du liebst sie noch immer«, sagte Cramer ruhig.
»Ja«, gestand er – endlich.
»Also, wenn du nicht hier bist, um die alte Flamme neu zu entfachen, und sich Virgil um den Mordfall kümmert, der ja so ein toller Cop ist – was machen *wir* dann hier? Du hast dich von Albert verabschiedet.«
»Ich schätze, ich wollte sehen, ob es tatsächlich eine Verbindung zwischen dem Tod meiner Mutter und Alberts Ermordung geben *könnte*. Bist du jetzt zufrieden?«
Cramer zuckte mit den Schultern. »Erst wenn du mir sagst, welche Verbindung es zwischen den beiden Fällen geben könnte.«

Jake seufzte. »Na ja, sie ähneln sich sehr im Stil.«
»Vor über zwanzig Jahren wird eine Frau hier zu Tode geprügelt, und du denkst, *das* bringt die zwei Morde zusammen? Nein, dafür bist du ein zu guter Cop. Verschaukle deinen Partner nicht, ja. Wovor hast du Angst? Was hat es mit diesem Crowley-Fluch auf sich?«
»Mein ganzes Leben lang hat man mir erzählt, es sei ein Märchen«, sagte Jake kopfschüttelnd. »Ich habe es mir ja selbst auch eingeredet. Aber ob Märchen oder nicht, ich bin ihm schließlich entkommen.«
»Okay, dann gehen wir davon aus, dass es sich um ein Märchen handelt. In diesem Fall läuft hier irgendwo ein echter, lebendiger Mörder herum. Und das bedeutet, dass wir wieder an die Arbeit gehen sollten.«
»Virgil hat uns verboten, uns einzumischen.«
»Und du denkst, dass ich mir von einem County-Sheriff Vorschriften machen lasse? Außerdem interessierte es dich auch nicht, als wir uns Alberts Wohnwagen ansahen.«
»Wenn der Chief herausfindet, dass wir die Nase in seine Fälle stecken, wird er uns die Hölle heiß machen.«
Cramer blickte ins matte Graugrün, das das Haus umgab. »Vor dem Chief habe ich keine Angst.«
Jake grinste. »Wovor hast du denn überhaupt Angst?«
»Vor Ballast«, sagte Cramer, stand auf und ging hinaus in den Regen.

Pierce legte sich die Sachen, die er heute anziehen wollte, auf seiner Kommode bereit. Als seine Mutter ihm auf die Schulter tippte, drehte er sich um und nahm ihre Hand.
Was möchtest du zum Frühstück?, zeichnete Mandi ihm in die Hand.
Du bist zu Hause?
Samstag!
Pierce lächelte und bat um Pfannkuchen.
Die erste Portion war gerade fertig, als Pierce auch schon am Frühstückstisch saß. Mandi stellte ihm ein Glas Milch hin und hielt es fest, bis er es gefunden hatte, dann lud sie ihm Pfannkuchen auf seinen Teller. Er aß mit enormem Appetit und nahm sich kaum die Zeit, zwischendurch den herabtropfenden Sirup von seinem Kinn zu wischen.
»Du hast ja einen gesegneten Appetit heute Morgen«, sagte sie lächelnd.
Trotz all der Behinderungen, mit der ihn Natur und Mensch versehen hatten, und obwohl er für sein Alter sehr klein war, schien er in ihren Augen doch absolut vollkommen. Und zum millionsten Mal fragte sie sich, ob sie nicht noch mehr für ihn tun könnte, um ihm das Leben zu erleichtern. Vielleicht war es *falsch*, dass sie ihn so sehr behütete. Er hatte überhaupt keine Freunde in seinem Alter, sondern war gezwungen gewesen, in der Gesellschaft Erwachsener groß zu werden. Andererseits beschwerte er sich nie darüber.
Mandi nippte an ihrem Kaffee und blickte aus dem Fenster. Dieses Wetter war deprimierend und wenn es

so weiterregnete, würde ihnen das Gras bis zu den Schultern reichen, ehe sie es wieder mähen konnte. Sie sollte dringend aktiv werden, denn an Tagen wie diesen verfiel sie leicht dem Trübsinn, sofern sie sich nicht beschäftigte. Sobald sie zu Ende gefrühstückt hatte, nahm sie Pierces Hand.
Was hast du heute vor?, fragte sie.
Basteln. Warum?
Ich werde putzen. Was hältst du davon, später nach Arcos zu fahren und Eis zu essen?
Pierce lächelte und nickte begeistert.
Okay, dann leg ich mal los.
Pierce brachte seinen Teller und sein Glas zur Spüle und stellte das Wasser an, doch Mandi unterbrach ihn.
Schon gut, ich mache das.
Während er den Flur hinunter zu seinem Zimmer ging, wusch sie schweigend das Geschirr ab. In diesem Haus herrschte immerzu Schweigen.
Sie schüttelte den Kopf und lachte vor sich hin. Hier war es nicht stiller als sonst auch. Wäre Rich noch da, würde er wahrscheinlich gerade seine Flinte putzen oder seinen Rausch ausschlafen. Rich war nie ein wirklicher Ehemann gewesen, eher ein dauergeiler Übernachtungsgast. Was hatte sie sich nur dabei gedacht, ihn zu heiraten?
Nun, sie hatte gedacht, dass sie einen Vater für ihr Kind brauchte, und sie war in Panik gewesen. Im Nachhinein ist man eben immer schlauer. Aber wenigstens war sie Rich am Ende losgeworden. Hätte sie doch nur die einstweilige Verfügung gehabt, *bevor* er Pierce verletzte!

Aber die hätte wohl auch nicht viel geholfen.
Sie trocknete das Geschirr ab, räumte es in die Schränke und wischte Tisch und Arbeitsflächen sauber. Dann ging sie in Pierces Zimmer und zog sein Bett ab, während er an seinem Arbeitstisch saß und mit den Fingern eine kleine Platine abtastete. Mandi stapelte seine Brailleschrift-Magazine sauber auf, entstaubte die Kommode und holte dann den Staubsauger aus dem Wandschrank im Flur. Als sie das Gerät anschaltete, drehte Pierce sich kurz um, weil er die Vibrationen spürte. Dann wandte er sich wieder seiner Arbeit zu.
Sie saugte sein Zimmer, die Küche und das Wohnzimmer sowie das untere Bad. Anschließend schleppte sie den schweren Staubsauger in den ersten Stock. Oben angekommen blickte sie die Treppe hinunter auf den großen grauen Fleck auf dem abgenutzten beigefarbenen Teppich, wie sie es schon unzählige Male getan hatte, und wie jedes Mal fühlte sich ihr Brustkorb bei dem Anblick wie zugeschnürt an.
Ernie hatte die zerbrochene Stange des Treppengeländers repariert, sodass sie sie abzählen musste, um die zu finden, an der Pierce sich die Schulter ausgekugelt hatte. Aber der Blutfleck war immer noch zu sehen. Stundenlang hatte sie heulend und schluchzend dort unten gekniet und den Teppich geschrubbt, bis ihre Finger wund waren. Sie wollte ihn auf keinen Fall austauschen. Pierce konnte den Fleck ja nicht sehen und sie wollte ihn als Erinnerung daran behalten, wie sehr ihr Sohn auf ihren Schutz angewiesen war. Manchmal hatte sie sich gewünscht, Rich würde noch ein einziges Mal herkom-

men. Sie könnte ihn nach hier oben locken, um ihn die Treppe hinunterzustoßen. Pierce schien ihm zu vergeben, sie konnte es nicht.
Niemals würde sie ihm vergeben.
Sie steckte den Staubsaugerstecker in die Dose im Schlafzimmer und machte sich über den Boden her. Dabei stieß sie mit dem Staubsaugerfuß abwechselnd gegen die Wand und das alte Eisengestell ihres Bettes. Als die Beklemmung in ihrer Brust schließlich unerträglich wurde, stellte sie sich vor, wie sie über Richs Leichnam stand. Sie ging neben ihrem Bett auf die Knie und stellte den Sauger ab. Dann faltete sie die Hände, senkte den Kopf und betete.
»Lieber Gott, bitte vergib mir ...«

Barbara Stern – das war ihr Künstlername, ihr richtiger Name lautete Ethel Mundy, was in Crowley praktisch jeder wusste – überprüfte ein letztes Mal den Sitz ihrer Federboa in dem großen Spiegel neben ihrem Bett und zupfte ihre Seidenbluse zurecht. Die schlichte Perlenkette, die sie heute Morgen trug, war echt, die Diamantbrosche hingegen ebenso falsch wie ihre Zähne. Ihr Corgi Oswald lag zwischen den Zierkissen auf dem Bett.
»Mami ist bald wieder zurück, mein Liebling«, flötete sie und streichelte den Kopf des Hunds, ehe sie ihm einen Schmatzer auf die feuchte Nase gab. »Ich muss nur

ein paar Einkäufe erledigen. Du wirst schön brav sein, nicht wahr, mein Süßer?«
Der Hund schenkte ihr einen überaus gelangweilten Blick, woraufhin sie ihm noch ein Küsschen gab. Als sie auf die Seitenveranda hinausblickte, von der aus sich der Rasen abschüssig bis zum Bach erstreckte, sah sie in eine dunkle Regenwand und auf zahlreiche Rinnsale, die sich durch das Gras schlängelten. Grausiges Wetter – kein bisschen wie in Hollywood!
Der Gedanke an Kalifornien machte sie traurig. Ihre Karriere hatte sie nicht erfunden, ganz gleich was diese Hinterwäldler hier glauben mochten. Sie war ein Star gewesen. Na ja, kein großer Star, aber immerhin hatte sie in Filmen mitgespielt. Und sie war mit einem Produzenten verheiratet gewesen. Sie wünschte nur, Stephan wäre etwas erfolgreicher gewesen, hätte sich weniger für Showgirls aus Las Vegas und den Aktienmarkt interessiert. Als er an einem Herzinfarkt starb, hinterließ er Barbara kaum genug Geld, um in Würde die Stadt zu verlassen. Ihre verbleibenden Mittel reichten gerade für die dringendsten Reparaturen an ihrem Elternhaus und für die laufenden Kosten. Aber wenigstens war sie nicht gezwungen gewesen, einen öden Job anzunehmen. Nein, sie mochte tief gesunken sein, aber besser als der Pöbel war sie stets gewesen.
Sie kontrollierte ihr Make-up und streichelte Oswald ein weiteres Mal, ehe sie ging. Auf dem Weg durch die Diele hörte sie ein Geräusch und hielt inne. Es war leise, als hätte jemand in einem der Zimmer das Radio angelassen, aber sie hörte so gut wie nie Radio. Die Musik

der letzten fünfzig Jahre war eine Zumutung. Das Geräusch war hinter ihr, nicht zuzuordnen und doch einlullend wie das leise Gurgeln eines Bachs. Es schien aus dem halbdunklen Lesezimmer zu kommen – eigentlich ein Gästezimmer, in dem sie Bücherregale aufgestellt hatte, die von Liebesromanen überquollen.

Sie folgte dem Geräusch durch das Lesezimmer – über den abgewetzten Perserteppich, der den alten Dielenboden fast vollständig bedeckte – und in den kleinen Flur, von dem aus man in den Schuppen gelangte. Hier war es fast vollständig dunkel, dafür aber wurde das Geräusch lauter und bekam nun die Dringlichkeit eines Bestatters, der neben einem Totenbett mit den Angehörigen spricht. Barbaras Nackenhaare stellten sich auf, doch sie konnte jetzt nicht einfach umkehren und weggehen. Das Geräusch drang gleichsam unter dem Spalt der alten Holztür hindurch, die in den Schuppen führte.

In diesem Moment fiel ihr ein, dass Albert allein gelebt hatte, genau wie sie. Der Himmel wusste, was in diesem Tal vor sich ging. Zitternd fasste sie den rostigen Türknauf und überlegte, ob sie vielleicht Oswald holen, ins Auto springen und direkt zum Sheriff fahren sollte.

Aber sie ließ sich doch nicht aus ihrem eigenen Haus vertreiben – schon gar nicht von seltsamem Geflüster! Es war gewiss bloß der Wind, der unter dem Dachvorsprung pfiff.

Sie drehte den Türknauf um und stieß die Tür auf. Im Schuppen roch es nach Staub und Benzin. Durch eines der schmutzigen Fenster fiel spärliches, fahles Licht

hinein. Unter den Ritzen der verrotteten Dielen waren die Trägerbalken zu sehen. In der hintersten Ecke stand ein rostiger Rototiller, der neben einer Auswahl an Harken, Hacken und einem Rasenmäher mit einem kaputten Rad jede Menge Spinnweben angesetzt hatte. Hier drinnen war das Geräusch lauter und sogar über den Regen hinweg hörbar, der auf das Blechdach trommelte. Aber es kam eindeutig von draußen.
Barbara traute den alten Dielen nicht. Sie knarrten und ächzten unter ihren Füßen, als sie auf Zehenspitzen durch den Schuppen ging, wobei sie darauf achtete, nur dort aufzutreten, wo sie Nägel erkennen konnte, ihr Gewicht also zusätzlich von den Trägern gehalten würde. Als sie an der Außentür ankam, wurde ihr klar, dass sie einen Fehler gemacht hatte. Der Schuppen war von außen verriegelt. Natürlich. Der Murphy-Junge stapfte schließlich nicht durchs Haus, wenn er herkam, um ihren Rasen zu mähen.
Die Quelle des Murmelns oder Flüsterns schien direkt hinter der Tür zu sein. Barbara legte den Kopf seitlich an die Holztür und spürte, wie das Geräusch an ihrer Schläfe vibrierte. Sie tapste vorsichtig zum Fenster und rieb einen Flecken frei, um nach draußen zu spähen. Am Waldrand meinte sie einen großen dunklen Schatten ausmachen zu können. Sie ging dichter ans Fenster, aber in diesem Moment änderte sich das Licht und der Schatten verschwand. Das Wasser aus der Regenrinne prasselte auf den Fenstersims. Sie musste wohl in ihr Schlafzimmer zurückgehen und versuchen, vom Fenster dort mehr zu erkennen.

Sie drehte sich um und war gerade zwei Schritte gegangen, da brach sie mit einem Bein durch die Bodendiele. Sie streckte die Arme aus, um sich abzufangen, prallte allerdings mit solcher Wucht auf dem Boden auf, dass sie sich die Hand verknackste. Mit dem Kopf stieß sie gegen etwas Hartes und wurde bewusstlos.
Als sie wieder zu sich kam, tat ihr die Nase weh und sie schmeckte Blut. Sie atmete laut durch den Mund ein und aus. Sie konnte die Arme bewegen, wenngleich sie von den Ellbogen abwärts geschwollen waren und furchtbar schmerzten. Die Finger ließen sich nicht mehr krümmen oder strecken. Ihre Beine steckten in zwei Löchern im Dielenboden und waren rundum von Holzsplittern durchbohrt. Unter den Füßen spürte sie nichts. Sie versuchte sich zu erinnern, was unter dem Schuppen war. Hatte er einen Keller oder nur einen Kriechkeller?
Momentan wollte sie keine der beiden Möglichkeiten besonders froh machen. Sollte sie über einem richtigen Keller hängen, konnte sie jeden Augenblick sehr viel tiefer stürzen, und handelte es sich nur um einen Kriechkeller, mochte sie sich gar nicht ausmalen, welche Tiere sich um ihre Beine herum bewegen könnten.
Der Gedanke, dass sie ihre Strümpfe ganz sicher ruiniert hatte, ärgerte sie, wennschon sie sich damit jetzt nicht aufhalten durfte. Sie musste hier herauskommen. Doch sobald sie sich bewegte, gab der Boden ein Stück weiter nach und machte dabei die entsetzlichsten Geräusche, als wollten auch die Träger allmählich nachgeben. Sie versuchte ihre Beine freizustrampeln, aber die

Holzsplitter bohrten sich nur noch tiefer ins Muskelfleisch.

Bis auf Pam und Ernie kam nie jemand zu ihr, und sollte sie morgen nicht in der Kirche erscheinen, würde es sicher niemandem auffallen, da sie das Christentum recht unregelmäßig praktizierte. Außer Katalogen bekam sie keine Post, und selbst wenn diese sich stapelten, glaubte die Postbotin höchstens, sie wäre für ein paar Tage verreist. Mit anderen Worten: Bis irgendjemand nach ihr sah, war sie wahrscheinlich schon zu einer verwitterten Mumie geworden.

Nochmals trat sie kräftig um sich. Dabei durchfuhr sie ein so heftiger Schmerz, dass ihr die Luft wegblieb. Sie spürte, wie etwas Warmes über ihre Zehen rann, und fragte sich, wie lange es dauern würde, bis sie verblutet war.

Mandi holte ihren Regenmantel aus dem Wandschrank im Flur und brachte Pierce seinen in sein Zimmer. Überrascht stellte sie fest, dass er bereits auf sie wartete. Er stand ganz ruhig da, das Gesicht zur Tür gewandt. Sie nahm seine Hand.

Bist du bereit, Eis essen zu gehen?

Er nickte ein wenig zerstreut.

Hörst du wieder etwas?

Er schüttelte den Kopf.

Was ist los?

Pierce hob die Schultern.
Mandi musterte ihn besorgt. So wenig mitteilsam war er gewöhnlich nicht. Normalerweise nahm er aus seiner dunklen stillen Welt heraus sehr gern Kontakt nach außen auf. Doch es schien ihm nicht schlecht zu gehen. Vielleicht war er einfach in Gedanken versunken.
Lass uns fahren, tippte sie. Doch er ließ ihre Hand nicht los.
Jake ist nett, zeichnete er in ihre Handinnenfläche.
Ja.
Er hat Angst.
Hat er dir das gesagt?
Ihr fiel kein Grund ein, weshalb Jake ihren Sohn verunsichern sollte.
Der Junge schüttelte wieder den Kopf. *Ich weiß es eben.*
Wovor sollte er Angst haben?
Ich glaube, er hat Angst vor dem, was hier ist.
Mandi zog ihre Hand zurück, aber sie konnte an Pierces Gesicht erkennen, was in ihm vorging.
Als sie seine Hand wieder nahm, zitterte ihre wenigstens nicht mehr.
Hier ist nichts außer uns, zeichnete sie.
Nicht im Haus. Im Tal!
Was soll da sein?
Pierce drehte sich zum Fenster um und runzelte die Stirn.
Dann drückte er ihre Hand, als wollte er, dass sie über jedes seiner Worte nachdachte. *Ich fürchte mich, wenn du fort bist.*

Warum hast du mir das nicht gesagt?, fragte sie ihn und machte sich wieder einmal schreckliche Vorwürfe. Als Pierce zwölf wurde, hatte er gemeint, er wäre nunmehr zu alt für einen Babysitter, und Mandi war froh gewesen, die Kosten künftig einsparen zu können. Es war schon so schwierig genug, über die Runden zu kommen, und einen guten Babysitter für Pierce zu finden war erst recht nicht leicht gewesen. Trotzdem war ihr die Umstellung schwergefallen und sie hatte bis heute kein gutes Gefühl dabei, Pierce allein und schutzlos zu Hause zu wissen. Tagtäglich setzte es ihr zu. Sie dachte immerzu an ihn, hetzte in der Mittagspause nach Hause, umarmte ihn, sobald sie dort war, und prüfte alle Türen zwei Mal, ehe sie wieder fuhr. Und nun eröffnete er ihr, dass ihr Instinkt sie nicht getäuscht hatte.
Ich fühle es manchmal an meinem Fenster.
Jeder kennt solche Gefühle. Das ist nur deine Fantasie.
Ich glaube, es will etwas von mir.
Sie seufzte. *Was soll es von dir wollen?*
Ich weiß nicht. Das habe ich noch nicht herausbekommen.
Dass Pierce ein ganz besonderer Junge war, stand außer Zweifel. Seine Begabung, Dinge zu reparieren, die er nicht sehen konnte, grenzte ans Übernatürliche. Und dass er meinte, etwas zu spüren, das sie nicht spürte, verwunderte sie letztlich nicht.
Dennoch wollte sie nicht glauben, was sich die alten Frauen im Tal erzählten, die den Tod von Jakes Mutter nicht seinem Vater anlasten wollten, sondern dem Crowley-Fluch.

Und nach dem Mord an Albert wurden diese Geschichten gewiss wieder aufgewärmt. Aber *sie* glaubte nicht an einen Fluch und sie wollte auch nicht, dass Pierce an ein unsichtbares Etwas im Tal glaubte.
Nichts kann dir etwas tun, solange ich in der Nähe bin, versprach sie ihm ein weiteres Mal und betete, sie möge imstande sein, dieses Versprechen zu halten.

Cramer fuhr die Auffahrt von Pam und Ernies Nachbarn hinauf und Jake seufzte, als er auf den kleinen Weg starrte, der zur Vorderveranda führte. Cramer sah ihn fragend an.
»Lass uns irgendwoanders anfangen«, sagte Jake.
»Wo?«
»Irgendwo. Bert ist ein alter Freund und seine Frau Karen ist meine Cousine.«
»Als gäb's hier irgendjemanden, mit dem du nicht verwandt bist! Bei diesem kleinen Treffen am Donnerstag waren alle Anwesenden entweder Verwandte oder Verflossene von dir.«
Jakes Miene verfinsterte sich. »Es ist ein kleines Tal.«
»Klein ist noch geschmeichelt. Dieses Nest hier ist *petit-petit*. Hör mal, ich bin auch nicht scharf darauf, die Murphys in ihrer Trauer zu stören, aber wenn wir ermitteln wollen, dann sollten wir es auch richtig tun. Früher oder später müssen wir mit jedem hier reden, und sie sind am nächsten dran.«

»Ganz der Profi«, sagte Jake. »*Du* darfst ihnen sagen, dass wir es waren, die ihren Sohn gejagt haben.«
»Ich hoffe, dass dieses Thema uns erspart bleibt. Ich wüsste sowieso nicht, warum die Polizei ihnen sagen sollte, dass jemand hinter ihrem Jungen hergefahren ist.«
Jake, dem das Wasser hinten in den Nacken rann, klopfte an die Haustür. Der Regen war kontinuierlich stärker geworden. Mittlerweile waren die Tropfen so groß wie Pennystücke, die aus dem dunklen Himmel niederprasselten. Eine Wolkenbewegung und damit eine Wetteränderung war nicht zu erkennen.
Karen Murphy öffnete im Morgenmantel die Tür. Ihr Gesicht war vom Weinen geschwollen, ihre dunklen Augen rot unterlaufen. Sie hielt eine Zigarette in der Hand und aus dem Haus schlug Jake der Geruch abgestandenen Rauchs entgegen. Einen Moment lang starrte Karen die beiden unverwandt an.
»Jake!«, brachte sie schließlich heiser hervor. »Kommt herein. Ihr beide seid ja völlig durchnässt.«
Sie führte sie zu einem breiten Sofa, das schon bessere Tage gesehen hatte, und stellte den Heizlüfter so hin, dass ihnen warme Luft entgegenblies. Jake stellte Cramer vor.
»Bert ist im Schlafzimmer. Er hat sich hingelegt, aber ich hole ihn«, sagte Karen.
Sie sahen ihr nach, wie sie den Flur entlangschlurfte, und Jake fiel auf, wie tief ihre Schultern hingen. Er wünschte, Bert würde sich weigern, zu kommen. Aber im nächsten Augenblick kam er herein und es war of-

fensichtlich, dass er Jake nicht erkannte. Bert war immer eher klein und dünn gewesen und die Nachricht von Darys Tod schien ihn noch mehr geschrumpft zu haben. Er sah aus, als könnte er von einem Windstoß davongetragen werden.

Jake nahm seine Hand. »Ich bin's, Bert, Jake Crowley.« Zu seinem Erstaunen fiel Bert ihm in die Arme, drückte ihn an sich und klopfte ihm auf den Rücken. »Jake! Gott, bin ich froh, dich zu sehen!«

Jake versuchte, Cramer vorzustellen, doch Bert zog ihn mit sich aufs Sofa und hielt ihn dabei weiter fest wie einen verloren geglaubten Bruder.

»Ich fasse es nicht, dass du wieder da bist, Jake. Ich hab dich so vermisst!«

»Ich habe dich auch vermisst, Bert.« Jake sah Karen fragend an, doch die zuckte nur mit den Schultern. Von der Seite war also keine Rettung zu erwarten.

»Wir wussten nicht, was wir machen sollten«, sagte Bert. »Ich meine ... du weißt schon ... nachdem die Polizei da war und uns das von Dary erzählt hat. Wir müssen heute Nachmittag zum Bestattungsinstitut und einen Sarg aussuchen ...«

Ohne Vorwarnung vergrub er seinen Kopf an Jakes Brust und schluchzte.

»Ich weiß, Bert. Es tut mir wirklich leid.«

»Sie haben gesagt, dass er ein Auto gestohlen hat. Dary würde so etwas nie machen.«

Jake biss sich auf die Unterlippe.

»Er hatte die letzten Tage solche Angst«, flüsterte Karen.

»Angst wovor?«, fragte Jake, der spürte, wie ihm ein unbehagliches Gefühl zwischen den Schulterblättern hochkroch.
»Er sagte dauernd, hier sei etwas Böses, das uns holen wolle«, sagte Karen, die auf dem Rand des Couchtischs saß. Auf der Tischplatte waren mehr Brandlöcher als Lack zu sehen. »Bert meinte, das sei bloß der schwarze Mann.«
»Ich wollte mich nicht über ihn lustig machen«, erklärte Bert schniefend. »Ich wollte bloß nicht, dass er so ein Schisshase ist.«
»Er war kein Schisshase. Er war ein guter Junge«, sagte Karen streng, während ihr die Tränen übers Gesicht liefen. »Die Beerdigung ist übermorgen.«
Cramer schüttelte stumm den Kopf. Karen und Bert waren vollkommen in ihrer Trauer gefangen.
»Ich kann euch gar nicht sagen, wie schrecklich leid mir das tut«, sagte Jake und nahm Karens Hand.
Sie nickte. »Wir wissen, dass ihr zwei ihm nachgefahren seid«, sagte sie.
»Cramer und ich wollten ihn stoppen«, murmelte Jake, der sich hilflos und schuldig zugleich fühlte.
»Fuhr er denn richtig schnell?«, fragte Bert.
»Wir konnten ihn jedenfalls nicht überholen, um ihn aufzuhalten.«
»Wollte er vor euch fliehen?«, fragte Karen, deren Augen Jake wie Laserstrahlen durchbohrten.
Darauf hatte er keine Antwort und für einen Moment herrschte entsetzliche Stille.
»Er ist vor dem Dings geflohen, das ihm Angst mach-

te«, brach Bert glücklicherweise das Schweigen und schüttelte den Kopf. »Mark hat dem Hilfssheriff gesagt, dass Dary wie ein verschrecktes Kaninchen aussah, als er in seinen Wagen sprang.«

»Mark?«, mischte sich nun Cramer ein. »Sie kennen den Besitzer des Fahrzeugs?«

Bert sah Cramer an. »Klar. Mark Robbins. Jake kennt ihn auch. Er war da, als sie Dary und den Wagen aus der Schlucht gezogen haben. Ich glaube, die Polizei hat ihn angerufen.«

»Ich wusste nicht, dass es Marks Wagen war«, sagte Jake.

»Dann waren Sie zu Hause, als es passierte?«, fragte Cramer.

Bert nickte.

»War einer von euch an dem Tag draußen, als Albert umgebracht wurde?«, fragte Jake.

»Nein«, antwortete Bert und sah Karen an. »Die Mühle hat mich entlassen und seit ein paar Wochen waren wir überhaupt nicht mehr viel draußen. Warum fragst du?«

»Ich wollte nur wissen, ob ihr irgendetwas über den Mord sagen könnt.«

Bert brauchte scheinbar eine Minute, ehe er über irgendetwas anderes als den Tod seines Sohnes nachdenken konnte. »Nein ... Einer von Virgils Leuten kam vor ein paar Tagen und stellte Fragen. Aber, wie ich schon sagte, wir sind in letzter Zeit kaum aus dem Haus gegangen. Das mit Albert ist schrecklich. Mein Beileid, Jake.«

»Wir werden euch jetzt nicht länger belästigen«, sagte Jake und stand auf.
Bert erhob sich ebenfalls und ergriff Jakes Hand. »Ich weiß, dass du das Richtige tun wolltest, Jake.«
Jake nickte stumm.
Doch Cramer war noch nicht fertig. »Wovor, glauben Sie, floh Dary?«
»Er hat sich die letzten paar Tage seltsam benommen«, erzählte Karen mit zittriger Stimme. »Dary hatte früher nie vor irgendetwas Angst. Er war immer kreuz und quer mit dem Rad durchs Tal unterwegs, sogar allein bis zur alten Badestelle. Klar hatte Bert ihm gesagt, dass er nie ins Wasser gehen darf, wenn wir nicht dabei sind.«
»Oben beim alten Haus meiner Eltern?«, fragte Jake, obwohl die Frage eigentlich überflüssig war.
»Ja«, bestätigte Karen. »Die meisten Jungen hätten Angst, dahin zu fahren. Du weißt ja, wie das ist. Die Kinder in der Gegend hier glauben, dass es dort spukt, aber Dary nicht – oder wenigstens nicht bis vor ein paar Tagen.«
»Was hatte sich verändert?«, fragte Cramer.
Bert hob die Schultern. »Er bekam auf einmal Albträume, konnte sich aber nicht erinnern, was darin vorkam. Alles, was er noch wusste, war, dass etwas *Böses* kommt, sagte er. Den ganzen Tag war er am Grübeln, starrte ins Leere. Er meinte, dass er ein Flüstern hörte. Ich dachte, dass er vielleicht etwas ausbrütete, aber Karen meinte, das wären Tagträume.«
»Dachte ich auch«, verteidigte sich Karen. »Aber ges-

tern, als er mit Bert im Garten gearbeitet hat, ist Dary auf einmal in den Wald rein.«
»Erst dachte ich mir nichts dabei«, fuhr Bert fort und schluchzte erneut los. »Ich dachte, das wäre ein gutes Zeichen. Wenn er wieder in den Wald geht, hat er wohl keine Angst mehr.«
»Wisst ihr, ob Mark zu Hause ist?«, fragte Jake.
Bert schüttelte den Kopf. »Ich wollte mit ihm reden ... Aber ich glaube, dass er gerade an die Küste zurückwollte, als Dary ... Der Hilfssheriff erzählte, dass Mark mit jemandem mitgefahren wäre. Er hat jetzt Arbeit auf einem Fischerboot irgendwo bei Gloucester.«
»Danke für eure Hilfe«, sagte Jake und schob Cramer Richtung Tür.
Sie schüttelten sich die Hände, bevor Jake und Cramer zum Wagen zurückeilten.

»Die Tramperin und der Junge waren beide oben bei deinem Elternhaus«, überlegte Cramer laut.
»Und?«, fragte Jake gereizt.
Cramer zuckte mit den Schultern. Der Regen trommelte noch lauter auf die Windschutzscheibe als bei der Hinfahrt.
»Du scheinst derzeit von Gewitterstürmen verfolgt zu werden«, konstatierte er kopfschüttelnd. »Und in diesem Tal gibt es eine Menge Geflüster. Hast du zufällig auch an dem Strand ein Flüstern gehört?«
»Nein.«
»Und in der Nacht, als deine Mutter umgebracht wurde?«

Jake umfasste das Lenkrad, dass seine Fingerknöchel weiß wurden, und bog auf die Straße ein.
»Hast du?«
»Ja.«
Cramer lehnte sich zurück und grinste Jake an. »Allmählich wird doch eine Geschichte daraus.«

Jimmy Torrio sah hinaus in die Landschaft New Englands, die hinter einem Regenschleier lag. Er fühlte sich im Vorstandszimmer eines Multinationalen Konzerns ebenso zu Hause wie im Dschungel Guatemalas. Aber diese weichen Hügel und großen Bauernhöfe des ländlichen Massachusetts waren ihm fremd. Sogar die Kühe, die zum Schutz vor dem Unwetter dicht zusammenstanden, schienen ihm irgendwie falsch. Anstelle der schlanken, roten Hereforder oder der cremegrauen Brahmas mit ihren buckligen Rücken, wie sie durch die Ölfelder vor Houston trotteten, waren die Tiere hier fette, gedrungene Milchkühe – eine merkwürdige Rasse mit einem perfekten weißen Fellgürtel in der Mitte, der aussah, als hätten ihn ein paar College-Kids aufgemalt, die sich um die Aufnahme in eine Bruderschaft bewarben.
Er versuchte den Kopf frei zu bekommen und sich ganz auf seine Jagdbeute zu konzentrieren. Bevor Jake Jimmys Bruder ermordete, hatte er es auf beide, Cramer und Jake, abgesehen gehabt. Dass die beiden seit Mona-

ten gegen ihn und José ermittelten, war kein Geheimnis gewesen. Und einen der schnüffelnden Bullen auf einen Schlag mit einem hinterhältigen Killer loszuwerden war ihm wie ein Geniestreich vorgekommen. Nur dass dieser Geniestreich total danebengegangen war. Reever war tot, okay, aber irgendwie hatte es Jake Crowley geschafft, sechs seiner besten Männer *und* José zu erledigen. Und damit war die ganze Sache nicht mehr rein geschäftlich, sondern persönlich.

Der Fahrer des alten Crown Victor, ein Mann namens Smitty, lächelte Jimmy zu. Jimmy erwiderte das Lächeln und sah zu Paco, der auf der Rückbank vor sich hin dämmerte. Paco erschrak und setzte sich aufrecht hin. Er wusste, dass er immer noch auf Jimmys roter Liste stand.

Seit dieser ihn nach Crowley geschickt hatte, damit er irgendetwas fand, das sie gegen Jake einsetzen konnten, war es für Jimmys Begriffe rapide bergab gegangen. Den Idioten dennoch mitzunehmen war Jimmy in Houston wie eine gute Idee vorgekommen. Wenigstens kannte Paco sich da oben aus. Nichtsdestoweniger besaß Paco die Fähigkeit, Jimmy schon in Rage zu bringen, indem er bloß atmete.

Der Plan war gewesen, dass Paco Jakes Onkel bedrohte, damit Jimmy gegenüber Jake drohen konnte, er wüsste, wo dessen Familie lebt. Aber dann war der Alte auf einmal tot und der bekloppte Paco schwor, dass er nichts damit zu tun gehabt hätte. Also musste Jimmy auf Plan B ausweichen. Der jedoch hatte José das Leben gekostet, weshalb Jimmy nunmehr dabei war, einen Plan C zu entwerfen. Auf jeden Fall sollte er so ausgehen, dass am Ende Cramer und Jake starben, egal was er der alten Frau erzählt hatte.

»Nett von Ihnen, dass Sie uns mitnehmen«, sagte Jimmy lächelnd zu dem Fahrer.

Smitty nickte und fuhr sich mit den Fingern durch die dunklen Locken. Er musste etwa dreißig sein, vielleicht auch etwas jünger. An den wenigen Falten konnten auch übermäßiger Stress oder eine Veranlagung schuld sein.

»Kein Problem. Wie gesagt: Ich hätte nächste Woche sowieso nach Boston gemusst, um neue Kunden zu treffen. Jetzt fahre ich eben eher und habe das schon einmal hinter mir. Ein paar Pluspunkte auf dem Zeitkonto schaden nie, sage ich immer.«

Jimmy nickte. »Geht doch nichts über ein gutes Karma.«

»Und ob. Ich muss nur bei der nächsten Tankstelle halten und meine Frau anrufen.« Er sah auf sein Handy, das im Halter der Mittelkonsole steckte. »Jetzt hätte ich das Ding endlich einmal gebraucht, und da macht es schlapp!«

»Ich kann Sie wohl nicht überreden, uns nach Maine zu fahren?«

Smitty runzelte die Stirn. Er war eindeutig ein Mann, dem es schwerfiel, anderen etwas abzuschlagen, aber mit dieser Bitte hatte Jimmy den Bogen wohl doch überspannt.

»Tut mir leid, nein. Von Boston kommen Sie mit dem Zug oder dem Bus rauf nach Maine.«

Jimmy hob die Schultern. »Ich musste Sie fragen, denn

bei dem Glück, das wir derzeit haben, fährt wahrscheinlich weder ein Bus noch ein Zug.«
Er grinste Smitty zu, der ein wenig unglücklich lächelte, wenn auch sichtlich beruhigt. Ja, Jimmy war unglaublich gut darin, Leute in falscher Sicherheit zu wiegen. Wie er das liebte!
»Ich sag Ihnen was«, fuhr er fort. »Ich könnte ein anständiges Mittagessen vertragen. Wie steht es mit Ihnen?«
»Aber ... wir sind fast da«, wandte Smitty ein.
»Ach, kommen Sie«, beharrte Jimmy. »Ich lade Sie ein. Nehmen Sie die nächste Ausfahrt und wir suchen uns ein nettes Restaurant.«
»Hunger habe ich schon«, sagte Smitty. »Und eine Einladung zum Essen lehne ich natürlich ungern ab.«
Der kleine Ort hinter der nächsten Ausfahrt ähnelte eher einer ausgedehnten Raststätte. Er bestand aus einer Straße, an der sich ein McDonald's und ein Burger King gegenüberstanden sowie vier Tankstellen miteinander konkurrierten. Jimmy zeigte auf ein blinkendes Schild etwa eine halbe Meile weiter vorn.
»Etwas Besseres bietet sich hier wohl kaum«, sagte er.
Smitty blinzelte und las den Namen des Restaurants.
»*Way Out Steak House*. Fragt sich bloß, ob damit außerhalb oder außerhalb unserer Preisklasse gemeint ist.«
»Die Preisklasse spielt keine Rolle«, sagte Jimmy.
»Sie haben mir übrigens noch gar nicht gesagt, womit genau Sie Ihren Lebensunterhalt verdienen.«
»Nun, ich mache von allem ein bisschen. Ich bin Geschäftsmann und mir gehören mehrere Unternehmen.«

»Falls Sie einmal Managementseminare veranstalten wollen, rufen Sie mich an. Ich buche Ihnen die Besten, die Sie kriegen können.«

»Ich fürchte, Berater können mir nichts Neues mehr beibringen«, sagte Jimmy und blickte auf den abgewetzten Autositz. »Aber ich merk's mir.«

»Sie haben ja meine Karte.« Smitty bog auf den Parkplatz des Restaurants ein.

Das Gebäude war flach und lang gezogen. Die verwitterten Schindeln an den Seitenwänden reichten nicht ganz bis unten, sodass die rohen Holzbalken zu sehen waren. Eine Holzveranda erstreckte sich über die eine Längsseite, wahrscheinlich zum Schutz gegen die Stürme gedacht. Smitty parkte nahe der Eingangstür zwischen einem Kleinwagen und einem Pick-up.

»Hier gibt's bestimmt ein Münztelefon«, sagte er mehr zu sich selbst als zu Jimmy.

Jimmy sah zu Paco, der wie von der Tarantel gestochen aus dem Wagen sprang und die wenigen Stufen zur Eingangstür hinaufeilte. Smitty blickte Jimmy fragend an.

»Schwache Blase«, erklärte der achselzuckend.

Smitty und Jimmy stiegen ebenfalls aus und Smitty war bereits auf dem Weg zur Tür, als Jimmy fragte: »Wollen Sie nicht abschließen?«

»Hier?« Smitty sah sich um. Auf dem Parkplatz standen nur vier Autos.

»Man kann nie wissen.«

Smitty drehte sich um und ging zum Wagen zurück. Jimmy kam zu ihm, als er gerade die Autoschlüssel hervorholte.

»Ich mache schon«, sagte er ein wenig unsicher und schloss den Wagen ab.
Jimmy nickte Richtung Restaurant und folgte Smitty hinein. Drinnen roch es nach Pommes frites und Hamburgern, aber ein Pärchen an einem der vorderen Tische aß Steaks.
»Wie wär's dort?« Jimmy zeigte auf einen Tisch weiter hinten.
»Sieht gut aus. Ich muss nur schnell ein Telefon finden.«
»Wir sollten uns erst einmal hinsetzen, bis Paco da ist.«
Smitty schien nicht einverstanden, ging aber dennoch mit Jimmy zum Tisch. Eine Kellnerin bahnte sich den Weg zwischen den leeren Tischen hindurch zu ihnen und sah aus, als hätte sie die neuen Gäste lieber näher bei den anderen gehabt.
»Haben Sie ein Münztelefon?«, fragte Smitty.
Sie blickte ihn verwundert an und zeigte stumm zu den Toiletten, wohin er verschwand.
Jimmy sah auf seine Uhr, während die Kellnerin drei Gläser mit Wasser füllte.
Er hatte ein unangenehmes Brennen im Magen. José und er hatten sich nie besonders nahegestanden, aber sie waren immerhin Brüder gewesen, und Jimmy hatte noch keine Zeit gehabt, um José zu trauern. Andererseits trauerten die Torrios auch nicht, sondern sie rächten ihre Toten. Beide Brüder hatten das von der Wiege an gelernt. Als Jimmy acht Jahre alt war, schlitzte sein Vater einem Mann vor seinen Augen die Kehle auf, weil er die Familie bestohlen hatte. Einen Torrio verärgerte

man nicht. Das war kein Motto in Jimmys Leben, vielmehr ein genetischer Code. Cramer und Jake Crowley würden teuer dafür bezahlen, sich in seine Geschäfte eingemischt zu haben.
Und für den Mord an José würde Jake Crowley doppelt teuer zahlen.

Smitty starrte auf den Hörer in seiner Hand. Er war mitsamt Metallschnur aus der Wand gerissen worden. Damit rechnete man in einem kleinen Laden wie diesem eigentlich nicht, auch wenn selbst dem naiv optimistischen Smitty nicht entgangen war, dass Verzweiflung und Vandalismus in der Welt täglich schlimmer wurden. Er selbst begegnete der zunehmenden Verrohung auf andere Weise, mit kleinen Akten der Freundlichkeit wie etwa dem heutigen, als er zwei Fremde mitnahm und einen Umweg machte, um ihnen zu helfen, an ihr Ziel zu gelangen. Nichtsdestoweniger verdarb ihm das mutwillig zerstörte Telefon den Appetit und dass er nun seine Frau nicht erreichen konnte, machte ihm noch mehr zu schaffen.
Er war noch nie so lange fort gewesen, ohne Molly anzurufen, und er wusste, dass sie sich Sorgen um ihn machte. Es war ihre erste Schwangerschaft, und auch wenn ihre Mutter nur zwei Häuser weiter wohnte, war sie doch ein Nervenbündel. Wie gern wäre er zu Hause bei ihr geblieben, aber er musste nun einmal den Lebensunterhalt verdienen und mit den neuen Internet-Fortbildungsangeboten wurde es immer schwieriger, Firmen von Seminaren vor Ort zu überzeugen. Er

wandte sich vom Telefon ab und wollte sich vor dem Essen die Hände waschen. In der Herrentoilette schlug ihm ein strenger Uringestank entgegen. Einer der Abflüsse musste defekt sein und er fragte sich, ob sie mit diesem Restaurant wirklich eine gute Wahl getroffen hatten. Er ließ sich Wasser über die Hände laufen, spritzte Seife hinein und wusch sich auch das Gesicht, bevor er blind nach den Papierhandtüchern langte. Da griff jemand nach seinem Handgelenk. Mit seinen seifenverschmierten Augen konnte er nur einen Umriss erkennen.
»He!«, rief er.
Er hörte, wie der Papiertuchspender bedient wurde, und dann steckte ihm die Gestalt einen kleinen Ballen Tücher in die Hand. Nachdem er sich das Gesicht trocken gerieben hatte, erkannte er Paco, der grinsend hinter ihm stand.
»Ich dachte, Sie brauchen vielleicht Hilfe.«
»D-Danke«, stammelte Smitty.
»Entschuldigung. Ich habe Sie doch nicht erschreckt, oder?«
Smitty bemerkte, dass Paco – ebenso wie Jimmy – die Angewohnheit hatte, sehr dicht an andere heranzutreten. Aus dieser Distanz roch er nicht nur Pacos minziges Aftershave, sondern auch seinen Schweiß. Die halb zugekniffenen braunen Augen und die schmalen Lippen machten Smitty noch nervöser.
»Nein«, log er. »Sie haben mich nur überrascht.«
Paco nickte, sah in den Spiegel und strich sich die dunklen Locken zurück.

»Okay.« Er fasste nach Smittys Ellbogen. »Gehen wir etwas essen.«

Mandi rannte durch den strömenden Regen zum Wagen zurück, zwei Waffeln mit Vanillesofteis in der Hand. Sie kickte zweimal mit dem Fuß gegen die Tür, damit Pierce ihr aufmachte. Dann ließ sie sich auf den Fahrersitz fallen.
»Bitte sehr«, sagte sie und gab Pierce die eine Eiswaffel in die Hand. Er leckte gierig daran und eine Eisspur rann ihm übers Kinn.
»Verdammt«, sagte Mandi und tippte Pierce aufs Knie, um ihm zu signalisieren, dass sie gleich wieder da wäre. Dann rannte sie zurück in den Eisladen und holte Papierservietten – leider zu spät. Pierces T-Shirt war bereits mit Eis bekleckert, was ihn allerdings kein bisschen zu stören schien. Er aß genüsslich auf und leckte sich sogar noch die Hand ab. Bei dem Tempo sollte er eigentlich Bauchschmerzen bekommen, aber ihm ging es scheinbar bestens. Mandi reichte ihm die Servietten, wenngleich es zwecklos war, diese klebrigen Flecken damit wegwischen zu wollen.
Sie nahm Pierces Hand und tippte: *Zu Hause gehst du direkt in die Badewanne.*
Dann vergewisserte sie sich, dass sein Gurt festsaß – obwohl er daraufhin das Gesicht verzog –, und fuhr los, während sie noch in einer Hand ihr Eis hielt. Davon

tropfte sie sich zu allem Überfluss auch noch etwas auf die Hose.
»Ich schätze, wir brauchen beide ein Bad«, murmelte sie und sah hinaus in den Regen, gegen den die Scheibenwischer kaum ankamen.
Langsam fuhr sie die Route 26 hinunter, am Fluss entlang, der bereits an mehreren Stellen über die Ufer getreten war. Der Androscoggin war einer dieser schlammbödigen Flüsse. Vor Jahrhunderten hatten hier unzählige Wassermühlen gestanden, doch wirklich gezähmt hatte man den Wasserlauf nie. Crowley Creek ließ seine Abwasser genauso hineinlaufen wie tausende anderer kleiner Siedlungen, und der Fluss schlängelte sich durch hunderte von Dörfern und Städten, bevor er ins Meer mündete. An den meisten Stellen war er so flach, dass es höchstens möglich war, ihn mit einem Kanu zu befahren, und doch konnte er bei Flut ganze Farmen und Felder überfluten.
Wie fast jede Ortschaft in Maine hatte auch Crowley einige Flutgebiete. Das Haus, in dem Mandi mit Pierce wohnte, lag jedoch glücklicherweise recht hoch und war damit nicht überflutungsgefährdet. Sollte allerdings, wie im letzten Jahr, die Kreuzung zwischen der Talstraße und der Route 26 gesperrt werden, saßen sie dort oben in einer Falle.
Als sie sich der Kreuzung näherte, sah Mandi unwillkürlich zu den Polizeibändern, mit denen der Fundort des Mädchens abgesperrt worden war. Wie konnte es in einem so friedlichen Ort binnen kürzester Zeit gleich zu zwei schrecklichen Morden kommen? Wie waren

solche furchtbaren Taten überhaupt möglich? Pierce, der ja nichts sah, hockte friedlich und zufrieden auf dem Beifahrersitz.

Der Kies in der Hauseinfahrt versank im Schlamm. Mandi musste den Allradantrieb einschalten, um nicht in die Bäume zu rutschen. Bis sie die Rampe zur Haustür erreichten, waren sie vollkommen durchnässt und Pierce zitterte vor Kälte. Mandi bedeutete ihm, sich schon auszuziehen, während sie ihm ein Bad einließ. Dann zog sie sich selbst aus, rubbelte sich mit einem Handtuch trocken und schlüpfte in einen Bademantel. Sie stellte das Wasser ab und gab Pierce Bescheid, dass sein Bad fertig war. Da er nie seine Unterhose ausziehen würde, solange sie im Raum war, ging sie direkt in die Küche und machte sich einen Tee.

Wieder wanderten ihre Gedanken zu Jake. Sie biss sich auf die Unterlippe, als der alte Schmerz erneut in ihr aufwallte. Es hatte so gut und zugleich so wehgetan, ihn mit Pierce zu sehen. Sie liebte Jake heute noch genauso sehr wie damals. Sie würde ihn immer lieben. Aber er schleppte ein ganzes Rudel alter Dämonen mit sich herum, gegen die sie nichts unternehmen konnte, denen sie Pierce allerdings um keinen Preis aussetzen wollte. Ihr Sohn hatte schon genug gelitten.

Wahrscheinlich war es das Beste, wenn sie Jake aus dem Weg ging, bis er wieder abreiste.

Barbaras Beine brannten wie Feuer, wie sie da in dem Loch in der Diele hingen, ebenso wie ihre Hüfte. Sie blickte zu Oswald, der in dem dunklen Flur saß.
»Bist du blöd? Oder bin ich dir einfach egal?«, zischte sie.
Aus Oswalds Hundegesicht ließ sich nicht schließen, ob er sie verstanden hatte oder ob ihn überhaupt interessierte, was sie sagte.
»Hilf mir!«, schrie Barbara ihn an.
Der Hund stand auf, drehte sich um und watschelte davon.
»Dämlicher Köter!«
Sollte sie jemals lebend hier herauskommen, würde sie den kleinen Mistkerl gegen einen Pudel eintauschen. Es sah aber leider nicht so aus, als sollte es dazu kommen.
Langsam hatte sie kaum noch Kraft und sie hatte aufgehört, sich selbst befreien zu wollen, weil jede Bewegung ihre Lage nur noch verschlimmerte.
Andererseits musste sie bald etwas tun, sonst würde sie hier sterben.
Wenigstens hatte das verdammte Flüstern aufgehört.
»Komm zurück, du mistige Töle!«, schrie sie.
Beruhige dich. Oswald ist nicht Lassie.
Genau. Bring mir den Schweizer Schraubenschlüssel, Oswald. Nein, das ist nicht der Schweizer, sondern der Engländer. Bring mir den Schweizer. Guter Junge.
»Ich muss hier irgendwie herauskommen«, murmelte sie und grinste, trotz ihrer desolaten Lage.
Als sie sich das letzte Mal bewegte, hatte der Balken unter ihr so laut geknarrt, dass sie sofort erstarrt war. Es

war ein ziemlich lautes Knarren gewesen – halb ein Brechen, halb ein Reißen – und der Boden unter ihr war so morsch, dass er federte wie ein hölzernes Trampolin.
Ich wette, ich könnte direkt hier durchfallen.
Genau, und was ist, wenn es sechs Meter tief nach unten geht?
Sei nicht albern. Da ist bloß ein Kriechkeller. Deine Beine baumeln vielleicht fünf Zentimeter über dem Sandboden.
Und wenn nicht?
Wenn nicht, werde ich hier sowieso sterben.
Sie holte tief Luft und strampelte los, wobei sie die bohrenden Schmerzen in ihren Oberschenkeln ignorierte, so gut es ging. Ihre Füße berührten nichts außer Luft und das Knarren und Knacken um sie herum wurde lauter, während der Boden rhythmisch auf und ab federte. Das dumpfe Licht, das von Regen und Staub gefiltert wurde, malte silbrige Geister in die Luft, die vor Barbaras Augen tanzten.
»Verdammt«, murmelte sie, verlagerte das Gewicht und strampelte noch stärker.
Sie hüpfte nun fast auf und ab. Der Schmerz zog aus ihren Schenkeln in ihre Hüfte und von dort in den Rücken. Der Boden hob sich ein letztes Mal, dann fiel Barbara wie durch ein zerrissenes Laken. Die Dielen und Bretter knarzten und senkten sich wie in Zeitlupe, bis Barbara weich auf dem Schmutz unter sich landete. Zu beiden Seiten von ihr regnete es Holzteile, während sie sich mühsam aufrappelte.
Sie lehnte sich gegen den abgebrochenen Fußbodenteil

und betrachtete ihre Beine. Die Feinstrumpfhose hing wie eine zerfetzte Schlachtenfahne an ihr herab und war blutdurchtränkt. Ihr Rock war ebenfalls an mehreren Stellen eingerissen und einer ihrer Schuhe musste irgendwo unter dem Trümmerhaufen liegen. Fingerlange Splitter steckten in ihren Oberschenkeln. Sie zog sie heraus, wobei sie das Gesicht vor Schmerz verzog. Letzterer wurde nun noch schlimmer, da ihre Beine wieder besser durchblutet waren.

Der Keller war tiefer, als sie gedacht hatte. Zwar versperrte der Krater im Boden die Sicht, aber Barbara wollte ohnehin lieber nicht alles sehen. Sie schaute nach oben und überlegte, ob sie hier allein wieder herauskommen könnte. Außer den kleinen Ritzen und Löchern in den Dielenbrettern gab es nichts, woran sie sich festhalten konnte, doch selbst wenn rostfreie Stahlhaken da gewesen wären, dürfte sie kaum die Kraft aufbringen, sich nach oben zu ziehen.

Oswald kam fiepend näher und linste über den Lochrand. Barbara schaffte es sogar, ihm zuzulächeln.

»Hast du den Schweizer Schlüssel mitgebracht?«, fragte sie.

Vorsichtig wagte er sich einen Schritt vor, zog die Pfote jedoch gleich wieder zurück, als sie auf dem scharf abfallenden Holz abrutschte.

»Bleib bloß weg«, sagte Barbara und wedelte mit einer Hand.

Er winselte missmutig.

»Was? Wirst du auf deine alten Tage noch frech oder hast du bloß Hunger?«

Wieder winselte er und drehte sich nervös zum Flur um. Erst jetzt bemerkte Barbara, dass das Flüstern wieder da war.

Cramer starrte hinaus in den Regen. »Memere würde sagen, dass es wirklich Monster *gibt*. Und für mich hört es sich an, als wüsstest du das. Der Junge lief vor irgendetwas weg. Deshalb hat er den Wagen geklaut.«
»Kinder fürchten sich vor Geistern. Und Albert wurde nicht von einem Monster umgebracht. Du hast den Schuhabdruck gesehen.«
»Was nicht beweist, dass der Träger des Schuhs etwas anderes gemacht hat, als durch das Blut zu laufen und eine Spur auf der Zeitung zu hinterlassen.«
»Komm schon. Das ist nun wirklich ein bisschen mager.«
»Ich meine ja nur.«
Jake sah Cramer an. »Was hast du im Wald gesehen?«
Cramer überlegte eine Minute. »Hab ich doch schon gesagt. Ich konnte es nicht richtig sehen, weil es im Schatten war.«
»Vielleicht war es ja nur ein Schatten.«
»Ich denke, das glaubst nicht einmal du dir«, sagte Cramer und musterte Jake prüfend. »Du sagtest, dein Vater hätte deine Mutter vor jenem Abend nie geschlagen.«

»Stimmt.«
»Was hast *du* am Strand gesehen?«
»Was hat denn der Strand damit zu tun?«, fragte Jake.
»Sag du's mir. Ich versuche bloß eins und eins zusammenzuzählen. Du willst nicht mit Pam sprechen, du bist sauer auf mich, weil ich dich auf Mandi anspreche. Du verbringst vierzehn Jahre weit weg von hier. Dann kommen acht Männer unter, nun ja, seltsamen Umständen zu Tode, und auf einmal sitzt du im Flieger.«
Jake seufzte. »Es war dunkel und stürmisch. Torrios Leute wollten mich umbringen. *Ich* habe geschossen. Es war verrückt. Ich kann dir nicht sagen, was geschah, während ich im Wasser war.«
»Dann hast du nichts Merkwürdiges gesehen?«
»Vielleicht ... einen Schatten.«
Cramer nickte. »Und an dem Abend, als deine Mutter starb?«
»Da war ich zehn.«
»Aber du sagtest, du hättest ein Flüstern gehört.«
»Vielleicht.«
Die Scheibenwischer schlugen laut hin und her. Entlang der Straße strömte Wasser zwischen den Bäumen hervor.
»Hier wohnt Barbara«, sagte Jake hörbar erleichtert.
»Die verrückte Alte, die mich verführen will?«
»Genau die.«
»Warum lassen wir sie nicht bei der Befragung aus?«
»Weshalb?«, fragte Jake. »Hast du Angst vor einer alten Frau? Die Murphys wolltest du doch auch nicht auslassen.«

»Ich habe schon Nutten getroffen, die weniger zudringlich waren«, sagte Cramer.
Barbaras Haus hatte ein blaues Metalldach. Die Seitenwände waren mit blassgrauem Stein verklinkert, die Fensterrahmen blau gestrichen. In den Fenstern hingen Spitzengardinen.
»Nettes Häuschen. Wahrscheinlich hält sie Katzen«, murmelte Cramer.
»Goldfische«, korrigierte Jake.
»Oder Luchse.«
»Was hast du eigentlich gegen Luchse?«
»Ich mag schon das Wort nicht«, antwortete Cramer und hielt sich beim Aussteigen die Hände über den Kopf.
Beide rannten zur Vorderveranda.
Jake klingelte und sah durchs Fenster einen fetten kleinen Hund, der wie verrückt bellte.
»Biestiger kleiner Köter«, stellte Cramer fest. »Diese Sorte beißt dir die Knöchel blutig.«
»Keiner zu Hause.« Jake klingelte noch einmal.
»Mist.«
»Was ist? Wollen wir zu Pam zurückfahren?«
»Nein. Ich amüsiere mich ganz köstlich«, höhnte Cramer.
»Dachte ich mir's doch. Ich merke sofort, wann du deinen Spaß hast.«
»Und woran merkst du das?«
»Dein Sinn für Humor nimmt rapide zu.«
»Tatsache? Komm, wir haben noch andere Häuser abzuklappern.«

»Findest du nicht, dass der Hund sich irgendwie komisch benimmt?«, fragte Jake.
Das Tier rannte kläffend im Kreis herum und seiner Figur nach zu urteilen gehörte diese Art körperlicher Betätigung normalerweise nicht zu seinem Alltag. Jake beobachtete den fetten kleinen Hund und wartete, dass er sich beruhigte, doch das tat er nicht. Nach ein paar Minuten fragte er sich, ob Hunde wohl einen Herzinfarkt bekommen können.
Er klopfte an die Tür und rief: »Barbara? Ist jemand zu Hause?« Dann sah er Cramer an. »Guck doch mal in die Garage.«
»Klar doch«, murmelte Cramer und stieg die Stufen hinunter in den Regen. »Ich paddle mal direkt da rüber.«
Jake spähte in jedes Fenster. Drinnen folgte ihm der Hund von der Diele ins Esszimmer und von dort ins Wohnzimmer, ohne dabei seinen Derwischtanz oder sein wildes Gekläffe zu unterbrechen.
Cramer kam auf die Veranda zurück und schüttelte sich wie ein nasser Hund. »Ihre alte Kiste steht in der Garage.«
»Das hatte ich befürchtet«, sagte Jake. »Wollen wir die Tür aufbrechen?«
»Mit dem Wachhund da drinnen?«
»Dann sieh dich nach einem offenen Fenster um.«
Cramer ging zurück zur Haustür und öffnete sie. Der Hund kam in die Diele gerannt und blieb wie angewurzelt stehen.
»Du hast doch gesagt, dass die Leute hier nie ihre Türen verriegeln«, sagte Cramer.

»Stimmt. Hatte ich ganz vergessen.« Jake stand in der Tür und rief laut Barbaras Namen. Cramer trat an ihm vorbei ins Haus.
Jake folgte ihm. Es roch nach Lavendel, Desinfektionsmittel und etwas anderem, vielleicht Knoblauch. Jake rümpfte die Nase und Cramer lachte. Beide gingen hinter dem Hund her durch den Flur. Bei einem antiken Wandtisch blieb Jake stehen und sah die vergoldete Öllampe an, die darauf stand. Er strich mit den Fingern über den aufwändig gearbeiteten Lampenfuß, den ein üppiges Blumenmuster zierte.
»Was ist?«, fragte Cramer.
Jake schüttelte nachdenklich den Kopf. »Genauso eine Lampe stand bei uns zu Hause im Flur, vor dem Schlafzimmer meiner Eltern.«
»Glaubst du, die Alte hat das Ding gestohlen?«
»Ich weiß nicht«, antwortete Jake achselzuckend. »Das Haus stand lange Jahre leer.«
»Vielleicht hat Pam sie ihr gegeben.«
»Vielleicht.«
»Was war das?«
»Ich habe nichts gehört.«
»Ich dachte, ich hätte ein Flüstern gehört«, sagte Cramer.
Jake horchte. Zunächst hörte er nur das Trommeln des Regens auf dem Verandadach, doch dann war auch ihm, als wäre da noch ein anderes Geräusch. Es war eher wie ein Zischen, wenngleich es leiser wurde, je weiter sie ins Haus hineingingen.
Der Hund musterte die beiden Männer hochnäsig und

trabte ins nächste Zimmer. Cramer und Jake folgten ihm durch den ziemlich voll gestellten Salon. Dann zeigte Jake auf den Hund, der durch eine Tür in einen dunklen kleinen Flur huschte. Sie eilten ihm nach und kamen in einen kleinen Schuppen, wo Cramer gerade noch Jakes Arm packen konnte, bevor er in das Loch im Fußboden stürzte.

Die alte Frau lag mit dem Gesicht nach unten auf den eingeknickten Dielenbrettern. Jake fiel eine kahle Stelle auf ihrem Hinterkopf auf und er fragte sich, ob Barbara davon wusste.

Cramer seufzte. »Wir müssen da hinunter.«

»Und wie sollen wir das anstellen?«, fragte Jake und sah auf den Trümmerhaufen aus Holz, Staub und Sand. Barbaras Sturz hatte den Schuppen in einen Trichter verwandelt, in dem gerade noch genug Fläche zum Auftreten für den Hund war. Der starrte hinunter zu der alten Frau, als überlegte er, ob er zu ihr ins Loch springen sollte.

»Ich schätze, wir müssen vorsichtig hinunterrutschen«, sagte Cramer.

»Da brichst du dir das Genick.«

»Weißt du etwas Besseres?«

Jake schüttelte den Kopf.

Cramer testete einen der groben Trägerbalken, klammerte sich daran fest und glitt behutsam hinunter in den Trichter. Auf halber Höhe ließ er den Balken los und landete mit einem dumpfen Aufprall neben Barbara.

»Vorsichtig«, sagte Jake und verzog das Gesicht, als

er den Splitter sah, der sich in Cramers Hand gebohrt hatte.
»Immer doch«, erwiderte Cramer, entfernte das Holzstück mit den Zähnen und spuckte es in den Schmutz. Als er Barbaras Schultern berührte, rollte die sich auf den Rücken wie eine Mumie, die plötzlich zum Leben erwacht war. Cramer zuckte vor Schreck zusammen.
»Sind Sie hier, um mich zu retten?«, fragte sie schwach.
»So etwas in der Art«, antwortete Cramer. »Haben Sie sich irgendetwas gebrochen?«
Sie sah ihn an. »Meinen Fußboden.« Sie bewegte sich und verzerrte das Gesicht vor Schmerz. »Und vielleicht auch meine Schulter.«
»Sonst nichts? Ist Ihr Rücken verletzt?«
»Nein, ich denke nicht.«
»Bleiben Sie trotzdem ruhig liegen, bis ein Krankenwagen hier ist.«
»Von wegen«, sagte sie und rappelte sich mühsam hoch. »Damit diese Idioten den Dreck durch mein ganzes Haus tragen und mich mit Elektroschocks wieder beleben? Nein, holen Sie mich auf der Stelle hier raus!«
Cramer hielt sie fest, weil sie vor lauter Zittern umzukippen drohte. Sie legte die Arme um seinen Hals und lächelte. Hilfe suchend sah er hinauf zu Jake, aber der hatte Mühe, nicht laut loszulachen.
»Sie sind so stark«, hauchte Barbara.
»Ja, Ma'am.«
»Wenn ich mich hier am Türrahmen festhalte, müsste ich dir mit einer Hand hochhelfen können«, mischte sich Jake grinsend ein.

»Okay«, sagte Cramer unsicher. »Versuchen wir's.«
Jake beugte sich so weit in das Loch, wie er konnte, ohne den Türrahmen loszulassen. Cramer legte einen Arm um Barbara und streckte den anderen nach Jake aus.

Sie brauchten zwei Anläufe, ehe sich ihre Hände berührten, und selbst dann sah es für einen Moment so aus, als wäre diese Übung zum Scheitern verurteilt, denn Jakes einer Fuß verlor den Halt und er rutschte beinahe mit in den Trichter. Glücklicherweise hatte Cramer da bereits genug Schwung, um sich mitsamt Barbara an dem einzig verbliebenen intakten Dielenbalken festzuhalten. Jake lehnte sich weit nach hinten und zog die beiden zur Tür.

Für einen Augenblick hockten sie alle drei im Türrahmen und schnappten nach Luft. Oswald tapste schwanzwedelnd um sie herum.

»Wir bringen sie am besten ins Krankenhaus«, sagte Jake schließlich.

»Was für ein genialer Einfall«, murmelte Barbara, die sich aus Cramers Umarmung wand und den Staub von ihren Kleidern abklopfte. Sie bückte sich, um die Reste ihres Rocks glatt zu streichen, und verzog prompt das Gesicht vor Schmerz. Als sie wieder aufsah, glänzten Tränen in ihren Augen. Cramer fasste ihre Schultern.

»Ich habe Stimmen gehört«, flüsterte sie. »Da bin ich hier hereingegangen, um nachzusehen.«

»Stimmen?«, fragten Cramer und Jake im Chor.

»Sie kamen mir wie ein Flüstern vor. Tja, und dann gab der morsche Fußboden nach. Ich wäre fast gestorben.«

»Hier ist kein Flüstern«, verkündete Cramer ein wenig zu munter. »Gehen wir ins Haus, damit wir unsere Wunden versorgen können.«
Er führte Barbara durch den kleinen Flur, gefolgt von Jake. Der hatte das unangenehme Gefühl, dass er beobachtet wurde, wie er durch den dämmrigen Gang ging. Er bekam eine Gänsehaut und kalter Schweiß brach ihm aus.
Der Weg zurück in die Wohnräume schien ewig zu dauern, und die ganze Zeit hatte Jake den Eindruck, er würde von einer unsichtbaren Existenz geprüft, die seinen Verstand durchforstete. Als sie endlich wieder in dem kleinen Salon waren, wollte Jake am liebsten schreien. Er ging an Barbara vorbei und blickte zurück in den dunklen Flur.
»Was ist denn?«, flüsterte Cramer, der zu Jake kam und ebenfalls in den Flur äugte, allerdings instinktiv darauf achtete, sich nicht zu weit vorzubeugen.
Jake winkte ab. »Ich hatte nur so ein Gefühl.«
»Ich mag deine Gefühle. Was ist los?«
»Mir war, als wäre da etwas.«
Nun beugte Cramer sich doch vor und blickte in den engen Flur. »Hier hätte gar nichts mehr reingepasst.«
»Es war wahrscheinlich auch nichts.«
»Wollen wir nachsehen?«
Jake spürte, wie ihm der Schweiß ausbrach. »Nein«, sagte er. »Ich schätze, meine Nerven spielen verrückt.«
Cramer sah ihn prüfend an. »Okay, dann bringen wir mal die alte Dame zum Arzt.«
»Genau.«

Sie brachten Barbara hinaus zum Wagen und halfen ihr vorsichtig auf den Rücksitz. Und da war es wieder.
Jake war sicher, ein leises Flüstern zu hören. Er sah zu Cramer, der in den Wald blickte.
»Können wir?«, fragte Jake.
Cramer stieg schweigend ein und ließ den Motor an. Während der Fahrt wurde Jake das Gefühl nicht los, dass sie beobachtet würden.

Ich glaub's nicht«, sagte Smitty kopfschüttelnd, während er an zwei Lastwagen auf der Autobahn vorbeifuhr. »Das Telefon in dem Restaurant war total demoliert. Wer macht so etwas?«
Jimmy schüttelte ebenfalls den Kopf. »Das sind Kriminelle, Asoziale. Aber wir finden schon noch ein Telefon, keine Angst.«
»Ich hätte in Providence anhalten sollen«, sagte Smitty und blickte hinaus in den Regen, dessen Tropfen mittlerweile die Größe von Bohnen erreicht hatten. Über ihnen hingen dunkle schwere Wolken, sodass es voraussichtlich noch Stunden so weiterregnen würde. »Sie macht sich bestimmt Sorgen.«
»Im wievielten Monat ist sie denn?«, fragte Jimmy.
»Im fünften. Aber sie hat schon einen mächtig runden Bauch und das ist ihre erste Schwangerschaft. Ich hätte zu Hause bleiben sollen, doch wie soll ich uns da ernähren? Ich muss nun einmal raus und Kunden be-

suchen. Sie versteht es, na ja, und irgendwie auch wieder nicht.«
»Fünfter Monat ist halb so wild«, sagte Jimmy. »Da hat sie noch massenhaft Zeit.«
»Haben Sie Kinder?«
Jimmy lachte. »Nicht dass ich wüsste. Aber ich habe reichlich Cousinen, und die sind dauernd schwanger.«
Smitty seufzte. »Wahrscheinlich haben Sie Recht. Trotzdem denke ich, gerade beim ersten Kind sollte ich für sie da sein – zumindest in derselben Stadt bleiben.«
»Ein Mann muss tun, was ein Mann tun muss«, murmelte Paco.
»Sie hören sich ja an, als müssten Sie sich für jeden Dollar richtig krumm machen«, bemerkte Jimmy.
Smitty lachte. »Wer muss das nicht?«
»Ich.«
Smitty sah ihn fragend an. »Dann laufen Ihre Geschäfte gut, was?«
Jimmy nickte. »Extrem gut.«
»Tja, also, die meisten Firmen, mit denen wir zu tun haben, kämpfen ums Überleben. Aber ich darf mich nicht beklagen, denn immerhin verdiene ich daran. Wie dem auch sei – ich bin froh, dass es in der heutigen Wirtschaft überhaupt noch jemandem gut geht.«
»Welche Wirtschaft?«, höhnte Jimmy lachend.
»Da sagen Sie etwas Wahres.«
»Wie wär's, wenn ich Ihnen viel Geld dafür *bezahle*, dass Sie uns nach Maine fahren?«
Smitty runzelte die Stirn. »Wie viel Geld?«
»Wie viel verlangen Sie?«

»Nein, ernsthaft jetzt.«
»Ich meine es ernst.«
Smitty überlegte. »Tausend Dollar.«
»Im Ernst?«
»Siebenhundertfünfzig?«
»Fünftausend.«
Smitty verschluckte sich und bekam einen Hustenanfall. Jimmy klopfte ihm auf den Rücken.
»Eine Bedingung«, sagte Jimmy.
»Welche?«, fragte Smitty misstrauisch.
»Keine Anrufe, bis wir uns wieder trennen. Und ich würde es zu schätzen wissen, wenn Sie nicht jedem erzählen, dass Sie uns getroffen haben.«
»Wusste ich's doch«, sagte Smitty. »Hier läuft irgendetwas Illegales, richtig?«
»Nein.«
»Glaube ich aber doch.«
»Okay, ein klein wenig illegal vielleicht.«
»Wie wenig?«
»Sie haben damit nichts zu tun, niemand wird verletzt und es sind keine Drogen im Spiel. Zufrieden?«
Smitty schnitt eine Grimasse. »Was soll das denn Illegales sein, bei dem niemand verletzt wird und keine Drogen vorkommen? Nee, Leute, tut mir leid, aber ich möchte da lieber nicht mitmachen.«
»He!«, sagte Jimmy und hob die Hände. »Ich sage die Wahrheit. Aber ist schon okay, ich nehm's Ihnen nicht krumm, wenn Sie ablehnen.«
Smitty dachte eine Weile nach und seine Stimme klang sehr entschlossen, als er schließlich wieder den Mund

aufmachte. »Ich möchte damit nichts zu schaffen haben, was immer *es* sein mag. Tut mir leid. Es war wohl ein Fehler, euch überhaupt mitzunehmen.«
Jimmy vollführte eine großzügige Geste mit den Händen. »Setzen Sie uns einfach beim nächsten Tanken ab, und Sie hören nie wieder von uns. Ich würde es allerdings trotzdem schätzen, wenn Sie niemandem sagen, dass Sie uns gesehen haben. In Ordnung? Ich meine, wir haben Ihnen ja schließlich nichts getan, oder?«
»Sie sind doch keine entflohenen Sträflinge oder so etwas?«
Jimmy lachte und zeigte auf das Markenschild in seinem Anzugjackett. »Tragen entflohene Sträflinge etwa solche Anzüge?«
Smitty schüttelte den Kopf und fuhr zusammen, als ein Blitz über den Himmel zuckte, gefolgt von einem lauten Donnergrollen. »Wirtschaftskriminelle höchstens. Und darüber reden wir hier doch, stimmt's?«
»Genau«, bestätigte Jimmy. »Dabei wird niemand verletzt.«
»Und was ist mit den Investoren und den kleinen Leuten?«
»Tja, die wohl schon«, gab Jimmy zu. »Irgendjemand wird immer ein bisschen verletzt.«
»Wenn man bereits klein ist, braucht es nicht viel, damit man ziemlich übel zu Schaden kommt.«
»Sie scheinen aus Erfahrung zu sprechen.«
»Ich habe meine Pensionsersparnisse verloren, als ein früherer Arbeitgeber von mir den Bach runterging. Der Buchhalter hatte Firmengelder veruntreut.«

»Schlimm, solche Sachen. Dann könnten Sie die fünftausend doch erst recht gut gebrauchen.«
»Nein, so nötig habe ich es nun auch wieder nicht«, sagte Smitty und fuhr an der nächsten Abfahrt von der Autobahn.
Ein Windstoß rüttelte den Wagen durch, als er auf den Parkplatz einer Tankstelle fuhr. »Ich muss euch leider absetzen, Leute. Nehmt's mir nicht übel, aber mit krummen Dingern will ich nichts zu schaffen haben.«
Jimmy zuckte mit den Schultern und zeigte zur Gebäudeseite. »Schon okay. Ich muss nur kurz zur Toilette und Paco wahrscheinlich auch.«
Smitty nickte und steuerte den Seiteneingang an. Regen rann an der weißen Betonfassade herunter und brachte sie zum Glänzen.
»Ich schätze, Sie müssen drinnen nach dem Schlüssel fragen«, sagte er.
»Kein Problem«, erwiderte Jimmy, schob eine Pistole unter Smittys Arm und feuerte zweimal. »Ich muss gar nicht mehr.«
Paco rannte herum zur Fahrerseite, während Jimmy aus- und hinten wieder einstieg. Paco hievte sich Smittys Leiche auf die Schulter und schob sie auf die Beifahrerseite.
»Warum haben wir nicht einen anderen Wagen gemietet?«, fragte Paco nervös.
Jimmy sah ihn streng an. »Wir *haben* doch schon den hier.«
Er konnte es nicht leiden, sich rechtfertigen zu müssen, insbesondere da er selbst nicht genau wusste, warum er

Smitty umgebracht hatte. Er hatte aus einem Impuls heraus gehandelt, was bei ihm eher selten vorkam. Vielleicht war seine Wut auf Jake Crowley und dessen Partner schuld daran. Nun hatte Smitty sie eben abbekommen. Wie auch immer, jedenfalls besaßen sie jetzt wieder einen Wagen.
»Und was nun, Boss?«
»Wir sind an einer Tankstelle. Wir tanken.«
Paco lenkte den Wagen auf die hell erleuchtete Tankinsel, während Jimmy Smitty so hinrückte, dass es aussah, als schliefe er. Sobald der Tank voll war, bezahlte Paco in bar und fuhr los.
»Jetzt sollten wir endlich nach Crowley fahren«, sagte Jimmy.
»Wieso hast du ihm erzählt, wir wären Wirtschaftskriminelle? Und was sollte dieser Blödsinn von wegen niemand wird verletzt? Wozu denkst du dir so eine beschissene Geschichte aus? Ich meine, warum überhaupt das ganze Gefasel?«
»Ich habe nicht gefaselt«, wies Jimmy ihn zurecht. »Ich habe ihn in Sicherheit gewogen.«

Jules knallte den Hörer so fest auf, dass er direkt nachsehen musste, ob er ihn nicht eventuell zerschmettert hatte. Immer noch erreichte er nur Jimmys Mailbox, die ihm vorsäuselte, dass sein Boss außerhalb des Bereichs war, der vom Betreiber versorgt wurde.

Dabei musste Jules dringend wissen, wie der Stand der Dinge war. Vor allem wollte er endlich hören, dass alles erledigt war und die Alte damit entbehrlich. Denn allmählich machte sie ihm richtige Angst.

In ihrem Kleiderschrank schien sie lauter Klamotten aus Bettlaken zu haben, und den ganzen Tag schlurfte sie auf Gummi-Flipflops herum, die sich beim Gehen anhörten wie schnalzende Riesenfrösche. Außerdem beobachtete ihn die Alte ununterbrochen und murmelte dauernd unverständliches Zeug in ihrem komischen Cajoun-Dialekt. Wenn er sie anschrie, sie solle gefälligst die Klappe halten, lachte sie bloß.

Im Moment mixte sie irgendwelchen übel aussehenden Kram in ihrer Küche zusammen, den sie in einem Steintopf verrührte und dabei wie eine alte Hexe vor sich hin nickte. Jules war sich mittlerweile sogar sicher, dass sie eine alte Hexe war. Sie warf Kräuter in den Topf und Säfte, die sie in dunkelgrünen Flaschen im Kühlschrank lagerte. Immer wieder zermatschte sie alles mit einem Steinstößel, grinste dabei vor sich hin und murmelte.

»Was zum Teufel ist das?«, platzte es schließlich aus ihm heraus. »Was machst du da?«

Sie hielt den Topf leicht seitlich, damit er hineinsehen konnte. Er erkannte nur ekligen grünen Matsch.

»Ich mache Guacamole. Willst du etwas?«

Er verzog das Gesicht. Der Matsch konnte durchaus Guacamole sein, aber ebenso gut eine giftige Paste. Er schüttelte den Kopf.

»Du erreichst deinen Boss nicht?«, fragte sie und sah zum Telefon.

»Er ist beschäftigt.«
Sie lachte. »Sogar sehr beschäftigt. Darauf kannst du wetten.«
»Du bist doch völlig durchgeknallt. Mir machst du keine Angst.«
»Angst? Einem großen Burschen wie dir? Wie sollte eine kleine alte Frau wie ich so einem Angst machen?«
»Eben.«
»Magst du Schlangen?«
»Was?«
Sie nickte Richtung Wohnzimmerteppich. Jules dreht sich um und erstarrte. Die größte Klapperschlange, die er je gesehen hatte, kam auf ihn zugekrochen. Der Atem stockte ihm, sein Magen krampfte sich zusammen und sein Mund war schlagartig vollkommen ausgetrocknet. Zitternd griff er unter seinen linken Arm, wo seine Waffe in ihrem Halfter steckte. Doch sie schien festzuhängen. Er stieß einen leisen Fluch aus, als die Schlange an der Säule in der Mitte des Wohnzimmers vorbeikroch, ohne eine Sekunde die Augen von ihm abzuwenden. Endlich hatte er die Pistole freibekommen. Er richtete sie direkt auf den Kopf der Schlange.
»Willst du sie hier drin erschießen? Wenn du hier einen Schuss abfeuerst, stehen zwei Minuten später die Cops vor der Tür.«
Er sah die alte Frau an, der er zu gern das Grinsen aus dem Gesicht geschlagen hätte. Stattdessen nahm er die Waffe herunter. »Tu was!«
»Klar«, sagte sie lächelnd. »Ein großer Kerl wie du kann ja nichts tun. Nein.«

Seelenruhig kam sie um den Küchentresen herum und ging zur Schlange, die Memere neugierig beäugte, aber offensichtlich nicht vorhatte, ihr etwas zu tun. Dann griff Memere nach ihr, redete dabei leise auf Cajoun auf das Tier ein und streichelte es, als handelte es sich um eine Hauskatze. Als sie die Schlange am Hals hochhob, wand sich das Reptil um ihren Arm und ließ sich problemlos ins Nebenzimmer tragen.
»Lass das Biest nicht noch einmal raus, wenn dir dein Leben lieb ist!«, warnte Jules sie, als sie zurückkam.
Memere ging schnurstracks zurück in die Küche, warf etwas in den Topf und sah eine ganze Weile schweigend hinein. »Schlangen haben ihren schlechten Ruf nur wegen der Bibel. Dabei sind sie die Beschützer der Guten. Sie sehen alles. Ich werde eine Schlange auf deinen Boss ansetzen«, sagte sie nachdenklich. »Ich werde ihn von einer Schlange jagen lassen, die keiner aufhalten kann.«
Jules bekam einen Schweißausbruch. Hektisch wischte er sich die Stirn ab. »Du legst dich mit dem Falschen an, alte Hexe. Du und dein Enkel. Mit Jimmy Torrio legt man sich nicht an. Wenn Jimmy mit Jake Crowley und deinem Enkel fertig ist, werde ich dir höchstpersönlich das Gehirn wegpusten.«
»Und warum wartest du damit noch?«, fragte sie und schob sich einen Kartoffelchip in den Mund.
»Deine Zeit kommt schon noch«, sagte Jules und steckte seine Pistole wieder weg.

Als Mandi Pierce in der Wanne plantschen hörte, eilte sie zur Tür. Er war schon halb aus dem Wasser und kletterte gerade über den Wannenrand. Sein Gesicht war kreidebleich, als sie seine Schultern fasste. Er wollte sie wegschieben, doch sie schüttelte ihn leicht. Panisch tippte er auf ihre Handfläche ein.
Es ist hier!
Hier ist nichts!
Pierce nickte so vehement, dass sein Kinn auf seine Brust schlug.
Sie tippte in seine Hand: *Hier ist gar nichts!*
Pierce tastete an der Fliesenwand entlang, riss ein Badelaken von der Stange und wickelte sich darin ein. In seinem Gesicht spiegelten sich Angst, Scham und Kränkung. Mandi wurde das Herz schwer, als sie ihn so sah. Er wusste, dass sie ihm nicht glaubte, und dabei war sie doch der einzige Mensch, dem er vertrauen konnte.
»Hier ist nichts«, flüsterte sie. »Nichts.«
Als er sich ein wenig beruhigt hatte, schob sie ihn behutsam auf den Wannenrand und begann ihn abzutrocknen. Dann gab sie ihm den Bademantel und zog ihm die Hausschuhe an.
»Hier ist nichts«, murmelte sie wieder und blickte sich in dem hell erleuchteten fensterlosen Bad um. Aber Pierce schien sich so sicher und unglaublich verängstigt. Sie umarmte ihn und er hielt sich an ihr fest. Sanft strich sie ihm übers Gesicht.
Ich bin bei dir. Immer. Nichts und niemand kann dir je wieder wehtun. Das werde ich nicht zulassen.
Er schmiegte sich an sie und sie streichelte ihm den

Rücken. Wieder spürte sie, wie der Hass auf Rich in ihr aufstieg und ihr fast die Kehle zuschnürte. Sie legte Pierces Hand auf die Tür und er ging den Flur hinunter zu seinem Zimmer, ohne ein einziges Mal irgendwo anzustoßen.

Nichts als »Tür«. Das sagte oder vielmehr signalisierte Pierce damals immer, wenn er es durch eine schaffte, ohne an den Rahmen zu stoßen. Mandi ging ins Wohnzimmer und nahm sich ein Taschenbuch, das sie seit Wochen zu Ende lesen wollte. Doch jedes Mal, wenn sie auf die Seiten sah, verschwammen die Buchstaben, und nach einer Weile stellte sie fest, dass sie denselben Satz wieder und wieder gelesen hatte.

Etwa hundert Meter Wald trennten ihr Haus von Alberts Wohnwagen. In die andere Richtung war es circa dreimal so weit bis zur Schnellstraße, bis zu der Stelle, an der das Mädchen ermordet worden war. Mandi sah durchs Fenster hinaus in den Regen, als ein Blitz über den Himmel zuckte, und fragte sich, ob sie mit ihrem albernen Stolz womöglich Pierce in Gefahr brachte. Seit Rich weg war, wollte sie keine Waffe mehr im Haus haben, und selbst wenn sie eine hätte, könnte sie sie wohl nie gegen einen Menschen richten.

Sie sah zum Telefon und dann nach draußen zum Auto.

Noch nicht. Noch gab sie nicht auf.

Und falls jetzt ein Fremder an die Tür klopfte? Was würde sie tun? Die Vorstellung, dass ihr etwas Schreckliches widerfahren könnte und Pierce allein und hilflos im Haus zurückblieb, ohne zu wissen ...

Was hielt sie davon ab, mit ihm ins Auto zu steigen und zu Ernie und Pam zu fahren? War es Jake?
Zum Teil schon. Vielleicht zu einem Großteil. Das Letzte, was sie wollte, war, dass er dachte, sie könnte sich nicht um sich und ihren Sohn kümmern.
Aber langsam wurde die Angst stärker als ihr Stolz.

Pierce strich mit den Fingerspitzen über den groben Karton, der von innen gegen das Fenster geklebt war. Er fühlte sich feucht und kühl an. Man spürte sogar den Wind durch die Pappe. Ein kaum merkliches Beben ging durch den Fußboden und hörte wieder auf. Pierce vermutete, dass es gedonnert hatte.
Aber das Gefühl einer dunklen Macht, das ihn im Bad überkommen hatte, war immer noch da.
Er bemühte sich, ruhig zu atmen, konzentrierte sich und spürte, wie sich das Furcht einflößende Etwas draußen bewegte. Es schien sich verirrt zu haben oder es jagte nach etwas.
Oder jemandem.
Der Gedanke ließ Pierce erschaudern.
Er wusste nicht, wie er es aufhalten könnte, falls es wiederkam. Und doch musste er, weil seine Mutter es nicht bemerken würde, ehe es zu spät war. Aber was sollte er anderes tun, als aufmerksam zu bleiben und möglichst früh zu erkennen, wenn das Ding näher kam? Vielleicht, aber nur vielleicht, konnte er seine Mutter dazu bringen, wegzulaufen. Vielleicht könnten sie beide ins Auto steigen und wegfahren.
Aber sie glaubte ihm ja nicht. Eine Träne lief ihm über

die Wange und er wischte sie mit dem Ärmel seines Pyjamas ab.
Wäre er doch nur nicht taub und blind! Wäre er doch nur kein Krüppel!
Hätte er doch nur einen Vater, der groß und stark und mutig ist!

Jake fragte sich, wo der Tag geblieben war. Er und Cramer hatten eben erst angefangen, aber nun war es bereits Nachmittag und bei diesem Wetter schien es wie Abend. Die sporadischen Blitze betonten die Dunkelheit noch. Als er in Pams Einfahrt einbog, musste er an Virgils Wagen vorbeifahren, um auf dem Platz von Ernies Truck zu parken. Cramer und Jake stützten Barbara auf dem Weg zur Veranda hinauf. Als Pam die Tür öffnete, stürmte Oswald direkt zwischen ihren Beinen hindurch ins Haus und begann überall herumzuschnüffeln. Pam führte die alte Frau zu einem Sessel im Wohnzimmer, wo Virgil auf dem Sofa saß. Er stand auf und begrüßte die drei Neuankömmlinge.
»Was ist passiert?«, fragte er mit Blick auf die Verbände an Barbaras Armen und Beinen sowie dem Pflaster an ihrer Stirn.
»Sie hatte einen Unfall in ihrem Haus«, erklärte Jake. »Cramer und ich waren mit ihr im Krankenhaus, aber sie wollte partout nicht dableiben.«
»Wie geht es dir?«, fragte Virgil Barbara.

»Wie sehe ich denn aus?«, konterte sie gereizt.
Virgil lächelte und wandte sich wieder an Jake. »Was wolltet ihr bei Barbara?«
Jake zuckte mit den Schultern.
»Pam erzählt mir gerade, dass ihr zwei mir *aushelft*«, sagte Virgil spitz.
»Cramer und ich sind bloß ein bisschen herumgefahren.«
»Meine Fälle gehen euch nichts an.«
»Ich denke doch, dass sie mich etwas angehen.«
Virgil runzelte die Stirn. »Wegen Albert? Oder wegen dem, was vor Jahren passiert ist?«
Jake zögerte. »Sowohl als auch.«
»Jake, ich habe dir damals gesagt, was du zu hören und zu sehen *glaubtest* ... Ich dachte eigentlich, du hättest das hinter dir. Geht es jetzt wieder von vorn los?«
»Ich bin nicht verrückt.«
»Das behaupte ich ja auch gar nicht. Ich will lediglich verhindern, dass du hier Alarm schlägst und die Leute in Angst und Schrecken versetzt.«
»Ich schlage keinen Alarm.«
»Dann lass mich meine Arbeit machen.«
»Ich halte dich nicht ab.«
»Sollte mir einer von euch in die Quere kommen, werde ich ihn wegen Behinderung der Ermittlungen anzeigen. Zwingt mich nicht dazu.«
»Bist du deshalb hier? Weil du Cramer und mich warnen willst?«
»Pam«, sagte Virgil, »meinst du nicht, Barbara sollte sich besser irgendwo hinlegen?«

Pam nickte. »Ja, natürlich. Ich habe noch das Hinterzimmer am Ende des Flurs frei.«
»Ein Hinterzimmer?«, fragte Barbara indigniert.
»Tja, ich fürchte, etwas Besseres kann ich nicht anbieten, denn in den anderen Gästezimmern schlafen Jake und Cramer.«
»Nein, nein, Oswald und ich haben es nur nicht gern so beengt. Aber wir wollen dir selbstverständlich keine Umstände machen.«
»Ich könnte dir auch die Rollliege hier ins Wohnzimmer holen«, schlug Pam vor.
»Eine Rollliege?«
Cramer räusperte sich. »Ich könnte die Rollliege nehmen«, sagte er und sah Jake an, der grinsend schwieg.
»Schieb sie mir einfach mit zu Jake ins Zimmer, dann ist das zweite Gästezimmer frei.«
Nun blickte Jake ihn düster an.
»Bist du sicher?«, fragte Pam.
»Ja, ich habe damit kein Problem. Zu viel Luxus ist sowieso nicht gut für mich.«
»Schön«, sagte Barbara und sah Cramer an. »Würden Sie Oswald zeigen, wo das Zimmer ist, damit er sich akklimatisieren kann?«
Cramer sah aus, als würde er jede Sekunde vor Lachen platzen. »Klar«, sagte er und ging zwischen den anderen hindurch wie Moses, der das Rote Meer durchquerte.
»Komm mit, Oswald«, rief er den Hund, der artig hinter ihm hertrottete.
»Wo ist Ernie?«, fragte Jake Pam.
»Im Wald, auf der Suche nach Elchlosung.«

»Was?«
»Ich dachte, das wüsstest du«, sagte sie lachend. »Wir trocknen die Losung, lackieren sie und bekleben sie mit Gold- und Silberschmuck. Ernie verkauft sie an die Souvenirläden, wo sie weggehen wie warme Semmeln.«
»Tja, du bist hier eben bei den Hinterwäldlern, mein Sohn«, erklärte Virgil schmunzelnd, weil Jake so ungläubig dreinblickte. »Obwohl ich selbst nicht verstehe, wieso jemand an solch einem Tag freiwillig in den Wald geht.«
Pam schüttelte den Kopf. »Ich habe ihm gesagt, dass er hier bleiben soll, aber du kennst ja Ernie. Ob Sintflut oder nicht, Ernie macht, was er sich vorgenommen hat. Er müsste allerdings jeden Moment zurück sein.«
Virgil nickte. »Wie schön, dass er Gott auf seiner Seite hat. Was genau ist bei Barb passiert, Jake?«
»Sie ist durch den Fußboden in ihrem Schuppen gebrochen«, erklärte Jake. »Dr. Burton meint, dass sie eine kleine Fraktur des Schlüsselbeins und ein paar Muskelzerrungen hat. Bis auf das und jede Menge Splitter hat sie den Sturz erstaunlich gut überstanden, wenn man bedenkt, wie alt sie ist und aus welcher Höhe sie fiel.«
Er schilderte dem Sheriff kurz, wie es zu Barbaras Unfall gekommen war, wobei er ebenfalls erwähnte, dass Barbara glaubte, ein Flüstern gehört zu haben.
»Das Böse ist in mein Haus eingedrungen«, verkündete Barbara mit Nachdruck.
»Doc Burton hat ihr ein starkes Schmerzmittel gegeben«, erklärte Jake stirnrunzelnd. »Barb, du solltest dich besser hinlegen.«

»Pam«, sagte Virgil, »warum zeigst du Barbara nicht ihr Zimmer?«
»Wird gemacht, Virg«, antwortete sie und warf ihm einen beleidigten Blick zu, während sie die alte Frau unterhakte und mit ihr aus dem Zimmer ging.
»Es war gewiss nur der Wind, Jake«, meinte Virgil.
»Cramer und ich hörten es auch.«
»Habt ihr irgendetwas gesehen?«
Jake verneinte stumm.
»Hör mal, der Tod deiner Mutter liegt über zwanzig Jahre zurück. Du selbst hast die Fußspuren bei Albert gefunden, die bestimmt nicht von einem Fluch stammen. Und dein Vater …«
Jakes Blick bedeutete ihm, dass er weit genug gegangen war.
»Ich weiß, was du mir erzählt hast, Jake. Für mich ist der Fall abgeschlossen. Er ist tot und dieser Teil deines Lebens ist vorbei. Belass es einfach dabei.«
»Ich wünschte, das könnte ich.«
»Lass es einfach gut sein und mich die Ermittlungen zu Alberts Ermordung und dem toten Mädchen allein durchziehen. Ich verspreche, dass ich dich auf dem Laufenden halte.«
»Wir sind sehr gute Ermittler, Virg«, sagte Jake.
Virgil seufzte. »Aha? Und was habt ihr, außer eurem spannenden Erlebnis bei Barbara, noch herausgefunden?«
»Wir haben nur ein paar Fragen gestellt, womit wir deine Autorität kaum untergraben haben dürften. Jetzt entspann dich.«

»Tja, ich denke, die nächsten Tage ermittelt niemand irgendetwas in Crowley. Der Fluss steigt an und wenn es so weiterregnet, wird die Kreuzung gesperrt. Ihr Jungs dürft euch also ruhig zurücklehnen und zur Abwechslung einmal keinen Ärger machen.«
»Genau«, sagte Jake und brachte Virgil zur Tür.
Draußen fegten die Blitze über die Berge und der Donner grollte durchs Tal.
»Halt dich raus, Jake«, mahnte Virgil ein letztes Mal, ehe er die Treppe hinunter und zu seinem Wagen rannte.

Rich Morin zog die Kapuze seines Regenmantels auf, der mittlerweile aus mehr Klebeband als Plastik bestand. Er stapfte über den Rasen – der sich allmählich in einen Sumpf verwandelte – zum Holzschuppen.
Es war total albern, Anfang Juni noch Feuer machen zu müssen, aber die Feuchtigkeit kroch durch Millionen sichtbarer und unsichtbarer Ritzen in den Wohnwagen und ließ es darin unangenehm kühl werden. Carly hatte sich natürlich mit ihrem fetten Hintern aufs Sofa gesetzt und herumgejammert, bis Rich es nicht mehr aushielt. Manchmal wollte er sie bei ihren wasserstoffblonden Haaren packen und sie wie eine Schlüsselkette herumschleudern, aber diesmal hatte sie tatsächlich zu Recht gequengelt. Ihm war auch kalt, er wollte es bloß nicht zugeben.

Also stolperte er die verrotteten Holzstufen hinunter in den Hof. Schleimiger Matsch klebte an seinen Stiefeln und er ging bewusst durch eine flache Pfütze, um ihn abzuspülen. Als würde das irgendetwas nützen! Er musste ja sowieso denselben Weg wieder zurück.

Na toll! Er würde den ganzen Dreck quer über den Wohnzimmerteppich verteilen, dann hatte Carly endlich etwas anderes, worum sie sich kümmern konnte, außer ihren verdammten Fingernägeln. Die fette Schlampe hatte wahrscheinlich die bestgepflegten Nägel diesseits von Vegas.

Bei dem Gedanken an Carlys fetten Hintern fiel ihm Mandi mit ihrem kleinen strammen Po wieder ein und er kratzte sich im Schritt. Aber dieses gute Stück war für ihn schon seit Jahren tabu. Beim letzten Mal, als er es sich nehmen durfte, hatte er Mandi zu Boden ringen und fast würgen müssen, während sie schwor, ihn verhaften zu lassen, sollte er jemals wiederkommen. Beinahe acht Jahre war das her – und all die Jahre stand sein Entschluss fest, sie sich irgendwann wieder zu nehmen, gerichtliche Verfügung hin oder her. Ja, je länger er darüber nachdachte, der kleinen Schlampe wieder einmal einen Besuch abzustatten, desto reizvoller fand er die Idee.

Unter dem Vordach des Holzschuppens angekommen, nahm er sich die Kapuze ab. Wasser lief ihm aus dem fettigen dunklen Haar in den Nacken, als er dastand und zum Wohnwagen hinübersah, der vor lauter Regen kaum noch zu erkennen war. Die gewaltigen Regentropfen tanzten vor ihm auf der Erde.

Es klang, als stünde er unter einem gigantischen Wasserhahn.
Er ging ans andere Ende des Schuppens und linste um die Ecke, konnte aber in die Richtung nicht weiter sehen als in die des Wohnwagens. Bei diesem Wetter konnte der Fluss jederzeit über die Ufer treten und sein Wohnwagen war schon einmal abgetrieben worden. Selbst wenn das Wasser nicht hoch genug käme, um in den Wagen einzudringen, würde es trotzdem jede Menge abgebrochene Äste und sonstigen Müll heranschwemmen, ganz zu schweigen von dem Dreck und Schlamm überall, den Rich dann wieder würde wegräumen müssen.
Er hob ein paar kleine Holzscheite oben vom Stapel und begann nach größeren zu suchen, von denen er etwa eine Armladung brauchte, um seine Behausung zu heizen.
Auf einmal hörte er ein rasselndes Geräusch. Er hielt inne, doch als er nichts mehr hörte, wühlte er weiter durch den Holzhaufen. Da war es wieder. Was zum Geier war das? Eine Ratte? Er legte zwei Holzscheite ab und trat einen Schritt zurück, in den Regen hinein.
Wo steckst du, du kleines Miststück?
Er bückte sich, stützte die Hände auf die Knie und sah unter den Holzstoß. Da war es wieder. Langsam drehte er sich um, aber jetzt schien das Geräusch aus allen Richtungen zu kommen. Es klang wie ein Flüstern.
Er richtete sich wieder auf und schloss die Augen. Das Geräusch kam näher, fast wie eine Frau, die ihm unanständige Sachen zuflüsterte und ihm dabei direkt ins

Gesicht hauchte. Er öffnete die Augen und hielt die Luft an. Beinahe glaubte er, ihren warmen Atem zu spüren, den Körpergeruch wahrzunehmen, ihre heisere Stimme zu hören.

Aber um ihn herum war nichts als Regen.

»Das waren gestern wohl ein paar Bier zu viel«, murmelte er.

Doch er wusste, dass er dieses Geräusch schon einmal gehört hatte. Und bei der Erinnerung daran wurde ihm eiskalt. Es war oben in dem alten Crowley-Haus gewesen, als er ein paar Möbel klauen wollte. Carly hatte ihm gesagt, da stünden jede Menge gute Sachen herum, obwohl niemand mehr in dem Haus gewohnt hatte, seit Jake ein kleiner Junge war. Erst hatte Rich ihr nicht geglaubt. Welcher Idiot ließ denn Möbel, Geräte und sonstiges Zeug in einem Haus, das keiner bewohnte? Aber sie hatte Recht gehabt. Also hatte er ein paar Esszimmerstühle auf seinen Truck geladen und war ein zweites Mal hingefahren, um mehr zu holen, als dasselbe komische Flüstern aus dem Nichts gekommen war.

An jenem Tag war es bewölkt und kalt gewesen. Zuerst hatte er gemeint, es wäre der Wind, der durch die Bäume pfiff. Doch je mehr er hinhörte, desto lauter wurde das Geräusch, bis es schließlich das ganze Haus umgab – wie eine Warnung. Er vergaß den Rest der Möbel, rannte zu seinem Truck zurück und raste ins Tal wie eine Katze, hinter der ein Hund her war. Carly hatte er erzählt, er hielte nichts vom Stehlen, worauf sie ihn ansah, als wäre ihm ein zweiter Kopf gewachsen. Dann hatte sie schweigend die beiden Stühle an den Küchen-

tisch gestellt. Rich hatte sie trotzdem verdroschen – sicherheitshalber.
Nun lehnte er an dem Holzstoß und hielt sich an den splittrigen Scheiten fest, während das Murmeln zu einem ohrenbetäubenden Lärm anschwoll. Dann plötzlich wurde es tiefer und Rich hielt sich die Ohren zu. Er starrte durch den Regen zum Wohnwagen, wollte hinüberrennen, aber das Geräusch wirkte wie eine Hypnose, lähmte ihn geradezu.
Erst als es noch lauter wurde, erwachte er aus seiner Trance. Er rannte die vier Stufen hinunter in den Regen und stoppte abrupt, als wäre er gegen eine Steinmauer gelaufen. Das Geräusch umgab ihn wie eine riesige Hand, zerdrückte ihn, quetschte ihm die Brust zusammen, dass er kaum noch atmen konnte. Keine Frage, dieses Ding wollte *in ihn* hinein. Er fühlte, wie es in seine Ohren eindrang, sich gegen seinen Mund und seine Nase presste. Es war, als würde ihn das Ding untersuchen, überall an ihm drücken und zerren. Er stürzte zum Wohnwagen, war sich allerdings nicht mehr sicher, ob er in die richtige Richtung lief.
Der Regen war zu einer undurchsichtigen Wand geworden, um ihn herum spritzte Schlamm auf und das inzwischen zu einem tiefen Wummern angeschwollene Flüstern brachte den Rhythmus seiner Bewegungen durcheinander. Plötzlich bemerkte er etwas, das sich *innerhalb* der grauen Regenschleier bewegte. Es war gigantisch und schlängelte sich wie eine Mischung aus einer Riesenschlange und einer Katze. Dabei war es mit dem Regen verwoben, als wäre es ein Teil davon. Rich hatte

keinen Zweifel daran, was das Ding vorhatte. Er war sein Leben lang ein Jäger gewesen, und dieses Ding stellte ihm nach.
»Hau ab!«, schrie er.
Er konnte seine eigene Stimme in dem irren Lärm und dem prasselnden Regen kaum hören. Beide Arme abwehrend nach vorn ausgestreckt, kämpfte er sich vorwärts, während das merkwürdige Ungeheuer immer näher kam. Es schien nur aus Wasser, Dunkelheit und noch dunkleren Schatten zu bestehen.
»Bleib weg!«, schrie er so schrill, dass sich seine Stimme überschlug.
Er drehte sich zu einer Seite und erkannte die Umrisse des Wohnwagens. Panisch rannte er in die Richtung, doch sofort war der riesige Schatten wieder vor ihm und schnitt ihm den Weg ab. Richs Herzschlag setzte aus. Er spürte, dass jeden Augenblick der Angriff folgen würde, und überlegte, ob dieses Ding irgendwelche empfindlichen Stellen haben könnte, gegen die er bloß zu treten brauchte, damit es verschwand, aber er konnte ja nicht einmal sagen, ob es überhaupt einen Kopf besaß.
Eine halbe Ewigkeit stand er wie versteinert da, während der Regen ihn bis auf die Haut durchnässte und der Lärm sein Trommelfell malträtierte, bis er glaubte, dass er das Geräusch nie wieder aus dem Kopf bekommen würde. Dann kam der Schatten wieder näher. Noch näher. Nahe genug, dass Rich den Umriss von etwas ausmachen konnte, das doch ein Kopf sein könnte.
War das ein Bär? Nein. Eher ein Hund. Nein, auch kein Hund. Mehr eine Schlange.

Das Ding bewegte sich direkt zwischen Rich und dem Wohnwagen und jetzt rannte Rich los, wie er seit seinen Highschool-Tagen nicht mehr gerannt war. Er stolperte die Stufen zur Eingangstür hinauf, riss die Tür beinahe aus den Angeln, als er sie aufstieß, und stürzte hinein, bevor er in Windeseile hinter sich zuschloss.

Carly starrte ihn von der Couch aus an, in der Rechten den Nagellackpinsel, mit dem sie die Nägel der Linken bemalte. »Was ist denn mit dir los?«

Rich konnte kaum atmen und fühlte sich, als würde er jeden Moment einen Herzinfarkt bekommen.

»Wieso hast du kein Holz mitgebracht?«, fragte Carly und pinselte weiter ihre Nägel an.

»Da ... ist was ... da draußen«, stammelte Rich, riss sein Gewehr vom Haken über der Tür und kontrollierte die Kammer, ehe er entsicherte. »Hast du nichts gehört?«

Carly pinselte etwas langsamer. »Was gehört?«

»Keine Ahnung«, sagte Rich und zerrte die zerschlissenen Vorhänge des kleinen Fensters beiseite. Der Staub auf dem Fenstersims war so dick, dass man darin schreiben konnte. »Etwas Großes. Richtig groß.«

»Ein Bär?«

Er drehte sich ruckartig um und sie zuckte zusammen.

»Habe ich vielleicht gesagt, dass es ein verfickter Bär war?«, brüllte er sie an.

»Was war's denn dann?«, fragte sie mit ihrer piepsigsten Stimme.

»Keine Ahnung!«, erwiderte er. »Pinsle dir einfach weiter deine beknackten Nägel an.«

Sie zog eine Grimasse und wandte sich wieder ihrer Maniküre zu.
Rich ging im Wohnwagen hin und her, kontrollierte jedes Fenster und zog mit zitternden Händen die Vorhänge auf. Bei jedem Mal hatte er Angst, der dunkle Schatten könnte direkt hinter dem Fenster auftauchen und ihn mit seinen gewaltigen Schlangenaugen anstarren. Abwartend.

Jake saß am Küchentisch und trank Kaffee. Dabei horchte er in den Regen hinaus und beobachtete Pam, die vorgab, das Geschirr zu spülen. In Wahrheit sah sie immer wieder zum Fenster hinaus auf die Einfahrt. Es war nicht einmal halb sieben, aber bereits dunkel. Und Ernie trieb sich noch irgendwo draußen im Wald herum.
Der Regen war eine einzige graue Wand, die ihn unangenehm an die Nacht in der Bucht von Galveston erinnerte. Er spürte ein unheimliches Kribbeln zwischen den Schulterblättern, schüttelte es aber ab und lächelte Pam zu.
»Ich sage ihm dauernd, dass er bei solchem Wetter nicht rausgehen soll«, sagte sie. »Aber hört er auf mich?«
»Ernie geht es gut«, beruhigte Jake sie, auch wenn er sich selbst nicht recht glaubte. »Er wird höchstens irgendwo im Matsch feststecken und sich erst freischaufeln müssen.«

»Manchmal begreife ich nicht, was in dem Mann vorgeht.«
Sie fasste ihre Ellbogen und Jake sah, wie ihr Tränen in die Augen stiegen.
»Du brauchst keine Angst um ihn zu haben«, versicherte er ihr.
Aber er wusste, dass *sie* wusste, dass er log.
»Ich habe nie vergessen, was du mir über den Abend erzählt hast, an dem deine Mutter starb«, sagte sie. »Der Himmel weiß, dass ich es versuchte, und ich habe nie mit jemandem darüber gesprochen – nicht einmal mit Ernie.«
»Das bildete ich mir nur ein.«
»Ja, das dachte ich auch immer. Aber Cramer hat etwas im Wald gesehen, Barbara hat etwas gehört. Warum bist du damals fortgegangen? Wenn du wirklich glaubst, dass alles nur Einbildung war, wieso bist du davor weggelaufen?«
»Setz dich. Sollte Ernie in der nächsten halben Stunde nicht aufkreuzen, werden wir Virgil anrufen und eine Suche organisieren. Was kochst du gerade?«
Sie sprang auf und sah zum Herd. »Das habe ich ja völlig vergessen! Ich habe Brot und Pastete im Ofen.« Mit wenigen Schritten war sie beim Ofen, riss die Klappe auf und spähte hinein. Dann schaltete sie die Temperatur herunter und kehrte an den Tisch zurück.
»Ich weiß, dass es ihm gut geht«, sagte sie mehr zu sich als zu Jake, obwohl sie wenig überzeugt klang.
»Ist Ernie noch nicht da?«, fragte Cramer, der in diesem Moment zur Tür hineinsah.

Jake schüttelte den Kopf und Cramer runzelte die Stirn.
Pam starrte in die Dunkelheit vor dem Fenster, als erwartete sie von dort eine Antwort auf ihre Fragen. Cramer sah sie an.
»Na gut«, sagte Jake und stand auf. »Cramer, wieso deckst du nicht schon einmal den Tisch, während ich telefoniere?«
Cramer war sichtlich froh, etwas zu tun zu haben. Jake wählte die 911, nannte seinen Namen und bat, zu Sheriff Milche durchgestellt zu werden. Glücklicherweise war Virgil im Büro.
»Was gibt's?«, fragte Virgil. »Erzähl mir nicht, dass ihr beiden Abtrünnigen den Fall gelöst habt.«
»Leider nicht«, antwortete Jake. »Ernie ist noch nicht aus dem Wald zurück.«
»Oh Mann, manchmal frage ich mich, ob Priester von Berufs wegen übertrieben leichtsinnig sind. Pam macht sich Sorgen, was?«
»Sie meint, er müsste längst wieder da sein.«
»Okay, bin schon unterwegs. Meine Männer sind aber alle draußen, weil überall die Straßen überflutet sind.«
»Danke, Virg. Cramer und ich werden fertig sein, wenn du hier bist.«
»Nur keine Eile. Hauptsache, ihr habt Regenmäntel und hohe Gummistiefel.«
Als Jake auflegte, sah Pam ihn erwartungsvoll an. Cramer hatte drei Teller mit Essen auf den Tisch gestellt und Jake begann sofort zu essen, hatte er doch eventuell so bald keine Chance mehr, etwas zu bekommen.

»Ist er unterwegs?«, fragte Pam, die ihr Essen nicht anrührte.
»Er wird gleich hier sein«, antwortete Jake zwischen zwei Bissen. Auch Cramer schlang sein Essen herunter, wenngleich Jake den Eindruck hatte, dass er es eher tat, um nicht reden zu müssen.
»Hat Ernie noch irgendwelche Regensachen im Haus, die Cramer und ich ausleihen können?«, fragte Jake.
»Was?«
»Regensachen. Cramer und ich haben keine dabei.«
»Ich sehe nach. Ein paar alte Regenmäntel sind bestimmt noch da, ich weiß nur nicht, wie gut sie sind.«
»Ein bisschen zu viele Zufälle«, stellte Cramer fest, sobald Pam außer Hörweite war.
»Wenn du zwei und zwei zusammenzählst, kriegst du gleich sieben raus«, sagte Jake, der allerdings nicht minder besorgt war als sein Partner. Sollte Ernie etwas zustoßen ... Er mochte sich nicht einmal vorstellen, was das für Pam bedeuten könnte. Und was es für seine Schuldgefühle bedeuten würde.
Cramer nickte Richtung Fenster. »Ich freue mich nicht direkt darauf, durch den Wald zu stapfen – schon gar nicht bei diesem Unwetter.«
»Du musst nicht mitkommen. Vielleicht ist es besser, wenn du bei Pam bleibst.«
»Als würde sie hier bleiben!«
»Das muss sie sogar, denn schließlich kann Ernie inzwischen nach Hause kommen, und wie sollen wir das erfahren, wenn niemand hier ist?«
»Schon klar, aber glaubst du, dass sie auf dich hört?«

»Dafür sorge ich schon.«
Als Pam mit zwei abgetragenen Regenmänteln und -hosen sowie zwei Paar Gummistiefeln zurückkam, trug sie bereits ihren Regenmantel. Cramer sah Jake wortlos an.
»Was ist?«, fragte Pam und reichte Cramer einen gelben Regenmantel.
»Du musst hier bleiben«, erklärte Jake und zog sich den anderen Regenmantel über.
»Ganz sicher nicht.«
»Doch. Du musst im Sheriffbüro anrufen, falls Ernie kommt. *Wenn* Ernie kommt«, korrigierte er sich hastig. »Damit sie uns über Funk Bescheid geben können.«
Sie schüttelte den Kopf. »Du weißt genauso gut wie ich, dass diese Funkgeräte hier im Tal sowieso nur alle Jubeljahre funktionieren. Und ich werde ganz gewiss nicht hier zu Hause sitzen, während Ernie irgendwo da draußen im Wald ist.«
»Pam, du musst bei Barbara bleiben. Außerdem kannst du uns draußen ohnehin nicht helfen, hier aber schon. Wir möchten nicht, dass du dich verläufst und wir noch jemanden suchen müssen. Und was ist, wenn Ernie heimkommt und du nicht da bist? Dann macht er sich Sorgen und läuft wieder los. Hör auf mich!«
Einen Moment lang sahen sie sich schweigend an und Jake glaubte schon, er hätte verloren, als Pam doch noch die Schultern sacken ließ, sich umdrehte und stumm zum Wohnzimmerfenster ging. Da stand sie und blickte in den Regen hinaus, während Jake und Cramer sich fertig anzogen. Cramer sah in Ernies Sachen aus wie ein

Gorilla, den man in Kinderkleider gesteckt hatte. Seine schwarzen Arme ragten unten aus den gelben Ärmeln heraus und die alte Regenhose reichte ihm kaum über die Schienbeine.

Jake ging zu Pam und legte ihr die Hände auf die Schultern. »Wir finden ihn.«

»Versprochen?«

»Versprochen.«

Sie fasste eine seiner Hände und drückte sie.

»Alles klar?«, fragte Jake Cramer, der herumstampfte und versuchte, seine Füße in die Gummistiefel zu zwängen.

»Die Dinger sind fies eng.«

»Besser als gar nichts.«

»Aber auch nur vielleicht.«

Virgils Streifenwagen fuhr vor. Jake umarmte Pam, bevor er und Cramer hinausgingen. Trotz der ernsten Situation musste Virgil lachen, als Cramer sich mühte, in seinen viel zu engen Sachen in den Wagen zu steigen.

»Kannst du jemanden herschicken, der bei Pam bleibt?«, fragte Jake.

»Ich habe niemanden mehr. Alle sind unterwegs, um Straßen abzusperren und den Verkehr umzuleiten.«

»Wohin fahren wir eigentlich?«, fragte Cramer.

Virgil sah die beiden durch den Rückspiegel an. »Wisst ihr denn nicht, wo Ernie heute hinwollte?«

Jake schüttelte den Kopf. »Pam sagte, er wollte zum alten Burnout-Wanderweg hinter Rich Morins Grundstück. Aber wenn er da nichts gefunden hat, ist er vielleicht weitergefahren, und dann kann er überall und nirgends sein.«

»Dabei sollte er es wirklich besser wissen«, sagte Virgil.

»Warum haben Sie keinen Allradantrieb?«, fragte Cramer, als Virgils Wagen auf der schlammigen Einfahrt ins Schlingern geriet.

Virgil sah wieder in den Rückspiegel. »Alle Wagen mit Allradantrieb sind im Einsatz. Bei diesem Regen ist die Hälfte der Straßen überflutet und meine Leute müssen die schlimmsten Stellen sichern. Außerdem hatte ich nicht damit gerechnet, dass ich heute noch eine Überlandfahrt machen muss. Es wird auch so gehen müssen. Meine alte Betsy hier hat schon einige Geländefahrten auf dem Buckel. Also, falls Ernie noch beim alten Burnout-Wanderweg ist, sollten wir seinen Truck leicht finden. Falls nicht, haben wir ein Problem und werden ihn kaum vor Morgengrauen aufspüren.«

»Wenn überhaupt«, murmelte Cramer.

Jake und Virgil bedachten ihn mit strengen Blicken.

»Hier ist Richs Einfahrt«, sagte Virgil und bog von der Straße ab. »Hinter dem Wohnwagen geht es zum Wanderweg.«

»Wie lange wohnt Rich schon hier?«, fragte Jake.

»Seit Mandi und er sich getrennt haben. Das war etwa um die Zeit, als Pierce seinen ... du weißt schon.«

»Ja«, sagte Jake und sah zum Wohnwagen. »Wie denkst du über die Sache?«

Virgil seufzte. »Ich versuche mir nichts zu denken. Rich ist unschuldig, solange seine Schuld nicht bewiesen ist,

und sein Cousin schwört, dass er zum fraglichen Zeitpunkt mit Rich zusammen war. Pierce konnte uns kaum etwas erzählen, also was konnte ich tun?«
»Pierce ist taub und blind«, sagte Jake.
»Stimmt«, bestätigte Virgil. »Und jetzt hinkt er auch noch.«
»Ja ...«
»Damals wart ihr, Mandi und du, eine feste Institution«, sagte Virgil nachdenklich. »König und Königin des Abschlussballs. Und als du in der Ausbildung warst, dachten alle, du würdest sie hinterher heiraten.«
»Dass es nicht dazu kam, war für alle das Beste.«
»Sie hat sich die Augen ausgeweint, nachdem du fort bist.«
»Wie kommt's, dass Sie so viel über Jakes Liebesleben wissen?«, fragte Cramer.
»Mandi ist meine Nichte«, erklärte Virgil und sah wieder durch den Rückspiegel zu Jake, der sich abwandte. »Es geht mich nichts an, wie du damals abgehauen bist oder was du Mandi angetan hast, Jake. Ich habe immer gedacht, du hättest deine Gründe gehabt. Sie heiratete gleich darauf Rich, und das war ihr größter Fehler. Aber ich weiß, dass sie lange gebraucht hat, um über dich hinwegzukommen. Ehrlich gesagt bin ich nicht sicher, ob sie es überhaupt jemals verwunden hat.«
Im Auto wurde es sehr still, bis schließlich Cramer fragte: »Was hat es mit diesem Crowley-Fluch eigentlich auf sich?«
Jake gab einen missmutigen Laut von sich und starrte weiter aus dem Fenster.

»Die Legende sagt, Jacob Crowley hätte irgendetwas in dem Tal aufgestört«, sagte Virgil grinsend. »Manche Leute meinen, es wäre ein indianischer Geist gewesen. Ich hörte sogar schon ein paar Verrückte erzählen, dass es Aliens waren. Der Kern der Geschichte ist allerdings immer derselbe, nämlich dass die Crowley-Männer allesamt irgendwann dem Wahnsinn verfallen. Natürlich gibt es auch ein paar Leute, die meinen, es gebe gar keinen Crowley-Fluch, sondern irgendein Monster.«
Cramer schüttelte den Kopf. »Und? Was ist es nun?«
»Da müssen Sie Jake fragen«, antwortete Virgil.
»Die Geschichte besagt, dass nur die direkten männlichen Nachfahren von Jacob verrückt werden«, erklärte Jake widerwillig.
»Also du«, folgerte Cramer.
»Genau.«
»Und was hat das alles mit dem Flüstern und den Schatten zu tun?«
»Weiß ich nicht«, antwortete Jake.
Dabei hatte es eine Zeit gegeben, in der er *glaubte*, es zu wissen und den Fluch zu verstehen. Die Antwort war so einfach gewesen. Die Crowley-Männer wurden verrückt und alles, woran er sich erinnerte, hatte er sich bloß eingebildet oder schlimmer noch ... selbst getan.
Aber dann war Albert umgebracht worden und an einem Strand starben acht Männer, von denen er vier unmöglich getötet haben konnte.
»Mist!«, fluchte Virgil und trat gerade rechtzeitig in die Bremse, bevor der Wagen gegen eine umgestürzte Kiefer prallte. Der Baum blockierte die Straße vollständig.

»Wie ist das denn passiert?«, fragte Cramer.
»Das war der Sturm«, erwiderte Virgil. »Und natürlich auch der Regen, der das Erdreich aufweicht, sodass die Wurzeln den Halt verlieren.«
»Dann müssen wir wohl zu Fuß weiter«, stellte Jake fest.
Virgil blickte hinaus in die Dunkelheit. »Ich würde den Wagen ungern hier stehen lassen. Wenn wir länger weg sind, versinkt Betsy inzwischen im Schlamm.«
Er schlug das Lenkrad ganz ein und fuhr auf ein kleines Grasstück zwischen zwei Birken. Dann stiegen alle drei aus. Virgil holte Taschenlampen für Jake und Cramer aus dem Kofferraum. Durch den strömenden Regen gingen sie zum umgestürzten Baum zurück. Auf einer Seite der Straße ragte die breite Wurzel in den dunklen Himmel. Virgil leuchtete über den Stamm hinweg und auf den Wanderweg, bevor er sich wieder Jake und Cramer zuwandte.
»Ich hatte gehofft, Ernie säße auf der anderen Seite fest«, sagte er.
»Du bist eben ein echter Optimist«, bemerkte Jake, der sich zwischen den Zweigen und Ästen hindurch auf die andere Seite kämpfte, bevor er Virgil hinüberhalf.
»Komm schon, Cramer!«, rief er.
Cramer hatte in seinen viel zu engen Regensachen Schwierigkeiten, über die Äste zu klettern, schlitterte aber schließlich doch auf der anderen Seite hinunter. Virgil war bereits halb in der Dunkelheit verschwunden und Cramer und Jake stapften durch den Matsch hinter ihm her.

»Wie lang ist dieser Wanderweg?«, fragte Cramer schnaufend.
»Mehrere Meilen«, sagte Jake. »Die Holzfäller benutzten ihn früher. Ein Stück weiter oben ist der Wald abgebrannt, als ich noch ein Kind war. Es war ein riesiges Feuer. Aber inzwischen ist sicher wieder alles zugewachsen.«
»Meilen, hmm«, murmelte Cramer.
»Ja, aber die gute Nachricht ist, dass hier seit Jahren nicht mehr abgeholzt wird und die Seitenpfade deshalb verschwunden sind. Sollte Ernies Truck hier irgendwo sein, werden wir darüber stolpern.«
»Über Ernies Truck zu stolpern ist meine geringste Sorge.«

Bist du sicher, dass 'n Wagen vorbeigefahren ist?«, fragte Rich. Er starrte aus dem Fenster, das Gewehr an die Brust gepresst.
Carly beobachtete ihn wie das Kaninchen den Fuchs.
»Ich habe die Lichter gesehen.«
»Welcher Idiot fährt denn bei diesem Wetter hier raus?«
»Woher soll ich das wissen? Hättest du nicht da hinten herumgewühlt, hättest du sie auch gesehen.«
»Halt's Maul! Du hast doch keinen Schimmer, was hier los ist.«
»Wieso erklärst du's mir nicht?«
»Du glaubst mir nicht, aber das ist mir völlig schnuppe.

Da draußen ist etwas, und zwar dasselbe Ding, das oben beim Crowley-Haus war.«
»Du hast mir nichts von einem Ding beim Crowley-Haus erzählt.«
Er funkelte sie böse an. »Du erinnerst dich doch daran, wie ich zurückgekommen bin, oder?«
»Ja«, sagte sie leise und duckte sich. »Klar erinnere ich mich. Und du hast dasselbe Ding hier vor dem Wohnwagen gesehen?«
»Ich hab's gesehen und gehört.«
»Und es hat dir etwas zugeflüstert?«
»Ja, irgendwie. Auf jeden Fall ist es größer als ein verdammter Bär.«
»Na, wenn da draußen so etwas Übles ist, musst du vielleicht die Cops rufen.«
»Scheiß auf die Cops!«, fluchte Rich, stolperte zum Kühlschrank und holte sich ein Bier, das er mit einer Hand öffnete, während er mit der anderen das Gewehr umklammerte.
Er leerte die Dose mit einem langen Zug und schmiss sie ins Waschbecken.
»Ich wette, auf das Ding da draußen ist 'ne Belohnung ausgesetzt«, überlegte Carly laut.
»Was?«
»Bestimmt sogar.«
»Wieso soll darauf 'ne verdammte Belohnung ausgesetzt sein?«
»Weil es sich gefährlich anhört.«
»Es ist auch scheißgefährlich.«
»Dann wird's eine hohe Belohnung sein.«

»Die soll sich jemand anders krallen. Du hast es ja nicht gesehen.«
»Ich meine ja nur.«
»Halt dein Maul!«
Er nahm sich noch ein Bier, warf sich in seinen Sessel und starrte auf den dunklen Fernseher. Er hatte Carly befohlen, ihn auszuschalten, damit er besser hören konnte. Das einzige Geräusch allerdings war das Trommeln des Regens auf dem Blechdach.
Vielleicht gab es eine Belohnung für das verdammte Ding da draußen, aber selbst wenn nicht, bekam man gewiss etwas dafür, wenn man es erledigte. Er hatte schon Berichte über die Burschen im Westen gesehen, die Big-Foot erschossen hatten. Der *Enquirer* zahlte richtig viel für ein totes Monster.
Diesmal trank er sein Bier langsamer, in drei Schlucken statt in einem. Dann warf er die Dose über seine Schulter nach hinten und grinste zufrieden, als er hörte, wie sie im Waschbecken landete. Carlys mürrisches Gesicht scherte ihn nicht.
Ich könnte draufgehen, wenn ich hinter dem Ding herjage.
Doch je länger er darüber nachdachte, desto grundloser schien ihm seine Furcht. Das Ding hatte ihn nicht angegriffen, als es die Gelegenheit dazu hatte. Würde es dann angreifen, wenn er mit einem Gewehr vor ihm stand? Er versuchte es sich vorzustellen. Es war groß. Verdammt groß. Größer als ein Bär. Aber eine Ladung Schrot aus nächster Nähe brachte sogar einen Elefanten um.

Er torkelte in die Küche, um sich ein weiteres Bier zu holen, das er im Stehen trank, während er aus dem Fenster sah.
»Hol mir meine Regenjacke und meine Taschenlampe!«, rief er Carly zu, ohne sich vom Fenster abzuwenden.
»Hol sie dir selbst.«
»Mach schon!«, schrie er und trat einen Stuhl um.
Er hörte, wie Carly aufstand und zum Schrank ging.

Glaubt ihr wirklich, dass er so weit oben ist?«, fragte Cramer.
Jake blickte auf die Reifenspuren im Schlamm, die ihm verrieten, dass *irgendjemand* da oben war.
Virgil, Cramer und er waren alle außer Atem und hatten sich unter eine Fichte gestellt, aber der Regen drang sogar noch durch die dichten Zweige. Jake war bis auf die Haut durchnässt und das Wasser lief ihm in den Nacken. Im strömenden Regen bekam die Dunkelheit etwas Klaustrophobisches.
Virgil runzelte die Stirn. »Hier ist nur eine Reifenspur. Jemand ist hier heraufgefahren, und ich kann mir nicht vorstellen, dass es jemand anders als Ernie war. Nicht bei dem Wetter. Was denkt ihr?«
»Nein«, sagte Jake und sah Cramer an.
Der zuckte mit den Schultern. »Es geht doch nichts über einen Spaziergang nach dem Abendessen.«

»Okay, dann gehen wir«, sagte Virgil und ging voran.
Der Schlamm war gefährlich rutschig. In den Reifenspuren hatten sich breite Rinnsale gebildet. Der Regen prasselte in einem Stakkato-Rhythmus auf die Millionen Kiefernnadeln über ihnen und den aufgeweichten Boden unter ihnen.
»So einen Regen habe ich hier noch nie erlebt!«, schrie Jake über den Lärm hinweg.
»Kommt auch verdammt selten vor. Das Problem ist, dass wir einen verregneten Frühling hatten. Dadurch ist der Boden bereits aufgeweicht und kann diese Wassermengen nicht mehr aufnehmen.«
»Weißt du, wo wir hier sind?«
»Ja, ich bin halb einen Berg hoch, in der Dunkelheit, im Regen, mit zwei tapsigen Städtern im Schlepptau.«
»Danke«, sagte Jake.
»Du kannst dich wahrscheinlich besser an den Weg erinnern als ich. Er führt bis hinunter ins Tal, direkt an den Fluss.«
»Schon, aber ich habe keine Ahnung, wie weit das noch ist.«
»Ziemlich weit, würde ich tippen.«
»Dann haben wir noch ein ganzes Stück vor uns.«
»Machst du etwa schon schlapp?«
»Nein, ich denke nur laut nach.«
Aber das Glück meinte es gut mit ihnen. Ernie war gleich hinter der nächsten Biegung.
Als sie ihn entdeckten – noch nasser, müder und schmutziger als sie –, begrüßte er sie mit einem Freudenschrei.

»Mann, bin ich froh, euch zu sehen, Jungs! Ich dachte schon, ich muss die ganze Nacht hier bleiben. Ich stecke fest, und zwar *fest* großgeschrieben.«

Wie es aussah, hatte er so ziemlich alles versucht, um seinen Wagen aus dem Schlamm zu bekommen – alles mit Ausnahme einer Sprengung. Sein alter Chevy-Truck war bis zu den Achsen im Matsch eingegraben und um den Wagen herum verwandelte sich der Weg in einen Teich. Über die Kühlerhaube verliefen unzählige dicke Schlammspuren. Er musste probiert haben, mit Vollgas aus dem Loch zu kommen, dachte Jake. Unter den Reifen lugten überall Zweige hervor, sodass es ein bisschen aussah, als säße der Wagen in einem gigantischen Vogelnest.

»Ich dachte, die Zweige würden den Reifen mehr Widerstand geben«, erklärte Ernie.

»Ohne Abschleppwagen bekommen wir dich hier nicht raus«, rief Virgil.

Ernie nickte. »Wo steht euer Wagen?«

Alle drei lachten.

»Etwa drei Meilen weiter unten«, sagte Jake.

Ernie sah ihn an, als hätte Jake einen Witz gemacht, den er nicht verstand.

»Ein umgekippter Baum blockiert den Weg unten«, klärte Virgil ihn auf.

»Dann seid ihr das ganze Ende hier herauf marschiert, um mich zu suchen?«

»Pam macht sich schreckliche Sorgen«, sagte Jake.

»Ja, kann ich mir denken. Tut mir leid, dass ihr meinetwegen bei diesem Wetter losmusstet.«

»Ach was, wir genießen die Natur«, entgegnete Cramer.

»Genug gespaßt«, bemerkte Virgil. »Ich habe noch eine lange Nacht vor mir.«

Er ging voran den Weg hinunter.

Rich raste beinahe frontal in den Baum, der den Weg blockierte, und als er anhielt, rutschte sein Wagen mit der Stoßstange gegen Virgils Streifenwagen, der zwischen zwei Birken versteckt war. Er starrte abwechselnd auf den Baum und den Wagen, während er überlegte, was hier los war und ob vielleicht noch jemand das Ding gesehen hatte.

Vielleicht hatte die blöde Kuh ja Recht gehabt. Vielleicht gab es eine Belohnung für das Monster, von der die Cops keinem erzählt hatten. Das sähe denen ähnlich.

Er fasste sein Gewehr noch fester und leuchtete mit der Taschenlampe in die Dunkelheit. Wenn die Cops hinter dem Ding her waren, trieben sie es vielleicht genau in seine Richtung. Er kletterte über den umgestürzten Baum und brauchte einen Moment, um sich das Gewehr unter den Arm zu klemmen, damit er die Taschenlampe besser halten konnte. Schlammwasser lief den Weg hinunter. In ein oder zwei Stunden würde sein Wohnwagenplatz vollständig überschwemmt sein, und Rich überlegte kurz, ob er seine Jagd lieber auf einen

anderen Tag verschieben sollte. Aber wenn die Cops das Ding erwischten, bekam er keinen Cent zu sehen. Am besten folgte er dem Weg noch ein Stück, ehe er endgültig aufgab. Sollten die Cops es den Berg hinunterjagen, dann trieben sie es ihm direkt in die Arme, er würde dem Ding eine Schrotladung verpassen und kassieren.
Zum Teufel mit den Cops!
Er wanderte eine Viertelmeile bergab bis zur ersten Biegung und suchte nach einem geeigneten Platz, wo er sich auf die Lauer legen könnte. Die Wahl fiel auf die breite Wurzel einer großen Fichte, an die er sich hockte. Die übrigen Wurzelstränge bohrten sich ihm unangenehm in den Rücken, als er sich zurücklehnte, aber das war vielleicht ganz gut, weil es ihn daran hinderte, versehentlich einzuschlafen.
Doch je länger er dahockte, desto mehr schwand sein alkoholgestärkter Mut, desto düsterer wirkte der Wald um ihn herum und desto grausiger kam ihm die Erinnerung an die heutige Begegnung mit dem Ding vor. Nervös fingerte er an seinem Gewehr herum. War es entsichert oder nicht?
Da er mit zitternden Händen nicht besonders gut tasten konnte, musste er schließlich mit der Taschenlampe auf den Abzug leuchten, um sich zu vergewissern. Die Waffe war gesichert. Er entsicherte sie und schaltete die Taschenlampe wieder aus.
Jetzt bist du total blind. Wie schlau, du Schisser!
Er erinnerte sich an die Geschichten, die sich die Leute in seiner Kindheit über den Crowley-Fluch erzählt hat-

ten, vor allem an die Variante, nach der nicht bloß alle Crowley-Männer verrückt waren, sondern Jacob Crowley ein wahrhaftiges Monster von den Toten auferweckt hatte. Angeblich hatte er es in einem Loch hinter seinem Haus versteckt gehalten, und dort sollen häufiger Kinder verschwunden sein. Natürlich nie Kinder, die irgendjemand kannte ... Mit den Jahren war Rich erwachsen geworden und hatte nicht mehr an die alten Märchen geglaubt. Heute lachte er nur noch, wenn jemand davon anfing. Aber er wusste, dass einer Menge Leute das Lachen vergangen war, und jetzt war ihm auch klar, warum: weil nämlich das Ding, das er auf seinem Hof gesehen hatte, kein Altweibermärchen war.

Der Regen fiel nun wie in Wellen, einmal stärker, dann schwächer und wieder stärker. Wie Millionen kleiner Rattenfüße tänzelte er durch die Tannennadeln über Rich. Leider vermochte ihn die Vorstellung vierbeinigen Ungeziefers auch nicht zu beruhigen. Ängstlich blinzelte er in die Dunkelheit und lauschte angestrengt.

Da war es. Er würde schwören, das Flüstern wieder zu hören.

Bis sie wieder unten am Wanderweg ankamen, war Jake nicht nur noch durchnässter – sofern das überhaupt möglich war –, sondern auch über und über mit Schlamm bedeckt. Die Strahlen ihrer Taschenlampen wurden fast vollständig von der Regenwand vor ihnen verschluckt, sodass sie sich wie Geister durch einen grauen Schleier bewegte.

»Deine Autositze werden total ruiniert sein, wenn wir so einsteigen«, rief Jake über den Lärm hinweg Virgil zu.

Der stapfte gesenkten Hauptes neben ihm her. Vom Rand seines Huts lief das Wasser in Strömen herunter. Sie mussten aussehen wie müde Zugesel, die auf dem Weg in den Stall waren. »Dafür habe ich meine Hilfssheriffs.«

»Hört ihr etwas?«, fragte Ernie, der sie mit Cramer eingeholt hatte.

»Wartet mal«, sagte Cramer und hob eine Hand.

Alle blieben wie versteinert stehen. Jake bekam eine Gänsehaut, als er das allzu vertraute Flüstern vernahm, das plötzlich überall um ihn herum war.

»Was ist das?«, fragte Ernie.

»Woher kommt es?«, fragte Virgil.

»Da unten scheint es lauter zu sein.« Jake sah angestrengt in den Regen.

»Vorsicht«, warnte Virgil leise. Jake bemerkte, dass er die Lasche seines Pistolenhalfters öffnete.

Vorsichtig gingen sie ein Stück weiter bergab, achteten darauf, wo sie hintraten, und horchten aufmerksam in die Dunkelheit. Als sie an eine scharfe Biegung kamen, nickten Virgil und Cramer gleichzeitig. Hier war das Geräusch tatsächlich lauter, aber es schien zu kommen und zu gehen.

»Passt auf«, sagte Jake und bedeutete den anderen, langsamer zu gehen.

»Es bewegt sich«, stellte Ernie fest und drehte sich einmal um die eigene Achse.
Obwohl das Geräusch sie nun ganz umgab, hatte Jake den Eindruck, dass es weiter unten noch ein wenig stärker war. Auf einmal fühlte es sich an, als würden sich die Zweige nach ihnen ausstrecken. Jake wusste, dass Cramer dasselbe dachte. Virgil leuchtete mit seiner Taschenlampe in alle Richtungen und starrte nervös in die Bäume. Der Einzige, der sich scheinbar kein bisschen fürchtete, war Ernie. Lächelnd sah er sich nach der Quelle des seltsamen Klangs um.
Es wird schnell gehen, dachte Jake.
Cramer zog seine Waffe im selben Moment wie Virgil. Jake schirmte mit einer Hand seine Augen ab und versuchte zwischen die Bäume zu sehen.

Rich liefen eisige Schauer über den Rücken, und das nicht nur, weil er vollkommen durchnässt war. Als er vorhin in seinem warmen Wagen gesessen hatte, war er überzeugt gewesen, es mit diesem Ding – was immer es sein mochte – aufnehmen zu können. Aber jetzt, da das komische Flüstern um ihn herumkreiste wie eine Horde Haie, die sich um eine blutige Beute sammelten, wollte er alles andere als hier an diesem Baum hocken.
Er zog den Bolzen seines Gewehrs zurück und kontrollierte die Kammer.

Mit diesem Gewehr kann man eine Eiche durchlöchern. Aber dafür muss man das verdammte Ding erst einmal finden. Was, wenn es zu schnell ist?
Was er bis jetzt davon gesehen hatte, war groß genug, um einen Bullen zu töten, aber es hatte sich nicht besonders schnell bewegt. Na ja, Klapperschlangen bewegten sich auch nicht schnell, bevor sie zubissen.
Plötzlich sah er einen schwachen Lichtschimmer. Waren das Autoscheinwerfer?
Sie wurden ein wenig deutlicher. Nein, das waren keine Autoscheinwerfer. Dafür waren es zu viele und sie schienen überall herumzuleuchten, nach oben, nach unten.
Taschenlampen.
Während er in die Nacht hinausstarrte, kroch etwas Dunkles zwischen ihn und die Lichter, das anschwoll wie ein Bär, der sich langsam auf die Hinterbeine stellt. Seine Hände zitterten so stark, dass der Gewehrgriff gegen den Baum klapperte, aber immerhin schaffte er es, sich in eine halb stehende Position zu erheben und das Gewehr auf die Schulter zu stützen. Sein Atem ging in röchelnden Stößen und seine Knie fühlten sich wie Pudding an. Das dunkle Ding wurde immer größer und mittendrin sah er zum ersten Mal Augen.
Bei all dem Lärm, dem Regen, der Dunkelheit und der entsetzlichen Furcht begriff er gar nicht, was vor sich ging, als es eine Lichtexplosion gab und ein Schuss durch die Luft hallte. Sein benebelter Verstand kämpfte um einen Rest an Kontrolle.
Rich machte sich in die Hosen.

Dennoch gelang es ihm, neu zu laden und einen weiteren Schuss abzufeuern – wieder und wieder.
Bis die Dunkelheit ihn erwischte, tief in sein Gehirn eindrang und ihm eine solche Angst einjagte, dass er darüber komplett verrückt wurde – bis es nur noch einen Ausweg gab.

Gewehrschüsse hallten durch den Regen und die Bäume in ihre Richtung. Cramer schoss als Erster zurück, dann feuerte auch Virgil aus seiner Pistole. Schließlich zog Jake ebenfalls seine Waffe. Da er aber kein Ziel erkennen konnte und außerdem fürchtete, versehentlich Cramer oder Virgil zu erwischen, schoss er keine einzige Kugel ab. Währenddessen schwoll das Flüstern auf die Lautstärke von Donnerschlägen an. Zusammen mit den nun ertönenden Schmerzensschreien verwandelte sich der Wanderweg in ein dunkles, schlammiges, kakophones Irrenhaus aus Lärm und Lichtblitzen.
Als das Feuer verebbte, erstarben auch die Schreie und das Flüstern, an deren Stelle ein tiefes Stöhnen direkt hinter Jake trat. Ernie lag im Schlamm, das Gesicht bleich wie ein Blatt Papier. Sein Hosenbein war blutdurchtränkt und er rang nach Luft.
»Ganz ruhig, Ernie. Ich bin hier. Es wird alles wieder gut«, rief Jake, der sich dessen jedoch alles andere als sicher war.

»Mein Bein.«
»Das wird schon wieder.«
»Tut z-z-ziemlich weh«, stammelte Ernie.
Virgil und Cramer gingen zu den Bäumen, von wo die Schüsse gekommen waren. Dabei hielten sie sich seitlich vom Pfad, statt geradewegs auf die Stelle zuzusteuern, an der die Mündungsfeuer zu sehen gewesen waren.
Jake zog seinen Gürtel aus und band damit Ernies Bein ab, um die Blutung zu stoppen. Als er wieder auf den Weg sah, waren Cramer und Virgil verschwunden, wenngleich er die Lichter ihrer Taschenlampen zwischen den Bäumen noch sehen konnte. Erst jetzt bemerkte er, dass außer dem Regen kein Geräusch mehr zu hören war.
»Tut weh«, ächzte Ernie und setzte sich auf.
Jake fasste ihn bei den Schultern und half ihm zu einem erhöhten, grasbewachsenen Stück neben dem Weg. »Es ist nicht weit zu Virgils Wagen. Wir haben dich in null Komma nichts im Krankenhaus.«
»Wer hat auf mich geschossen?«
»Keine Ahnung«, antwortete Jake. »Cramer! Virgil! Hört ihr mich?«, rief er.
Stille.
»Cramer!«
»Ja! Wir hören dich. Wie geht's Ernie?«
»Er ist stabil, aber er hat eine Schrotladung im Bein. Wir müssen ihn hier wegbringen.«
»Klingt, als wäre das Ding weg. Du kommst besser erst einmal her. Wir haben Rich gefunden.«
Jake blickte zu Ernie.

Der zog eine Grimasse, nickte aber. »Bleib nicht die ganze Nacht weg, okay?«
»Bin gleich wieder da.«
Jake stapfte auf die Lichter zu. Cramer und Virgil hielten ihre Taschenlampen beide gen Boden, sodass ihre Gesichter etwas Skeletthaftes und Gespenstisches bekamen.
Um sie herum waren Äste, Unterholz und Waldboden niedergedrückt, als wäre jemand mit einem schweren Fahrzeug darübergefahren. Doch selbst aus der Entfernung und trotz des Regens konnte Jake erkennen, dass an dem Baum vor Cramer und Virgil Fetzen blutigen Fleisches klebten. Neben der Fichte lag eine Männerleiche, deren eine Hand ein Gewehr umklammerte. Der Kopf war nur noch zur Hälfte da und Jake wusste sofort, dass keine der Pistolen das angerichtet haben konnte.
Cramer leuchtete ein wenig höher. Jake sah Blut, das von tausenden von Tannennadeln heruntertropfte.
»Was hältst du davon, Jake?«, fragte Virgil.
Jake schüttelte den Kopf und blickte auf das Gewehr.
»Sieht aus, als hätte er sich umgebracht.«
»Warum sollte er das tun?«
»Ich habe keine Ahnung. Er muss durchgedreht sein.«
Cramer starrte ihn wütend an, sagte aber nichts.
»Bist du sicher, dass das Rich ist?«, fragte Jake und zeigte auf die Leiche.
»Absolut«, sagte Virgil und hielt ihm eine durchnässte Lederbrieftasche hin. »Es sei denn, jemand hat seinen Führerschein hierhergelegt. Nein, das ist Rich Morin.«

»Warum schießt er auf uns und pustet sich dann den Kopf weg?«, fragte Cramer und sah dabei Jake an.
»Ich glaube nicht, dass er auf uns geschossen hat«, sagte Virgil und blickte erst auf den übel zugerichteten Leichnam, dann auf Jake. »Wie geht's Ernie?«
»Schlecht, aber nicht lebensbedrohlich. Noch nicht. Wir sollten ihn schnellstens ins Krankenhaus bringen. Er hat recht viel Blut verloren und ich fürchte, er könnte in einen Schock fallen.«
»Tja, dann lasst uns losgehen.«
Die drei hoben Ernie auf Cramers Rücken. Virgil stützte das verletzte Bein. Als sie beim Wagen waren, legten sie ihn vorsichtig auf die Rückbank. Jake holte eine Decke aus dem Kofferraum und bandagierte die Wunde, so gut es ging, mit den Sachen aus dem Verbandskasten, während Virgil vergeblich versuchte, eine Funkverbindung zu bekommen. Schließlich knallte er das Mikro in die Halterung zurück.
»Dieses verdammte Tal«, murmelte er.
Cramer sah Jake fragend an.
»Handys und Funkgeräte funktionieren hier nur an wenigen Stellen«, erklärte Jake. »Es gibt zu viele Funklöcher, und einige Leute meinen, die Erzvorkommen würden Magnetfelder erzeugen, die den Funkverkehr noch zusätzlich stören.«
Als Virgil anfuhr, drehten die Reifen in dem matschigen Gras durch. Der Wagen rührte sich nicht von der Stelle.
»Verdammt!«, fluchte Virgil. »Genau das hatte ich befürchtet. Ihr müsst mich schieben.«

Jake und Cramer stiegen wieder aus und stemmten sich gegen den Wagen. Schlamm spritzend und mit heulendem Motor setzte sich das Auto langsam in Bewegung, bis es schließlich an Richs Wagen vorbei und auf den Weg zurückrollte. Cramer und Jake sprangen wieder hinein. Sie waren nun von Kopf bis Fuß mit Schlamm bedeckt.
»Na super«, bemerkte Cramer.
Als sie an Richs Wohnwagen vorbeikamen, sah Jake jemanden am Fenster und runzelte die Stirn. »Carly muss da drin jetzt allein sein.«
»Ich werde jemanden schicken, der sich um sie kümmert, aber erst einmal müssen wir Ernie ins Krankenhaus bringen«, sagte Virgil.

Pam stand auf der Veranda, die Arme verschränkt, und trat nervös von einem Fuß auf den anderen, als Virgils Wagen vorfuhr. Sie rannte ihnen entgegen, riss die hintere Tür auf und schloss Ernie in die Arme. Dann bemerkte sie den Gürtel an seinem Oberschenkel und den Verband.
»Was ist passiert?«, fragte sie und küsste Ernies Stirn.
»Rich hat auf ihn geschossen«, antwortete Jake.
Pam sah ihn verwundert an. »Rich?«
»Vielleicht war es ein Unfall«, meinte Jake achselzuckend.
»Und was sagt Rich dazu?«

Virgil blickte Jake an, und als Pam seinen Gesichtsausdruck sah, wurde sie erst recht neugierig. »Was?«
»Rich ist tot«, erklärte Jake.
»Es war das Ding«, flüsterte sie. »War es doch, oder?«
»Wir werden uns darüber unterhalten, nachdem wir Ernie zu einem Arzt gebracht haben«, sagte Virgil.
Ernie war bei Bewusstsein, aber in jenem halb schläfrigen Zustand, in dem er außer seinen Schmerzen nichts wahrnahm.
»Er wird wieder«, sagte Pam bestimmt.
Jake war nicht sicher, ob das eine Behauptung oder eine Frage sein sollte.
»Was macht ihr jetzt?«, fragte sie die drei.
»Sobald das Unwetter vorbei ist, schicke ich so viele Leute los, wie ich bekommen kann, und lasse das ganze Tal absuchen, wenn's sein muss«, erklärte Virgil.
»Das wird nicht reichen.«
»Was soll ich denn sonst machen? Die Nationalgarde rufen?«
»So etwas in der Richtung wäre sinnvoll.«
»Und *was* sage ich denen, Pam? Wir haben ein unidentifizierbares Monster, das in Crowley herumläuft und das sie bitte killen möchten?«
»Irgendjemand sollte es jedenfalls zur Strecke bringen.«
»Darum können wir uns später kümmern«, sagte Virgil und gab Pam mit einem Kopfnicken zu verstehen, dass sie die Wagentür schließen sollte. »Und um es umbringen zu können, muss man es erst einmal sehen. Keiner von uns hat irgendetwas gesehen.«

»Es ist nicht immer das, was ich sehen kann, das mir Sorgen macht«, murmelte Cramer.
»Das war ein Riesenteil, was Jake?«, stöhnte Ernie.
Selbst der trommelnde Regen schien für einen Moment zu verstummen.
»Was?«, fragte Jake.
»Das Ding auf dem Weg. Was war das eigentlich?«
Virgil kniff die Augen zusammen und tiefe Furchen bildeten sich auf seiner Stirn. »Was hast du gesehen, Ernie?«
Ernie blickte von einem zum anderen. »Ihr habt es doch auch gesehen, oder?«
»Ich habe nichts außer Regen und Bäumen gesehen«, antwortete Jake. »Was ist mit dir, Cramer?«
Cramer schüttelte den Kopf. »Es war zu dunkel.«
»Ich habe nichts gesehen«, sagte Virgil.
»Wie konntet ihr das nicht sehen?«, fragte Ernie, dessen Kopf immer noch an Pams Schulter lag und nun aufgeregt hin und her wackelte. »Das Ding war so groß wie mein Truck!«
»Wie sah es denn aus?«, fragte Jake und sah zu Pam hinüber.
»Eben riesig und schwarz, wie ein Schatten«, erklärte Ernie. »Aber es war da. Ich schwöre, es war da! Es bewegte sich durch die Bäume vor uns wie ein gewaltiger Bär. Und dann ging die Schießerei los.« Er schüttelte den Kopf und seine Augen glänzten. »Es war groß. Richtig groß.«
»Versuch dich genau zu erinnern«, sagte Jake und wollte gerade wieder ins Auto steigen.

»Ihr zwei bleibt hier«, befahl Pam mit Blick auf Jake und Cramer.
»Was? Nein, wir fahren mit ins Krankenhaus«, erwiderte Jake.
Pam schüttelte den Kopf. »Jemand muss hier bei Barbara bleiben. Sie ist vollkommen außer sich und fest überzeugt, irgendein Monster würde kommen und sie und Oswald holen. Ich habe ihr noch eine von den Schmerztabletten gegeben, aber ich möchte nicht, dass sie allein ist.«
»Cramer kann bleiben«, sagte Jake.
»Auf gar keinen Fall«, widersprach der und stieg aus dem Wagen. »Du lässt mich nicht mit der Verrückten allein.«
Jake blickte zu Virgil, der ihm allerdings auch nicht beistehen wollte. »Wir rufen euch an, sobald Doc Burton etwas zu Ernies Zustand sagen kann.«
Jake nickte missmutig und drückte Pams Hand, ehe er die Wagentür schloss und zusah, wie der Streifenwagen davonfuhr. Schon wieder war jemand, der ihm nahe stand, von dem Crowley-Fluch getroffen worden und er konnte nichts daran ändern. Hätte er seine Waffe früher ziehen sollen? Was hätte das genützt? Aber das war nicht die Frage, die ihn wirklich quälte.
Hatte er all diese Gewalt irgendwie verursacht? War er verantwortlich für Richs Tod und Ernies Wunde? Für die Tramperin, Albert und Dary Murphy? Jahrelang hatte er sich vor seiner Vergangenheit versteckt. Er hatte seine Gefühle fest in sich verschlossen, aus lauter Angst, der Wahnsinn könnte durchbrechen und ein Un-

schuldiger zu Schaden kommen. War er jetzt ausgebrochen, ohne dass er es wusste?
»Willst du die ganze Nacht hier im Regen stehen?«, fragte Cramer.
Jake schüttelte den Kopf und folgte Cramer ins Haus.

Der Vorderreifen fuhr durch ein Schlagloch von der Größe eines Basketballkorbs und Jimmy schrak auf. Er sah wütend zu Paco, doch der antwortete nur mit einem Achselzucken. Jimmy blickte hinaus auf die dunkle Straße und fragte sich, in was für einen Hinterwäldlerschlamassel er sich wohl gerade hineinritt. Wenigstens fühlten sich die Wälder von Maine vertrauter an als die weiten Felder von Massachusetts und New Hampshire. Immerhin hatte er Jahre in Wäldern verbracht, die noch dichter und vor allem gefährlicher gewesen waren als diese hier.
Nichts hätte ihn freiwillig in eine solche Gegend gebracht, aber hier ging es um Rache für ein Familienmitglied. Er und José hatten sich bestimmt nicht geliebt. Vielmehr waren sie erbitterte Rivalen gewesen, seit sie krabbeln konnten, und ihr alter Herr hatte dafür gesorgt, dass die Rivalität zwischen ihnen kontinuierlich zunahm, indem er sie gegeneinander ausspielte, wann immer sich eine Gelegenheit bot. Dennoch war es den beiden Brüdern gelungen, eine der mächtigsten Verbrecherorganisationen in Houstons Geschichte aufzubau-

en, indem sie ihre jeweiligen Talente nutzten – Josés gedankenlose Brutalität und Jimmys wohl durchdachte Skrupellosigkeit. José hatte null Taktgefühl gehabt und nie gewusst, wie man sich in der gehobenen Gesellschaft bewegt.

Jimmy hingegen besaß einen Collegeabschluss – wenn auch keinen glorreichen – und hatte später, als ihr Imperium wuchs, sogar Stunden bei einem Gentleman genommen, der behauptete, in Frankreich zur Schule gegangen zu sein. Von ihm hatte Jimmy gelernt, welche Gabel er für seinen Salat nahm und welches Messer für seine Feinde. Außerdem war er in der Army gewesen.

Gleich nach dem College hatte er sich in dem Versuch, seiner Kindheit und dem Stadtviertel zu entkommen, bei der Army eingeschrieben. Dort wurde ihm klar, wie sehr er Waffen und den Kitzel der Gefahr liebte. Er hatte eine glänzende Karriere hingelegt, die ihn schließlich bis zu den Special Forces brachte. In den fünf Jahren bei der Eliteeinheit erlernte er Methoden, jemanden umzubringen, von denen er vorher gar nicht gewusst hatte, dass sie existieren. Und er wurde hervorragend darauf trainiert, in allen möglichen exotischen Gegenden zu überleben, in denen ein Normalsterblicher keinen Tag überstehen würde.

Und doch war seine familiäre Prägung am Ende stärker gewesen. Als man ihn beim Verkauf von Drogen erwischte, konnte ein sehr guter Militärverteidiger durchsetzen, dass die Anklage fallen gelassen wurde, vorausgesetzt, Jimmy erklärte sich mit einer unehrenhaften

Entlassung einverstanden. Später ließ er die beiden Soldaten umbringen, die ihn verraten hatten.

Jeder der mehreren hundert »Mitarbeiter« fürchtete Josés plötzliche Wutausbrüche. Aber Jimmy fürchteten sie noch mehr, denn seine Strafen fielen schrecklicher aus. Erst vor einem Monat hatte ein Drogendealer namens Watson einen von Jimmys Männern bei einem Deal übers Ohr gehauen. Die Schadenssumme war unerheblich, aber der Mistkerl hatte gewusst, dass der Mann für Jimmy arbeitete.

Jimmy tötete ihn nicht direkt oder zeichnete ihn fürs Leben, wie es José getan hätte. Stattdessen ließ er Watson von einem seiner Leute mit noch besserem Stoff zu einem noch besseren Preis beliefern, um sein Vertrauen zu gewinnen.

Beim dritten Deal – Watson hatte gerade eine Nase voll zur Probe genommen – betrat Jimmy seelenruhig den Raum. Das Koks, das Watson genommen hatte, war so rein gewesen, dass er sich kaum wehren konnte, als Jimmys Männer ihn an einen Stuhl fesselten. Eine Woche später fand die Polizei Watsons Kopf in klaren Epoxydharz gegossen an der Straßenecke vor seinem Haus.

Und Watson hatte nur einen von Jimmys Angestellten um Geld betrogen. Er hatte nicht seinen einzigen Bruder umgebracht.

»Wie weit ist es noch bis Crowley?«

Paco zuckte wieder mit den Achseln. »In diesem beschissenen Staat gibt's keine Straßenschilder. Aber es kann nicht mehr weit sein.«

»Wie hast du es geschafft, dass wir uns schon wieder verfahren haben?«
»Boss, ich war schon einmal hier und diese Hinterwäldlerkaffs sehen alle gleich aus. Ich werde uns hinbringen. Hauptsache, die beschissenen Straßen werden nicht vorher überflutet.«
»Na gut«, sagte Jimmy gereizt. »Dann muss er eben im Kofferraum bleiben. Finde einfach bloß das verdammte Crowley.«
So persönlich die Sache mit Josés Ermordung auch geworden war – nun sagte ihm eine kleine Stimme in seinem Kopf, dass er lieber einen seiner Männer hätte herschicken sollen, um die Drecksarbeit zu erledigen. Er ging ein gewaltiges Risiko damit ein, selbst herzufahren. Andererseits gehörte das eben zum Geschäft. Seine Leute mussten wissen, was er mit jemandem anstellte, der es wagte, einen Torrio auch nur zu berühren. Eines Tages würde er wieder vor seinem Vater und José stehen, und dann wollte er ihnen in die Augen sehen und ihnen sagen können, dass er dafür gesorgt hätte, dass Josés Mörder einen schrecklichen Tod starb. Er bekreuzigte sich und spuckte Luft gegen das Fenster – eine Geste, die er von seinem Vater übernommen hatte. Letzterer hatte ohne Ende über die beschissene Kirche geschimpft, dabei allerdings jedes Mal die Augen ängstlich gen Himmel gerichtet.
»Wo können sie sein?«, fragte Jimmy ruhig.
»Ich weiß nicht«, antwortete Paco. »Vielleicht sind sie in dem Wohnwagen von dem Alten.«
Jimmy schüttelte den Kopf. »Unwahrscheinlich. Das ist

ein Tatort. Hat Jake Crowley sonst keine Verwandten im Tal?«
Paco nickte. »Eine Cousine. Sie heißt Pam.«
»Warum hast du sie nicht bedroht, wie du es eigentlich mit dem Alten machen solltest?«
»Jesus, Boss! Als ich wieder zu mir kam und den toten Alten fand, musste ich verschwinden.«
Dass Paco ihn dabei nicht ansehen konnte, war nicht weiter Besorgnis erregend, aber der Schweiß, der ihm auf der Stirn ausbrach, verriet Jimmy, dass er log. Und Lügen konnte er einfach nicht tolerieren.
»Warum?«
»Warum was, Boss?«
Jimmys Stimme klang ruhig, aber er wusste, dass Paco diese Ruhe richtig deuten würde. »Warum hast du ihn umgebracht? Mir kannst du die Wahrheit sagen.«
Jetzt rannen Schweißperlen in Pacos Augenbrauen. Er wischte sie weg und Jimmy genoss es, die Panik seines Untergebenen.
»Ich schwöre bei Gott, Boss, ich war bewusstlos. Ich weiß, wie bekloppt sich das anhört, aber vielleicht hat mich der Alte unter Drogen gesetzt oder so was. Als ich wieder zu mir kam, war er tot. Überall war Blut. Der Alte sah aus, als wäre er durch einen Fleischwolf gedreht worden. So hätte ich ihn gar nicht zusammenschlagen können, selbst wenn ich gewollt hätte. Dazu habe ich überhaupt nicht die Kraft.«
Und genau dieser Tatsache verdankte Paco, dass er noch am Leben war. Jimmy hatte den Polizeibericht gesehen – schließlich verfügte er über seine eigenen Infor-

mationsquellen – und die Fotos ließen keinen Zweifel daran, dass das nicht die Arbeit von Paco war. Paco benutzte ein Messer oder eine Pistole. Er war gut darin, jemanden hinterrücks zu erstechen. Aber er prügelte niemanden so zu Tode.
»Na schön. Erzähl mir von diesem Flüstern«, sagte Jimmy.
Paco erschauderte. »Ich hab's gehört, bevor ich bewusstlos wurde. Es wurde immer lauter.«
»Lautes Flüstern?«
»Na ja, eher ein Zischen vielleicht. Ich weiß nicht. Aber es war um den ganzen Wohnwagen herum und hörte sich an, als wenn es aus allen Richtungen gleichzeitig käme. Das war, als würde ich davon verschluckt, und ich hab richtig Schiss gekriegt. Ich hatte mehr Schiss als in meinem ganzen Leben. Es fühlte sich an wie ... wie etwas, das in mich rein wollte.«
»In dich rein?«
»Ja, als wenn da etwas in meinem Kopf wäre ...«
»Das muss ja eine vollkommen neue Erfahrung für dich gewesen sein.«
Der Wagen rüttelte wieder und Paco hatte Mühe, die Kontrolle über ihn zu behalten. Diesmal scherte er heftig nach rechts aus und das rhythmische Klopfen sagte Jimmy, dass sie einen Platten hatten.
»Verdammt«, fluchte er, »allmählich reicht's!«
»Da vorn kann ich rechts ranfahren«, sagte Paco, lenkte den Wagen in eine kleine Seitenbucht und hielt. »Ich muss ans Reserverad und ich kann den Kerl nicht allein zur Seite heben.«

Jimmy seufzte. Auf seinem Ärmel war bereits ein kleiner Blutfleck. Er öffnete seine Wagentür und wartete im strömenden Regen, bis Paco den Kofferraum aufgeschlossen hatte. Dann schoben sie Smitty weiter nach hinten, nahmen Reserverad und Wagenheber heraus und schlugen die Kofferraumklappe wieder zu. Jimmy stieg ins Auto zurück und stellte die Standheizung an. Die machte ihn gewiss nicht wieder trocken, aber wenigstens wurde ihm nicht kalt. Paco hebelte derweil das hintere Wagenende hoch. Jimmy lauschte dem Gebläse der Heizung und strich über den Griff der Pistole unter seinem Arm.

Da sie die Flugtickets in letzter Minute gekauft hatten, waren sie darauf vorbereitet gewesen, dass man sie durchsuchte. Ein Drogenbaron wusste schließlich, mit welchen Unwägbarkeiten seine Angestellten rechnen mussten. Also hatte er einem jungen Burschen einen Tausender gegeben, damit er eine von Jimmys Taschen als seine ausgab und beschwor, sie keine Sekunde aus den Augen zu lassen.

Der Typ hatte natürlich gedacht, Jimmy würde Dope schmuggeln, was ihm nur recht war. Dabei schmuggelte Jimmy nie Drogen und verkaufte sie auch nicht mehr selbst. In der Tasche waren Waffen für Paco und ihn gewesen.

Dieser Teil der Reise war also nervig, aber nicht unerwartet verlaufen. Mit dem Maschinenschaden des Flugzeugs hingegen hatte niemand rechnen können, ebenso wenig damit, dass der Leihwagen den Geist aufgab oder sie sich in einem fort verfuhren. Und nun das. Fast woll-

te man glauben, da oben hätte jemand etwas gegen Jimmys Rachefeldzug.
»Fick dich!«, sagte er mit Blick gen Himmel, spreizte die Knie und spuckte auf den Wagenboden.
Paco klopfte gegen das Seitenfenster und Jimmy blickte auf. Durch den Regenschleier erkannte er Autoscheinwerfer, die auf sie zukamen. Wie zum Beweis dafür, dass das Karma tatsächlich gegen sie war, entpuppte sich der Wagen auch noch als Streifenwagen. Jimmy stieg aus und stellte sich neben Paco, als würde er ihm helfen. Das Letzte, was er wollte, war, dass Paco mit einem Cop sprach.
»Haben Sie einen Platten?«, fragte der Hilfssheriff, der neben ihnen hielt.
Jimmy fragte sich, ob Scharfsinnigkeit auf der Liste der Einstellungsbedingungen für Polizisten in dieser Einöde stand. Aber wahrscheinlich war sie hier genauso wenig ein Einstellungskriterium wie überall sonst.
»Ja«, antwortete er, schüttelte sich den Regen aus dem Haar und lächelte. »Wir sind aber schon so gut wie fertig mit dem Reifenwechsel. Danke.«
Als der Hilfssheriff seinen plastikumhüllten Hut aufsetzte, fluchte Jimmy leise. Der Cop wendete und stellte sich hinter sie, dann stieg er aus, zog sich eine gelbe Regenjacke über und kam zu ihnen.
»Kein idealer Untergrund für den Wagenheber«, stellte der Polizist fest.
»Scheint aber zu halten«, entgegnete Jimmy. »Wir wollten nicht weiterfahren und den ganzen Reifen ruinieren.«

Der Cop nickte, als Paco den Ersatzreifen aufzog und mit den Muttern hantierte. Jimmy bemerkte, dass Paco dem Polizisten nicht in die Augen sehen konnte, und er fragte sich, ob es diesem ebenfalls auffiel.
»Woher kommen Sie?«, fragte der Cop und leuchtete auf Smittys Nummernschild.
»Aus New Jersey«, sagte Jimmy rasch. »Wir wollen nach Crowley.«
Der Cop schmunzelte. »Wieso fahren Sie hier lang? Über die Zwei wär's viel einfacher gewesen.«
Jimmy lächelte. »Wir sind falsch abgebogen. Aber wir haben uns schon so viel verfahren, dass ich mich langsam daran gewöhne.«
Paco zog die Muttern stramm und begann den Wagen wieder herunterzulassen. Der Cop sah ihm zu. Dann hob er den platten Reifen auf.
Jimmy riss die hintere Wagentür auf. »Hier rein!«, befahl er Paco.
Der Hilfssheriff sah ihn fragend an.
»Wir mussten unser ganzes Gepäck herausholen, um an den Reifen zu kommen, und ich will es nicht noch einmal in den Regen stellen. Außerdem lassen wir den Reifen sowieso in der nächsten Werkstatt reparieren.«
Der Polizist nickte, leuchtete aber auf die Rückbank, als Paco den Reifen in den Fußraum hievte und die Tür wieder zuschlug.
Jimmy zog eine Grimasse, als ihm das Wasser vom Kinn tropfte. »Müssen wir in diese Richtung weiter?«, fragte er den Polizisten, als er schon halb wieder im Wagen saß.

Der Cop nickte und zeigte geradeaus. »Nach etwa fünfzehn Meilen kommen Sie zur Zwei. Die fahren Sie Richtung Osten. Crowley ist da schon ausgeschildert, aber es kann sein, dass die Straße demnächst gesperrt wird. Falls ja, sollten Sie in Arcos übernachten. Da finden Sie auch eine Werkstatt, die den Reifen in Ordnung bringt.«
Jimmy nickte und sah in den Seitenspiegel, als Paco losfuhr. Der Polizist notierte gerade ihr Kennzeichen.
Die Straße führte nun am Fluss entlang. Durch den Regenschleier sah man, dass das Wasser hier und da bereits deutlich über die Ufer getreten war. Es erinnerte Jimmy an Guatemala. Wie sehr hatte er das Land gehasst, das voll war von Schlangen, Skorpionen, Spinnen und allen möglichen stechenden und beißenden Insekten. Aber dort hatte er drei Männer getötet – zwei von ihnen mit bloßen Händen – und diese Erfahrung hatte ihn für immer geprägt.
Er hatte es genossen.
Zwei Meilen weiter sahen sie Rücklichter eines anderen Wagens vor sich.
»Der muss betrunken sein, so wie der schlingert«, stellte Paco fest.
Jimmy runzelte die Stirn. »Überhol ihn.«
Paco nickte und gab Gas. Jimmy merkte, wie die hinteren Räder ausbrachen, doch Paco nahm etwas Gas weg und bekam den Wagen wieder unter Kontrolle. Sie fuhren an dem Auto vorbei, in dem ein junger Mann saß – vielleicht neunzehn Jahre alt –, und Jimmy sah, dass er nicht betrunken, sondern high war. Der Knabe hatte

den vertrauten glasigen Blick und bewegte den Kopf rhythmisch, wahrscheinlich zur Musik aus dem Radio. Als Paco gerade wieder etwas Gas gab, ruckte es heftig und dann hörten sie ein metallisches Knirschen. Ihr hinterer Kotflügel war gegen den vorderen des Jungen geknallt. Paco kämpfte damit, den Wagen wieder auf die Spur zu bekommen, während Jimmy im Seitenspiegel sah, wie der andere Wagen die steile Böschung zum Fluss hinunterstürzte.
»Scheiße!«, fluchte Paco mit Blick in den Rückspiegel.
Jimmy seufzte kopfschüttelnd.
»Fahr einfach weiter, verdammt!«, wies er Paco an.

Virgil saß in seinem Wagen auf dem Parkplatz des Krankenhauses und starrte auf den wässrig glänzenden Asphalt. Ernie würde bald wieder auf den Beinen sein, hatte Doc Burton gesagt. Aber er humpelte möglicherweise für den Rest seines Lebens.
Wie Pierce.
Plötzlich wurde Virgil klar, dass derselbe Mann für beide Behinderungen verantwortlich war. Doch wenn Rich tatsächlich auch damals schuld gewesen war, hatte er heute Nacht einen hohen Preis dafür bezahlt. Was konnte ihn bloß dazu gebracht haben, so durchzudrehen? Wenn es überhaupt jemand wusste, dann höchstens Carly. Virgil startete den Motor und fuhr los.
Die Geschichte, die Jake ihm nach dem Tod seiner Mut-

ter erzählt hatte, war ihm viel zu weit hergeholt erschienen. Deshalb hatte er dafür gesorgt, dass Jake sie niemand anders erzählte, weil er nicht wollte, dass der Junge in der Psychiatrie landete – aus der er vielleicht nie wieder herauskam. Heute jedoch dachte er, dass er ihm besser richtig hätte zuhören sollen. Womöglich *hatte* Jake damals etwas Unglaubliches gesehen. Und Virgil war sich nicht sicher, ob er und seine Leute – *bis an die Zähne bewaffnet* – es so zur Strecke bringen könnten, wie er Pam gegenüber behauptet hatte. Andererseits war das nun einmal sein Job. Er musste es versuchen. Nur hatte er noch keinen Schimmer, was er seinen Hilfssheriffs sagen wollte. Als er auf die Kreuzung zufuhr, funkte er Rumny an, der im Büro die Stellung hielt.
»Kommt Ernie wieder in Ordnung?«, fragte Rumny.
»Ja, jedenfalls so gut, wie es die Umstände zulassen. Pam geht es schlechter. Sie will unbedingt bei ihm bleiben. Hat Augusta schon etwas Neues über den Schuhabdruck herausgefunden?«
»Er stammt von einem italienischen Designerschuh, Sheriff«, dröhnte es knisternd aus dem Lautsprecher. »Aber sie können nichts Genaueres sagen, weil es sich wahrscheinlich um ein Einzelmodell handelt.«
»Maßgefertigt«, sagte Virgil.
»Exakt.«
Was machte jemand mit Maßschuhen in Alberts Wohnwagen? Und was konnten die Schuhe mit dem Crowley-Fluch zu tun haben? Virgil schüttelte den Kopf. Er war zu müde, um darüber nachzudenken.

»Haben wir schon neue Erkenntnisse im Fall der Tramperin oder der Fahrerflucht?«
»Über das Mädchen noch nichts. Auf dem Unfallwagen haben wir jede Menge graue Lackreste gefunden, mit denen wir wahrscheinlich das Modell und das Baujahr ermitteln können – vorausgesetzt, es ist keine Neulackierung. Aber Grasy hat gerade angerufen und gesagt, er hätte zwei verdächtige Typen oben auf der Fünf in einem Crown Victoria gesehen, der Nummernschilder aus New Jersey hatte. Ich lasse sie durch den Computer laufen. Grasy meinte, die beiden in dem Wagen seien Mexikaner.«
Mexikaner? In dieser Gegend sah man selten Latinos.
»Glaubst du, dass der Wagen gestohlen war?«
»Vielleicht.«
»Okay. Hast du jemanden aufgetrieben, der den Tatort im Tal sichert?«
Kurzes Zögern. »Noch nicht, tut mir leid. Wir haben niemanden frei. Aber ich hab's ganz oben auf der Liste.«
»Schon gut. Ich fahre hinauf und rede mit Rich Morins Freundin. Dann übernehme ich die Sicherung des Tatorts selbst.«
»Bist du sicher, dass du mit dem Streifenwagen da hinauffahren willst? Die Straßen werden immer schlechter. In der ganzen Gegend sind Strom und Telefone ausgefallen. Bleib dran, ich bekomme gerade einen Anruf rein.«
Virgil fuhr langsamer und blickte hinaus auf eine riesige Wasserlache quer über der Schnellstraße. Sie sollte ei-

gentlich flach genug sein, könnte aber ebenso gut auch tiefer sein, als es aussah. Rumnys Stimme meldete sich wieder.

»Sheriff, wir haben eine Vermisstenmeldung aus New Jersey für einen Burschen, der einen Crown Victoria fährt.«

»Konnte euch der Junge aus dem Unfallwagen eine Beschreibung der beiden geben, die ihn rammten?«

»Ist auch gerade reingekommen. Der Junge sagt, der Beifahrer sehe mexikanisch aus.«

»Okay. Schreib sie zur Fahndung aus.«

»Schon geschehen.«

»Ich melde mich von Rich Morin aus wieder. Ruf inzwischen bei Pam zu Hause an und gib Jake Crowley Bescheid, dass es Ernie gut geht«, sagte Virgil und steckte das Mikrofon wieder in den Halter.

Als er aus dem Wagen stieg, schlug weiter oben im Tal krachend ein Blitz ein. Der Donner hämmerte wie gigantische Fäuste auf das Wagendach.

Virgil nahm seine Taschenlampe aus dem Kofferraum und watete in die Wasserlache, die sich als fast dreißig Zentimeter tiefer Strom entpuppte, der ihm fast die Füße wegriss.

Er ging weiter, bis er außerhalb des Bereichs seiner Scheinwerfer war. Das Wasser wurde hier noch tiefer, aber immer noch nicht dramatisch.

Wenn ich hier erst drin bin, kann ich nicht mehr zurück. Und versuche ich, rückwärts zu fahren, drückt das Wasser in den Auspuff.

Er ging zum Wagen zurück. Auf einmal wurde ihm un-

heimlich. Er leuchtete mit der Taschenlampe in den Wald und löste die Lasche seines Pistolenhalfters.
Das sind bloß die Nerven. Geh weiter!
Doch er konnte die Bilder von Albert, Rich und dem Mädchen nicht aus dem Kopf bekommen – und das von Jakes Mutter. Er war schon beinahe wieder im Licht der Scheinwerfer, als er jemanden flüstern hörte. Das Geräusch glitt durch den Regen wie ein fallendes Blatt auf einem Fluss. Wieder leuchtete er in die Bäume am Straßenrand, konnte aber nichts sehen.
Er zog seine Pistole und ging weiter. Das Auto war knapp sechzig Meter vor ihm, als das Flüstern plötzlich dicht hinter ihm zu sein schien. Er wandte sich so schnell um, dass ihm die Taschenlampe aus der nassen Hand rutschte und ins Wasser fiel. Für den Bruchteil einer Sekunde sah er sie im schlammigen Strom aufleuchten, ehe sie von der Straße gespült wurde und verschwand.
Da war wieder das Flüstern.
Näher.
»Polizei! Wer ist da?«, rief er und ging rückwärts weiter zum Wagen.
Da hörte das Flüstern auf.
Hastig stapfte er durch das Wasser, kletterte zitternd ins Auto und schlug die Tür zu.
Was zum Teufel war da draußen? Das war nichts Natürliches. Er war sein Leben lang Jäger gewesen und hatte nie solche Geräusche im Wald gehört. Sein Instinkt sagte ihm, dass er umkehren und in die Stadt zurückfahren sollte, wo Lichter und Menschen waren. Aber sein Pflichtbewusstsein sprach dagegen. Kein schwarzer

Mann hielt ihn davon ab, den Job zu machen, den er schon fast sein ganzes Leben ausübte. Da draußen war etwas, das er dringend ergründen musste. Etwas, das seine Bürger bedrohte, Leute, die ihn gewählt hatten, weil sie darauf vertrauten, dass er sie beschützte. Und wenn irgendjemand Antworten auf seine Fragen kannte, dann Jake – nicht Carly.
Er starrte durch die Windschutzscheibe auf die Wassermassen vor sich. Wenn er richtig Gas gab, konnte er es wahrscheinlich problemlos schaffen.
Also legte er den Gang ein und der Wagen pflügte durchs Wasser. Virgil kämpfte mit der Lenkung und lauschte, ob er ein verräterisches Husten des Motors wahrnehmen konnte, das ihm signalisieren würde, dass er Wasser ansog. Aber der große Cruiser stob durch das Wasser wie ein altes Fischerboot. Ein kleines Stück weiter vorn war eine Vertiefung – die einzige Stelle, die den Motor killen könnte.
Wenn ich zu langsam fahre, schafft der Wagen es nicht wieder heraus.
Allerdings bestand auch die Möglichkeit, dass die Vertiefung inzwischen zu stark ausgespült war. In diesem Fall könnten die Reifen ins Schwimmen geraten und der Wagen einfach in den Androscoggin abtreiben. Virgil trat das Gas durch und der alte Wagen reagierte wie ein verlässliches Arbeitspferd. Er bohrte seine Gummihufe in den Asphalt. Virgils Magen zog sich zusammen. Er fühlte sich wie in einer Achterbahn, an der Stelle, wo die Spitze des Wagens verschwindet, bevor man in die Tiefe stürzt. Eine Welle grünlichen Wassers schwappte über

die Kühlerhaube, dann bäumte sich die Wagenspitze wieder auf, und er fuhr weiter.
Wenn Betsy jetzt Luft bekommt, schafft sie's.
An den Seiten spritzte Wasser auf. Der Wagen fuhr bergan, aber der Motor stotterte und Virgil hörte das rumpelnde Echo des Auspuffs, der Wasser ansog.
Komm schon, Baby, da vorn ist es wieder trockener.
Der Wagen hüpfte und japste wie ein ertrinkender Schwimmer, ehe er aufgab und im sechzig Zentimeter tiefen Wasser zum Stehen kam. Virgil versuchte den Motor wieder zu starten, bis die Batterie hinüber war.
Just in diesem Moment sah er Scheinwerfer von hinten auf sich zukommen. Er stieg aus und watete zurück, um die Fahrer zu warnen. Doch die große Limousine tauchte wie ein Seemonster wieder aus dem Wasser. Er konnte nur zwei dunkle Umrisse erkennen, als ihm klar wurde, dass der andere Wagen nicht langsamer wurde, sondern noch beschleunigte. Eine Wasserwand vor sich hertreibend hielt er direkt auf Virgil zu.
Mit einem Sprung brachte er sich hinter seinem Cruiser in Sicherheit, bevor der Crown Victoria an ihm vorbeipreschte. Bis er wieder auf den Beinen war und seine Pistole gezogen hatte, waren die Rücklichter schon nicht mehr zu sehen. Aber wenigstens hatte er gesehen, dass es sich um einen grau lackierten Wagen handelte, bei dem auf der einen Seite hinten Kotflügel und Stoßstange eingedellt waren.
Er stieg in sein Auto und versuchte Rumny zu erreichen, doch ohne funktionstüchtige Batterie war das Funkgerät nutzlos. Er warf das Mikro beiseite und

nahm sein Handy von der Mittelkonsole. Kaum hatte er es eingeschaltet, leuchtete auch schon »Kein Netz« im Display auf. Er schmiss das Telefon auf den Beifahrersitz.
Das ist ja wie im Wilden Westen!
Er könnte zum nächsten Haus gehen und Rumny von dort anrufen. Aber da die Telefonleitungen weitestgehend zerstört waren, dürfte ein solcher Fußmarsch reine Zeitverschwendung sein. Eine andere Möglichkeit wäre, nach Arcos zurückzugehen, nur war die Straße dahin inzwischen bestimmt auch überspült.
Oder ... er wanderte weiter geradeaus und versuchte die zwei aus dem Crown Victoria zu schnappen. Die Straße auf der anderen Seite der Crowley-Kreuzung war gesperrt. Sie würden also nicht weit kommen. Natürlich war es unprofessionell und riskant, ihnen allein nachzujagen. Aber ein anderer Gedanke beunruhigte ihn noch mehr.
Mexikaner. Zwei Mexikaner, die sich hier verrückt genug aufführten, um einen Jungen in den Fluss zu rammen und weiterzufahren. Konnte es da irgendeinen Zusammenhang mit den anderen Geschehnissen geben? Könnten es Torrios Leute sein, die hinter Jake her waren?
Virgil *versuchte* sich stets an die Vorschriften zu halten. Aber manchmal musste man eben auf die John-Wayne-Methoden zurückgreifen.
Er schnappte sich seine Waffe, steckte zusätzliche Munition ein und holte seine Pistole und eine zweite Taschenlampe aus dem Kofferraum. Mit ein bisschen

Glück hockten die beiden Typen mit einem verreckten Motor auf der anderen Seite der überfluteten Vertiefung.

Mandi stand auf der hinteren Veranda und betrachtete, was von ihrem Rasen übrig war. Um die Veranda herum war noch ein schmaler Grasstreifen zu erkennen, aber das Wasser kam näher. Vor dem Haus stand es bereits so hoch, dass die Kreuzung auf der Schnellstraße gewiss schon gesperrt war. Sie hatte den ganzen Tag und den Abend damit verbracht, sich vor einem Killer zu fürchten, der im Tal herumlief. Inzwischen war ein frei herumlaufender Mörder allerdings noch ihre geringere Sorge. Jetzt hatte sie am meisten Angst davor, dass ihr Haus vom Wasser weggetragen würde.
Sie hatte zwei Möglichkeiten. Sie konnte abwarten und das Beste hoffen oder zu Pam und Ernie fahren, deren Haus höher lag als ihres.
Dort ist Jake.
Sosehr sie sich auch bemühte, vernünftig zu sein und an Pierces und ihr Überleben zu denken, kam ihr dieser Gedanke doch immer wieder in die Quere.
Sie wusste, dass sie sich bei Jake sicherer fühlen würde. Das hatte sie immer getan.
Aber ihr Stolz sagte ihr, dass sie bleiben sollte, wo sie war. Vierzehn Jahre lang hatte sie Jake nicht gebraucht.

Wo war er gewesen, als sie ihn *brauchte*, als Rich sie verprügelte und vergewaltigte, als er Pierce beinahe umbrachte?
Egal was sie auch tat, ihre über vierzehn Jahre genährte Wut auf Jake schien buchstäblich zu verpuffen, während ihre Angst zusehends stärker wurde als ihr Stolz. Sie musste Pierce in Sicherheit bringen. Sie brauchte die Gewissheit, dass außer ihr noch andere da waren, die ihn gegen das Unwetter und dieses Was-auch-immer schützen konnten, das er im Tal spürte.
Fest entschlossen eilte sie ins Haus zurück und begann ein paar Kleidungsstücke in eine alte Reisetasche zu stopfen. Pierce saß vor seinem Fenster und starrte leeren Blicks gegen den Pappdeckel, mit dem die Scheibe geflickt war, doch sobald Mandi das Zimmer betrat, drehte er sich zu ihr um und richtete seine blinden Augen auf sie. Sie ging zu ihm, nahm seine Hand und signalisierte ihm, so ruhig sie konnte, dass sie fortmüssten. Pierce aber war unruhig und wollte nicht weg. Jetzt, da sie wirklich gehen mussten, wollte er auf einmal nicht mehr.
Wie tief ist das Wasser?, fragte er.
Sie belog ihn, aber musste er denn auch *alles* wissen?
Nicht so tief.
Wie tief?
Wir müssen weg.
Wir sollten hier bleiben. Drinnen.
Du wolltest doch auch weg.
Er schüttelte den Kopf. *Es ist wieder verschwunden. Ich will nicht raus.*

Das Wasser steigt. Ich habe Angst, dass es ins Haus kommt. Wir müssen weg. Jetzt.
Er biss sich auf die Unterlippe, aber Mandi sah ihm an, dass er nachgeben würde. Er hatte Angst, und die hatte sie auch.
Eine Regenböe prasselte gegen die Pappe. Plötzlich sah Mandi im Geiste Pierce vor sich, der wehrlos im dunklen Wasser trieb, und ihr lief ein eisiger Schauer über den Rücken. Das Bild war so real, dass sie es nicht mehr loswurde. Sie warf ihm seinen Regenmantel über die Schultern und zog ihn hinaus zum Wagen, noch bevor er in den zweiten Ärmel geschlüpft war.
Wasser gurgelte um ihren kleinen Kombi herum. Ihre Füße waren durchnässt, bis sie im Wagen saßen, und Pierces mussten es ebenfalls sein. Als sie den Motor startete und den Rückwärtsgang einlegte, bemerkte sie, dass das Wasser aus dem Garten bereits die Seiten des Hauses erreicht hatte und ihnen nun auf der Einfahrt entgegenfloss. Im tiefen Matsch fassten die Räder nicht richtig und der Wagen rutschte auf die Bäume zu.

Jake ging in der Küche auf und ab. Cramer saß am Tisch und beobachtete ihn.
»Warum rufst du sie nicht an?«
Jake stoppte und griff nach dem Telefon. Für einen Augenblick hielt er den Hörer in der Hand, legte ihn dann aber wieder auf.
»Was ist?«, fragte Cramer.
»Wenn sie Hilfe braucht, wird sie sich melden.«
»Jesus«, murmelte Cramer. »Ihr zwei seid echt anstren-

gend. Du bist verrückt vor Sorge, rufst aber nicht an. Sie ist verrückt vor Angst, ruft aber auch nicht an. Wart ihr immer schon so?«

»Nein«, sagte Jake traurig. »Wir waren nicht immer so.«

»Was ist damals geschehen?«

»Das ist eine lange Geschichte.«

Cramer sah zum Wohnzimmer hinüber, wo Barbara mit offenem Mund auf der Couch döste. Oswalds Kopf lag in ihrem Schoß. »Ich habe Zeit.«

»Ziemlicher Mist ist passiert. Deshalb musste ich fort.«

»Hatte der Mist etwas mit dem Fluch zu tun?«

Jake zuckte mit den Schultern. »Ja.«

»Du dachtest, dass du ihn mitnimmst und hier keiner zu Schaden kommt?«

Jake nickte.

»Hat aber nicht funktioniert«, sagte Cramer. »Erst wurde dein Onkel getötet und dann Torrios Männer am Strand. Darum bist du zurückgekommen. Du wolltest dir selbst beweisen, dass es zwischen beiden Vorfällen keinen Zusammenhang gibt, dass Alberts Tod ein tragischer Zufall war.«

Jake warf ihm einen wütenden Blick zu. »Ich wollte sehen, ob ich den Fluch nicht irgendwie für immer beenden kann. Ich dachte, ich könnte dafür sorgen, dass der Horror nicht wieder von vorn losgeht.«

»Warum musstest du dafür herkommen?«

Jake schüttelte den Kopf. »Ich weiß nicht. Ich habe bloß das Gefühl, was auch am Strand passiert ist, irgendwie läuft alles hier zusammen, in diesem Tal.«

»Und du denkst, dass du es aufhalten *kannst*?«
Jake atmete tief durch. »Ich weiß nicht, wie. Ich habe ja noch nicht einmal eine Ahnung, was es überhaupt ist.«
Wieder blitzte und donnerte es draußen. Der Lärm des Wassers, das vom Verandadach regnete, wurde noch lauter. Als das Telefon klingelte, hob Jake hastig ab.
»Hallo?«
»Hier ist Hilfssheriff Rumny. Sheriff Milche lässt Ihnen ausrichten, dass Pastor Ernie wieder gesund wird. Haben Sie Sheriff Milche zufällig gesehen?«
»Nicht mehr, seit er zum Krankenhaus gefahren ist. Ich dachte, er sei in Arcos.«
»Nein, er wollte zurück nach Crowley. Falls Sie ihn sehen, sagen Sie ihm bitte ...«
In diesem Moment gingen die Lichter im Haus aus und das Telefon war tot.
»Was ist das?«, fragte Cramer. Jake suchte auf dem Küchentresen nach Streichhölzern, fand sie und zündete eine Kerze an. Barbara begann zu wimmern, und Cramer rief nach ihr, um sie zu beruhigen.
»Das war einer von Virgils Leuten, der uns sagen sollte, dass Virgil auf dem Weg zurück ins Tal ist«, antwortete Jake. »Und jetzt geht das Telefon nicht mehr.«
»Großartig.«
Jake sah hinaus in den Regen.
»Jetzt zieh schon verdammt nochmal los und hol Mandi und Pierce«, wetterte Cramer, stand auf und schob Jake zur Tür.
Der widersprach nicht. »Ich bin so schnell zurück, wie ich kann. Kümmere dich um Barbara.«

Cramer legte die Stirn in Falten. »Bleib nicht die ganze Nacht weg, ja?«
»Bin im Nu wieder da«, versprach Jake.

Jimmy stand mitten auf der überfluteten Straße, starrte hinauf in den dunklen Himmel und ließ sich den Regen aufs Gesicht prasseln, als wollte er sagen: *Mach doch, Arschloch, mich hältst du nicht mehr auf!* Ein Blitz zuckte über den Himmel. Jimmy bekreuzigte sich und spuckte auf den Boden.
Paco bibberte schweigend und nervös neben ihm. Jimmy konnte förmlich riechen, dass er Angst hatte, und lächelte, weil er wusste, dass Paco *ihn* immer noch mehr fürchtete als das Unwetter und die Wassermassen, die um sie herum anstiegen.
Gut. Geschah ihm nur recht so, hatte er doch den beschissenen Wagen verrecken lassen. Am liebsten hätte Jimmy den kleinen Bastard auf der Stelle umgebracht, für all die Scherereien, die er seinetwegen hatte. Dieser ganze Mist wäre nicht passiert – einschließlich Josés Tod vielleicht –, wenn Paco nicht von Anfang an versagt hätte.
»Komm schon!«, befahl er. »Wir gehen zum nächsten Haus. Ich muss ins Trockene, und eventuell haben wir ja Glück und stoßen auf Jake Crowley.«
Paco hob die Schultern und trottete wie ein braver Hund neben Jimmy her. Als sie die Talstraße erreichten, zeigte er in die eine Richtung.
»Crowley?«, fragte Jimmy.
Paco nickte.

»Beim ersten Haus, auf das wir stoßen, werden wir erfahren, wo Jake Crowley sich versteckt.«
»Wir sind ziemlich auffällig.«
»Dann werden wir dafür sorgen, dass sich niemand an uns erinnern kann«, erwiderte Jimmy.
Er hörte einen Motor aufheulen und beschleunigte seine Schritte. Das Geräusch musste von weiter vorn im Wald kommen. Dann sah er Scheinwerfer. Der Kombi schlitterte, was bedeutete, dass sie ihn sich wahrscheinlich schnappen konnten. Doch gerade als er und Paco um die Biegung kamen, bog der Wagen aus einer Einfahrt und fuhr in die entgegengesetzte Richtung bergan davon. Jimmy winkte mit beiden Armen, Paco hüpfte rufend auf und ab, aber die Rücklichter verschwanden im Regen.
»Verdammt!«, schrie Jimmy und versetzte Paco eine Ohrfeige.
Der fragte nicht, wofür er bestraft wurde, sondern stapfte hinter seinem Boss her die leere Einfahrt hinauf.

Virgils Entschlossenheit erlitt einen herben Rückschlag, als er auf eine weitere Vertiefung in der Straße stieß. Er fühlte, wie der Asphalt vor ihm steil abfiel, und die Strömung an seinen Beinen wurde stärker, je weiter das Wasser anstieg. Er leuchtete mit der Taschenlampe voraus und konnte schwach die roten Reflektoren eines Wagens ausmachen. Die beiden Fremden hatten es also auch nicht geschafft. Aber wo steckten sie jetzt? Nicht zum ersten Mal kam ihm der Gedanke, dass er über sechzig war und im Begriff, allein auf zwei Männer zu stoßen, die wahrscheinlich bewaffnet und gefährlich waren – und dabei waren es nicht nur die *Männer*, die ihm Sorge bereiteten. Er blickte über seine Schulter nach hinten, aber er konnte nicht umkehren. Doris sagte oft, seine Sturheit wäre eines Tages sein Untergang. Andererseits war ebendiese Sturheit in seinem Job gleichermaßen Segen wie Fluch gewesen. Ein Gesetzesvertreter, der sich von seiner Angst leiten ließ, taugte nichts.

Er stolperte mühsam vorwärts durch die Wasserfluten, bis sie ihm die Beine wegrissen. Dann begann er zu schwimmen.

Seine Waffe hielt er am ausgestreckten Arm aus dem Wasser und paddelte mit der anderen Hand, in der er die wasserfeste Taschenlampe hielt. Schwimmen war trotzdem nicht die ideale Lösung, da er leicht in den Fluss abgetrieben werden konnte, also trat er immer wieder nach unten. Endlich spürte er wieder Boden unter den Füßen. Schnaufend und hustend arbeitete er sich durch die Fluten. Als er eine Stelle erreichte, an der ihm das Wasser nur noch bis zu den Oberschenkeln ging, blieb er einen Moment stehen, um wieder zu Atem zu kommen.

Schließlich stieß er auf den anderen Wagen, dem er sich vorsichtig näherte. Der Regen peitschte die Wasseroberfläche auf der Straße zu einem brodelnden Strom auf und im Verein mit den knarrenden, sturmgeschüttelten Bäumen ergab sich ein ohrenbetäubender Lärm. Langsam ging Virgil um den Wagen herum. Mittlerweile war

er sicher, dass die Fahrer dieselben Arschlöcher waren, die den Jungen die Uferböschung hinabgestoßen hatten.
Der Zündschlüssel steckte. Das Wasser stand bereits im Innenraum und kroch über die goldbraunen Polster. Er leuchtete auf die Rückbank und entdeckte zwei rotbraune Flecken auf der Rückenlehne. An einem der Flecken kratzte er mit dem Fingernagel und wusste sofort, was es war.
Er zog den Schlüssel aus dem Zündschloss und ging zum Kofferraum. Zwar hatte er nicht gewusst, dass er darin eine Leiche finden würde, aber seine Intuition hatte ihm gesagt, dass er besser nachsehen sollte. Die Löcher in den Seiten des Mannes bestätigten ihm, dass die beiden Typen bewaffnet und gefährlich *waren*. Und er war ziemlich sicher, was sie hier wollten. Sie waren auf dem Weg nach Crowley und Jake hatte keine Ahnung, dass sie kamen.
Großartig.
Er schlug den Kofferraumdeckel zu und stapfte weiter Richtung Tal.

Mandi hatte es nur mit Mühe geschafft, ihren kleinen Subaru aus der Einfahrt zu bekommen. Immer wieder hatte sie den Rückwärtsgang eingelegt und gleich wieder den Vorwärtsgang, bis sie den Wagen endlich aus dem Matsch bekam. Jetzt hatten sie gerade einmal ein Viertel der Strecke bis zu Pam und Ernie geschafft. Sie starrte hinaus auf das Wasser und bemühte sich, ruhig weiterzuatmen. Sie wusste, dass Pierce ihre Angst spürte, auch wenn er regungslos dasaß und das Gesicht stur geradeaus richtete.

Die brodelnden grauen Fluten schienen unendlich und Mandi versuchte sich zu erinnern, wo genau die Straße darunter verlief. Als sie in den Rückspiegel schaute, konnte sie sehen, wie noch mehr Wasser auf sie zufloss – blutrot im Licht der Bremsleuchten. Sie fasste nicht, wie schnell das Wasser anstieg. Es kam so rasant von den Bergen herab, dass es sich buchstäblich vor dem Fluss im Tal zu stauen schien. Würden sie hier stehen bleiben, das Wasser trüge sie einfach mit sich fort.

Sie nahm Pierces Hand. *Hier ist das Wasser wieder tief. Ich sorge dafür, dass dir nichts passiert. Hab keine Angst.*

Er nickte, aber sie sah, wie er die Zähne zusammenbiss und seine Nasenflügel bebten. Mandi machte sich bereit für die Fahrt durchs Wasser und betete, dass ihr Wagen es schaffen möge. Wenn sie schnell genug war, konnte sie vielleicht durchkommen, indem sie das Wasser seitlich wegpflügte. Genauso gut allerdings konnte der Wagen auch unter der Welle begraben werden, die sie damit verursachte, was der Motor gewiss nicht überstand. Sie entschied sich für den Mittelweg. Der Wagen schlug weniger auf das Wasser auf, als dass er langsam hineinglitt wie ein Boot von einem Träger aus. Sie blickte nervös aus dem Fenster, aber das Wasser reichte nur knapp bis zum Unterboden.

Bei der Strömung konnten sie leicht von der engen Straße abgetrieben werden. Sollten die Reifen über den Straßenrand rutschen, hätten sie beide ein echtes Problem. Das Lenkrad ruckte zur einen Seite. Mandi riss es wieder zurück und hoffte inständig, dass sie nicht zu stark gegenlenkte. Aber das verlässliche kleine Auto tuckerte weiter durch die Fluten.

Schließlich konnte sie die Straße wieder erkennen, die sich vor ihnen leicht erhob, auch wenn sie eher wie ein Nebenfluss denn wie eine Straße aussah. Mandi fragte sich, ob die Reifen des Kombis genug Widerstand finden würden, um die kleine Steigung zu schaffen. Als sie kurz zu Pierce blickte, blieb ihr das Herz stehen.

Er hatte den Kopf seltsam zur Seite geneigt und starrte hinaus in die Nacht, als könnte er etwas sehen. Hätte sie es nicht besser gewusst, würde sie schwören, dass er auch etwas hörte.

Jimmy und Paco trotteten langsam die matschige Einfahrt hinunter, aus der der Wagen gekommen war.

»Hörst du das, Boss?«, fragte Paco ängstlich.

Jimmy funkelte ihn wütend an und fragte sich wieder einmal, ob er nicht besser dran wäre, wenn er den kleinen Bastard gleich hier erschoss und seine Leiche zwischen den Bäumen versteckte. In dieser Wildnis würde man sie vielleicht nie finden.

Aber er *hatte* etwas gehört. Und er fand nicht, dass das Geräusch in einen Wald passte. Es klang wie ein leises Singen.

»Genau das habe ich gehört, als ich bei dem Alten war«, flüsterte Paco ihm ins Ohr.
Jimmy knallte ihm eine, diesmal mit dem Griff seiner Pistole, und packte seinen Kopf mit beiden Händen.
»Flipp nicht aus!«, zischte er Paco zu und schob ihn weiter. »Beweg dich!«
In dem Haus brannte kein Licht und es stand auch kein weiteres Auto davor. Jimmy stieg die Treppen zur Veranda herauf und war froh, endlich aus dem Regen zu kommen.
Paco klopfte ein paarmal. Schließlich nickte Jimmy Richtung Tür und Paco drehte den Knauf um.
»Es ist offen«, sagte er.
»Jemand zu Hause?«, rief Jimmy, obwohl er sicher war, dass niemand hier war. Er lockerte den Griff um seine Waffe und trat ein.
»Sieh nach, ob du etwas Essbares findest!«, befahl er Paco und drückte den Lichtschalter, worauf jedoch nichts geschah. »Und such Kerzen!«
Den Weg zum Bad konnte er sich ertasten. Dort zog er sein Jackett aus, dann das Hemd, die Hose und die Unterhose. Er angelte blind nach ein paar Handtüchern, mit denen er sich trocken rieb. Die nassen Tücher schmiss er auf den Boden. Es fühlte sich wunderbar an, trocken zu sein. Er hüllte sich in ein frisches Handtuch und hängte sich gerade ein weiteres über die Schulter, als Paco mit einer Kerze und einem Teller mit Käse und Sardinen auftauchte.
Jimmy nahm den Teller mit in das kleine Wohnzimmer, ließ sich auf einen der Sessel fallen und legte seine Pisto-

le auf dem Couchtisch ab. Gierig verschlang er den scharfen Käse und den salzigen Fisch. Anschließend wischte er sich die schmierigen Hände in dem Handtuch in seinem Schoß ab.

Paco – immer noch tropfnass – stand da und sah ihn stumm an.

»Trockne dich ab«, sagte Jimmy kopfschüttelnd. »Bist du blöd oder was?«

»Ich wollte nur sicher sein, dass du okay bist, Boss.«

Jimmy rülpste laut und stellte den leeren Teller neben seine Pistole. Dann sah er sich im Zimmer um. Ein paar Landschaftsbilder hingen an den Wänden, aber die Rahmen sahen nach Plastik aus und die Bilder hätten auch aus einem Wal-Mart stammen können. Der Teppich war sauber, wenngleich reichlich abgewetzt. Alles hier erinnerte Jimmy entschieden zu sehr an seine Kindheit. Er nahm die Kerze und begann den Rest zu inspizieren.

Im Flur war ein kleiner Wandschrank, in dem ein alter Staubsauger und andere Reinigungsutensilien lagerten. Dann kam das Bad, wo Paco sich gerade abtrocknete, dahinter ein kleines Schlafzimmer. Hier hingen andere Bilder an den Wänden. Anstelle der billigen Gemälde waren es gerahmte Reliefs, die aussahen, als hätte sie ein Kind gemacht – ein Kind mit Talent allerdings. Das über dem Bett war richtig gut. Auf allen war dasselbe Frauengesicht zu sehen. Die Frau hatte hohe Wangenknochen und ein breites Lächeln.

Jimmy ging zum Nachttisch und hob eines der Magazine mit schlichtem braunem Einband hoch. Drinnen

konnte er nichts außer unterschiedlichen Erhebungen im Papier entdecken.
»Brailleschrift«, murmelte er und warf das Magazin aufs Bett. Hier wohnte also ein blindes Kind, das mit seiner Familie irgendwohin gefahren war, wo sie das Ende des Unwetters abwarten konnten. Er sah zu dem Metallschreibtisch gegenüber vom Bett. Daneben befand sich ein Werktisch aus Holz.
Auf dem Schreibtisch lag ein weiteres Relief. Jimmy betrachtete es. Wie auf den anderen Reliefs waren auch auf diesem keine Farben oder Schattierungen. Trotzdem brauchte Jimmy nicht lange, ehe er erkannte, dass es sich um eine topografische Karte des Tals handelte. Die Berge zu beiden Seiten waren aus Modelliermasse geformt. Winzige Plastikbäume waren willkürlich in die Landschaft geklebt worden. Sie sollten den Wald darstellen. Eine Ecke war ganz von der Straße und dem Fluss ausgefüllt. Kleine Plastikbuchstaben markierten die Häuser entlang der Straße. Das Haus, in dem Jimmy und Paco waren, war mit »Morin« beschriftet. Er suchte weiter und fand eines, auf dem »Pam & Ernie« stand. Wie Paco erzählt hatte, hieß die Cousine von Jake Crowley so.
Da also würde er Jake finden.
Er stieg die Treppe hinauf und entdeckte noch ein Schlafzimmer. Wieder fühlte er sich, als hätte er ein Déjà-vu-Erlebnis. Das Schlafzimmer seiner Eltern hatte fast genauso ausgesehen. Auch dort hatte ein Bild von Jesus über dem Bett gehangen. Jimmy bekreuzigte sich und spuckte auf den Teppich.

Den Kleidern im Schrank nach zu urteilen, lebte die Frau allein mit ihrem Sohn. Sie musste klein sein und recht gut gebaut. Jimmy wurde ein bisschen erregt. Es war, wie eine Frau zu berühren, die nicht angefasst werden wollte, aber nichts dagegen tun konnte. Dieses Gefühl mochte er. Er blickte hinüber zur Kommode und erstarrte.

Darauf standen zwei gerahmte Fotografien. Die eine zeigte eine zierliche Frau mit braunen Haaren, die neben einem kleinen Jungen mit dunklem Haar und dunklen Augen stand. Aber das andere Foto interessierte ihn mehr. Er hob es hoch und betrachtete es genauer.

Auf dem Bild war die Frau kaum älter als ein Teenager und der junge Mann, dessen Arm um ihre Schultern lag, hatte ebenfalls dunkles Haar und dunkle Augen. Er war sehr viel jünger als der Mann, den Jimmy kannte, aber dieses Gesicht war unverwechselbar.

Es war Jake Crowley.

»Nicht zu fassen!«, flüsterte Jimmy lächelnd.

Als Jake den Motor anließ und die Scheinwerfer aufleuchteten, blieb ihm die Luft weg. Das Wasser lief in Sturzbächen durch die Bäume, als wären die Berge zu einer einzigen, gigantischen Wasserrutsche geworden.

Die Einfahrt hinunter schlingerte der Wagen im Schlamm. Er wollte gerade auf die Talstraße einbiegen, als die Hinterräder ausbrachen und das Wagenheck einen Baum streifte. Mit Wucht trat er aufs Gaspedal, sodass der Wagen aufheulend vorschnellte.

Auf der überfluteten Straße schluckte der Motor Wasser und begann zu gurgeln. Jake wusste, dass er langsamer fahren müsste, dass er begann in Panik zu geraten, aber er hatte das Gefühl, zu wenig Zeit zu haben, und dieses Gefühl wollte einfach nicht verschwinden. Die rötlichen Schatten hinter dem Wagen waren nicht minder beängstigend als die überflutete Straße vor ihm. Trotzdem musste er immer wieder in den Rückspiegel sehen.

Er fuhr bis kurz vor eine weitere Vertiefung, deren Ende er durch den dichten Regen kaum ausmachen konnte. Das Wasser schäumte, als flösse es nicht über eine ebene Straße, sondern zwischen Felsen und Sandbänken hindurch. Er dachte an das Ding dort draußen, irgendwo, und unweigerlich tauchten Bilder vom Tod seiner Mutter vor seinem geistigen Auge auf.

Obwohl er damals erst zehn Jahre alt war, durfte er auch noch im Dunkeln draußen spielen. Hoch über dem Tal schien es nichts zu geben, wovor sich ein Kind fürchten musste, solange es nur der Badestelle fernblieb. Der Hang über der tiefsten Stelle war nämlich so hoch, dass nicht einmal Jakes Vater dort hinunterzuspringen wagte. Und das Wasser – wenngleich klar und kalt – wies einige tückische Strudel auf, die den kleinen Bach bis hinab ins Tal, in den Androscoggin führten.

An jenem Abend hatte sein Dad gefragt, ob er nach dem Abendessen noch zu Albert laufen wollte, um etwas ab-

zuholen. Aber Jake hatte lieber an seiner versteckten
Festung weiterbauen wollen. Sie bestand aus Zweigen
und Brettern, die er hinter dem Haus gefunden hatte.
Dabei war er auf ein seltsames Flüstern aufmerksam geworden. Es war vollkommen windstill, und so war er
aufgestanden und hatte in den mondlichtbeschienenen
Wald gesehen, bevor er dem Geräusch bis zur Lichtung
hinter dem Haus folgte. Erst da hatte er erkannt, dass
das Flüstern aus dem Haus kam. Ein Schatten huschte
hinter den Fenstern vorbei, und das Geräusch wurde
lauter, bis es zu einem Donnern anschwoll. Jake hatte
Angst bekommen.
Als seine Mutter schrie, stand er wie erstarrt da, ehe seine Beine ihn wie automatisch zu ihrer Stimme trugen.
Bilder von seiner Mutter – vorher und nachher – gingen
ihm durch den Kopf. Bilder des Schattens …
Lauf weg, Jake!
Als er durch das brodelnde Wasser fuhr, standen ihm
die Nackenhaare zu Berge und anstelle seiner Mutter
sah er nun Mandi vor sich. Ihm blieb fast das Herz stehen. Er musste schnellstmöglich zu ihr und Pierce, um
sie in Sicherheit zu bringen. Aber tat er das wirklich?
Setzte er sie nicht vielmehr einer noch größeren Gefahr
aus, wenn er zu ihnen eilte? Wäre es nicht besser, umzukehren und sie sich selbst zu überlassen, statt sie in seine
Nähe zu bringen? Ein Kribbeln in seinem Bauch sagte
ihm Nein. Was immer auch kommen mochte, was immer im Tal vor sich ging – ob er es nun verursachte
oder nur ein weiteres Opfer des Crowley-Fluchs war:
Er konnte nicht ohne sie zurück. Er lenkte den Wagen

aus dem Wasser, überrascht ob der Kraft, mit der die Strömung an dem Fahrzeug rüttelte. Als er ein wenig mehr Gas gab, stob das Wasser zu beiden Seiten auf und formte eine Bugwelle wie bei einem Dampfschiff.
Auf der anderen Seite der Vertiefung angekommen sah er wieder in den Rückspiegel. Für einen kurzen Moment glaubte er, etwas Großes und Dunkles zu sehen, das sich auf der Straße bewegte. Dann flossen alle Schatten wieder zu einer Regenwand zusammen und er fuhr weiter.

Mandi schlug so fest auf das Lenkrad, dass sie der Schmerz bis hinauf in die Schultern durchfuhr. Pierce zuckte zusammen und drehte sich fragend zu ihr um.
Sie nahm seine Hand und versuchte möglichst ruhig zu buchstabieren. *Wir müssen zu Fuß weiter.*
Warum?
Weil Wasser im Getriebe ist. Wenn ich die Tür aufmache, wird es ins Auto laufen.
Tief?
Sie blickte hinaus, wo das Wasser bis zur unteren Fensterkante stand. *Ja, aber wir können noch stehen. Ich werde dich festhalten.*
Er schüttelte den Kopf und sie verstand, warum. Sie hatte ja selbst Angst, da hinauszugehen, aber wenigstens konnte sie noch etwas sehen. Wie aber musste es für ihn sein, wenn er spürte, wie die Flut ihn packte und versuchte, ihn mit sich fortzureißen – fort in ein dunkles Reich, dessen Schrecken er sich kaum auszumalen vermochte?

Wir müssen, zeichnete sie ihm in die Hand.
Er buchstabierte so schnell, dass sie Mühe hatte, mitzukommen. *Zu tief. Ich habe Angst.*
Sie hielt seine Hand ein wenig fester. *Ich auch. Hast du mich lieb?*
Er nickte.
Vertraust du mir?
Wieder nickte er, diesmal langsamer.
Wir haben keine andere Wahl. Wir müssen raus. Sonst werden wir ertrinken.
Nun war es raus. Sie hatte ihn nicht belogen.
Er atmete tief durch und nickte.
Auch Mandi musste erst einmal Luft holen. Sie konnte kaum glauben, dass das Wasser nicht längst im Wagen war. Ihr kleines Auto hatte offenbar sehr fest schließende Fenster und Türen. Sie zog ihre Hand von Pierces weg und überlegte, ob sie auf ihrer oder seiner Seite aussteigen sollten. Ihre Seite lag stromabwärts, daher sollte sich die Tür leichter öffnen lassen und der Wagen würde hinter ihnen die Strömung abfangen. Doch egal wo sie ausstiegen: Wenn sie Pierce verlor, trieb er hilflos wie ein Neugeborenes in den dunklen Wald. Er konnte ja nicht einmal um Hilfe rufen. Der Gedanke, dass er von der Flut weggetragen werden könnte, machte sie halb wahnsinnig. Aber eher würde sie ertrinken, bevor sie zuließ, dass das geschah.
Pierce griff nach ihrer Hand. *Wie tief?*
Sie seufzte. *Bis zu deinem Bauch. Es wird in den Wagen eindringen, sobald ich die Tür aufmache.*
Er biss die Zähne zusammen, schrieb aber nichts mehr.

Das Wasser würde kalt sein. Schon im Wagen war es kalt und sie fragte sich, wie lange die Lichter unter Wasser weiterschienen, ehe die Batterie aufgab oder ein Kurzschluss sie lahm legte.

In diesem Moment neigte sich das Auto beängstigend zu einer Seite. Mandi fühlte, wie die Reifen den Halt verloren. Der Kombi wurde vom Wasser hochgehoben und schaukelte wie ein Betrunkener in Richtung Bäume.

Pierce packte Mandis Arm und griff wieder nach ihrer Hand, aber Mandi kurbelte am Lenkrad, während sie panisch die Bremse trat, als könnte sie damit noch irgendetwas ausrichten.

Millionen von Tropfen explodierten einem Artilleriefeuer gleich auf der Wasseroberfläche, als Jake auf die überflutete Vertiefung blickte, die mindestens so weit reichte wie seine Scheinwerfer. Die letzte überflutete Stelle hatte den Wagen beinahe geschafft und der Motor gurgelte und japste immer noch nach Luft. Jake trat das Gaspedal durch. Der Wagen erbebte, als die durchnässten Zylinder in einen schnelleren Rhythmus verfielen.

Er tippte nervös aufs Lenkrad. Wenn er versuchte da durchzufahren, könnte der Motor endgültig aufgeben und der Wagen würde direkt in die Bäume getrieben. Zu Fuß allerdings könnte er es zur anderen Seite schaffen.

Er nahm die Taschenlampe aus dem Handschuhfach und stieg aus.
Das ist keine gute Idee. Das ist überhaupt keine gute Idee!
Er streckte einen Fuß ins Wasser. Es war so kalt, dass er einen stechenden Schmerz wie von kleinen Nadeln am Knöchel fühlte.
Noch ein Schritt und er war bis zu den Knien im eisigen Nass – überrascht, welche enorme Kraft das Wasser entwickelte. Zu seiner Linken nahm er eine Bewegung wahr und leuchtete gerade rechtzeitig mit der Taschenlampe hin, um die kleine Kiefer zu sehen, die zwischen den Bäumen hervortrieb und in einem Furcht einflößenden Tempo direkt vor ihm über die Straße schoss. Ihre Wurzeln waren vollkommen blank gespült und ragten wie hölzerne Fangarme in die Höhe. Als der Baum verschwunden war, stapfte Jake vorsichtig vorwärts. Aus dem Stechen in seinen Beinen wurde ein eisiges Brennen, als das Wasser seine Oberschenkel erreichte.
Er kämpfte sich durch die Strömung, die Arme zur Seite ausgestreckt, um die Balance zu halten, während der Wasserpegel nun seine Hüften erreichte. Wie lange mochten die Batterien der Taschenlampe halten?

Mandi hatte Mühe, ihre Panik im Zaum zu halten, als Pierce sich an der Armlehne seiner Tür festklammerte, sein Gesicht aschfahl im Licht der Innenbeleuchtung. Wie durch ein Wunder beleuchteten die Scheinwerfer immer noch die tosenden Wasser um sie herum, ähnlich

den Lichtern von Nemos *Nautilus*, nur dass diese Lichter einen überfluteten Wald anstrahlten. Das Auto rumpelte von Baum zu Baum, doch je dichter der Wald wurde, desto weniger Platz war für den kleinen Kombi. Schließlich staute sich das Wasser hinter dem Wagen und drückte ihn fest ins Unterholz, wo er sich verkeilte. Dann rauschte es am Rückfenster hoch und seitlich an ihnen vorbei.
Mandi holte dreimal Luft, ehe sie Pierces Hand nahm.
Wir sind in Sicherheit.
Er wandte sich zu ihr. *Wo sind wir?*
Wir stecken zwischen den Bäumen fest.
Und jetzt?
Genau diese Frage stellte sie sich auch.
Im Moment kann uns nichts passieren. Vielleicht geht das Wasser wieder zurück.
Sie sah hinaus in den Regen und wusste, dass sie ihn belogen hatte. Zudem schien er ihr nicht zu glauben. Sie zog ihre Hand weg und wischte sich den Schweiß an ihrer Jeans ab.

Jake stieg erschöpft aus dem Wasser. Er war bis auf die Haut durchnässt und seine Schuhe quietschten bei jedem Schritt – was ihn an seine Flucht über den Strand von Galveston erinnerte. Er ging die Straße hinunter und hoffte, dass es bis zu Mandis Haus keine weiteren überfluteten Stellen mehr gab. Aber er hatte nicht einmal dreißig Meter geschafft, ehe er hinter einer Biegung auf eine noch größere Überflutung traf. Er hatte sich kaum von seinem letzten Kampf gegen die Strömung erholt. Wenn er jetzt umkehrte, würde er gewiss noch bis zum Wagen zurückkommen. Versuchte er hingegen hier durchzugelangen und würde in die Bäume abgetrieben, war ihm der Tod durch Ertrinken sicher.

Eine Minute lang ging er auf und ab, die Augen auf den Boden gerichtet, und überlegte. Mandis Haus lag relativ hoch. Sie und Pierce müssten dort sicher sein – sofern sie im Haus blieben. Aber was war, wenn eine Flutwelle Richtung Tal raste? Was wenn Mandi Panik bekam und Pierce wegbringen wollte? Auf einmal war er vollkommen sicher, dass Mandi und Pierce ihn brauchten. Er stand mit den Zehen im Wasser und starrte in die Regenwand. Zum Auto zurück war es fast ebenso weit wie zu Mandi.

»Ach, verdammt!«, sagte er und ging vorwärts.

Diese überflutete Stelle war noch tiefer als die vorige. Bereits nach knapp sechs Metern reichte ihm das Wasser bis zu den Hüften und er hatte alle Mühe, sich auf den Beinen zu halten. Er umklammerte die Taschenlampe, als ginge es um sein Leben, und hielt sie hoch über die Fluten. Als er gerade entschieden hatte, dass er doch besser umkehren sollte, hörte er etwas von rechts und drehte sich so schnell um, dass seine Füße die Bodenhaftung verloren. Ihm blieb nichts anderes übrig, als sich vom Wasser zu den Bäumen treiben zu lassen. Gleich am ersten Ast klammerte er sich fest. Da hörte er das Geräusch wieder und nun erkannte er auch, was es war.

Eine Autohupe.

Mandis Hand umklammerte zitternd das Lenkrad. Sie drückte die Hupe, obwohl sie wusste, dass es reine Zeitverschwendung war, zumal Pierce die Vibration spüren und mithin merken würde, wie panisch seine Mutter war. Aber er saß stocksteif da, umfasste die Armlehne mit beiden Händen und biss die Zähne zusammen.
Das Wasser war jetzt schon gut sechs Zentimeter über der unteren Fensterkante. Die Scheinwerfer strahlten *noch* und der Gedanke daran, dass sie über kurz oder lang erlöschen mussten, womit sie genauso blind wäre wie Pierce, war entsetzlich. Inzwischen stand das Wasser auch im Wageninneren bis zum Türrahmen und Mandi hörte das leise *Sss*-Geräusch, mit dem es durch zig winzige Öffnungen hineinströmte.
Sie mussten aus dem Wagen, ehe er zu sinken begann, aber sie hatte keine Ahnung, was sie tun sollten, wenn sie erst da draußen sein würden. Öffnete sie das Fenster oder eine Tür, würde das Auto sofort voll laufen und vielleicht unter Wasser gezogen werden, ehe sie Pierce draußen hatte. Und sollte sie sie tatsächlich beide heil herausbekommen, wie und wo wollte sie Pierce dann in Sicherheit bringen?
In ihrer Verzweiflung drückte sie noch einmal die Hupe, dabei wusste sie doch, dass niemand sie hörte.

Ließ er den Ast los, würde er direkt in die Richtung treiben, aus der das Hupen gekommen war. Andererseits konnte er sich auch leicht verirren oder von einem der Äste oder dem treibenden Geröll bewusstlos geschlagen werden. Jake glaubte, Lichter zu sehen. Er bekam Angst, als er dachte, dass dort Mandi und Pierce in ihrem Wagen festsaßen. Wer auch immer gehupt hatte, steckte in echten Schwierigkeiten.

Als könnte er irgendjemanden retten.

Er stieß sich dennoch vom Baum ab, die Taschenlampe in die Höhe haltend. Mehrmals trieb ihn die Strömung mit solcher Wucht gegen einen der Bäume, dass ihm beinahe die Luft wegblieb. An einer dicken Fichte stieß er sich mit einem Fuß ab und begann zu kraulen. Er trieb gerade auf eine Gruppe junger Birken zu, als er das Auto vor sich erkannte und sah, dass es tatsächlich Mandis Kombi war.

Mit aller Kraft strampelte er in die Richtung, aber die Strömung zog ihn immer wieder seitlich in die Dunkelheit.

Er paddelte mit den Armen und trat mit den Beinen, so gut er nur konnte. Bis er endlich beim Rückfenster des Wagens ankam, schnaufte er wie ein Pferd nach dem Rennen. Er tastete hektisch nach Halt auf dem glatten Metall, während ihn das Wasser um den Wagen herum trieb. Schließlich bekam er einen Türgriff zu packen, den er festhielt, während ihn das Wasser von allein auf die Motorhaube hob. Der Wagen konnte jeden Moment sinken und Jake fragte sich, wie er Mandi und Pierce herausbekommen sollte, und vor allem, was sie tun sollten, wenn er sie erst draußen hatte.

Mandi rollte ihr Fenster einen kleinen Spalt nach unten.

»Wie bist du hergekommen?«, rief sie.

»Geschwommen«, antwortete Jake. »Ich dachte, ihr braucht vielleicht Hilfe.«

Sie versuchte zu lächeln, doch in ihren Augen standen Tränen.
»Was machen wir jetzt?«, rief sie.
»Kann Pierce sein Fenster herunterkurbeln?«, fragte Jake.
Sie sah zu dem Jungen und nickte.
»Gib ihm ein Signal«, rief Jake und stellte sich hin, um die Taschenlampe in einer Astgabel über sich festzuklemmen. »Ihr müsst beide gleichzeitig eure Fenster herunterkurbeln, so schnell ihr könnt. Dann kommst du auf deiner Seite heraus und steigst auf die Motorhaube. Wenn es rutschig wird, halte dich an dem Baum fest.«
»Ich will Pierce nicht im Wagen lassen.«
»Mandi, du musst mir vertrauen«, beschwor Jake sie und fragte sich, ob sie das konnte. »Wenn du auf deiner Seite aussteigst, ziehe ich Pierce auf der anderen raus. Erzähl ihm, was wir vorhaben.«
Sie nahm Pierces Hand und signalisierte es ihm. Den hektischen Fingerbewegungen nach zu urteilen war er von der Lösung nicht begeistert.
»Was ist?«, rief Jake.
»Er will nicht, dass ich ihn verlasse.«
»Tust du auch nicht.«
»Das versuche ich ihm zu erklären!«
Schließlich nickte Pierce und legte seine Hand auf den Fensterknopf.
»Weiß er, dass ich ihn herausziehen werde?«, fragte Jake.
Mandi war kreidebleich. »Ja.«

»Gut. Auf mein Zeichen kurbelt ihr die Fenster herunter. Wie ist das Zeichen für Pierce?«
»Ich klopfe ihm auf den Arm.«
»Dann los!«
Mandi tippte Pierce an und wartete, bis er seine Fensterkurbel drehte, ehe sie ihre betätigte. Graues Wasser rauschte über die Glaskanten ins Wageninnere. Es strömte mit solcher Macht hinein, dass es kaum noch möglich war, sich dagegenzustemmen. Dennoch wartete Mandi – halb drinnen, halb draußen –, bis sie sah, wie Jake Pierces Arm fasste.
»Mandi!«, schrie Jake. »Raus hier! Ich habe ihn.«
Erst jetzt zog sie sich aus dem Wagen.
Jake hielt sich mit einer Hand am Fensterrahmen fest. Seine halb verheilte Schusswunde brannte wie Feuer. Mit der anderen Hand griff er Pierces Oberarm und zog den hustenden und würgenden Jungen hinaus in die Flut.
Pierce wurde von der Strömung zur Seite gerissen. Jake drehte ihn näher zu sich, während er sich immer noch am Fenster festhielt, und schob ihn zum Baumstamm neben dem Auto. Doch er fühlte, wie der Wagen sank und sich das vordere Ende aus der Verkeilung zwischen den Bäumen bewegte.
Er blickte gerade rechtzeitig hinüber, um zu sehen, wie Mandi auf die Kühlerhaube kletterte, aber die Strömung riss und zerrte zu sehr an ihm. Er ließ den Fensterrahmen los und stieß sich ab, sodass ihn das Wasser gegen die Stoßstange drückte. Dann glitt er am Wagen entlang zum Baum, und sobald er den Stamm sicher greifen

konnte, zog er Pierce wieder zu sich und zeigte ihm, wie er sich festhalten sollte.
»Mandi«, rief er, »hier drüben!«
Sie krabbelte über den Wagen auf sie zu, doch der rollte plötzlich mitsamt Mandi in die Strömung und versank im dunklen Wasser.
Jake stieß sich vom Baum ab und tauchte blind in die Fluten. Er tastete mit den Händen über den Kühlergrill, der ihm jedoch wegglitschte. Da fühlte er etwas Stoffartiges, packte es und kämpfte sich damit an die Oberfläche. Mandi tauchte neben ihm auf, würgend und hustend.
»Pierce!«, keuchte sie, als sie sich umdrehten und gegen die Strömung schwammen.
»Arme verschränken!«, schrie Jake.
Mandi griff nach seinem freien Arm, als sie gegen eine große Birke trieben. Auf der anderen Seite des Stammes stießen sie zusammen.
»Pierce ist dahinten!«, schrie sie.
»Ich weiß«, rief Jake und blickte dahin, wo die Taschenlampe leuchtete. Er konnte kaum das Gesicht des Jungen erkennen, der etwa fünfzehn Meter von ihnen entfernt war.
»Er kann uns weder hören noch sehen!«
Pierce konnte nicht zu ihnen kommen, und sollte Jake es schaffen, bis zu ihm zu gelangen, würde er kaum mehr die Kraft haben, mit dem Jungen zu Mandi zurückzukehren.
»Wie steht's mit deinen Schwimmkünsten?«, fragte er.
»Ich schaffe es zu meinem Sohn.«

»Gut. Aber wenn wir losschwimmen, gibt es kein Zurück mehr.«
Sie nickte. »Lass mich kurz Luft holen.«
Als sie bereit schien, tippte er ihr auf die Schulter. »Ich bin direkt neben dir. Wenn du nicht mehr kannst, halt dich an mir fest und ich schleppe dich hin.«
»Wie willst du das schaffen?«
»Das überlass mir.«
Sie überraschte ihn, indem sie sich als Erste in die Fluten stürzte und mit kraftvollen Schwimmzügen gegen die Strömung anhielt.
Jake beobachtete sie einen kurzen Moment, um ihre Kraft einschätzen zu können. Sie würde nicht aufgeben, ehe die Flut sie umbrachte. Das allerdings konnte durchaus passieren, bevor sie bei Pierce war.
Er sprang ins Wasser und schwamm hinter ihr her.

Das letzte Stück war am schlimmsten. Hier standen die Bäume dichter und das Wasser wütete zwischen ihnen. Jake schaffte es mit letzter Kraft, zu den Bäumen zu paddeln, die vollkommen erschöpfte Mandi mit sich ziehend.
Pierce und sie klammerten sich nun an die erste Fichte in der kleinen Baumgruppe, während Jake sich etwa anderthalb Meter entfernt an einer anderen festhielt. Nachdem der Wagen weg war, blieb ihnen als einzige Lichtquelle die Taschenlampe, die knapp zwei Meter

über Mandi und Pierce in der Astgabel klemmte. Das Wasser war eiskalt. Jakes Körper fühlte sich mittlerweile an, als hätte er überall frische Wespenstiche. Er war gefährlich unterkühlt. Als Nächstes würde Benommenheit folgen, dann Tod.
»Wir müssen in den Baum hinauf klettern!«, rief er.
»Das schaffe ich nicht«, antwortete Mandi.
»Du musst!«
»Was ist mit Pierce?«
Jake atmete ein paarmal tief durch, um neue Kraft zu schöpfen. Die Distanz zu den beiden anderen war nicht mehr als ein Sprung, unter den gegebenen Umständen aber schien sie fast unüberwindbar.
»Ich komme rüber!«
Mandi nickte. Sie hatte sich direkt hinter Pierce an den Baum geklammert, sodass sie ihn und den Stamm gleichzeitig umfasste. Jake stieß sich gegen die Strömung ab und ließ sich von ihr zu den beiden hinübertreiben. Dann fasste er Pierce mit der einen und den Stamm mit der anderen Hand. Er sah nach oben zu der Taschenlampe, die unerreichbar hoch hing.
»Kannst du ihm erklären, was wir machen müssen?«, rief Jake.
Mandi nahm eine Hand vom Stamm und tippte Pierce an, damit sie ihm Zeichen geben konnte. Hastig zeichnete sie ihm etwas in die Hand, doch Pierce schüttelte energisch den Kopf und machte seinerseits hektische Zeichen.
»Was hat er gesagt?«, fragte Jake.
»Er sagt, dass wir hier weg müssen.«

»Sag ihm, dass er damit vollkommen richtig liegt.«
Pierce machte weiter Zeichen.
»Er sagt, dass er das Flüstern wieder hört«, übersetzte Mandi.
Jake schloss die Augen und versuchte etwas zu hören, aber außer dem Wasserrauschen und dem prasselnden Regen konnte er kein Geräusch ausmachen. »Ich höre nichts.«
»Er sagt, dass es auf uns zukommt.«
Sie gab Pierce wieder Zeichen, doch noch ehe sie geendet hatte, zuckte Pierce verzweifelt in ihren Armen.
»Was ist denn?«, fragte Jake.
»Er will weg!«, rief sie und klammerte sich mit ihrem Sohn an den Baum.
Jake sah nochmals hinauf zur Taschenlampe, dann in die umliegenden Bäume. Auf der Suche nach einem Ausweg schaute er sich nach einer erhöhten Stelle um, doch sie waren von nichts als tosenden Wassermassen umgeben. Unterdessen war Pierce weiter bemüht, sich von seiner Mutter loszureißen, und sollte es ihm gelingen, hatte Jake keine Ahnung, wie er ihn zurückholen sollte.
»Okay. Sag ihm, dass wir hier rauskommen werden!«
»Wie?«
»Weiß ich noch nicht! Sag's ihm einfach!«
Mandi gab ihm wieder Zeichen und Pierce schien sich zu beruhigen, auch wenn er aussah, als hätte er panische Angst.
»Hier!«, rief Jake, kam näher und streckte eine Hand zwischen Mandi und Pierce. »Lass ihn mit mir reden.«

Pierce verdrehte sich beinahe den Arm, aber er schaffte es, Jake in die Hand zu buchstabieren.
Es ist fast bei uns.
Jake schüttelte den Kopf. *Ich höre es nicht.*
Es kommt.
Na und?, dachte Jake.
Das Flüstern war nun wirklich nicht ihre einzige Sorge. Aber der Junge sah so schrecklich verängstigt aus, dass Jake unweigerlich wieder an die furchtbar zugerichteten Leichen denken musste. Auf einmal kam ihm Ertrinken gar nicht mehr so schlimm vor.
»Ich klettere hinauf und hole die Taschenlampe«, sagte er.
Mandi blickte an dem glitschigen Stamm hinauf, sagte aber nichts, als Jake um den Stamm herumrutschte, um eine bessere Kletterstellung zu finden. Pierce spürte die Bewegung und wollte Mandis Hand greifen, doch sie stupste ihn mit der Nase an und schüttelte energisch den Kopf.
Jake schwang sich nach oben, indem er den Baum mit Armen und Beinen umklammerte wie eine Boa constrictor. Die Schwerkraft zog ihn immer wieder nach unten. Er stieß Mandi mit dem Schuh gegen die Schulter.
»Entschuldige.«
»Nichts passiert«, sagte Mandi und sah zu ihm nach oben.
»Ich kann mich hier nirgends festhalten.«
Er grub die Fingernägel in die Baumrinde, presste die Knie gegen den Stamm, aber der verdammte Baum war glitschig wie ein Aal. Ein weiteres Mal versuchte er mit

Schwung ein Stück höher zu gelangen, rutschte jedoch gerade in dem Moment wieder hinab, als die Taschenlampe aus der Astgabel glitt und im Wasser verschwand. Jake ließ sich vorsichtig wieder zu Mandi und Pierce hinunter, während der letzte Lichtschein in den Fluten versank.

Jetzt waren sie alle blind.

»Klasse«, murmelte er.

Pierce begann wieder zu zittern und wollte sich Mandis Griff entwinden.

Jake fasste seine Schultern, um ihn zu beruhigen. Doch der Junge wand sich weiter panisch.

»Ich kann ihn nicht mehr lange halten!«, rief Mandi atemlos.

»Wir müssen ihn zwischen uns nehmen«, sagte Jake. »Was immer du tust, lass ihn nicht los, und ich werde ihn auch nicht loslassen. Wir können zwischendurch bei den Bäumen anhalten, um Luft zu holen.«

»Abgemacht!«

Jake rutschte ein Stück um den Stamm herum. Das Wasser drückte ihn gegen Mandi. Als er auf der anderen Seite war, nahm er Pierces Hand und buchstabierte.

Wir müssen schwimmen. Leg dich auf den Rücken und lass unsere Hände nicht los.

Pierce drückte seine Hand ganz fest.

»Lass dich mit den Füßen voran treiben, damit du dich abstoßen kannst, wenn ein Hindernis kommt«, rief Jake Mandi zu. »Und beug die Knie! Bist du so weit?«

»Ich denke schon«, antwortete sie unsicher.

»Dann los!«, sagte Jake. Er nahm Pierces rechte Hand

in seine linke. Als sie in die Strömung gerissen wurden, glaubte auch Jake das Flüstern wieder zu hören.

Drei Leute lebend durch diesen pechschwarzen Irrsinn bringen zu wollen war vollkommen absurd. Jakes Knie schmerzten und seine Schultern brannten von den ständigen Stößen an raue Baumrinden und abgebrochene Äste. Das schlammig-faulige Wasser lief ihm in den Mund. Und jedes Mal, wenn sie wieder gegen einen Baum prallten, entglitt ihm beinahe Pierces Hand.
Das Schlimmste aber war, dass er das Flüstern inzwischen deutlicher hören konnte.
Es folgte ihnen durch die Fluten wie ein Hai, kreiste sie ein. Pierce war panisch, während Mandi auf der anderen Seite neben ihm vor Anstrengung keuchte und japste. Beim nächsten Baum, gegen den er getrieben wurde, hielt Jake sich mit einem Arm fest und zog Mandi und den strampelnden Pierce zu sich.
»Ich brauche eine Verschnaufpause«, rief Jake Mandi zu. »Sag ihm, dass es nur einen Moment dauert.«
»Er hat schreckliche Angst«, sagte sie.
Als hätte ich die nicht, dachte Jake.
Hin und wieder beleuchtete ein Blitz ihre Umgebung. Das gesamte Tal schien unter Wasser zu stehen. Sie trieben jetzt nicht mehr zwischen Baumstämmen, sondern durch die oberen Äste. Und das Geräusch kam immer

näher. Jake war, als würde ihm dieses Ding direkt in den Nacken atmen.

»Weiter!«, rief er und stieß sich ab, als erneut ein Blitz aufzuckte.

Der Kampf durch die Strömung erschöpfte ihn zusehends. Er trat ein letztes Mal heftig mit den Füßen nach unten und fürchtete schon, dieser Versuch könnte sie alle das Leben kosten, als er überrascht bemerkte, dass er den Grund berührte.

»He!«, rief er und stellte Pierce auf die Füße. Das Wasser reichte Jake nur noch bis knapp zur Hüfte. »Weiter den Abhang hoch!«

Sie schleppten sich mühsam ein Stück weiter, zunächst in flacheres Wasser, bis sie es endlich ganz aus den Fluten schafften. Erschöpft kauerten sie unter einer breiten Fichte.

»Hast du eine Ahnung, wo wir sind?«, fragte Mandi.

»Nein.«

»Hier können wir nicht bleiben.«

»Dessen bin ich mir bewusst.«

»Ja, und wohin gehen wir?«

»Ich weiß nicht, woher dieser verdammte Lärm kommt«, sagte Jake. »Mal ist er direkt hier, dann wieder weiter drüben.«

Pierce schlug Jake auf die Brust und nahm seine Hand.

Es kommt, buchstabierte er.

Jake versuchte ihm zu erklären, wie gefährlich es wäre, weiter durch die Dunkelheit zu stolpern, doch Pierce nahm seine Hand und zeigte hinter ihn.

Weißt du, woher es kommt?, fragte Jake.

Pierce legte Jakes Hand auf seinen Kopf und nickte heftig.
»Er sagt, dass er weiß, woher das Flüstern kommt«, erklärte Jake.
»Vielleicht sollten wir einfach irgendwohin gehen, wo Pierce es nicht hört«, schlug Mandi vor.
Jake fiel auch nichts Klügeres ein und der Lärm wurde stärker, ähnelte nun einem Klagegesang, der noch bedrohlicher wirkte.
Jake legte Pierces Hand auf *seinen* Kopf und nickte.
»Was ist, wenn wir uns weiter von der Straße entfernen?«, fragte Mandi, als Pierce sie beide mit sich weiterzog.
»Im Augenblick will ich nur weg von diesem mysteriösen Ding!«, rief Jake.
Sie hielten einander fest, stolperten durch Unterholz und Wasserlachen, während der Regen schwallartig aus dem Laub auf sie hinabklatschte. Jake kämpfte gegen seine wachsende Panik an, denn Pierce und Mandi würden ihre eigene Angst nur kontrollieren können, solange er halbwegs ruhig blieb.
Es kam Jake vor, als wären sie schon Meilen gelaufen, bis er anhielt und die beiden ebenfalls stoppte. Pierce zerrte an seinem Arm und Jake spürte, welche entsetzliche Angst der Junge hatte.
»Sag ihm, dass ich *nachdenken* muss!«, rief Jake.
Mandi kam näher, sodass Pierce nun zwischen Jake und ihr stand. Pierce griff hektisch nach Mandis Hand und zeichnete wie wild drauflos.
»Er sagt, dass er den Weg kennt!«, übersetzte Mandi.

»Mandi, das ist verrückt!«
»Vielleicht nicht. Er sagt: *Verlaufen ist wie kaputt.*«
»Und was soll das heißen?«
»Pierce kann alles Mögliche reparieren.«
»Wir könnten hier ertrinken, Mandi. Wenn Pierce uns führt und in die Strömung gerät, wird er uns weggerissen und wir sehen ihn in der Dunkelheit nicht.«
»Ich weiß, aber wir haben keine Zeit mehr. Wir müssen ihm vertrauen. Er sagt, dass das Ding jetzt auf uns zukommt.«
In diesem Augenblick schlug ein Blitz weiter oben auf dem Berg ein und Jake meinte für einen Sekundenbruchteil einen riesigen Schatten wahrzunehmen.
»Dann los!«, sagte er und tippte Pierce an. Der drückte seine Hand und zog sie alle einen schlammigen Abhang hinauf, auf dem ihre Füße kaum Tritt fassen wollten. Das Geräusch war mittlerweile so laut, dass es den Regen übertönte.

Hinter einem der Fenster in Mandis Haus war Kerzenlicht zu sehen. Virgil bekam Angst. Er schirmte mit einer Hand den Strahl seiner Taschenlampe ab und schlich näher. Durch das Fenster sah er den Latino im Sessel sitzen, nur mit einem Handtuch bekleidet. Die muskulösen Arme und der stramme Bauch ließen auf viele Stunden im Fitnessraum schließen, aber das Ranger-Tattoo und die Pistole auf dem Couchtisch verrieten Virgil, dass er es hier nicht mit einem typischen Straßengangster zu tun hatte.

Das Klügste wäre, zu Pams Haus zu laufen und Jake und Cramer zu holen, dann wieder herzukommen und den Mann mitsamt seinem Partner hochzunehmen, der auch irgendwo im Haus sein musste. Aber Virgil fürchtete, dass die Straße dorthin ebenfalls überflutet war, was den Weg hin und zurück schwierig machen würde. Wenigstens war Mandis Wagen nicht da. Das war ein gutes Zeichen.

Manchmal konnte man eben nicht klug handeln. Manchmal musste man seinem Instinkt folgen. Und immerhin hatte er den Vorteil, dass die beiden Männer nicht mit ihm rechneten.

Leise schlich er die wenigen Stufen hinauf, als er einen kleinen Matschflecken direkt vor der Türschwelle bemerkte. Er bückte sich, um ihn genauer anzusehen.

»Mist!«, flüsterte er und starrte auf den sauberen Schuhabdruck im nassen Lehm. In der Mitte der Sohle war deutlich ein Stern zu erkennen. Einer von den beiden Typen in Mandis Haus musste am Tag seiner Ermordung bei Albert gewesen sein. Warum? War Albert gestorben, weil er keine Informationen über Jake herausrücken wollte?

Virgil schaltete seine Taschenlampe aus und stellte sie neben der Tür an die Wand. Dann prüfte er seine Waffe. Das Zittern seiner Hand erinnerte ihn wieder daran, wie alt er war. Zumindest einer der Männer da drinnen war in den Mittdreißigern, athletisch und darauf trainiert, Leute umzubringen. Der Himmel allein wusste, wer der

andere sein mochte und welche Ausbildung er genossen hatte – ganz zu schweigen davon, wo er jetzt gerade steckte.
Da er fühlte, wie seine Entschlossenheit schwand, tat Virgil das Nächstliegende.
Er handelte.
Die Waffe fest in der einen Hand, drehte er behutsam den Türknauf, ehe er die Tür aufstieß und in den Flur sprang, das Gewehr auf den großen Kerl gerichtet, der bereits nach seiner Pistole griff.
»Schieb sie weg!«, schrie Virgil und blickte sich hastig im Flur um.
Der Mann tat, was ihm gesagt wurde, stieß die Waffe allerdings nur ein kleines Stück weg. Die Badezimmertür ging einen Spalt weit auf und instinktiv brüllte Virgil los:
»Komm mit erhobenen Händen raus oder ich schieße durch die Tür!«
»Schon gut«, sagte der Zweite, stieß die Tür auf und kam in den Flur. Auch er trug nur ein Handtuch um die Hüften.
Virgil richtete seine Waffe so, dass er problemlos einen der beiden erschießen konnte. Der zweite Kerl aus dem Bad war kleiner und drahtiger. Er hatte etwas Verschlagenes, das Virgil gar nicht gefiel.
»Wenn du glaubst, dass du schneller bist als Schrot, dann versuch ruhig irgendwelchen Blödsinn.«
»Wir haben nichts getan, Officer«, sagte der Größere. »Was wollen Sie von uns?«
Virgil lachte hämisch. »Ich denke da an Mord, ver-

suchten Mord, Einbruch, Autodiebstahl. Und ich glaube, Jake hätte der Liste noch einiges hinzuzufügen.«
Bei der Erwähnung von Jakes Namen erstarrte der Ranger kurz, ehe sein selbstzufriedenes Grinsen einer Mischung aus Wut und Neugier wich.
»Jake Crowley?«
»Ihr kennt ihn also.«
Das Lächeln des Mannes war beunruhigend und Virgil hatte Mühe, nicht auf der Stelle abzudrücken.
»Wissen Sie, wo er ist?«, fragte der Ranger.
»Machst du Witze?«, entgegnete Virgil. »Du!«, rief er dem anderen zu, der einen Schritt rückwärts ins Bad machte. »Geh zu deinem Kumpel und dann beide die Hände an die Wand!« Er winkte mit seiner Waffe. Der Größere zuckte mit den Schultern, drehte sich mit dem Gesicht zum Fenster und stützte die Hände zu beiden Seiten des Rahmens auf. Der Kleinere stellte sich in derselben Position neben ihn. Virgil holte seine Handschellen hervor und stupste dem Größeren den Gewehrlauf in den Rücken. »Gib mir deine linke Hand.«
»Fick dich!«
Virgil seufzte. Schon mit einem von solchen Typen war es alles andere als einfach. Allein mit zwei gefährlichen Kriminellen wurde die Sache, milde formuliert, heikel. Er musste sie beide mit den Handschellen zusammenschließen, dann würde es leichter. Er schob den Gewehrlauf so fest in die Niere des Kerls, dass der aufstöhnte.
»Deine Hand!«
Der Kleinere hielt seine linke Hand hin und Virgil ließ

den einen Schellenring am Handgelenk zuschnappen, bevor er einen Schritt zurücktrat. Als der Kerl über seine Schulter nach hinten blickte, nickte Virgil ihm zu.
»Leg ihm den zweiten Ring um«, befahl er.
Der Mann sah von Virgil zu dem Ranger. Kein Zweifel: Er hatte mehr Angst vor dem anderen Kerl als vor Virgil und seiner Waffe.
»Mach schon!«, befahl Virgil und trat wieder vor.
Als der Mann zwischen Virgil und den Größeren schritt, trat Letzterer ihm mit voller Wucht in den Bauch, sodass er Virgil entgegenfiel. Virgil schaffte es gerade noch, seine Waffe zu heben, um den Aufprall abzufangen, stolperte jedoch ein Stück rückwärts in den Flur. Er schlug mit dem Gewehrgriff seitlich gegen den Kopf des Kleineren, der prompt zu Boden ging, und versuchte auf den anderen zu feuern. Aber der sprang bereits durch das Fenster nach draußen. Glasscherben flogen in alle Richtungen, die Kerze erlosch und bis Virgil beim Fenster war, konnte er nichts mehr sehen außer zerbrochenem Glas, dem hämmernden Regen und dem Handtuch, das auf dem Fensterbrett lag.
Er hörte ein Stöhnen hinter sich und drehte sich um. Selbst im schwachen Licht der Kerze aus dem Bad konnte er im Gesicht des Latinos eine Schwellung erkennen, die sich quer über die Wange bis zum Haaransatz erstreckte. Der Kerl dürfte ziemliche Kopfschmerzen bekommen. Und das Letzte, was Virgil jetzt brauchen konnte, war, dass der Typ wieder zu sich kam und er den Babysitter für ihn spielen durfte. Er blickte sich um. Etwa drei Meter weiter, neben dem Telefontisch,

ging ein Heizungsrohr vom Boden bis zur Decke. Virgil packte einen Arm des Mannes und schleifte ihn über den Teppich. Dann fesselte er ihn mit den Handschellen an das Rohr. Unterwegs hatte der andere sein Handtuch verloren, aber im Moment konnte Virgil sich nicht darum kümmern, ob irgendjemandes Schamgefühl verletzt wurde.

Was unternahm er nun wegen des anderen?

Auf der einen Seite lief der Mistkerl in einem Tal herum, das er nicht kannte, splitternackt und unbewaffnet. Auf der anderen Seite war Virgil sicher, dass ihn diese Situation, sollte er tatsächlich ein Exranger sein, nicht unbedingt überforderte.

Virgil blickte zu dem kaputten Fenster und auf einmal kam ihm der Gedanke, dass der Mann ebenso gut jeden Moment ins Haus zurückkommen konnte. Warum sollte er weglaufen, wenn er bleiben und seine tödliche Ausbildung nutzen konnte, um sich eines alten und untrainierten Sheriffs zu entledigen? Virgil holte seine Taschenlampe, verriegelte die Tür und schob einen Stuhl aus Pierces Zimmer unter den Knauf. Anschließend verschloss er die Küchentür von innen sowie alle verbleibenden Fenster. In Pierces Zimmer war allerdings noch die notdürftig mit Pappe geflickte zerbrochene Scheibe, durch die man mit Leichtigkeit ins Haus gelangte. Und als er an dem gefesselten zweiten Mann vorbeikam, bemerkte er, dass der hellwach war und ihn wütend anblinzelte.

»Wieso haben Sie mich zusammengeschlagen?«, fragte er.

»Halt die Klappe!«, sagte Virgil, ging durchs Wohnzimmer und schob den Sessel vor die Vorhänge, die im Wind wehten. Natürlich half das nicht viel. Genau genommen war das Haus mittlerweile ein Sieb.
Er zog die Vorhänge an den übrigen Fenstern vor, holte eine Decke aus Pierces Zimmer, hängte sie über die Gardinenstange vor dem zerschlagenen Fenster und klemmte sie unten hinter die Sessellehne. Mit dieser Lösung war er nicht direkt glücklich, doch die Fenster waren anderthalb Meter über dem Boden, und sollte der Zweite versuchen, hier wieder einzusteigen, würde er zwangsläufig zu hören sein. Virgil wandte sich wieder dem anderen zu.
»Kann ich mein Handtuch wiederhaben?«, fragte der und zog eine Grimasse. »Es ist kalt.«
Virgil grinste und kickte ihm das Handtuch mit einem Fuß zu. Erst versuchte der Mann sich das Handtuch wieder umzuwickeln, gab aber schließlich auf und legte es sich über den Schoß.
Virgil hob inzwischen die Pistole vom Fußboden auf und steckte sie ein. Eine zweite Pistole nebst einem übel aussehenden Klappmesser fand er im Bad. Außerdem lagen dort Kreditkarten und ein Ausweis auf den Namen »Paco Estaban«. Aus Houston. In den Sachen des anderen Mannes fand er ebenfalls Papiere. James Torrio, Houston.
Jimmy Torrio. Der Bruder des Mannes, den Jake am Strand erschossen hatte. Er war also selbst gekommen, statt seine Leute zu schicken, damit sie die Drecksarbeit für ihn erledigten.

Auf dem Boden neben dem Trockner standen zwei Paar Schuhe, ein großes und ein kleines.
Bei dem kleineren Paar war in der Mitte der Sohlen ein Stern eingeritzt.

Der unheimliche Lärm war dicht genug hinter ihnen, dass Jake erstmals genau sagen konnte, woher er kam. Außerdem würde er schwören, mehr als nur ein Flüstern zu hören. Es klang wie ein dröhnendes Basswummern, vergleichbar dem Rumpeln eines frisierten Motors. Doch wann immer ein Blitz für kurze Zeit alles erhellte, sah Jake nichts außer Regen und Bäumen.
Dann plötzlich blieb Pierce stehen, sodass Mandi und Jake zusammenstießen. Jake nahm Pierces Hand, doch er verstand auch so, was mit Pierce los war. Das Flüstern hatte aufgehört. Kein Geräusch war zu hören, keines außer Regen und gurgelndem Wasser. Ohne das Flüstern und das seltsame Wummern schienen selbst die verbleibenden Geräusche wie gedämpft. Eine Weile standen alle drei da wie Soldaten mit einer Kriegsneurose, die auf den nächsten Kanoneneinschlag warten. Jake legte seinen freien Arm um Mandis Schultern und zog sie und ihren Sohn ganz nahe zu sich.
»Wo ist es?«, fragte sie.
»Frag Pierce.«
Sie griff nach Pierces Hand und kommunizierte stumm mit ihm.

»Er sagt, dass er es nicht hört.«
Jake sah sie an, während die rasch aufeinanderfolgenden Blitze sie wie die Stroboskoplichter einer Show beleuchteten. Ihr Haar klebte an ihrem Kopf, ihre Kleider waren durchnässt, und doch war sie schöner denn je. Der Gedanke, er könnte all dieses Unglück über sie gebracht haben, brach ihm fast das Herz.
Beim nächsten Blitz schaute er sich um, aber immer noch war nichts zu erkennen außer Bäumen und Matsch. Es war nur eine Frage der Zeit, bis die Flut sie hier einholte, und dann könnten sie einfach fortgespült werden.
Da plötzlich schlug ihm Pierce auf den Schenkel. Ein Blitz erleuchtete eine kleine Lichtung und Jake sah etwas Großes, das durch den Regen auf sie zukam. Es war so dunkel wie die Nacht und beinahe genauso konturenlos.
»Weg hier!«, rief er und riss Mandi und Pierce mit sich in die entgegengesetzte Richtung. Hinter sich hörte er das leise Flüstern wieder, das erneut überall um sie herum war, verstärkt noch von Mandis keuchenden Atemzügen.
»Hast du es gesehen?«, fragte sie atemlos, während sie neben ihm durchs Unterholz rannte.
»Du nicht?«
»Ich habe nichts gesehen.«
Aber so wie sie Pierce mit sich zog, glaubte sie ihm offensichtlich. Jake wedelte mit der freien Hand vor sich und tastete mit den Fußspitzen, bevor er einen Schritt machte. Schließlich stolperte er in eine hüfthohe Vertie-

fung und zwei kurz aufeinanderfolgende Blitze zeigten ihnen, dass sie nur wenige Schritte von seinem Wagen entfernt waren.
»Wir haben's geschafft!«, rief er und staunte, wie sicher Pierce sie zur Straße geführt hatte.
»Gott sei Dank«, sagte Mandi.
»Dank ihm noch nicht. Auf dem Weg zu Pam gab es vorhin schon ein paar üble Überflutungen. Wir können von Glück sagen, wenn wir es bis dahin schaffen.«
»Ich will nur im Wagen sein und weg von diesem Ding.«
»Komm«, sagte Jake und zog die beiden mit sich.

Jimmy verschwendete keine Zeit damit, sich um Paco oder den Sheriff oder darum zu sorgen, wie seine Anwälte ihn aus dieser Geschichte heraushauen könnten. Die Situation war ihm, schon lange bevor der Sheriff auftauchte, entglitten. Wie es aussah, hatte der Cop Smittys Leiche gefunden, und er und Paco hatten überall Fingerabdrücke und wer weiß was hinterlassen, weil sie keine Zeit gehabt hatten, ihre Spuren zu beseitigen. Außerdem waren sie mit dem Wagen gesehen worden.
Jake Crowley hatte sein Geschäft kaputtgemacht und seinen Bruder ermordet. Das reichte, um Jimmy auf den Kriegspfad zu bringen. Addierte er dazu die Ereignisse, die unmöglich alle Zufälle gewesen sein konnten – das

Flugzeug und der Mietwagen, die ausfielen, die Flut, das Zusammentreffen mit dem ersten Cop, der Junge in dem anderen Wagen auf dem Highway –, konnte man nur zu dem Schluss kommen, dass das Schicksal gegen Jimmy war. Manchmal gewann man, manchmal verlor man, und man konnte verdammt noch einmal nichts dagegen tun. Doch wenn das geschah, lag es in Jimmys Natur, jemand anders mit sich in den Untergang zu reißen. Und er hatte beschlossen, dass dieser Jemand nicht nur Jake Crowley sein sollte, sondern auch jeder andere in diesem Tal, den er zu packen bekommen konnte. Jake hatte hier eine Frau. Vielleicht war das Kind auch seins. In Jimmys Kopf formte sich ein Bild, ein Bild von Jake Crowley, der zusah, wie beide starben, und wusste, dass und warum Jimmy sie tötete.

Natürlich müsste Jimmy Torrio ebenfalls sterben, sobald er fertig war. Seine Organisation in Houston war zerschlagen und die Polizei im ganzen Land würde nach ihm fahnden. Er müsste also mit einer neuen Identität von vorn anfangen. Es würde dauern, wieder zu einem Vermögen zu kommen, aber es war machbar. Und vielleicht konnte er sich ein paar von den alten Leuten wieder ins Boot holen – Paco allerdings nicht. Paco war inzwischen nur noch eine Belastung. Ehe Jimmy Torrio verschwand, musste Paco weg.

Jimmy konnte nachts besser sehen als die meisten anderen Menschen. Das war einer der Gründe dafür gewesen, dass er es bis in die Spezialeinheit geschafft hatte. Aber bei diesem Regen und den vielen Bäumen war selbst er außerstande, mehr als ein paar verschwommene

Umrisse zu erkennen. Er blinzelte gegen den Regen und die blendenden Blitze an. Der Wald war eine Welt aus Schatten und waberndem Dunst. Endlich erreichte Jimmy die Straße. Er genoss den festen Asphalt unter seinen bloßen Füßen. Er war sogar so sehr auf den Regen, den Wald, die Dunkelheit und die noch tiefere Nacht in sich konzentriert, dass er an der ersten Einfahrt auf dem Weg vorbeilief, ehe er sie bemerkte. Dann hielt er an, rief sich die Karte in dem Kinderzimmer ins Gedächtnis und überlegte.

Das hier musste die Einfahrt zum Grundstück des toten Alten sein. Da es sich um einen Tatort handelte, konnte dort niemand sein. Er war hin- und hergerissen. Einerseits wollte er hingehen, den Wohnwagen nach Waffen und Kleidern durchwühlen, andererseits wollte er bleiben, wie er war: ein mörderisches Tier, frei von allen Beschränkungen menschlicher Zivilisiertheit. Letztlich siegte die Vernunft und er stapfte die Einfahrt hinauf. Der Matsch *schmatzte* zwischen seinen Zehen.

Er achtete nicht darauf, ob er irgendwelche Spuren hinterließ, als er das Türglas zerschlug und das Schloss von innen entriegelte. Er befand sich in einem merkwürdigen Zustand, in dem er *alles* mit einer besonderen Intensität erlebte. Der Regen draußen kam ihm nicht minder angenehm vor als die Trockenheit drinnen.

Eilig durchsuchte er den Wohnwagen. Die Sachen des Alten waren ihm viel zu klein und eine Waffe fand sich hier nicht. Wut und Enttäuschung überwältigten Jimmy und wieder stellte er sich vor, wie er Crowley mit bloßen Händen tötete. Dieses Bild begeisterte ihn so sehr,

dass er davon richtig erregt wurde. Er blickte auf seinen halb erigierten Penis und lachte laut los.
Verfluchter Dreck!
In einer Küchenschublade fand er ein schweres Kochmesser, dessen Klinge er mit dem Daumen prüfte. Es war nicht so scharf, wie er es sich gewünscht hätte, würde aber ausreichen. Nur ruinierte das Messer ihm das Bild von seinen Fingern, die sich um Jake Crowleys Hals schlossen. Dennoch siegte sein Überlebenstraining, das ihn gelehrt hatte, keine Waffe zu verschmähen.
Immer noch nackt, aber bewaffnet ging er zurück in den Regen hinaus.

 Trägst du immer handgefertigte italienische Schuhe?«, fragte Virgil und hielt einen von Pacos Schuhen hoch.
Paco sah ihn misstrauisch an. »Wieso kennen Sie sich mit Schuhen aus?«
»Ist ein Hobby von mir.«
Paco zuckte mit den Schultern.
»Das Sohlenmuster ist ziemlich ungewöhnlich«, sagte Virgil nachdenklich und tat so, als würde er den Stern ansehen.
»Und?«
»Reine Neugier. Ich habe denselben Abdruck neulich bei einem Freund gesehen.«
»Bei welchem Freund?«

»Er ist tot«, sagte Virgil, »wurde totgeprügelt.«
»Blödsinn«, entgegnete Paco. »Ich weiß nichts über irgendeinen Mord.«
»Ach, komm schon, Paco. Ich habe eine Leiche im Kofferraum des Wagens gefunden, den du und dein Boss gestohlen habt. Das war sowieso schon ein Mord, da kannst du auch gleich alles andere zugeben. Mach endlich reinen Tisch. Diese Schuhe mit dem Stern auf der Sohle gehören dir, denn für deinen Boss sind sie zu klein. Damit hätte ich eine Verbindung zwischen dir und dem Ort, an dem Albert umgebracht wurde. Warum hast du den alten Mann umgebracht? Du warst nicht da, um ihn auszurauben. Hat Jimmy dich hingeschickt, damit du ihn ermordest? Solltest du Informationen besorgen oder Jake einschüchtern?«
»Sie sind ja verrückt, Mann! Ich weiß nichts von einem Mord und auch nichts von einer Leiche in einem Kofferraum.«
»Wirklich nicht? Dann warst du nicht in dem Wagen, der mich unten auf der Straße überfahren wollte? Wie seid ihr zwei denn hierhergekommen?«
»Per Anhalter.«
Virgil seufzte. »Paco, ich denke, dass du dich da in etwas hast hineinziehen lassen, das du gar nicht wolltest. Richtig?«
Paco starrte ihn nur wütend an.
»So läuft es dauernd«, sinnierte Virgil. »Der große Boss bestimmt, was gemacht wird, und der kleine Handlanger muss dafür bezahlen oder den Rest seines Lebens hinter Gittern verbringen. Aber du bist doch klug ge-

nug, um zu wissen, dass alle Indizien gegen euch sprechen.«
»Ich bin klug genug, Jimmy Torrio nicht zu belasten«, erwiderte Paco.
»Warum nicht?«
Paco lachte. »Weil ich lieber den Rest meines Lebens hinter Gittern verbringe, als in diesem verschissenen Kaff zu sterben.«
»Das könntest du trotzdem«, sagte Virgil.
»Was soll das heißen?«
»Na ja«, erklärte Virgil achselzuckend, »es gehen Gerüchte um, dass der alte Crowley-Fluch wieder zuschlägt.«
Paco runzelte die Stirn. »Was reden Sie denn da? Es gibt keine beschissenen Flüche.«
Virgil wurde hellhörig und beugte sich ein wenig vor. Paco hatte Angst, und diese Angst galt weder ihm noch Jimmy Torrio. »Du hast davon auch schon gehört, oder? Du hast diesen Blick in den Augen. Hast du es gehört, als du Albert umbrachtest?«
Pacos Atem ging schneller und er wurde rot. »Ich weiß nicht, wovon Sie reden.«
Virgil nickte. »Wie ein Flüstern ...«
Paco funkelte ihn stumm an.
»Es wird lauter und lauter«, fuhr Virgil fort. »Es macht einem richtig Schiss.«
»Halten Sie die Klappe!«, sagte Paco.
Virgil zuckte wieder mit den Achseln. »Was willst du machen, wenn du es hörst, Paco, nachdem ich weg bin?«

»Was meinen Sie damit: nachdem Sie weg sind?«, fragte Paco nervös. »Sie gehen nirgends hin.«
»Ich muss deinen Boss finden«, entgegnete Virgil.
Paco schüttelte den Kopf und blickte sich im Haus um. »Sie gehen da nicht raus. Da müssten Sie ja bekloppt sein. Jimmy ist ausgebildeter Ranger. Der ist ein beschissener Rambo! So blöd sind Sie nicht.«
»Du machst dir keinen Begriff davon, wie blöd ich bin«, sagte Virgil und richtete sich langsam wieder auf. »Ich hoffe nur für dich, dass die letzte Kerze nicht ausgeht, denn dann wird es richtig duster hier drinnen.«
»Lassen Sie mich nicht allein!«, schrie Paco.
»Dann erzähl mir, was du weißt, und hör auf, mich zum Narren zu halten!«
Paco biss die Zähne zusammen, aber in seinen Augen konnte Virgil lesen, dass er schwankte.
»Welche Ausbildung hat Jimmy?«, fragte Virgil, um das Thema zu wechseln.
»Er ist ein Army-Killer. Ich sag Ihnen, der ist wie Rambo.«
»Wie kommt's, dass ein Ranger als Gauner endet?«
»Wer sagt, dass wir Gauner sind?«
Virgil lachte. »Ihr wärt nicht mit Jake Crowley über Kreuz, wenn ihr keine wärt.«
»Und woher wissen Sie so viel über Jake Crowley?«
»Er ist ein alter Freund von mir«, sagte Virgil. »Was wolltet ihr zwei hier? Was hat Jimmy vor?«
»Crowley hat sich in Jimmys Geschäfte eingemischt. Keiner mischt sich in Torrio-Geschäfte ein. Und als er José umbrachte, ist Jimmy durchgedreht.«

Virgil nickte. Es war, wie er vermutet hatte. *Das* reichte also schon, um einen verrückten Exranger endgültig überschnappen zu lassen.

»Was wird Jimmy jetzt tun?«

Paco zögerte. »Vielleicht geht er zum Haus von Crowleys Cousine.«

Virgil wurde eiskalt.

»Woher weiß er, wie er dahin kommt?«

»Die Straße rauf, denke ich. Es gibt ja nur die Straße oder das Tal. Wo soll er denn sonst hin?«

Vielleicht zurück zur Schnellstraße und weg von hier, wenn er so klug war, wie Virgil annahm. Andererseits schien Jimmy wahnsinnig genug, um hier zu bleiben und Jagd auf Jake zu machen, obwohl er nackt, unbewaffnet und desorientiert war.

Oder er wartete direkt vor der Tür darauf, dass Virgil kam und nach ihm suchte.

Der Wind rüttelte am Haus und Virgil blickte zu dem kaputten Fenster. Wie im Reflex ging er alle Fenster erneut prüfen, diesmal mit seiner Taschenlampe. Erst jetzt fiel ihm der Schreibtisch in Pierces Zimmer auf. Er sah auf die weiße Reliefkarte und entdeckte die umgekippten Plastikbäume, wo Jimmys Finger die Buchstaben ertastet hatten.

»Mist!«, murmelte er und eilte durch den Flur zu Paco zurück. »Wie heißt Jakes Cousine?«

Paco sah ihn düster an. »Pam.«

Der Regen trommelte so hart auf das Dach, dass der Fußboden vibrierte, und die Vorhänge wehten nach innen.

Paco und Virgil starrten beide hin. Als weder Jimmy noch irgendein grausiger Schatten erschien, seufzten sie erleichtert auf.
»Mehr hast du mir nicht zu sagen?«, fragte Virgil.
»Worüber?« Paco beäugte ihn ängstlich.
»Über den Tag, an dem du Albert umgebracht hast. Über das, was du gehört oder gesehen hast.«
Paco schluckte.
»Tja, dann werde ich mal gehen«, sagte Virgil und blickte in die Küche.
»Lassen Sie mich nicht hier!«, schrie Paco.
»Dann rede!«
Schweiß lief Paco übers Gesicht. »Ich weiß nichts über einen Fluch. Als ich hinkam, war der Alte schon tot.«
»Erzähl mir keine Märchen, Paco!«
»Okay. Okay, aber ich habe ihn nicht umgebracht. Ich schwöre es. Ich wurde irgendwie bewusstlos und als ich wieder zu mir kam, war alles voller Blut. Ich hätte den Mann gar nicht so verprügeln können, selbst wenn ich gewollt hätte.«
Virgil sah ihn an. Er war sicher, dass Paco die Wahrheit sagte. Was immer das Mädchen getötet hatte, war wahrscheinlich auch für Alberts Tod verantwortlich, ebenso wie für Rich und die Typen am Strand von Galveston.
»Aber du warst hier, um Albert zu töten, stimmt's?«
Paco schüttelte den Kopf, dass Schweißtropfen in alle Richtungen flogen. »War ich nicht. Jimmy wollte nicht, dass der Alte stirbt. Er ist sogar richtig sauer deswegen. Er wollte Informationen über Jake Crowley. Ich sollte irgendetwas finden, das ihn belastet. Und er wollte

Crowley zeigen, dass wir wissen, wo seine Familie wohnt.«
»Du hast einen Fußabdruck auf einem Stück Zeitung am Tatort hinterlassen«, erinnerte Virgil ihn.
»Das war ich nicht, ehrlich. Vielleicht bin ich in Blut getreten ... Da war überall beschissen viel Blut. Aber ich habe ihn nicht umgebracht!«
Virgil nickte. »Ich glaube dir, Paco.«
»Und was jetzt?«, fragte Paco. »Sie lassen mich doch nicht hier, oder?«
»Doch, muss ich«, antwortete Virgil, der keinen Funken Mitleid für Paco aufbrachte.
»Sie haben gesagt, dass Sie mich nicht allein lassen!«, schrie Paco.
»Nein, das habe ich nie gesagt.«
Er ging leise durch das Haus zur Hintertür. Seine Hosentaschen waren von Pacos und Jimmys Waffen ausgebeult. Er öffnete den Tiefkühler und legte sie beide hinter Tüten mit Tiefkühlgemüse, bevor er die Tür behutsam wieder schloss.
Falls Jimmy das Haus beobachtete, dann eher die Vorderseite. Deshalb schlich sich Virgil nach hinten hinaus, lief durch den Garten zu den Bäumen, wo er sich hinhockte und im Schlamm wartete, bis seine Augen sich an die Dunkelheit gewöhnt hatten. Er konnte nicht riskieren, die Taschenlampe einzuschalten, nicht einmal für einen Moment. Das wäre so, als würde er Jimmy Leuchtzeichen geben.
Er brauchte eine halbe Stunde, um von hinter dem Haus bis zur Straße zu gelangen. Die ganze Zeit versuchte er

sich daran zu erinnern, was sein Vater ihm vor über fünfzig Jahren über die Jagd beigebracht hatte. Denn etwas anderes war das hier nicht. Er war auf der Jagd, nur dass sein Beutetier ein intelligentes Wesen war, dazu ausgebildet, einen Menschen auf alle erdenklichen Weisen zu töten. Dieser Gedanke ließ Virgils Herz in seinem Brustkorb hämmern, und wieder musste er daran denken, wie alt und schwach er im Vergleich zu seinem Gegner war.

Das ist total verrückt, Virgil!

Doris' Stimme in seinem Kopf klang genauso streng, wie sie immer sprach, wenn er etwas besonders Dämliches tat. Aber sie wusste ebenso gut wie er, dass es seine Pflicht war, zu verhindern, dass Jimmy Torrio sich hinterrücks an den ahnungslosen Jake anschlich. Sein Plan – sofern man dieses Fiasko als *Plan* bezeichnen konnte – war auch eher der, Jake zu warnen, als zu versuchen, Jimmy hier in den Wäldern zu fangen. Er konnte durchaus dabei zu Tode kommen, doch zumindest wollte er es versuchen.

Als er an der Straße ankam, wurde der Wald, der bis eben noch so bedrohlich gewirkt hatte, plötzlich zu einem angenehmen Schutz, den er nur ungern aufgab. Er versuchte entlang der Baumkante zu marschieren, stellte allerdings fest, dass er dadurch bloß unnötigen Lärm verursachte und auch noch länger brauchen würde als mitten auf der Straße. Wenn Jimmy das Tal kannte – und nicht bei Mandis Haus auf der Lauer lag –, würde er wahrscheinlich keine Zeit verlieren, indem er durch den Wald kroch. Virgil schlich hinaus auf die

Straße und wischte sich mit dem Ärmel den Regen aus dem Gesicht.
Als er bei Alberts Einfahrt ankam, musste er eine Entscheidung treffen.
Ging Jimmy direkt zu Pam und Ernie? Oder würde er die erste Einfahrt hinauflaufen, in der Hoffnung, dort Kleidung und vielleicht eine Waffe zu finden? Und sollte er oben bei Albert sein, war es dann besser, wenn Virgil ihm folgte – und versuchte ihn zu überwältigen –, oder rannte er besser weiter, um Jake zu warnen?
Beides konnte sein Verhängnis sein. Im Geiste warf er eine Münze, obwohl er schon wusste, wie sie fallen würde.
Er ging Alberts Einfahrt hinauf.

Der Motor rumpelte und ächzte, wollte aber nicht starten. Jake schlug fluchend auf das Armaturenbrett. Er wusste nicht, ob Wasser in der Maschine war oder er den Vergaser ersäuft hatte, aber auf jeden Fall würden sie nirgends hinfahren.
»Vielleicht musst du mehr Gas geben«, sagte Mandi.
»Bei meinem Wagen ...«
»Habe ich schon versucht.«
Mandi saß mit Pierce auf dem Beifahrersitz, weil er sich geweigert hatte, allein nach hinten zu gehen. Sie gab ihm Handzeichen, als Jake einen weiteren Versuch startete, den Motor anzulassen. Die Batterie wurde hörbar

schwächer und ehe sie endgültig schlappmachte, gab Jake auf.
»Pierce glaubt, dass er das reparieren kann«, sagte Mandi.
»Was?«
»Ich habe dir doch erzählt, dass er alles Mögliche repariert: Motoren, Fernseher, alles eben. Ich weiß, dass es verrückt klingt, aber er hat ein echtes Talent. Er will den Motor abtasten.«
Jake seufzte. Der Junge *hatte* sie zum Wagen geführt, nur wusste Jake nicht, wie viel Glück dabei im Spiel gewesen war. »Mandi, ich habe nicht einmal Werkzeuge mit.«
»Was können wir schon verlieren, wenn wir ihn einmal den Motor abtasten lassen?«
Jake schüttelte den Kopf, griff aber dennoch nach dem Hebel und öffnete die Motorhaube. Pierce ging am Kotflügel entlang nach vorn und beugte sich zum Motor hinunter. Jake und Mandi standen im Regen neben ihm.
»Das ist verrückt.«
»Gib ihm eine Chance«, sagte sie streng. »Ohne ihn wären wir nicht einmal bis hierher gekommen.«
Jake war sich immer noch nicht sicher, ob sie Recht hatte. Und selbst wenn – einen kaputten Motor mit bloßen Händen zu reparieren war etwas vollkommen anderes. Er beugte sich zu Pierce, dessen Gesicht von der Innenbeleuchtung des Wagens angestrahlt wurde. Seine Finger glitten über Drähte und Schläuche, lösten hier und dort Steckverbindungen und fügten sie wieder zusam-

men. Dabei sah er so konzentriert aus, als rechnete er fest damit, den Motor wieder hinzubekommen. Schließlich richtete er sich auf und gab Mandi Zeichen.
»Er sagt, dass du versuchen sollst, den Motor anzulassen.«
Jake zuckte mit den Schultern und setzte sich hinters Steuer. Er drehte den Schlüssel. Der Wagen rumpelte, aber der Motor lief.
»Das gibt's doch nicht!«, murmelte er. Mandi schlug die Haube zu und stieg mit Pierce wieder ein.
Jake bemerkte, dass der Junge immer noch in den Wald hinausstarrte. Mandi nahm seine Hand und tippte hinein. Auf Pierces Antwort hin verfinsterte sich ihre Miene.
»Was hat er gesagt?«, fragte Jake.
»Er sagt, dass er das Flüstern *fast* verstehen kann.«
Jake gelang es, den Wagen zu wenden, ohne in die Vertiefung zu schlittern, und langsam fuhren sie über die schlammbedeckte Straße, bis sie schließlich Pams Einfahrt erreichten. Jake klopfte aufs Armaturenbrett.
»Komm schon, mein Alter. Es sind nur noch ein paar Meter«, sagte er zu dem Wagen, ehe er sich in die Schlammpfütze direkt an der Einfahrt wagte.
Hinter der letzten Biegung sahen sie das Haus. In allen Fenstern brannten Kerzen.
Cramer kam auf die Veranda und winkte ihnen zu. »Ich wollte schon die Küstenwache rufen, damit sie euch rettet«, sagte er, als die drei die Treppe hinaufkamen. »Ihr seht aus, als hätte man euch aus einem Tümpel gezogen.«

»Das ist eine lange Geschichte«, erklärte Jake, dem schlagartig furchtbar kalt war. »Ich erzähle dir alles, sobald wir trocken sind.«
»Seid ihr unverletzt?«
»Ja«, antwortete Jake und sah erst Mandi, dann Pierce an. »Wir haben's alle überstanden. Ich hoffe, du hast Barbara bei Laune gehalten.«
»Ich war drauf und dran, sie umzubringen, aber dann ist sie glücklicherweise eingeschlafen.«
Die alte Frau saß kerzengerade vor dem Kamin im Wohnzimmer und schnarchte laut.
Jake zeigte Mandi und Pierce das Bad und ließ ihnen eine Kerze da. »Ohne Strom funktioniert die Pumpe nicht, also gibt es kein Wasser, aber hier sind Handtücher und ich finde gewiss etwas zum Anziehen für euch.«
»Lass nur, ich mache das«, sagte Mandi. »Trockne dich lieber erst einmal selbst ab.«
Jake nahm sich ein paar Handtücher und ging damit nach oben ins Gästezimmer. Doch irgendwie wollte er weder trocken noch warm werden. Das Wasser schien in Ritzen und Spalten seines Körpers zu sitzen, an die die Handtücher einfach nicht herankamen. Schließlich gab er auf, zog sich wieder an und ging auf Socken zurück nach unten.
Er stellte sich vor den Kamin und ließ sich vom Feuer wärmen.
»Sind Mandi und Pierce noch im Bad?«, fragte er Cramer.
Der nickte. »Was war mit euch?«

Jake erzählte ihm die ganze Geschichte.
»Woher wusste Pierce den Weg?«, fragte Cramer.
Jake zuckte mit den Schultern. »Zuerst meinte er, dass er das Ding *hörte*. Danach führte er uns schnurgerade in die richtige Richtung. Aber dass er den Wagen wieder zum Laufen brachte, war das Verrückteste.«
»Kann auch Zufall gewesen sein.«
Jake sagte nichts, sondern ging näher ans Feuer.
»Barbara hat mir erzählt, die Crowley-Familie sei bekannt für ihren Wahnsinn«, sagte Cramer.
»Hat sie es so formuliert?«, fragte Jake stirnrunzelnd.
»Na ja, fast. Sie meinte, jeder Crowley-Mann seit dem ersten Jacob Crowley wäre verrückt geworden. Sie sagte, alle hätten im selben Haus gelebt, oben über dem Tal, einschließlich deinem Vater und dir.«
»Mein Urgroßvater und mein Großvater landeten beide in der Klapsmühle.«
»Was passierte mit deinem Vater nach dem Tod deiner Mutter?«
Jake starrte ins Feuer. »Er verschwand.«
»Verschwand?«
»Ich glaube, er ist ertrunken ... das hoffe ich jedenfalls für ihn.«
»Und damit bist du der Letzte in der Crowley-Linie.«
»Sieht so aus.«
»Hattest du je das Gefühl, dass du wunderlich wirst?«
»Nein, außer in deiner Nähe.«
»Sei ernst!«
Jake zögerte. »Es gab Momente ... in denen ich dachte, dass ich verrückt sein könnte.«

»Warum wurden dein Großvater und dein Urgroßvater weggesperrt?«
»Weil sie Dinge sahen, glaube ich.«
»Die Schatten.«
Jake schüttelte den Kopf. »Die ganze Geschichte kenne ich nicht. Aber ich frage mich, ob sie die Schatten gesehen haben.«
»Was bedeuten würde, dass sie *so* verrückt auch wieder nicht waren.«
»Vielleicht.«
In diesem Augenblick kamen Mandi und Pierce ins Wohnzimmer, beide in Decken gehüllt.
»Wir reden gerade über Jakes durchgeknallte Familie«, sagte Cramer.
Mandi setzte Pierce neben Barbara auf die Couch und er schaffte es sogar, sich hinzusetzen, ohne die alte Dame zu wecken. »Hat dieses Ding da draußen irgendetwas mit dem Geheimnis zu tun, das Pam und du seit Jahren bewahrt?«, fragte sie Jake.
Er wurde rot.
»Du hast mir nie erzählt, was an dem Abend passierte, als deine Mutter starb. Aber ich weiß, dass Pam und du seitdem etwas verheimlicht – etwas, das über den Mord an deiner Mutter hinausgeht. Virgil weiß es auch. Falls es etwas mit dem zu tun hat, was jetzt vor sich geht, haben wir ein Recht darauf, es zu erfahren.«
»Was genau passierte mit deinem Vater?«, fragte Cramer.
Barbara regte sich, wurde aber nicht wach. Ihr rhythmisches Atmen hallte laut durch den Raum.

Eine steile Falte bildete sich zwischen Jakes Augenbrauen. »Damals hörte ich das Flüstern zum ersten Mal.«
Das Haus seiner Eltern war hell erleuchtet gewesen. Wie in Trance war er den seltsamen Klängen und den Schreien seiner Mutter aus dem Wald heraus gefolgt. Als er an der kleinen Steinkapelle hinter dem Haus vorbeikam, hatte er bemerkt, dass die Tür offen stand. Er hatte sie noch nie offen gesehen und war noch nie im Inneren der Kapelle gewesen.
Aber in dieser Nacht waren die Schreie seiner Mutter stärker als seine Neugier.
»Mutter?«, hatte er gerufen, als er die Stufen zur hinteren Veranda hinaufging.
Er war durch die Fliegentür in die Küche hineingekommen. Dort war der Tisch umgekippt, und überall lag zerschlagenes Geschirr. Die Kühlschranktür hatte offen gestanden. Jake hatte sie zugemacht.
»Mutter?«, hatte er wieder gerufen.
Das unheimliche Flüstern zischte um ihn herum und klang wie eine undichte Gasleitung.
Er war von Zimmer zu Zimmer gegangen, vorsichtig über zerbrochene Tontöpfe und Glasscherben von Bilderrahmen gestiegen, die auf den Dielen verteilt waren. Dann war er die Treppe hinaufgeschlichen und hatte seine Mutter auf einem Läufer im Flur gefunden. Ihr Kopf lehnte an einem antiken Beistelltisch, das Gesicht, das Haar und die entblößten Schultern waren blutverschmiert. Er war zu ihr gerannt, hatte sich hingekniet und ihren Kopf in seinen Schoß genommen, voller Panik, sie könnte tot sein. Doch sie lebte noch.

Kaum mehr, aber gerade noch.
Zitternd hatte sie sein Handgelenk gefasst und den Kopf geschüttelt. »Lauf weg, Jake!«, flüsterte sie.
»Dann war sie am Leben, als du sie fandest?«, fragte Cramer.
Jake nickte.
»Und das war alles, was sie sagte? *Lauf weg, Jake?*«
»Ja.«
»Was geschah dann?«
»Nachdem sie in meinen Armen gestorben war, kam mein Vater. Er drehte durch. Er heulte und raufte sich die Haare. Er fragte immer wieder, was sie getan hatte, als wäre alles irgendwie ihre Schuld gewesen.«
Auf einmal erinnerte er sich an etwas und runzelte die Stirn.
»Was ist?«, fragte Cramer.
»Ich glaube mich zu erinnern, dass er etwas aus ihrer Hand nahm«, sagte Jake kopfschüttelnd.
»Was war das?«
»Weiß ich nicht mehr. Vielleicht bilde ich es mir auch nur ein. Wenige Augenblicke später hörten wir das Flüstern wieder. Mein Vater hob mich hoch und schob mich zur Treppe. Und er rief dasselbe wie meine Mutter.«
»*Lauf weg, Jake*«, flüsterte Mandi.
»Ja. Ich wollte nicht weglaufen. Ich hatte Angst. Aber er zog mich die Treppe hinunter, während das Geräusch lauter wurde. Er schubste mich aus der Tür und die Vordertreppe hinunter, zeigte auf die Bäume. Und die ganze Zeit schrie er mich an.«

»Und du ranntest weg«, sagte Cramer.
»Ja, in den Wald. Ich hörte ein Krachen hinter mir und das Flüstern. Da raste ich noch schneller. Ich verirrte mich und stürzte von der hohen Klippe bei der Badestelle. Ich dachte, dass ich jetzt ertrinken würde. Doch dann tauchte ich wieder auf, als etwas von oben heruntergeflogen kam. Ich paddelte zurück, damit es mich nicht erschlug. Erst im letzten Moment erkannte ich, dass es mein Vater war. Er schwamm zu mir und schob mich zu dem kleinen Wasserfall. Ich versuchte die ganze Zeit, mich an ihm festzuhalten. Dann fiel etwas Dunkles auf uns beide und ich wurde unter Wasser gedrückt. Ich glaube, ich wurde bewusstlos. Als ich wieder zu mir kam, war ich allein in der Dunkelheit und trieb stromabwärts. Da war ich schon hinter den Fällen. Ich schleppte mich ans Ufer und versteckte mich im Dunkeln. Ich hatte schreckliche Angst und traute mich erst im Morgengrauen wieder heraus. Dann ging ich den kleinen Weg zurück nach Hause.«
Er machte eine kurze Pause. »Überall waren Polizisten, und als Virgil mich sah, nahm er mich beiseite, wickelte mich in eine Decke und brachte mich in eines der Schlafzimmer, um mit mir zu reden. Aber nachdem er meine Geschichte drei- oder viermal gehört hatte, sagte er, dass ich erzählen sollte, ich hätte Schreie gehört und mich im Wald versteckt. Er sagte, ich dürfte *nie* jemandem etwas anderes erzählen. Später vertraute ich mich Pam an, doch ich wünschte, ich hätte es nicht getan.«
»Und dein Vater?«
»Er wurde nie gefunden.«

»Weißt du, was ein guter Psychiater zu der Geschichte sagen würde?«, fragte Cramer kopfschüttelnd.
»Ja, deshalb rede ich nicht mit Psychiatern«, antwortete Jake. »Was hältst *du* davon?«
»Vor ein oder zwei Tagen hätte ich dasselbe gesagt wie jeder Psychiater.«
»Und heute?«
Cramer überlegte. »Alle dachten also, dein Vater wäre ausgetickt und hätte deine Mutter umgebracht. Der Crowley-Fluch eben. Aber wie kam es zu den Morden? Was hat sie *ausgelöst*? Was weißt du über deinen Ururgroßvater?«
»Glaubt man den Geschichten, kämpfte Jacob Crowley in Gettysburg und bekam Auszeichnungen. Er kam in das Tal, weil es der abgelegenste Flecken war, den er erreichen konnte, ohne die Staaten zu verlassen. Er heiratete eine Indianerin. Zunächst lebte er mit seiner Familie weiter unten im Tal, wo er eine kleine Farm aufbaute, aber sie wurde von der Flut zerstört. Und als seine Kinder größer waren, zogen er und Wiesel – so hieß seine Frau – an die höchste Stelle des Tals, wo Jacob mit den Kindern ein großes Haus baute. Er, Wiesel und zwei ihrer Kinder, die noch zu Hause lebten, wurden umgebracht.«
»*Nachdem* sie in das neue Haus gezogen waren«, überlegte Cramer laut. »Wie kamen sie um?«
»Den Geschichten nach gab es eine weitere schlimme Flut, während der Jacob Wiesel und eines der Kinder umbrachte. Aus unerfindlichen Gründen versuchte er anschließend das zweite Kind zu retten, das vom Was-

ser mitgerissen worden war, und dabei ertranken er und das Kind. Sie wurden nie gefunden.«
»Die Fluten scheinen hier ja eine echte Pest zu sein. Hast du dich nie gefragt, ob es einen Zusammenhang zwischen der Geschichte und dem Tod deiner Mutter geben könnte?«
»Doch, zwischen dieser und anderen Geschichten auch. Aber nach ein paar Jahren hielt ich es für wahrscheinlicher, dass ich wirklich verrückt war. Ich kam zu dem Schluss, dass ich mir alles bloß eingebildet hatte, um meinen Vater nicht für ein Verbrechen verurteilen zu müssen, das er doch begangen hatte. Damit tat ich mich allerdings immer schwer.«
»Dein Ballast«, sagte Cramer nickend. »Woher hatte Jacob das Geld, um sich ein so großes Haus in die Berge zu bauen?«
»Das meiste hatte er mit Holzhandel verdient. Später verkaufte er noch Land. Aber der Großteil des Grundbesitzes im Tal gehört nach wie vor der Familie.«
»Dir«, korrigierte Mandi.
Cramer sah ihn an. »Dir gehört dieses ganze Tal?«
»Na ja, ein paar tausend Morgen.«
»Heiliger Strohsack! Und ich dachte, dass ich einen Witz mache, wenn ich dich den König von Crowley nenne.«
»So berauschend ist es nicht. Die Steuern verschlingen alles, was ich mit Abholzungsrechten verdiene. Eigentlich ist es eher eine Belastung.«
»Und du lebst all die Jahre in der Sorge, dass du dir den Tod deiner Mutter und die Tatsache, dass dein Vater sie

auf dem Gewissen hat, nur eingebildet hast? Deshalb hattest du Angst, du könntest genauso wahnsinnig werden?«
»So ungefähr«, antwortete Jake, und mehr musste Cramer nicht hören.
»Dann wurden die Torrio-Leute am Strand umgebracht und dasselbe passierte mit Albert.«
»Ja.«
»In diesem Tal ist etwas, das Menschen tötet, und ich schätze, dass es auch für die Toten am Strand verantwortlich ist. Du bist nicht wahnsinnig, Jake! Du warst es nie.«
Pierce regte sich in seiner Decke und alle drei sahen zu ihm. Doch er beruhigte sich gleich wieder, als hätte er gespürt, dass sie ihn ansahen.
»Geht es ihm gut?«, fragte Cramer.
»Ich glaube schon«, sagte Mandi und nahm Pierces Hand. »Aber was mich interessiert, ist, *warum* dieses Ding tötet. Und vor allem: Wie können wir es aufhalten?«
»Meine Memere sagt: ›Geister sind schwer zu verstehen. Und die bösen sind sehr schwer loszuwerden‹«, sagte Cramer und warf ein weiteres Scheit ins Feuer.
»Deine Memere?«
»Cramers Großmutter«, erklärte Jake. »Sie ist eine Voodoo-Königin.«
»Sie ist eine *Hougon*«, korrigierte Cramer, »eine Priesterin. Und in diesen Dingen kennt sie sich wahrscheinlich besser aus als wir. Memere sagte mir einmal, die Geister wären nicht immer zu verstehen. Aber norma-

lerweise lassen sie sich, nun, *besänftigen* wäre wohl das richtige Wort.«
»Und wie stellt man das an?«, fragte Mandi.
Cramer hob die Schultern. »Ich schätze, das müssen wir noch herausfinden.«
»Dann sollten wir es bald tun.«
Cramer nickte und legte Mandi eine seiner riesigen Hände auf den Arm. »Sie haben vielleicht noch nie von Ogou gehört. Er ist ein guter Geist und es stimmt ihn nicht freundlich, wenn andere Geister Frauen oder Kinder bedrohen.« Er sah zu Pierce, und Mandi lächelte.

Virgil war gerade am Ende der Auffahrt zu Alberts Grundstück angelangt, als er Schritte hörte. Vorsichtig setzte er einen Fuß vor den anderen und schlich zurück in den Wald. Auf einmal sah er die Umrisse eines Mannes – groß, muskulös und nackt – direkt neben sich auftauchen. Virgil schwang sein Gewehr, doch im selben Moment, als er den Abzug drückte, fuhr ihm ein brennender Schmerz durch den linken Oberarm und das Mündungsfeuer blendete ihn. Er torkelte nach hinten, feuerte weiter und suchte fieberhaft nach einem Ziel. Hektisch rieb er sich das Wasser aus den Augen.
Wo steckte der Mistkerl?
Er befühlte seinen linken Arm und entdeckte einen Schnitt, der von der Schulter bis zum Ellbogen reichte

und brannte, als der Regen darauf fiel. Er hatte keine Ahnung, ob die Klinge eine Arterie verletzt hatte, aber darüber konnte er im Augenblick ohnehin nicht nachdenken.

Er lief in gebückter Haltung die Einfahrt hinunter, das Gewehr fest umklammernd und den Finger am Abzug. Hatte er Jimmy getroffen? Er hatte keinen Schmerzensschrei, nicht einmal ein Stöhnen gehört. Wahrscheinlicher war, dass der Kerl sich zu schnell bewegt hatte. Und sein Angriff hatte es Virgil unmöglich gemacht, zu zielen.

Als er an der Straße ankam, rannte er auf die gegenüberliegende Seite, stolperte in den hüfthoch mit Wasser gefüllten Graben und auf der anderen Seite hinauf in die Bäume. Er kniete sich unter eine große Eiche und stellte das Gewehr neben sich. Dann riss er seinen Ärmel hinunter und band mit dem Stoff die Wunde ab. Mehr konnte er jetzt nicht tun. Er nahm wieder seine Waffe und versuchte nachzudenken.

Als Jäger mochte er sich nicht mehr sehen, denn nun war er zum Gejagten geworden. Und ihn trennte noch eine gute Meile von Pams Haus – eine Meile Wald, Überflutungen oder offene Straße. Zu allem Überfluss schien das Flüstern wiederzukommen. Doch der Lautstärke nach bewegte es sich weiter oben an der Straße. Was immer dieses Geräusch bedeuten mochte: Mit ihm kündigten sich Katastrophen an. Dary hatte es gehört und war gestorben. Barbara hatte es gehört und war fast gestorben. Und sie alle hatten es gehört, bevor Rich starb. Virgil war froh, dass es sich von ihm weg bewegte,

329

auch wenn es eindeutig in Richtung Pams Haus zog. Er wollte lieber nicht daran denken, was das heißen könnte. Außerdem hatte er im Moment größere Sorgen als den Crowley-Fluch.

Jimmy schmeckte das Blut auf der Klinge und lächelte. Das Gefühl von kaltem Stahl, der in Fleisch schnitt, erregte ihn. Er wusste, dass er dem alten Sheriff keine tödliche Wunde zugefügt hatte, genauso wenig wie der ihn ernstlich verletzt hatte. Lediglich eine Schrotkugel hatte ihn erwischt, und das auch nur in Form eines Kratzers auf seinem linken Oberschenkel. Mit der Zeit würde die Stelle brennen, aber die Blutung dürfte bald vorbei sein, zumal der kalte Regen die Wunde reinigte.
Er schloss die Augen und versuchte seine Beute zu erlauschen. Leider übertönte der prasselnde Regen alle anderen Geräusche, und selbst seine hervorragenden Augen halfen ihm bei diesem Wetter wenig. Seine Sicht reichte kaum einen Meter in jede Richtung. Das Problem war: Sollte der Sheriff ihn zuerst sehen, kam *ihm* sein Gewehr zugute, wohingegen Jimmy nur das Messer besaß. Dadurch wurde die Sache gefährlich. Dennoch bestand die Möglichkeit, dass der Sheriff früher oder später ein Geräusch verursachen musste. Dann würde Jimmy sich anschleichen und zustechen. Und das nächste Mal würde er ihn nicht verfehlen.
Als er das Flüstern wieder hörte, neigte er den Kopf und versuchte die Richtung auszumachen, aus der es kam. Doch dann war es weg.

Virgil blinzelte angestrengt in die dunstigen Schatten und fragte sich, wann er die Klinge an seiner Kehle spüren oder einen gruseligen Kampfruf hören würde, mit dem Jimmy sich aus den Bäumen auf ihn stürzte. Er schlich langsam aus dem Wald und so leise wie möglich wieder durch den Graben auf die Straße zurück.
Sein Finger lag am Abzug. Nichts wünschte er sich sehnlicher, als Jimmy zu sehen, damit er ihn endlich umlegen könnte. Je länger er mitten auf der Straße stand, desto überzeugter war er, dass es zu spät war, dass Torrios Angriff nur ein Ablenkungsmanöver gewesen und er längst auf dem Weg zu Pam war.
Verdammt!
Wie dem auch sei, er beherrschte Jimmys Spiel. Er drehte sich um und wanderte Richtung Pams Haus. Doch er war keine dreißig Meter durch das knöcheltiefe Wasser gewatet, als er stehen bleiben musste, um zu verschnaufen.
Doris hatte wie immer Recht. Dies hier war der verdammt falsche Ort und die verdammt falsche Aktion für einen Mann in seinem Alter. Aber Menschen schwebten in Gefahr, die seinen Schutz verdienten, und er würde sich lieber von Jimmy umbringen lassen, als morgen in einem warmen Bett mit dem Wissen zu erwachen, dass er nicht alles getan hatte, um sie zu retten.
Er ging weiter, diesmal noch schneller.
Ein Blitz erhellte die Straße und Virgil drehte sich ruckartig um. Er hatte gehofft, Jimmy hinter sich zu entdecken. Nichts. Nun folgte ein gewaltiger Donnerschlag, nach dem seine Ohren einen Moment brauchten, bis sie

wieder richtig hörten. Dann vernahm er das Flüstern. Es kam und ging, als würde jemand mit der Sendereinstellung eines Radios spielen. Und über dem Flüstern hörte er Doris' Stimme.
Du tust sowieso, was du tun musst. Also mach schon, Liebling! Achte nicht auf das Ding. Konzentriere dich lieber auf den Gangster.
Inmitten des Unwetters, umgeben von Gefahr, musste Virgil lächeln. Wenn der Tag kam, an dem er herausfand, ob das Doris *war* oder nicht, wäre er zutiefst enttäuscht, wenn sie es nicht war. Er watete durch einen weiteren hüfttiefen Graben und lehnte sich gegen die Flut, in der Hoffnung, die Strömung würde ihn nicht umreißen und in den Wald abtreiben. Als er am anderen Ende wieder herauskrabbelte, war er eiskalt. Sein Arm tat nun richtig weh. Ein dumpfes Klopfen ging durch den ganzen Arm. Er lockerte den Stoffwickel und fuhr zusammen, als das Blut wieder in die Gefäße schoss.
Während das Geräusch hinter ihm allmählich abebbte, schwand auch die Angst mitsamt den entsetzlichen Bildern, die er so mühsam verdrängt hatte. Daraus zog er neue Kraft. Er ignorierte das Brennen in seiner Lunge und seine schmerzenden Beine. Als er an Pams Einfahrt ankam, war er so erschöpft, dass er sich Stufe um Stufe hinaufquälen musste. Aber sein Instinkt sagte ihm, dass er Vorsprung vor Jimmy hatte, und er fragte sich, ob dieses Ding umgedreht war, um Jimmy zu holen. Das wäre ja zu hoffen. Wenn irgendjemand verdient hatte, zu Tode erschreckt oder geprügelt zu werden, dann Jimmy Torrio. Virgil dachte an Paco, der allein und ver-

ängstigt im Dunkeln saß, gefesselt und nackt, und obwohl er ein ebenso kaltblütiger Killer wie sein Boss war, tat der kleine Bastard ihm doch ein klein wenig leid.
Schließlich kam er auf der Veranda an, sah die Laternen und Kerzen im Inneren und mehr als *einen* Schatten, der sich bewegte. Erleichtert atmete er auf. Jake öffnete die Tür. Der Schock und die Sorge in seinem Gesicht waren unbeschreiblich, als er Virgil ins Haus zog.

Was ist passiert?«, fragte Jake, der Virgil zu einem Stuhl in der Küche führte. Mandi lief den Erste-Hilfe-Kasten und Handtücher holen.
Virgil berichtete, während Mandi seine Wunde desinfizierte und verband. Sie hielt hörbar die Luft an, als sie erfuhr, wie knapp Pierce und sie den beiden Männern entronnen waren. Um ein Haar wären sie noch im Haus gewesen, als Jimmy und Paco ankamen! Jakes Miene verfinsterte sich. Wenigstens waren Pam und Ernie im städtischen Krankenhaus in Sicherheit.
»Ich hielt Jimmy für klüger«, sagte Jake. »Wenn überhaupt hätte ich damit gerechnet, dass er mir einen seiner Killer auf den Hals schickt.«
»Das hat nichts mit Klugheit zu tun«, meinte Cramer. »Jimmy kommt aus dem Barrio. Du hast seinen Bruder umgebracht. Damit wird die Sache persönlich.«
»Ich habe das Flüstern gehört, als ich auf der Straße war«, erzählte Virgil. »Mit ein bisschen Glück werden

sich dieses Ding und Jimmy Torrio gegenseitig erledigen.«

»Das *wäre* ja schön, aber damit rechne ich nicht«, entgegnete Cramer. »Jimmy ist übler als ein Pitbull, den man mit der Peitsche gedrillt hat. Die gute Nachricht ist allerdings, dass er nackt und nur mit einem Messer bewaffnet ist.«

»Im Moment«, gab Jake zu bedenken. »Im Tal gibt es noch mehr Häuser und Leute. Wir haben keine Möglichkeit, sie zu warnen, weil die Straßen unpassierbar und die Telefonleitungen zusammengebrochen sind.«

Cramer runzelte die Stirn. »Ich versuche bloß die positive Seite zu sehen.«

»Du bist eben ein unverwüstlicher Optimist«, stellte Jake fest und sah durch die offene Tür zu Pierce, der immer noch auf der Couch hockte. Auf einmal schien das dunkle Fenster hinter ihm gewaltig. Jake eilte hinüber und zog die Vorhänge zu. Dann stellte er die Laterne vom Couchtisch auf einen kleineren Beistelltisch, damit man von außen keine Silhouetten erkennen konnte. Pierce streckte die Hand aus und griff nach Jakes Arm. Jake setzte sich hin und wartete, was der Junge ihm in die Handfläche buchstabierte.

Was ist los?

Ich habe nur die Vorhänge zugezogen.

Pierce nickte, schien jedoch sehr besorgt. Offensichtlich fühlte er sehr genau, wie beunruhigt Jake war.

Du hast vor noch etwas Angst außer vor dem Ding.

Wieder einmal staunte Jake über den Jungen.

Alles wird gut.

Das sagt Mom immer, wenn es richtig böse aussieht. Wovor fürchtest du dich? Du machst mir noch mehr Angst.
Jake wusste, dass er Pierce alles sagen musste.
Draußen ist ein Mann, der mir etwas tun will. Aber er ist nur hinter mir her.
Warum ist er hinter dir her?
Jake roch Mandis Parfüm, als sie sich neben ihn setzte. Auch Pierce musste es wahrgenommen haben, da er sich in ihre Richtung drehte, ohne Jakes Hand loszulassen.
Ich habe seinen Bruder getötet.
Warum?
Weil er ein böser Mann war und mich umbringen wollte.
Pierce biss sich auf die Unterlippe und nickte.
Jake betrachtete ihn und fragte sich, was in diesem Dreizehnjährigen vorgehen mochte.
»Worüber redet ihr?«, flüsterte Mandi mit einem Seitenblick zu Barbara, die nach wie vor seelenruhig am anderen Ende der Couch schlief.
»Ich sage ihm nur, dass alles in Ordnung ist.«
Jake klopfte dem Jungen sanft auf die Schulter und zog seine Hand weg. Aber Mandi wirkte unsicher.
»Wie schlimm ist dieser Kerl, Jake?«
»Schlimm eben. Er und sein Bruder sind über Leichen gegangen, um ganz oben anzukommen. Jimmy war stets der Kopf des Ganzen. Aber im Moment flieht er wahrscheinlich aus dem Tal.«
Natürlich war ihm klar, dass er nicht die Wahrheit sagte. Jimmy Torrio war noch nie vor einem Kampf oder einem Mord davongelaufen.

Sonntag

Mandi wurde kurz nach Mitternacht von einem seltsamen Trommeln geweckt, das von unten zu kommen schien. Im schwachen Schein der Kerze auf der Kommode blickte sie zu Pierce, doch der rührte sich nicht. Leise stieg sie aus dem Bett und folgte dem rhythmischen Geräusch den Flur entlang. Als sie an seiner Tür vorbeikam, trat Jake gerade in einem Bademantel hinaus und ging voraus die Treppe hinunter. Virgil stand im Wohnzimmer und starrte in die Küche. Als er die beiden bemerkte, warf er Jake einen fragenden Blick zu.
Die Küche war von Kerzen auf dem Boden, dem Tisch, dem Tresen und dem Herd erleuchtet. In der Mitte stand Cramer, den Oberkörper frei und den Rücken zur Tür gewandt. Ein blutrotes Band war um seinen einen Ellbogen gewickelt. Mit dem anderen Arm hielt er einen großen Kochtopf, auf dem er leise trommelte. Dazu sang er etwas, das französisch klang. Auf den Fußboden war ein merkwürdiges Winkelmuster aus gelbem Puder gestreut.
Mandi vermutete, dass es sich dabei um Maismehl handelte, denn eine offene Tüte davon stand auf dem Küchentisch. Neben dem Maismehlmuster war ein Holzscheit aufrecht aufgestellt und daneben eine Flasche mit einer Flüssigkeit, bei der es sich um Kochsherry handeln musste.

Außerdem war da ein Lederbeutel mit Federn drin. Als Cramer sich langsam in ihre Richtung umdrehte, erschrak Mandi, denn er schien sie nicht zu erkennen. Erst jetzt bemerkte sie, dass er mit dem Griff eines großen Fleischermessers trommelte. Sie trat einen Schritt zurück und fiel fast gegen Jake.

»Ist schon gut«, flüsterte er und legte die Arme um sie, weil sie zitterte.

»Was macht er da?«, fragte sie leise und sah auf das Messer.

»Er spricht zu den Geistern«, erklärte Jake. »Es ist eine Voodoo-Zeremonie.«

Virgil blickte unsicher zu Jake. »Was ist mit dem Messer?«

»Das Messer soll eigentlich eine Machete sein, ein Symbol für Ogou. Er ist so etwas wie Cramers Schutzheiliger.«

»Und das Maismehl?«, fragte Mandi und zeigte auf das Muster.

»Ein *Vévé*, auch ein Symbol für Ogou. Der Sherry ist eine Opfergabe, obwohl man normalerweise Rum opfert.« Jake schmunzelte. »Ich weiß nicht, wie froh Ogou über den Sherry und die Kochtopftrommel sein wird.«

»Findest du das witzig?«

»Fand ich früher, ehe mir klar war, wie ernst Cramer diese Dinge nimmt. Also habe ich gelernt, sie zu akzeptieren.«

Mandi schüttelte den Kopf. »Er benimmt sich, als wüsste er gar nicht, dass wir hier sind.«

»Nein, in diesem Zustand nimmt er nichts anderes wahr. Er ist besessen von Ogou.«
»Das ist verrückt.«
»Das ist das Essen des Fleisches und das Trinken des Blutes von euerm Gott auch«, murmelte Jake. »Ich habe von Cramer gelernt, andere Leute nicht nach ihrem Glauben zu beurteilen. Er tut niemandem weh. Und er versucht nicht, andere zu bekehren. Er will einfach nur auf seine eigene Weise helfen.«
»Verstehst du, was er sagt?«, fragte Virgil.
»Das ist Cajoun-Französisch. Ich denke, er wird Ogou um Rat bitten.«
»Und wo sind die toten Hühner?«
»Du hast zu viele schlechte Filme gesehen. Trotzdem bin ich überrascht, wie ruhig er ist. Ich denke, er ist noch nicht wirklich weggetreten und will uns nicht stören. Für gewöhnlich geht es bei diesen Ritualen sehr viel wilder zu.«
»Dann warst du schon häufiger dabei?«, fragte Mandi.
»Cramers Großmutter ist wirklich eine *Houngon*, eine Voodoo-Priesterin. In den vergangenen Jahren musste ich bei ein paar Zeremonien dabei sein. Es gibt jede Menge Geheule und Gesinge, besessene Leute, die zu Boden fallen und dabei entweder weinen oder lachen.«
»Was hält die Houstoner Polizeibehörde davon?«, wollte Virgil wissen.
»Würde Cramer seine Religion leugnen oder als Witz abtun, wäre er jetzt bestimmt schon Abteilungsleiter. Aber das tut er nicht. Und genau deshalb respektiere ich ihn.«

Cramer stellte die »Trommel« auf den Tisch und ersetzte sie durch ein Glas getrocknete Bohnen, mit dem er rasselte, während er das Messer hoch über dem Kopf schwang und um das *Vévé* herumtanzte. Ein glasiger Schimmer lag in seinen Augen und seine Stimme klang rau und fremd. Mandi bemerkte, dass er, obwohl er nicht zu Boden blickte, kein einziges Mal gegen das seltsame Mehlmuster stieß. Schließlich sank er auf die Knie und begann zu flüstern, als würde er mit jemandem sprechen, der direkt vor ihm war.
»Jetzt dauert's nicht mehr lange«, erklärte Jake. »Entweder bekommt er die Antwort, die er sucht, oder nicht. Ich helfe ihm hinterher mit dem Aufräumen. Er wird reichlich erschöpft sein.«
Ohne Vorwarnung drehte Mandi sich in seinen Armen um und drückte ihn fest an sich.
»Es wird alles gut«, versprach er ihr.
Cramer sprach jetzt wieder leise in dem Patois von vorher und wischte dabei das Mehlmuster weg, bis es nur noch nach verstreutem Puder aussah. Vorsichtig legte er sein *Paket kongo* auf den Tisch, stellte den Sherry wieder unter die Spüle und blies die Kerze auf dem Boden aus. Als er die drei entdeckte, lächelte er, stand auf und wischte sich mit einem Spültuch den Schweiß von der Stirn.
»Wie geht's Ogou?«, fragte Jake, der sich Handfeger und Schaufel geholt hatte und das Mehl zusammenkehrte.
»Er sagt, dass du aufpassen musst. Du hast hier eine Menge böse Medizin aufgescheucht.«

Jake nickte. »Freut mich, von ihm zu hören. Ich wünschte bloß, er könnte mir etwas sagen, das ich noch nicht weiß.«

»Wie sieht dieser Ogou aus?«, fragte Virgil.

Jake war nicht sicher, ob Virgil scherzte, konnte sich aber auch nicht vorstellen, dass er Cramer absichtlich verletzen würde.

»Groß«, sagte Cramer. »Groß und schwarz mit einer so langen Machete.« Er zeigte die Länge mit ausgestreckten Armen.

»Klingt gefährlich.«

Cramer zuckte mit den Schultern. »Nur wenn man ihn reizt.«

»Wie fand Ogou denn die Blechtrommel und den Kochsherry?«, fragte Jake.

»Ich hatte kein *Poto mitan* oder *Ason*. Der heilige Stab und die Rassel sind sehr wichtig, aber in Zeiten wie diesen ist Ogou nicht wählerisch.«

»Offensichtlich nicht.«

»Er sorgt sich um das Tal hier.«

»Das dürfte mittlerweile so gut wie jeder tun«, murmelte Jake.

»Was macht ihm noch Sorgen?«, fragte Mandi.

Cramer sah sie fragend an. »Können Sie Gedanken lesen?«

Sie schüttelte den Kopf. »Ich sehe es an Ihren Augen. Sie machen sich nicht nur um Jimmy Torrio oder das Ding da draußen Sorgen.«

»Memere sagt, dass ich zu offen für die Geister bin. Ich mache es ihnen manchmal zu leicht.«

»Was meint sie damit?«
»Mit Iwas und anderen Geistern muss man vorsichtig sein. Sie können in dich eindringen.«
»Und dann ist man von ihnen besessen?«
»So in der Art. Eines jedenfalls ist sicher: Hier im Tal ist ein böser Geist. Er ist keiner von den Voodoo-Geistern, deshalb kann Ogou uns bei ihm nicht helfen. Er sagt, das Einzige, was uns vor dem Geist beschützen könne ... sei Jakes Blut.«
»Mein *Blut*?«, fragte Jake ungläubig.
Cramer nickte. »Ich habe Ogou noch nie so aufgewühlt erlebt. Er hat mir immer wieder dein *Blut* gezeigt. Was immer hinter diesem mysteriösen Ding stecken mag – es hat mit deinem Blut zu tun.«
»Du machst mir Angst, Cramer.«
»Tja, manchmal versteht Ogou keinen Spaß.«

Pierce hatte sich nicht geregt, als seine Mutter aufstand. Er wartete ab, ob sie vielleicht nur ins Bad wollte. Da sie jedoch nicht zurückkam, hatte er sich im Bett aufgerichtet und versucht, dem rätselhaften Gefühl nachzuspüren, das ihn die ganze Nacht wach hielt und ihn wie eine besondere Schwerkraft hinunterzuziehen schien.
Er wurde den Eindruck nicht los, dass etwas im Haus war, das er unbedingt finden musste. Allerdings hatte er keine Ahnung, was das sein sollte.

Selbst wenn seine Mutter es ihm nicht gesagt hätte, wüsste er auch so, dass sie in Pam und Ernies Bett schliefen. Trotz der sauberen Laken nahm er den Geruch von Ernies Aftershave und das Aroma von Pams Lieblingsparfüm ebenso wahr wie beider feinen Eigengeruch. Seiner Nase blieb nichts verborgen.

Er legte die Hand ganz sachte an die Wand und ertastete die pudrige Oberfläche der alten Tapete. Als seine Finger das kühle Glas des Fensters streiften, riss er sie ruckartig zurück. Zu groß war seine Furcht, er könnte etwas spüren, das auf der anderen Seite lauerte und hineinsah. Sobald seine Angst nachließ, tastete er weiter nach der Quelle jenes Gefühls, das ihn nicht ruhen lassen wollte. Er kam bis zur Tür, dann in den Flur, wo er sich instinktiv nach links wandte und gegen einen kleinen Beistelltisch stieß.

Er wusste nicht, wie viel Lärm er dabei machte, doch er fühlte, dass etwas auf dem Tisch eine Pirouette vollführte. Behutsam strich er mit den Fingern über das Spitzendeckchen auf dem Tisch und fing eine große Porzellanlampe ab. Er glitt mit den Fingerspitzen bis zu der Stelle, wo die Glühbirne sein musste, aber das Glas der Birne war kalt. Dem Geruch auf seiner Hand nach handelte es sich um eine Öllampe.

Danach war er vorsichtiger, wedelte leicht mit der Hand vor sich her und ertastete den Boden mit den Zehenspitzen, während er sich mit der anderen Hand an der Wand entlangarbeitete. Er gelangte zu einer Tür und fasste nach dem Knauf. Dann roch er wieder an seinen Fingern. Barbaras Eau de Cologne. Einen Moment stand er da und wartete, dass ihm das seltsame Ziehen die Richtung wies. Dann ging er weiter. Bei der nächsten Tür durchfuhr ihn ein merkwürdiges Kribbeln, sobald er den Türknauf berührte.

Hier drinnen musste es sein.

Ganz langsam presste er die Schulter an die verschlossene Tür, um zu erspüren, ob sie beim Öffnen vielleicht knarren und ihn dadurch verraten würde. Jetzt, da er sicher war, keinerlei Geräusch zu machen, öffnete er die Tür. Bei seinem Talent sollte er vielleicht der erste blinde Meisterdieb der Welt werden, dachte er.

Als die Tür gerade weit genug offen war, dass er hindurchschlüpfen konnte, schlich er ins Zimmer und tastete sich an der Wand entlang. Er stieß beinahe gegen einen Schreibtisch, der niedriger war als seine ausgestreckte Hand. Mit den Fingern strich er über eine Kommode, um ihre Größe einzuschätzen. Dann erst erkundete er, was sich auf der Kommode befand. Da war eine Parfümflasche mit einem Duft, den er nicht kannte. Vielleicht gehörte sie Pams Mutter. Er wusste, dass sie vor Pam und Ernie in dem Haus gewohnt hatte.

Plötzlich fassten zwei starke Hände seine Schultern und er drehte sich reflexartig um. Dabei stieß er mit dem Rücken gegen die Schreibtischkante, verzog das Gesicht vor Schmerz und dachte an die tiefe, dunkle Leere, den langen Fall die Treppe hinunter. Die Kommode erbebte, aber nichts fiel herunter.

Pierce erschnüffelte eine Mischung aus Seife und Shampoo und war erleichtert.

Es war seine Mutter.

Sie nahm seine Hand und buchstabierte hastig. *Was machst du hier?*
Ich suche etwas.
Was? Das hier ist Jakes Zimmer.
Wo ist er?
Unten.
Pierce nickte, als ihm nun eine schwache Note von Jakes Deodorant und dem seltsam moschusartigen Duft von Cramers Aftershave auffiel. Wieder strich er mit der Hand über die Kommode. Diesmal entdeckte er einen kantigen Gegenstand – einen Schmuckstein vielleicht –, der etwa die Größe eines kleinen Radioknopfes hatte. Auf der einen Seite war der Stein an einer Kette befestigt. Pierce wusste sofort, dass es keine von Pams Ketten war. Sie war zu grob, eher wie eine Kette, die ein Mann tragen würde. Der Stein kitzelte in seiner Hand.
Mandi machte ihm wieder Zeichen. *Leg sie zurück.*
Aber er wollte den Stein nicht loslassen. Er fühlte sich an, als würde er mit seiner Hand verschmelzen, und dann war da noch ein ganz einzigartiges Gefühl – fast so, als wäre der Stein eine Art Maschine. Was darin jedoch vor sich ging, war ihm ein Rätsel. Er spürte, wie sein Denken gleichsam in den Stein hineingesogen wurde, als müsste er darin etwas suchen.

Jake stand in der Tür und sah zu Mandi und Pierce, die ihm beide den Rücken zukehrten.
»Mandi?«, flüsterte er.
»Tut mir leid«, sagte sie und drehte sich zu ihm. »Pierce ist aufgewacht und hier hereingegangen, und jetzt bekomme ich ihn nicht wieder heraus. Er will die Kette nicht hergeben.«
Jake zündete mit einem Streichholz die Öllampe auf dem Schreibtisch an. Dann blickte er auf die Kette mit dem Stein. »Wie hat er sie gefunden?«
»Er sagt, dass er hierherkommen und sie nehmen *musste*. Warum, weiß er selbst nicht. Diese Kette, sie sieht nicht wie eine von Pams aus.«
Jake schüttelte den Kopf. »Ist sie auch nicht. Ich habe sie Jimmy Torrios Bruder José in Galveston abgenommen. Ich weiß selbst nicht, wieso ich sie behalten habe.«
Er strich Pierce über der Wange. Der nahm seine Hand.
Jake buchstabierte. *Was ist los?*
Pierce legte die Kette sichtlich widerwillig auf den Schreibtisch, blieb aber direkt daneben stehen.
Das hier, zeichnete Pierce und tippte auf den Stein.
Jake war verwundert. *Woher wusstest du, dass die Kette hier ist?*
Ich habe nicht nach einer Kette gesucht.
Wonach dann?
Pierce schüttelte den Kopf. *Ich weiß nicht.*
Der Junge schien verärgert, weil er wohl nicht wusste, wie er es erklären sollte. Tränen stiegen ihm in die Au-

gen und er ballte die Hände zu Fäusten. Dann griff er wieder nach dem Anhänger der Kette. Mandi fasste seine Hand.
»Lass ihn den Anhänger nehmen, wenn er will«, sagte Jake.
»Nein, der gehört ihm nicht. Und jetzt, da ich weiß, woher du ihn hast, möchte ich erst recht nicht, dass er ihn bekommt.«
»Aber er sieht ziemlich traurig aus. Wird er sich wieder beruhigen, wenn du ihm verbietest, den Stein zu nehmen?«
Mandi tippte eine ganze Weile Zeichen in Pierces Handfläche, bis er schließlich nickte. Dennoch war ihm deutlich anzumerken, dass er den Stein immer noch wollte. Er hielt seine Hand darüber, als *horchte* er so in den Stein hinein.
»Ich denke, jetzt bekomme ich ihn wieder ins Bett«, sagte Mandi und schob ihren sichtlich unwilligen Sohn in den Flur hinaus.
Jake sah den beiden nach, bis Mandi die Tür hinter ihnen schloss. Er hielt die Kette in der Hand und fühlte dasselbe befremdliche Kribbeln, das er an jenem Tag am Strand gefühlt hatte, als José starb. Welche sonderbare Kraft besaß dieses Amulett? Woher hatte José es? Und was daran hatte Pierce angelockt?
Er hob den blutroten Stein ins Licht und betrachtete die Schliffkanten, konnte allerdings nichts außer winzigen Spiegelungen seines Gesichts erkennen. Dann legte er die Kette auf die Kommode zurück und löschte das Licht, ehe er zum Bett ging und sich hinlegte.

Das Bild von Mandi, die in Pams kurzem Morgenmantel den Flur hinunterging, wollte ihm nicht aus dem Kopf. Ihm wurde warm ums Herz, als er sich daran erinnerte, wie es gewesen war, sie zu lieben. Er konnte die Hitze ihres Körpers förmlich spüren, ihr Stöhnen hören und ihren reinen, süßlichen Duft atmen. Es hatte sich immer so gut angefühlt, mit ihr zusammen zu sein. Von Anfang an war er überzeugt gewesen, dass sie auf ewig zusammengehörten.

Und dann war alles ganz anders gekommen. Jedes Mal, wenn er in den letzten vierzehn Jahren an sie gedacht hatte, brachte seine Erinnerung die letzte Nacht in dem alten Haus zurück. Kein einziges Mal jedoch war es ihm gelungen, diese letzten vierundzwanzig Stunden mit ihr vollständig zu rekonstruieren. Sie verschwammen zu einer Mischung aus Angst, Wut, Enttäuschung, Reue und Schmerz.

Jake rieb mit den Fingerspitzen über seine Handinnenfläche, wo er noch Pierces Berührung zu fühlen vermeinte. Eine Frage, die ihm schon eine ganze Weile durch den Kopf ging, läutete plötzlich glockenklar auf, als er die Jahre nachzählte. Es war möglich. Pierce ähnelte Rich kein bisschen. Weder hatte er seine hellen Augen noch das braune lockige Haar. Vielmehr waren seine Augen dunkel, ebenso wie sein Haar. Er sah aus wie ein Crowley. Und er war entschieden zu intelligent für einen Spross von Rich Morin.

Der Abend und die Nacht ließen Jake nicht zur Ruhe kommen. Er dachte an das Ding da draußen, an Pierce, an Mandi und nun auch noch daran, was für ein un-

heimlicher Zufall es gewesen war, dass der Junge die Kette fand. Auf Zehenspitzen schlich er zu Mandis Zimmer und wollte gerade leise anklopfen, als er plötzlich innehielt. Im Haus herrschte Totenstille.
Jake starrte gegen die verschlossene Tür und dachte an Pierce. Was wollte er sagen, wenn Mandi ihm erklärte, dass er sich irrte?
Alle Crowley-Männer werden verrückt.
Hatte Mandi deshalb nie jemandem erzählt, dass Pierce sein Sohn war? Glaubte sie im Grunde ihres Herzens doch an die alten Geschichten, auch wenn sie stets behauptete, dass es Märchen wären?
Vielleicht. Mandi kannte die Geschichte der Crowleys ebenso gut wie alle anderen Leute in dieser Gegend. Dennoch konnte Jake nicht anders. Er musste wissen, ob Pierce von ihm war, und wenn ja, musste er ihm die Wahrheit sagen. Pierce war stark genug, um damit umgehen zu können. Aber was war mit Mandi? Was würde sie davon halten, wenn er plötzlich auftauchte und wie ein Elefant im Porzellanladen durch ihr Leben wütete?
Er drehte sich um und wollte schon wieder zu seinem Zimmer gehen, als er es sich anders überlegte.
Was soll's. Wenn er mein Sohn ist, sollten wir es jetzt gleich klären.
Erneut hob er die Hand zum Klopfen und stoppte wieder.
Beruhige dich. Denk erst einmal darüber nach, was du sagen willst.
Hi, Mandi, ich frage mich gerade, ob Pierce von mir ist. Das klingt echt einfühlsam.

Mir ist aufgefallen, dass Pierce mir ziemlich ähnlich sieht.
Besser, aber immer noch blöd. Die erste Frage war richtig. Warum nicht gleich auf den Punkt kommen?
Mandi, ist Pierce mein Sohn?
Ach, Mist! Ja, das ist gut. Und wenn sie dich mit diesem Blick ansieht, als wärst du endgültig wahnsinnig geworden, wie kommst du dann wieder aus der Sache heraus?
Wie sie ihn angesehen, wie sie sich in seinen Armen angefühlt hatte ... er war sicher, dass sie ihn immer noch mochte. Vielleicht war sie bereit, es noch einmal mit ihm zu versuchen. Er wusste: Wenn er an ihre Tür klopfte und einfach die Arme ausbreitete, bekam er wahrscheinlich eine zweite Chance. Wieder mit ihr zusammen zu sein war mehr, als er sich zu erhoffen gewagt hatte, als er in Houston ins Flugzeug stieg. Doch nun war da Pierce. War er oder war er nicht? Die Frage musste gestellt und beantwortet werden, und das bald. Aber musste es gerade jetzt sein?
Als die Tür aufging und Mandi vor ihm stand, war Jakes Zunge wie gelähmt.
Sie sah ihm in die Augen. »Ich erwische dich dauernd dabei, wie du mich ansiehst, als wolltest du mich etwas fragen, Jake. Was?«
In diesem Moment wollte er sie in den Armen halten, nicht mit ihr reden. Doch sie wartete. Wollte er sich denn zum Narren machen? Würde sie ihn für einen Idioten halten, weil er eine so blöde Frage stellte? Wenn er nicht bald etwas sagte, würde er gar keinen Satz mehr herausbekommen.

»Erzähl mir, was du von jener Nacht erinnerst«, sagte er, »von unserer letzten Nacht in dem alten Haus.«
»Um das zu fragen, bist du hergekommen?«
»Bitte, erzähle es mir«, wiederholte er ruhig.
Sie schüttelte ungläubig den Kopf. »Du wirst dich doch genauso gut erinnern wie ich.«
»Ich erinnere mich, wie wir dorthin geschlichen sind, als alle anderen dachten, wir wären beim Tanz. Ich erinnere mich, wie wir hineingingen, Kerzen anzündeten. Ich erinnere mich, dass die Möbel mit Laken abgedeckt waren und alles verstaubte. Wann immer ich in den letzten vierzehn Jahren Staub roch, musste ich an die Nacht denken.«
»Ja, es war reichlich staubig.«
»Ich erinnere mich, dass ich mir wünschte, wir wären nicht hingegangen.«
Sie sah ihn fragend an. »Hatte es mit dem Ding zu tun? Hast du damals das Flüstern gehört? Ich habe mich immer gefragt, warum du dich am nächsten Morgen so verrückt benahmst.«
Jake wappnete sich innerlich für das, was er noch zu sagen hatte. »Mandi ... ich habe versucht dich umzubringen.«
»Was?«
»Ich wurde verrückt, genauso wie ich befürchtet hatte. So wie alle Crowleys, früher oder später ...«
»Das ist nie geschehen, Jake. Du hast mir kein Haar gekrümmt. Niemals. Ich schwöre!«
Er schüttelte den Kopf. »An vieles aus jener Nacht erinnere ich mich nur noch verschwommen, aber daran

vollkommen klar. Wie kannst du dich *nicht* daran erinnern?«
»Weil es nie passiert ist.«
»Dann erzähle mir, was *du* noch weißt, in allen Einzelheiten.«
»Du willst Einzelheiten?«
»Nein, nicht solche Einzelheiten. Erzähle mir, was wir gemacht haben, worüber wir geredet haben – vorher.«
»Du hast von deiner Mutter gesprochen und wurdest traurig. Ich küsste dich, und danach haben wir nicht mehr viel gesprochen. Jake, wir waren jung und hatten ein ganzes Haus für uns, für eine Nacht.«
»Aber es ergibt keinen Sinn, dass sich das, woran ich mich erinnere, so real anfühlt.«
»Dann verrate mir doch, woran du dich zu erinnern glaubst.«
»Ich erinnere mich, wie ich dachte, dass mir das Haus vorher immer viel größer vorgekommen war.«
»Du warst jahrelang nicht mehr dort gewesen.«
»Ich erinnere mich, wie ich ein Feuer im Kamin machte.«
Mandi kam in den Flur und lehnte die Tür hinter sich an. »Wir trugen eine Matratze nach unten, um vor dem Feuer zu liegen.«
»Und dann legten wir uns auf die Matratze ...«
Mandi lächelte. »Du vergisst, dass wir uns vorher auszogen.«
»Ich erinnere mich, wie ich mit dir dalag, und das Nächste ist, dass ich das Flüstern hörte. Ich bekam Angst, weil ich es wiedererkannte. Ich erinnerte mich

daran. Ich drehte mich zu dir um, und auf einmal war es, als wäre jemand anders in meinem Kopf, der mich kontrollierte. Ich legte meine Hände um deinen Hals, konnte deinen Puls unter meinen Fingern spüren, wie er langsamer wurde und schließlich stoppte. Ich sah die Angst, die ... Verwunderung in deinen Augen und die maßlose Enttäuschung, doch ich konnte nichts tun. Und dann muss ich bewusstlos geworden sein. Am nächsten Morgen wachte ich auf und du lebtest. Du schliefst neben mir. Ich begriff nicht, was geschehen war ... Alles schien so real, zu echt für einen Traum. Und da wusste ich, was mit meiner Mutter geschehen war. Oder zumindest dachte ich, ich wüsste es.«

»Deshalb bist du fortgegangen«, flüsterte Mandi. »All die Jahre ... Wenn ich doch nur gewusst hätte ... Wenn du mir doch nur etwas gesagt hättest ... Nichts von alldem ist geschehen, Jake. Wir haben uns geliebt, vor dem Feuer, und dann bin ich in deinen Armen eingeschlafen. Ich habe diese Nacht nie vergessen.«

Die Art, wie sie es sagte, gab ihm das Gefühl, dass er sich dafür schämen sollte, sich nicht mehr so genau zu erinnern. Und das tat er auch, zumal er sich an jenen Teil der Nacht viel lieber erinnern würde.

»Und danach?«, fragte er.

»Als ich am nächsten Morgen aufwachte, warst du schon angezogen und benahmst dich sehr seltsam. Jetzt verstehe ich auch, warum.«

»Wie seltsam?«

»Seltsam eben. Als wüsstest du nicht, wo du bist. Du liefst auf und ab, schütteltest den Kopf und murmeltest

vor dich hin. Dein Verhalten war mir unheimlich, aber ich hatte keine Angst *vor* dir, sondern *um* dich. Ich dachte, du wärst vielleicht krank oder so. Und dann sagtest du, du würdest weggehen. Ich glaubte dir zuerst gar nicht, obwohl ich es hätte tun sollen.«
»Ich weiß noch, dass du geweint hast.«
»Natürlich habe ich geweint. Ich dachte, wir würden für immer zusammenbleiben. Ich hatte gerade die allererste Nacht in deinen Armen verbracht. Und dann wachte ich auf und du sagtest, du würdest mich verlassen und nie mehr zurückkommen. Dieses *Ding* hat uns auseinandergebracht, Jake. Das hättest du nicht zulassen dürfen. Du hättest dir selbst vertrauen müssen ... und mir. Du bist nicht verrückt und warst es auch nie!«
Sie hatte Recht. Wegzulaufen war die schlechteste Entscheidung gewesen, die er je getroffen hatte. Zudem hatte sie das Problem nicht gelöst. Dafür hatte sie sie vierzehn Jahre gekostet, in denen sie hätten glücklich sein können. Und die konnte ihnen niemand wiedergeben. Doch jetzt reichte es ihm mit dem Weglaufen. Was immer ihn und seine Familie quälte, er würde es beenden, auf die eine oder andere Weise, noch ehe das Unwetter vorüber war. Er war es leid, sich zu verstecken, leid, allein zu sein.
Zu seiner Überraschung warf Mandi sich in seine Arme und schmiegte den Kopf an seine Brust. Er konnte kaum noch atmen. Ihr wunderbarer Duft, ihr zarter Körper und ihre Wärme überwältigten ihn.
»Bleibst du nun?«, flüsterte sie.
»Wenn du willst«, sagte er leise.

Sie schmiegte sich fester an ihn und er küsste sie. Für einen Moment war es, als hätte es die letzten vierzehn Jahre gar nicht gegeben. Er wollte sie so sehr, dass er das Gefühl hatte, zu brennen. Doch sogleich hämmerten die Erinnerungen wieder auf ihn ein und er bekam Angst vor seinen eigenen Händen, die sanft Mandis Rücken durch das dünne Nachthemd hindurch streichelten.
Ein Hüsteln vom Ende des Flurs erschreckte sie und Jake drehte sich um. Da stand Cramer und hob beide Hände.
»Entschuldigung«, sagte er und sah die beiden unglücklich an. »Ihr solltet euch vielleicht ein Zimmer suchen.«
Mandi kicherte, entwand sich Jakes Armen und ging zurück in ihr Zimmer.
»Wir reden später, Jake«, versprach sie.
Er nickte und starrte ihr stumm in die Augen, bis sie die Tür schloss.

Es scheint besser zu laufen, als du dachtest«, sagte Cramer, der Jakes Weg zurück ins Gästezimmer blockierte.
Jake lächelte. »Könnte sein.«
»Könnte aber auch nicht sein.«
»Wie meinst du das?«
»In diesem Tal ist mehr als ein alter Fluch, um den du dir Sorgen machen musst. Wie es sich anhört, hat Jimmy

vollends den Verstand verloren, und ich glaube nicht, dass er so leicht aufgeben und abhauen wird. Du?«
Jake seufzte. »Nein.«
»Wo ist deine Waffe?«
»Was?«
Cramer langte nach hinten und zog seine Pistole aus dem Hosenbund.
»Hattest du sie unten bei dir, obwohl Virgil Wache hält?«
»Und was, wenn Virgil tot wäre? Hätte ich dann wieder rauflaufen und sie holen sollen?«
»Falls du wirklich fürchtest, Jimmy könnte sich hier einschleichen, während wir schlafen, warum hältst du dann nicht unten Wache?«
Cramer schüttelte den Kopf. »Ich scheine Virgil irgendwie nervös zu machen. Und ich denke, er schätzt es nicht, wenn ich so tue, als brauchte er Verstärkung. Aber darum geht es mir nicht, und das weißt du auch.«
»Klar, das war gedankenlos von mir. Okay?«
»Du solltest besser anfangen nachzudenken, denn wenn Jimmy tatsächlich noch hier ist, wird er früher oder später zuschlagen. Und dann wirst du keine Zeit mehr haben, zu überlegen, was du tun willst.«
Jake wusste, dass Cramer Recht hatte. Es war schlimm genug, die letzten vierzehn Jahre ständig in Gefahr gelebt zu haben, weil er sich vor dem fürchtete, wozu *er* fähig war. Dieselbe Unentschlossenheit könnte nun nicht nur Cramer und ihn, sondern auch Mandi und Pierce das Leben kosten. Er blickte an Cramer vorbei zu seinem Pistolenhalfter, der am Kopfteil seines Bettes

hing, und nahm sich fest vor, sich nicht mehr ohne ihn zu bewegen.
Auf einmal erbebte das Haus, als würden sämtliche Balken und Giebel auseinanderbrechen. Jake stolperte und fing sich im Türrahmen ab, wo er sich festhielt, bis das Beben aufhörte.
Dann rannte er zu Mandis Zimmer, doch die lugte bereits aus der Tür, um ihm zu sagen, ihnen beiden ginge es gut und sie würde nach Barbara sehen. Jake lief die Treppe hinunter, dicht gefolgt von Cramer. Virgil leuchtete mit seiner Taschenlampe durchs Wohnzimmer.
»Was zum Teufel war das?«, murmelte Cramer, während sie hinter dem Sheriff her in die Küche gingen. Hier war ein Teil der Decke herausgebrochen und auf den Tresen gefallen.
»Wir sollten besser draußen nachsehen«, sagte Virgil und holte sein Gewehr, das am Sessel lehnte.
Die Flut war inzwischen auf einer Höhe mit der Veranda, die Grundmauern standen gänzlich im Wasser.
»Es fühlte sich an, als hätte ein Panzer das Haus gerammt«, sagte Cramer. Virgil leuchtete die Veranda ab. Jake stieg hinunter ins Wasser und kämpfte sich durch die Strömung bis zur Hausecke.
»Hier«, rief er und winkte Virgil und Cramer herbei.
»Heilige Mutter Gottes!«, murmelte Virgil, als er die Stelle mit seiner Taschenlampe anstrahlte.
Ein Ahorn, der schon dagestanden haben musste, ehe das Haus gebaut wurde, hatte im hoffnungslos aufgeweichten Boden den Halt verloren und war in den Garten gekippt. Die oberen Äste hatten das Dach über der

Küche durchbrochen, sodass dieser Teil des Hauses wie zusammengefaltet aussah.

»Jimmy?«, fragte Cramer, der sich umblickte und dann auf Jakes leere Hände sah.

Jake schüttelte den Kopf. »Jimmy hat gewiss nicht diesen Baum gefällt, schon gar nicht ohne Kettensäge. Und die hätten wir gehört.«

»Wie dem auch sei. Das war knapp«, sagte Virgil und leuchtete die Wand hinauf. »Wäre der Baum ein bisschen weiter nördlich aufgeschlagen, hätte er Mandis und Pierces Zimmer zermalmt.«

Jake hatte Angst gehabt, das Haus könnte unterspült oder von einer Schlammlawine vergraben werden, aber er hatte nicht daran gedacht, dass ein Baum es einfach platt drücken könnte. Und dort, wo dieser Baum herkam, gab es noch jede Menge mehr.

»Hier können wir nicht länger bleiben«, stellte Virgil fest. »Wenn die Hänge aufweichen, kann sonst was passieren. Das alte Crowley-Haus dürfte das einzige sein, in dem es noch sicher ist.«

»Vermutlich hast du Recht«, gab Jake, wenn auch ungern, zu und folgte Virgil zurück ins Haus.

»Was war es?«, fragte Mandi, die eben mit Pierce und Barbara ins Wohnzimmer kam.

Jake erklärte ihnen, was das Beben ausgelöst hatte. Barbara wurde kreidebleich. Mandi tippte Pierce Zeichen in die Hand. Der Junge sah erschrocken aus, doch er nickte und biss die Zähne zusammen.

Aus der Küche kam ein unheimliches Knarren, das selbst über dem Regen und Wind zu hören war, der

nunmehr ungehindert ins Haus strömte. Jake sah Virgil an, der nur mit den Schultern zuckte.
»Okay«, sagte Jake und wandte sich wieder an Mandi. »Wir werden uns auf den Weg zum alten Haus machen müssen. Zieht euch trockene Sachen an. Cramer, sieh in den Schränken nach Rucksäcken. Pam und Ernie haben gewiss welche. Wir werden so viele Vorräte von hier mitnehmen, wie wir tragen können.«
»Jake, bist du wirklich sicher?«, fragte Mandi besorgt.
»Ja.« Die Vorstellung, sich ein weiteres Mal durch den Sturm zu kämpfen, schreckte ihn nicht minder als Mandi. »Wir können nicht riskieren, länger hier zu bleiben.«
»Okay«, sagte sie matt.
Sie tippte Pierce etwas in die Hand. Seinem Gesichtsausdruck nach gefiel ihm der Plan ebenso wenig wie seiner Mutter. Jake empfand einen merkwürdigen Stolz, als er sah, wie Pierce seine Angst herunterschluckte und mit seiner Mutter nach oben ging. Ob er nun sein Sohn war oder nicht – er war auf jeden Fall ein Sohn, auf den man stolz sein konnte.
Bis sie Konserven, Kerzen, Streichhölzer, einen Verbandskasten und einige Decken eingepackt hatten, standen Mandi, Barbara und Pierce fertig angezogen an der Tür.
Virgil trug Sachen von Ernie und hatte sein Gewehr unter dem unverletzten Arm eingeklemmt. Cramer schulterte einen Rucksack, Jake einen zweiten. Der Riemen drückte schmerzhaft auf seine verwundete Schulter. Mandi hatte Pierce offensichtlich eine Hose

von Pam angezogen, die unten aus der Regenhose hervorlugte.
Bei dem Beschluss, ins alte Haus zu gehen, war Jake der Stein wieder eingefallen und er hatte ihn eingesteckt, noch bevor er sich sein Halfter mit der Waffe umschnallte. Als er nun voran auf die Veranda ging, fühlte er das Amulett in seiner Hosentasche.
Welche Kräfte besitzt dieser Stein? Warum fühlten er – und Pierce – sich von ihm so angezogen?
Es ist in deinem Blut. Es hat mit deinem Blut zu tun.
Das Einzige, was er mit Sicherheit über den Stein wusste, war, dass er ihn ebenso wenig oben in dem Zimmer hätte lassen können, wie er Mandi und Pierce zurücklassen konnte.
»Na gut«, sagte Mandi und blickte auf den überfluteten Rasen. »Wo entlang?«
»Wir könnten über den alten Wanderweg zur Badestelle gehen. Der führt in die Richtung«, schlug Jake vor und zeigte auf die Bäume seitlich vom Haus.
Barbara schüttelte den Kopf und starrte in den dunklen Wald. »Ich kann da nicht durch.«
Cramer sah sie streng an. »Sie müssen, es sei denn, Sie wollen hier bleiben.«
»Was ist mit Oswald?«, fragte die alte Dame. Der Hund saß auf der Veranda zu Cramers Füßen, hechelnd und mit heraushängender Zunge, und blickte auf das mindestens sechzig Zentimeter tiefe Wasser.
»Er wird sich da draußen sicher besser halten als wir«, meinte Virgil. »Aber bis zu den Bäumen tragen wir ihn.«

»Komm schon, Barbara!« Mandi nahm den Hund und gab ihn Cramer. »Wir können nicht hier bleiben. Wir werden dir alle helfen.«
Jake stieg die Stufen hinunter und hielt sich am Geländer fest, als die Strömung ihn umzureißen drohte. Das Wasser war kaum über kniehoch, doch der schwere Rucksack brachte ihn aus dem Gleichgewicht. Die Vorstellung, zwei bis drei Meilen mit dieser Last durch den schlammigen Wald zu wandern und gleichzeitig die anderen in der Gruppe zu schützen, war beängstigend, aber er hatte keine andere Wahl. Zu allem Überfluss steckte Jimmy wahrscheinlich irgendwo da draußen.
Jake fühlte die Pistole unter seinem Arm. Würde er sie rechtzeitig benutzen? Oder würde er wieder zögern, weil er mehr Angst vor sich selbst als vor Jimmy hatte? Das durfte er nicht. Er durfte nicht riskieren, dass Pierce oder Mandi etwas zustieß, weil er sich vierzehn Jahre lang eingeredet hatte, er wäre gefährlich.
Als Pierces Fuß das Wasser berührte, wollte er zurückweichen, aber Mandi schüttelte energisch seine Hand, und so trottete er widerwillig neben ihr in die Flut. Da sowohl Pierce als auch Barbara auf ihre Hilfe angewiesen waren, brauchten sie voraussichtlich Stunden bis zum alten Haus, kalkulierte Jake, doch sie konnten die beiden unmöglich über die schlammigen Hänge tragen.
»Leuchte hier rüber«, sagte Jake und zeigte auf die Ecke.
»Oh, mein Gott«, hauchte Mandi, als sie den riesigen Ahorn sah, der auf das Haus gekracht war. »Von draußen sieht es noch schlimmer aus als von drinnen.«

»Wir werden uns zum Wanderweg durchschneiden müssen«, sagte Jake und wies auf die Zweige und Äste des Baums, die bis in den Wald reichten.
Sie trotteten am Baumstamm entlang Richtung Wald. Wenigstens bot ihnen das Vordach noch ein wenig Schutz vor dem Regen. Cramer setzte Oswald ab, sobald sie das Unterholz erreicht hatten. Jake trat mit den Füßen heruntergefallene Zweige beiseite und rupfte einige Setzlinge aus, damit die anderen besser durchkamen. Als sie bei der umgestürzten Baumwurzel waren, stoppte Jake und leuchtete in den Krater, der sich bereits mit Wasser füllte.
Cramer und Barbara waren neben ihm.
»Die Wurzel ging ziemlich tief«, stellte Cramer fest.
Jake nickte und leuchtete auf die Wurzel, dann wieder in den Krater.
»Wir können drum herumgehen«, sagte Mandi und sah in den Wald.
Doch Jake starrte immer noch auf die Pfahlwurzel, die aussah, als wäre sie wie ein dünner Zweig durchgebrochen worden.
»Was ist?«, fragte Cramer.
»Nichts.« Jake begann um den Krater herumzugehen.
Virgil stoppte und leuchtete in den dunklen Wald.
»Ist da etwas?«, fragte Cramer und drehte sich um.
Doch Virgil schüttelte nur den Kopf und kam hinter ihm her.

Die Regentropfen, die auf Pierces Plastikjacke klatschten, boten keine wirksame Ablenkung von den neuen Empfindungen, mit denen ihn die übrige Nachtwelt bombardierte. Während er den Geruch von feuchtem Humus, vermischt mit dem modrigen Gestank nassen alten Laubs und Mooses inhalierte, fühlte er jeden umknickenden Zweig unter den Gummisohlen seiner durchnässten Turnschuhe.
Seine Mutter zog ihn vorwärts und er hielt sich dicht hinter ihr, um den Ästen auszuweichen, die seitlich auf ihn einpeitschten. Gelegentlich stolperte Barbara ihm in den Rücken oder ihr Hund schlüpfte durch seine Beine.
Schließlich stoppten sie und seine Mutter erklärte Pierce, dass Jake vorgegangen war, um den Weg zu prüfen. Pierce nickte.
Als Mandi ihn für einen kurzen Moment losließ, hockte er sich hin und streckte beide Hände aus, sodass die Regentropfen die Innenflächen kitzelten. Kurz darauf fühlte er die warme, raue Hundezunge in der einen Hand, die gierig das Wasser aufschlürfte. Mit der anderen streichelte er das Fell des Hundes. Als Oswald auch diese Hand ablecken wollte, fasste Pierce sein Halsband und zog ihn noch näher zu sich, um ihn zu streicheln. Der Hund schmiegte sich an seinen Oberschenkel, wo Pierce ihn mit seinem Körper gegen den Regen abschirmte.
Der erdige Geruch des nassen Fells war so intensiv, dass Pierce nichts anderes mehr riechen konnte. Er strich über die Seiten des Hunds, der sich prompt auf den Rü-

cken warf, um sich den Bauch kraulen zu lassen. Dabei paddelte er mit den Hinterläufen in der Luft, als würde er Fahrrad fahren. Pierce lächelte.
Plötzlich rollte sich der Hund wieder herum und Pierce wurde ruckartig von seiner Mutter nach oben gezogen.
Was ist los?, fragte er.
Oswald hat etwas gehört, buchstabierte sie.
Sie stand regungslos da, während Pierce ängstlich auf ihre Hand eintippte. Sie gab ihm zu verstehen, dass er abwarten sollte. Als sie schließlich antwortete, zitterten ihre Hände.
Barbara ist hinter Oswald her in den Wald gerannt.
In den Wald?
Schon gut, tippte seine Mutter. *Virgil wird sie finden.*
Pierce wurde fast übel vor Angst. *Virgil ist auch in den Wald?*
Ja.
Auf einmal war er sicher, dass weder die alte Frau noch Virgil je zurückkommen würden.
Alles in Ordnung?, fragte seine Mutter.
Wir müssen Jake finden und weitergehen.
Wir müssen auf Virgil und Barbara warten.
Jeder Widerspruch war zwecklos. Cramer und seine Mutter würden nie ohne Virgil und Barbara weitergehen, egal was Pierce sagte. Aber er fühlte die rätselhafte Erscheinung, die sich wie ein Nebel um sie legte, und er konnte sie beinahe lesen, wie er einen defekten Schaltkreis las. Sie schien ihm etwas mitteilen zu wollen – oder ihn etwas zu *fragen* –, aber er kam einfach nicht dahinter.

Er spürte die Hände seiner Mutter, noch angespannter als seine eigenen, und er war aus tiefstem Herzen überzeugt, dass sie eher sterben würde als zuzulassen, dass ihm etwas passierte. Ebenso sicher jedoch wusste er, dass in diesem Moment *er* besser geeignet war, *sie* zu schützen. Er hatte nur noch keine Ahnung, wie er es anstellen sollte. Das musste er dringend herausfinden, denn dieses Ding würde nicht aufgeben. Es würde so lange zurückkommen, bis es hatte, was es wollte.
Seine Mutter drückte ihm die Hand.
Virgil ruft nach Barbara. Er hat sie wohl noch nicht gefunden, buchstabierte sie ihm.
Pierce schüttelte den Kopf. Vielleicht schaffte Virgil es zu ihnen zurück. Pierce betete im Stillen für den Sheriff und die alte Frau.
Und dann schloss er noch ein inständiges Gebet für den Rest von ihnen an.

»Oswald!«
Barbaras Stimme gellte durch den Regen und als Jake das Kläffen des Hundes hörte, das sich durch den Wald bewegte, wurde ihm klar, dass Barbara hinter ihm hergelaufen sein musste.
Großartig.
»Barbara!« Das war Virgil.
Was zum Teufel fiel Cramer ein, die Gruppe nicht zusammenzuhalten? Das konnte doch nicht so schwer sein! Andererseits war Jake vielleicht ebenso schuld an diesem Fiasko, weil er Barbara nichts von Jimmy gesagt hatte. Dem Kläffen nach bewegte sich der Hund

sehr schnell durchs Unterholz. Jake leuchtete mit seiner Taschenlampe zwischen die Bäume, aber er sah nichts außer nass glänzenden Sträuchern.

Er eilte den Weg zurück, verlor den Halt und landete mit einem Aufprall auf dem Rücken. Hilflos rutschte er einen Hang hinunter und ihm blieb nichts anderes übrig, als die Taschenlampe fest vor seine Brust zu klemmen und die Beine anzuziehen, um sich wenigstens etwas zu schützen. Er glitschte durch den Matsch, prallte gegen Baumstämme und fiel schließlich mit einem lauten »Platsch!« in etwa ein Meter tiefes Wasser.

Mühsam rappelte er sich wieder hoch und sah sich um. Wie es aussah, war er im Garten der Murphys. Was von ihrem Gartenpavillon noch geblieben war, hatte die Flut gegen die Veranda gedrückt. In der Mitte des ehemaligen Rasens ragte ein Rasenmähergriff aus dem Schlamm. Eine einsame Kerze schien in einem Fenster. Jake hatte gedacht, das Murphy-Haus wäre längst überflutet, aber das Wasser reichte erst bis knapp unter den Boden des Erdgeschosses.

Bei dem Regen und Wasserrauschen konnte er Barbaras Rufe kaum noch hören. Sie schrie immer noch Oswalds Namen und nun meinte Jake, auch Mandi zu hören. Aber er wusste, dass Cramer sie und Pierce nie allein lassen würde.

Er stieg die Treppe zur Hintertür der Murphys hinauf und klopfte. Als niemand antwortete, drehte er den Türknauf, aber es war abgeschlossen. Also klopfte er wieder. Das Echo schien über die Veranda zu hallen. Er leuchtete mit seiner Taschenlampe und hoffte, Bert und

Karen wären beizeiten verschwunden und säßen nicht auch im Tal fest.
Obwohl sie gewiss keine Kerze brennen ließen, wenn sie wegfuhren. Irgendetwas stimmte hier nicht.
Jake lehnte sich über das Verandageländer, um in die Küche zu sehen, aber das Fenster war zu weit weg. Kurz entschlossen trat er gegen die Tür. Die knarrte zwar, hielt jedoch. Er trat noch einmal, diesmal fester und gegen den Knauf. Das Schloss krachte heraus und die Tür schwang weit auf. Der Windstoß brachte die Kerze auf dem Küchentresen zum Erlöschen. Im Flur war der schwache flackernde Schein weiterer Kerzen zu sehen, der unheimliche Schatten warf. Widerwillig holte Jake seine Waffe hervor.
»Hallo?«, rief er, obwohl ihm im selben Moment klar war, wie idiotisch er sich verhielt.
Immerhin war die Wahrscheinlichkeit groß, dass die Kerzen noch brannten, weil die Murphys *nicht* weggefahren waren. Sie waren bloß nicht in der Verfassung, die Tür zu öffnen.
Die Stille im Haus ließ Jake die Nackenhaare zu Berge stehen, während er leise durch die Küche schlich und sich im Flur umsah, bevor er ihn betrat. Das Fenster im Schlafzimmer stand offen und die Vorhänge bauschten sich im Wind.
Hier war niemand. Jake drehte um und ging zum Wohnzimmer, aus dem der Kerzenschein kam. Der Rest des Hauses war so dunkel, dass Jake sich immer wieder umblickte.
Im Wohnzimmer brannten zahlreiche Kerzen, die dem

Raum etwas von einem Bestattungsinstitut verliehen. Kalter Zigarettenqualm hing in der Luft und Jake starrte auf eine Schachtel und ein Feuerzeug auf dem Couchtisch. Ein leises Schleifgeräusch erregte seine Aufmerksamkeit und er drehte sich ruckartig um. Es kam von der Haustür. Wahrscheinlich war es der Sturm, der über die Veranda pfiff. Vorsichtig öffnete er die Tür.
Ein großes Einweckglas rollte auf die Stufen zu. Jake fing es ab und leuchtete mit der Taschenlampe darauf. Zunächst weigerte sich sein Verstand, zu begreifen, was er sah.
Er richtete sich auf, weil sich ihm der Magen umdrehte, und leuchtete über die überflutete Einfahrt und die sie umgebenden Bäume. Da war niemand. Dann leuchtete er wieder nach unten und starrte in Berts tote Augen. Das Gesicht seines Freunds war in das enge Glas gequetscht worden, die Nase gebrochen, sodass es nur noch eine Maske des Schreckens und der Angst darstellte. Jake stellte das Glas vorsichtig wieder ab und eilte ins Haus zurück. Er schlug die Tür hinter sich zu, rannte zur Küche und von dort hinten hinaus in den vollkommen überfluteten Garten. Äste und Zweige trieben im Wasser. Plötzlich hörte er ein Männerlachen durch den Regen und leuchtete gerade rechtzeitig hinter sich, um Jimmys Gesicht im Schein der Taschenlampe zu sehen.
Er war splitternackt, hielt ein Schlachtermesser in der einen und ein Gewehr in der anderen Hand. Sein Gesicht sah entsetzlich aus. Die Augen quollen ihm aus den Höhlen. Er war komplett wahnsinnig.

Jake zielte auf Jimmys Brust. Auf diese Entfernung konnte er ihn nicht verfehlen und sein Verstand sagte ihm, dass er abdrücken musste. Aber da war wieder die alte Angst.
Er wusste, dass er das Monster in sich nicht herauslassen durfte. Nicht jetzt. Nicht hier. Was, wenn er Jimmy umbrachte, aber das Ding dann nicht mehr aus seinem Kopf bekam? Was würde dann mit Mandi, Pierce und den anderen geschehen?
»Waffen fallen lassen!«, schrie er.
Jimmy lachte noch lauter und hob sein Gewehr hoch.
»Runter mit der Waffe!«, brüllte Jake, während er den Finger an den Abzug legte.
Als Jimmys Gewehr auf einer Höhe mit seinem Gesicht war, machte Jake einen Satz zur Seite. Im selben Moment blendete ihn das Mündungsfeuer und er gab selbst zwei Schüsse ab. Danach war der Wald wieder dunkel. Er leuchtete mit seiner Taschenlampe hinüber.
Jimmy war verschwunden.
Jake durchwatete geduckt das hüfthohe Wasser und schlich an die Stelle, an der er Jimmy zuletzt gesehen hatte. Außer Fußspuren im Schlamm fand er dort das Gewehr, aber kein Zeichen von Blut.
Er musste ihn dennoch getroffen haben, sonst hätte Jimmy nie das Gewehr zurückgelassen.
Der Gedanke, einen weiteren Menschen erschossen zu haben – auch wenn es sich um Jimmy handelte – verursachte Jake Übelkeit. Doch welche Wahl hatte er gehabt? Er nahm das Gewehr und ging vorsichtig in das tiefere Wasser zurück. Durch den Garten hindurch ging

er zu dem Abhang, den er heruntergerutscht war, und kletterte ihn mühsam wieder hinauf.

»Mandi!«, rief er, sobald er auf dem Weg angelangt war.

»Cramer!«

»Jo!«, antwortete Cramer.

Jake stolperte der Stimme seines Partners entgegen, als er ein Licht entdeckte. Er duckte sich und erreichte erschöpft die kleine Lichtung, auf der sich die Gruppe versammelt hatte.

»Jimmy ist da draußen«, erzählte er Cramer in dem Moment, als Virgil aus dem Wald auftauchte. »Aber ich glaube, ich habe ihn getroffen, sonst hätte er *das hier* nicht fallen gelassen.« Er hielt das Gewehr hoch.

»Ich konnte sie nicht finden«, sagte Virgil unglücklich und außer Atem. »Du sagst, du hättest Jimmy gesehen?«

Jake nickte. Virgil sah aus, als wäre er wild entschlossen, gleich wieder nach Barbara zu suchen. Jake nahm ihn beim Arm und führte ihn und Cramer ein Stück von den anderen weg, bevor er ihnen schilderte, was er bei den Murphys gesehen hatte.

»Ein Einmachglas?«, fragte Virgil entsetzt.

»Ja.«

»Er ist wahnsinnig«, sagte Cramer. »Er liebt es, mit seinen Opfern und anderer Leute Verstand zu spielen. Und hier ist Jimmy in seinem Element. Er ist besser auf eine Jagd in den Wäldern vorbereitet als irgendeiner von uns.«

»Ich sage es nur ungern«, erklärte Jake, »aber wir retten Barbara nicht, indem wir das Leben der anderen riskieren. Wir müssen zu dem alten Haus.«

»Weil wir hier draußen mehr zu fürchten haben als Jimmy«, ergänzte Cramer.
Jake zuckte mit den Schultern.
Virgil schwankte noch. »Barbara fällt nicht in eure Zuständigkeit, aber sie lebt in meinem Bezirk. Und ich habe einen Eid geschworen, sie zu schützen.«
»Genauso wie Mandi und Pierce«, erinnerte Jake ihn. »Ihr zwei könnt die beiden zum Crowley-Haus bringen.«
»Und wenn nicht? Wenn Jimmy in einem Hinterhalt auf uns wartet, während wir hier herumirren und uns langsam in alle Winde zerstreuen?«
Virgil schüttelte den Kopf und ging zu den Bäumen. »Barb! Kannst du mich hören? Antworte, um Gottes willen!«
»Virg«, sagte Jake, »sollte Jimmy noch nicht wissen, dass sie da draußen allein ist, hast du es ihm jetzt verraten.«
Jake sah, wie Virgil allmählich Vernunft annahm. Natürlich gefiel ihm die Sache nicht – keinem von ihnen –, doch für den Moment mussten sie Barbara abschreiben. Wenn Virgil darauf bestand, nach ihr zu suchen, spielte er damit nur Jimmy in die Hände.
»Verdammt!«, fluchte Virgil mit gesenktem Blick.
»Komm schon!«, sagte Jake und legte einen Arm um seine Schultern. Dann gingen sie wieder zu den anderen zurück.
Mandi fand die Idee ebenfalls abstoßend, Barbara sich selbst zu überlassen. Doch nachdem Jake ihr von Jimmy erzählt und erklärt hatte, dass auch Pierce gefährdet

wäre, wenn sie nicht weitergehen würden, stimmte sie ihm zu, wenn auch widerwillig.
Virgil sah immer wieder in die Bäume, als sie weiterwanderten, und Jake konnte sich des Eindrucks nicht erwehren, dass Jimmy sich in diesem Hinterwäldlertal einen weit schlimmeren Feind gemacht hatte, als es ihm jemals in Houston gelungen war.

Inzwischen musste die Sonne schon wieder aufgegangen sein, doch das einzige Licht waren die unregelmäßigen Blitze, die aus dem dunklen Himmel zuckten. Zu ihrer Rechten erhob sich der Berghang hinauf in düstere Wolken. Zu ihrer Linken ging es tief hinab in die Dunkelheit. Der regenbeladene Wind wirbelte um sie herum.
Seit ein paar Meilen bereits hatten sie kein Hundebellen mehr gehört. Jake fürchtete, dass das Tier und seine Halterin einem mordenden Wahnsinnigen zum Opfer gefallen waren. Wann immer er sich umdrehte, sah er, wie Cramer und Virgil die umliegenden Bäume mit Blicken absuchten.
Der Wanderweg führte größtenteils hoch am Berghang entlang. Da er kaum noch benutzt wurde und es hier keinerlei Sehenswürdigkeiten gab, war er von dichtem Wald umgeben und mit Farnen und sonstigen Bodenpflanzen überwuchert. Gäbe es das Wild und die Gelegenheitsjäger nicht, wäre der Weg wohl längst ver-

schwunden. Jake versuchte einzuschätzen, wie weit es noch zum alten Haus war, aber nachdem er vierzehn Jahre nicht mehr hier gewesen war, konnte er sich nicht genau erinnern, zumal ihm der Sturm und die Dunkelheit die Orientierung erschwerten.

Sie hielten unter einem Ahorn an, um zu verschnaufen, und Jake ging dichter an Cramer heran. Virgil kam sogleich zu ihnen.

»Es kann nicht mehr weit sein«, sagte Jake.

»Das heißt, du hast keine Ahnung«, folgerte Cramer.

»Wie stehst du denn inzwischen zu Luchsen?«

»Ich wünschte, ich wäre einer.«

Jake sah sich um und fragte sich, ob dies nicht der schlechtestmögliche Platz war, um Rast zu machen. Sie befanden sich in einer scharfen Wegbiegung, die ihn an die Stelle auf dem Burnout-Weg erinnerte, an der Ernie niedergeschossen worden war. Er musste zu beiden Seiten um die Stämme herumsehen, um zu erkennen, von wo sie gekommen waren und wohin sie wollten. Der Wald und das Unterholz waren hier besonders dicht. Ein entferntes Geräusch ließ ihn aufhorchen, aber durch den Regen konnte er es nicht identifizieren. Dann war es auch schon wieder weg.

»Habt ihr das gehört?«, fragte Jake.

Cramer runzelte die Stirn und blickte sich um. »Was gehört?«

»Das Flüstern.«

»Na prima. Woher kam es?«

»Weiß ich nicht. Vielleicht habe ich es mir nur eingebildet. Ich bin ein bisschen angespannt.«

»Sind wir das nicht alle?«, murmelte Virgil.
»Pierce hat es gehört«, sagte Jake.
Der Junge schien mit seinen blinden Augen die Umgebung abzusuchen, während Mandi versuchte, mit ihm zu kommunizieren.
»Wie konnte er das?«, fragte Virgil.
»Ich weiß nicht«, antwortete Jake kopfschüttelnd. »Wie konnte er mein Auto reparieren?«
»Wie genau konntest du Jimmy sehen?«, fragte Cramer.
»Er war vielleicht neun Meter entfernt. Er ist immer noch nackt. Und er hatte ein Messer und ein Gewehr.«
»Neun Meter?«
»Ja.«
»Und du hast ihn verfehlt?«, fragte Virgil fassungslos.
»Verdammt!«, murmelte Cramer.
»Ich hatte ihm zugeschrien, dass er die Waffen fallen lassen soll«, verteidigte sich Jake.
»Und als er mit dem Gewehr auf dich zielte, hast du *was* gemacht?«, fragte Cramer. »Hast du versucht, es ihm aus der Hand zu schießen wie Roy Rogers?«
»Es ging alles sehr schnell.«
Natürlich wusste er, dass er schuld daran wäre, wenn Barbara jetzt umkäme. Und er fragte sich, was schlimmer war: vielleicht den Dämon in sich freizusetzen oder ihn unter Verschluss zu halten und damit zuzulassen, dass jemand anders an seiner statt tötete. Pierce begann in Mandis Armen zu wanken. Alle drei gingen zu ihm. Mandi versuchte zu ihm durchzudringen, aber Pierce ignorierte sie.

»Er will mit dir reden«, sagte Mandi zu Jake und hielt ihm Pierces Hand hin.
Hast du es gehört?, fragte Pierce.
Jake sah Mandi an und seufzte, bevor er antwortete: *Ja. Ich glaube, ich habe es gerade wieder gehört.*
Es kennt dich.
Jake war verwirrt. *Wie meinst du das?*
Ich glaube, es kennt uns beide.
Jake starrte den Jungen eine Weile stumm an, ohne auf die anderen zu achten, die sie gespannt beobachteten.
Dann wandte er sich an Mandi. Ihm brannte eine Frage auf den Lippen, doch hier, in dieser grauen Regenhöhle, vermochte er sie nicht zu stellen. Dies war weder der Ort noch die Zeit.
Wir reden weiter, sobald wir im Haus sind, buchstabierte Jake und schob Pierces Hand wieder Mandi zu. Dann gab er ein Zeichen, dass sie weitergehen sollten.
Sie waren mittlerweile noch langsamer als vorher, achteten auf jeden Schatten, doch als sie um die nächste Biegung kamen, gelangten sie an einen breiteren Pfad, der in den Berghang gemeißelt schien. Jake zeigte hin und er und Mandi lächelten.
»Was ist das?«, fragte Cramer.
»Der Indianerfelsen!«, rief Jake Cramer zu. »Wir sind gleich bei der Badestelle.«
Mandi war ihre Erschöpfung deutlich anzusehen. Jake strich ihr das nasse Haar aus dem Gesicht.
»Nehmen wir Pierce zwischen uns. Hier wird's steiler.«

Der Weg führte nun bergab den Hang entlang. Er war glitschig wie nasses Eis, aber das nasse Gras und die Tannennadeln an den Seiten waren nicht besser. Ein paarmal stolperte Pierce in Jakes Rücken und brachte ihn beinahe dazu, das Gleichgewicht zu verlieren.
»Passt auf, dass ihr nicht ausrutscht!«, rief Jake.
Als Pierce ein weiteres Mal stolperte und sich an Jakes Hüfte abfing, fühlte er den Stein in seiner Hosentasche. Er sah zu dem Jungen und erkannte, dass auch Pierce ihn bemerkt hatte – selbst durch die nassen Kleidungsschichten. Pierce strahlte. Warum war ihm der Stein so wichtig?
Jake half ihm wieder auf und führte sie weiter.

Das alte Haus mit seinen weit ausladenden Seitenflügeln thronte über dem Tal wie ein Albino-Geier. Mit jedem Blitzschlag blinkten die dunklen Fenster wie Augen, die sich einem plötzlich zuwandten. Das Gras war so hoch, dass es bis zum Verandaboden reichte, und ein alter Apfelbaum, in den schon vor Jahren der Blitz eingeschlagen haben musste, verrottete im Vorgarten. Ein Fensterladen klapperte laut im Wind hin und her. Alberts Bulldozer aber, der direkt neben der Veranda stand, gab Jake besonders zu denken.
»Was macht der hier?«, fragte er.
Virgil schüttelte den Kopf. »Bert Murphy meinte, er hätte gehört, wie Albert ein paar Tage vor seinem Tod

hier hinaufgefahren ist. Aber ich habe keine Ahnung, was er damit vorhatte.«

»Wir müssen hineingehen«, sagte Mandi und tastete nach dem Schlüssel über der Tür. »Pierce ist eiskalt.«

Jake griff nach dem Türknauf und sah in das dunkle Türglas, doch was er darin erkannte, war nicht sein Spiegelbild, sondern das eines Jungen von zehn Jahren, dessen Augen vor Angst weit aufgerissen waren. Eine halbe Ewigkeit starrte er in diese Augen und versuchte zu begreifen, was die Ursache für all diesen Horror sein mochte.

Mandi legte ihre Hand über seine und wie benommen hörte Jake das Quietschen des alten Schlosses. Gemeinsam stießen sie die Tür auf. Als er sich zu ihr umdrehte, nickte Mandi stumm.

»Da drinnen ist nichts, wovor du dich fürchten musst«, flüsterte sie so leise, dass die anderen sie nicht hören konnten. »Nur alte Erinnerungen.«

Jake wusste es besser. Die Geister seiner Vergangenheit waren unter den alten Laken auf den Tischen und Stühlen verborgen, in jeder Nische und jedem Winkel.

Pierce nieste, als sie ins Haus traten, hustete und räusperte sich. Mandi tippte ihm etwas in die Hand und er nickte.

»Was hast du ihm erzählt?«, fragte Jake, während er den Rucksack vom Rücken nahm und abstellte.

»Ich habe ihm erklärt, wo wir sind und was für ein Geruch das ist. Pierce ist noch nie mit so viel Staub in Berührung gekommen.«

»Erinnert mich an zu Hause«, sagte Cramer.

Jake bemerkte Virgil, der in der offenen Tür stand und hinaus in den Sturm blickte. Er ging zu ihm.

»Wir konnten nichts für sie tun«, sagte er, da er wusste, dass Barbaras Verschwinden an dem alten Mann nagen würde, bis er sie fand – tot oder lebendig.

Virgil seufzte. »Vielleicht schwebt doch ein Fluch über diesem Tal.«

Jake schob ihn sanft zur Seite und schloss die Tür.

Mandi versuchte den vor Kälte bibbernden Pierce aus seinen Regensachen zu schälen. Sie hatte Tränen in den Augen. Die Angst und Erschöpfung forderten ihren Preis. Jake nahm sie beide in die Arme.

»Es ist vorbei«, flüsterte er Mandi zu. »Wir sind jetzt in Sicherheit.«

Sie schüttelte den Kopf. »Nein, sind wir nicht. Der wahnsinnige Mörder läuft immer noch da draußen herum. Das *Ding* ist immer noch da draußen. Und jetzt ist Barbara vielleicht auch tot.«

Zuflucht in dem alten Haus zu suchen schien ein bisschen wie vom Regen in die Traufe zu kommen. Aber was hätten sie sonst tun sollen? Auf einmal war Jake, als hätten alle Geschehnisse der letzten Zeit nur dem einen Zweck gedient, ihn wieder hierherzubringen, von den Morden am Strand über das Unwetter bis hin zu Jimmy. Jake war gegen seinen Willen hergetrieben worden und er wusste keinen Weg, wie er sie alle aus diesem Dilemma befreien konnte.

»Wer hat die Kerzen?«, fragte Cramer und leuchtete mit seiner Taschenlampe herum.

»Im Wandschrank müssten Kerosinlampen und Streich-

hölzer sein«, sagte Jake, ließ Mandi und Pierce los und zeigte zu der Tür.
Cramer holte eine Laterne hervor und schüttelte sie. »Voll getankt und startklar.«
»Wie witzig«, kommentierte Jake, schraubte die Kappe ab und schwenkte die Lampe ein wenig, um das Öl zu verteilen. »Man sollte meinen, das Lampenöl wäre längst verdunstet.«
Cramer holte noch mehr Öllampen aus dem Schrank und zündete sie eine nach der anderen an, bis goldenes Licht den Flur erhellte. »Wollen wir?«, fragte er und winkte Richtung Salon. Die anderen folgten ihm. »Hier hätten wir ein Wohnzimmer, ganz im viktorianischen Stil. Der Boden ist aus Alte-Welt-Staub und die Fenster sind mit selbigem überzogen.«
Mandi kicherte. »Hier fehlt die Frau im Haus.«
»Hier fehlt ein weibliches Armeecorps«, korrigierte Cramer.
Mandi begann die Laken von den Möbeln zu ziehen. Sie schüttelte sie aus und wickelte sie Pierce um, der immer noch vor Kälte zitterte.
»Vielleicht ist noch Feuerholz hinterm Haus«, sagte Jake und ging in den Flur zurück.
»Jake!«, rief Mandi, dass alle wie erstarrt stehen blieben.
Er drehte sich um.
»Sei vorsichtig!«, sagte sie.
Er lächelte. »Schon gut, ich hole nur Feuerholz. Ich bin gleich wieder da.«
»Brauchst du mich?«, flüsterte Cramer.

Jake erwiderte flüsternd: »Jimmy ist verletzt und er hat nur ein Messer. Sollte ich ein Problem bekommen, schreie ich.«
»Mach das. Bei deinen Reflexen braucht er nicht mehr als ein Messer«, sagte Cramer düster.
»Mir wird nichts passieren«, beharrte Jake gereizt.
»Gut, dann helfe ich so lange dem Hauspersonal«, sagte Cramer, griff nach einem der Laken, knüllte es zusammen und warf es in die Ecke.

Als er durch die Küche ging, holten Jake die Erinnerungen wieder ein.
Einmal hatte er seine Eltern am Küchenwaschbecken überrascht. Sein Vater hielt seine Mutter im Arm und küsste ihren Hals. Sie kicherte und schmiegte sich an ihn wie eine Frischverliebte. Das war eine gute Erinnerung, die ihm seit Jahren nicht mehr durch den Kopf gegangen war. Er versuchte sie festzuhalten, aber das Bild verblasste und wich dem des Abends, an dem er sich mit Mandi hergeschlichen hatte. Er konnte sich an den *Anfang* des Abends erinnern, an das Haus, den Staubgeruch und Mandis Parfüm. Egal was er ihr gesagt hatte, er erinnerte sich sehr gut daran, wie sie wild herumgealbert hatten, ehe er anfing, die seltsame Präsenz im Haus zu bemerken.
Was in aller Welt hatte er sich dabei gedacht, sich von ihr dazu überreden zu lassen, herzukommen? Selbst ein

spätpubertärer Zweiundzwanzigjähriger hätte klüger sein müssen. Aber zu jener Zeit war er selbst davon überzeugt gewesen, dass Virgil und Pam Recht haben könnten, dass es so etwas wie den Crowley-Fluch nicht gab, dass seine Erinnerungen an den Tod seiner Mutter nur der traumatisierten Fantasie eines Kindes entsprungen waren.

Doch das waren sie nicht.

Sosehr er es sich auch wünschte, er konnte sich immer noch nicht daran erinnern, wie sie sich in jener Nacht geliebt hatten.

Er wusste noch, dass sie auf der Matratze vor dem Feuer lagen. Mandi war in seinen Armen gewesen. Er erinnerte sich, wie sie sich anfühlte, wie ihr Haar duftete. Er erinnerte sie, wie sehr er sie und sie ihn begehrt hatte, wie Mandi dagelegen hatte, die Augen geschlossen, voller Verlangen, und ihr Atem gleich einer heißen Sommerbrise über seinen Hals geweht war.

Ab da wurden die Erinnerungen verworren und unwirklich. Am lebhaftesten war ihm das Flüstern im Gedächtnis geblieben, das durch das alte Haus kroch, sowie das unvermittelte Gefühl, dass etwas *in* seinem Kopf wäre. Das Schrecklichste von allem war gewesen, seine eigenen Hände zu sehen, die sich um Mandis Kehle legten und zudrückten. Mandis verwirrter Blick, in dem er erst Wut, dann Panik und schließlich Leere erkennen konnte. Er hatte keine Kontrolle mehr über diese Hände gehabt, als wären sie gar kein Teil von ihm, befänden sich außerhalb seines Körpers. Er hatte sich selbst angeschrien, aufzuhören, und hilflos mit angesehen, wie *er* den Mord an seiner großen Liebe beging.

Als er am nächsten Morgen zu sich kam, hatte er Angst gehabt, die Augen zu öffnen. Doch Mandi hatte tief und fest neben ihm geschlafen, in seinen Arm geschmiegt. Sie war erschrocken, als er sie weckte und ihr sagte, dass sie sich anziehen müsste. Er hatte keine Ahnung, was in der Nacht geschehen war, aber er fürchtete, dass etwas Ähnliches an jenem Abend mit seinem Vater passiert war, als seine Mutter starb. Und er wusste, dass sein Erlebnis eine Warnung gewesen war. Er durfte niemanden mehr in seine Nähe lassen.

Vierzehn Jahre lang hatte er geglaubt, die richtige Entscheidung getroffen zu haben. Vierzehn Jahre hatte er sich stets selbst beobachtet, nach Anzeichen dafür gesucht, dass das Monster wieder über ihn kam. Doch nichts geschah. Bis zu dem Abend am Strand hatte er nie jemanden verletzt. Und selbst da hatte nicht *er* all die Männer ermordet. War sein Vater also wahnsinnig geworden? Oder konnte tatsächlich ein Monster da gewesen sein, das seine Mutter tötete? War es vielleicht eine Kombination aus beidem gewesen? Eindeutig gab es *etwas*, das außerhalb seines Kopfes existierte. Andere hörten das Flüstern ebenfalls. Verdammt, sogar *Pierce* hörte es.

Was immer seine Familie plagte – ob Wahnsinn, ein Monster oder beides –, ein Teil davon war ihm nach Houston gefolgt. Es hatte außerhalb des Tals getötet. Damit musste Schluss sein. Hier, wo alles begann. Denn Jake wollte Mandi zurück. Er brauchte sie. Und er würde nicht zulassen, dass dieses Etwas sie oder Pierce bekam.

Ein Blitz zuckte im Zickzack durch die Bäume hinter dem Haus. Im Licht des Blitzes wedelten die Zweige wie tausend winzige Hände. Es sah aus wie eine Abwehrgeste gegen ein sich näherndes Übel. Die Umrisse der alten Crowley-Familienkapelle waren deutlich zu sehen. Der Turm zeigte wie ein erhobener Zeigefinger gen Himmel, während ein Donnerschlag das Haus zum Erbeben brachte. Das Gewitter musste direkt über ihnen sein und es schien stärker zu werden.

Dicke Regentropfen prasselten hernieder, als Jake hinaustrat. Unter einem kleinen Vordach stand ein Stapel Feuerholz an der Wand – verrottet und mit Moos und Pilzen überwachsen.

Jake warf die unbrauchbarsten Scheite ganz oben beiseite und suchte nach trockeneren darunter. Er sammelte so viele, wie er tragen konnte, und eilte zurück die Verandastufen hinauf. Doch noch ehe er die Schwelle überquert hatte, drang der Singsang des Flüsterns durch den Wind und Regen zu ihm, dass ihm die Nackenhaare zu Berge standen. Ein Schatten, der noch dunkler war als die finstere Umgebung, schlängelte sich durch die Bäume, während das Geräusch anschwoll, bis es den Sturm übertönte.

Jake leuchtete mit der Taschenlampe über das hohe Gras und ging rückwärts ins Haus. Sobald er drinnen war, kickte er die Tür mit dem Fuß zu.

Als er das Holz im Wohnzimmer neben den Kamin warf, kniete Cramer sich neben ihn. »Das Zeug ist fast

verrottet. Wir werden sehr viel mehr davon brauchen, um es hier warm zu bekommen.«
»Dann holen wir es zusammen«, sagte Jake, der es absichtlich vermied, Cramer anzusehen.
Jemand tippte ihm auf die Schulter. Er drehte sich um und sah Pierce, der hinter ihm stand. Als Jake zu Mandi blickte, schüttelte diese den Kopf.
»Er ist aufgestanden und ... zu dir gegangen.«
Jake nahm seine Hand. *Was gibt's?*
Kann ich ihn haben?
Jake wusste sofort, was der Junge wollte. Zögernd langte er in seine Hosentasche und gab Pierce den Stein.
Der Junge hielt ihn in der offenen Hand, seitlich baumelte die Kette herab, und betastete die Schliffkanten. Dabei knabberte er nachdenklich an seiner Unterlippe. Schließlich nickte er und setzte sich wieder auf die Couch.
»Jake ...«, begann Mandi. Sie blickte unsicher auf die Kette.
»Ich glaube nicht, dass ihm ein Schmuckstück Schaden zufügen kann.«

Pierce hockte mit angezogenen Beinen auf der Couch und genoss die Wärme des Feuers. Er hatte noch nicht herausgefunden, was ihn an dem Stein wie magisch anzog. Aber er wusste, dass dieser Schmuckstein kein gewöhnlicher war. Er summte in seiner Hand

wie eine Maschine. Nur dass er irgendwie kaputt war. Zwar besaß er noch Energie, doch die schien zu schwinden oder in einem defekten Kreislauf zu versiegen.
Der Boden vibrierte und als er sich umdrehte, nahm er drei vage Figuren wahr. Allerdings nicht durch die Erschütterungen. Mit seinen *Augen* ... Es fühlte sich ähnlich an wie in dem kurzen Moment an dem Tag, als Dary Murphy starb.
Pierce bewegte seine Hände langsam vor dem Gesicht, folgte ihren Silhouetten und versuchte dieses neue Phänomen zu verstehen. Wie funktionierte das? Es war eine Mischung aus der vertrauten Dunkelheit und etwas, das *Licht* sein musste. Doch als er seine Hände zurück in die Richtung bewegte, in der die Figuren gewesen waren, schien alles plötzlich wieder fort zu sein. Es kam ihm wie ein entsetzlicher Verlust vor.
Er drückte den Stein fester und fühlte eine andere Vibration. Und da war es wieder. Licht und Dunkelheit. Bewegung und Starre. Das musste es sein.
Er sah.

Mandi beobachtete Jake und Cramer, die durch den Flur zur Küche gingen, während sie sich damit beschäftigte, für alle Betten auf dem Wohnzimmerboden zu bauen. Sie hatte Virgil gebeten, ihr zu helfen. Er schleifte Matratzen aus den oberen Zimmern hinunter, von denen sie vier um das Feuer herum platzierten. Sie bedeckten sie mit modrig müffelnden alten Decken. Sobald sie damit fertig waren, wollte Mandi die Konserven aus den Rucksäcken auspacken und ein Essen für alle

bereiten. Außerdem musste sie noch Töpfe nach draußen stellen, um Regenwasser aufzufangen.
Es fühlte sich gut an, etwas zu tun zu haben. Auf diese Weise musste sie nicht die ganze Zeit an Jimmy Torrio oder das beängstigende Flüstern denken, die draußen in dem Unwetter unterwegs waren.
Trotzdem kehrten ihre Gedanken immer wieder zu dem Moment zurück, als Barbara zwischen den Bäumen verschwunden war. Vor ihrem geistigen Auge sah Mandi dabei nicht die alte Frau, die ihren Hund zu retten versuchte, sondern sich selbst, die durch die Dunkelheit hinter Pierce herrannte. Was, wenn sie *ihn* verloren hätten anstelle von Oswald? Wären sie und Pierce zum Wohle der Gruppe geopfert worden? Sie dachte daran, wie Jake sie in den Armen gehalten hatte, und wusste, dass das nie geschehen wäre. Er hatte sich durch die Flut gekämpft, um sie zu retten. Er würde sie nie wieder im Stich lassen. Nie.
Pierce saß auf einer der Matratzen, das Gesicht zum Feuer gewandt. Er hatte die Augenbrauen zusammengezogen und blinzelte in den Kamin. Mit einer Hand hielt er seine Ohrmuschel, als versuchte er das Knistern der Flammen zu hören. Mandi kniete sich neben ihn.
Wenn Pierce den Kopf bewegte, gingen seine Augen jedes Mal mit, ohne die Blickrichtung zu verändern. Daran erkannten die Leute normalerweise, dass er blind war. Aber jetzt folgte sein Blick den tänzelnden Flammen, obwohl er den Kopf neigte. Seine Hand lag immer noch an seinem Ohr.
Lieber Gott, mach, dass ich mir das nicht bloß einbilde!

»Pierce«, sagte sie und war froh, dass ihre Stimme weniger unsicher klang, als sie sich fühlte. »Pierce, kannst du mich hören?«
Zu ihrem Erstaunen drehte er sich in Richtung ihrer Stimme und seine Augen wanderten über ihr Gesicht. Ganz sacht glitten seine Finger über ihre Wangen. In seinem Blick erkannte sie Neugier und Zuneigung, zum ersten Mal seit seiner Geburt. Mandi spürte einen Kloß im Hals.
»Pierce?«
Er nahm ihre Hand und buchstabierte: *Ich verstehe nicht, was du sagst.*
Natürlich nicht. Er hatte in seinem ganzen Leben noch nie *irgendetwas* gehört. Er wäre außerstande, seinen eigenen Namen zu erkennen, ebenso wie andere Worte, die sie sagte.
Ihr Herz hämmerte in ihrer Brust. Sie zitterte so sehr, dass sie kaum Zeichen geben konnte. *Kannst du mich wirklich sehen?*
Er nickte lebhaft, wobei seine Augen keine Sekunde von ihrem Gesicht wichen. Mandi nahm ihn in die Arme, strich ihm übers Haar und gab ihm einen Kuss auf die Stirn. Als sie ihn wieder ein Stück von sich hielt, blickte er ihr in die Augen. Ihr kamen die Tränen.
Lieber Gott, dachte sie. *Lieber, gütiger Jesus. Ich danke dir! Danke!*
Seit Pierces Geburt hatte sie sich schuldig für seine Behinderungen gefühlt, ganz gleich wie nachdrücklich die Ärzte ihr versicherten, dass weder seine Blindheit noch seine Taubheit durch sie verschuldet waren. Und dann

wurde er zum Krüppel, weil sie nicht daheim war, um ihn zu beschützen. Seither machte sie sich noch mehr Vorwürfe. Ihn so zu sehen nahm ihr einen Teil der ungeheuren Last, die sie geglaubt hatte, für den Rest ihres Lebens mit sich tragen zu müssen.

»Was ist los?«, fragte Virgil und beugte sich um Mandi herum, damit er Pierce ansehen konnte.

»Er kann sehen«, schluchzte sie. »Er kann hören.«

»Ist das dein Ernst?«

Pierce blickte über Mandis Schulter zu Virgil und verzog das Gesicht, als er versuchte dem Geruch ein Geräusch und ein Gesicht zuzuordnen.

»Er versteht dich nicht und erkennt dich auch nicht«, erklärte Mandi, der Tränen über die Wangen kullerten. »Er hat noch nie jemanden sprechen gehört oder ein Gesicht gesehen.«

Pierces Augen wanderten durch den Raum, doch sobald Virgil oder Mandi etwas sagten, wandten sie sich wieder ihnen zu.

Virgil schüttelte lächelnd den Kopf. »Wie konnte das geschehen? Es muss eine Art Wunder sein.«

»Es ist ein Wunder«, flüsterte Mandi, umarmte Pierce ein weiteres Mal und küsste ihn auf die Wange.

Aber Pierce entwand sich ihr und stand auf. Für einen Moment fürchtete sie, er würde ins Feuer greifen, und wollte ihn aufhalten. Doch er fühlte die Hitze und wich zurück. Stattdessen wanderte er durch das Zimmer wie ein Kleinkind, befühlte die Fensterbank, schnupperte an den staubigen Vorhängen, bückte sich, um eine der Gemüsekonserven aus Jakes Rucksack hochzuheben,

roch daran und blinzelte auf das Etikett. Mandi beobachtete ihn. Vor lauter Faszination konnte sie kaum noch atmen. Pierce war bereits halb durchs Zimmer und auf dem Weg zurück zu den Matratzen, als Mandi erneut zu schluchzen begann.
»Was ist?«, fragte Virgil.
Mandi nickte zu Pierce, der nun die Brokatbezüge der Couch befühlte.
»Er hinkt nicht«, flüsterte sie.

»Was sagt er?«, fragte Jake, als Cramer zu ihnen kam und seine Armladung Feuerholz neben dem Kamin fallen ließ. Beide Männer beobachteten Pierce.
Der Junge gab seiner Mutter Zeichen, wobei seine Finger mit der Geschwindigkeit eines Klavierspielers, der Aufwärmübungen machte, über ihre Handfläche huschten.
Auf Mandis Stirn erschienen tiefe Falten. »Er sagt, dass der Stein kaputt ist, aber er macht etwas mit ihm. Ich schätze, er meint, dass er wegen der Kette hören und sehen kann.«
Pierce sah zu Jake. Seine Augen folgten jeder seiner Bewegungen. Jake nahm Pierces Hand und wollte ihm etwas buchstabieren, doch in dem Moment, da sie sich berührten, zuckte Pierce zusammen. Jake wusste sofort, wovor er Angst hatte.
Ich nehme ihn dir nicht weg, versprochen, buchstabierte Jake.
Dennoch versuchte der Junge seine Hand wegzuziehen und drängte sich an seine Mutter.

»Sag ihm, dass er ihn behalten kann«, sagte Jake zu Mandi.
»Aber was macht der Stein sonst noch mit ihm?«, fragte Virgil mit Blick auf Pierces geschlossene Faust.
»Er scheint ihm jedenfalls nichts Schlimmes zu tun«, stellte Jake fest.
»Und doch hat er mit allem anderen, mit dem Crowley-Fluch, zu tun, oder nicht?«, fragte Cramer.
»Ich weiß nicht, wie das zusammenpassen soll«, erwiderte Jake. »Ich habe den Stein von José Torrio in Galveston.«
»Ballast«, murmelte Cramer.
»Was?«, fragte Mandi.
Cramer schüttelte den Kopf.
»Sag Pierce, dass ich den Stein nur noch einmal ansehen will«, sagte Jake. »Ich nehme ihn ihm nicht weg.«
Mandi tippte auf Pierces Handfläche ein und er antwortete. Jake hockte sich neben ihn auf den Boden, die Hände im Schoß, damit er weniger bedrohlich wirkte. Schließlich entspannte sich der Junge, bot allerdings nicht mehr an, als dass Jake den Stein berührte, während Pierce ihn weiter festhielt.

Siehst du mich jetzt?, fragte Jake ihn.
Pierce nickte bedächtig, während seine Augen unsicher Jakes Hand folgten.
Wie viele Finger?, buchstabierte Jake.
Drei, antwortete Pierce.
Richtig.
Jake berührte den Stein ganz vorsichtig mit den Fingerspitzen. Zuerst fühlte er sich nur außergewöhnlich kalt

an. Aber dann wechselte das Gefühl abrupt und Jake fürchtete, sich die Finger zu verbrennen. Er zog seine Hand zurück.

Pierce schloss wieder die Faust um den Stein. Durch die Berührung war eine alte Erinnerung in Jake wach geworden, ein Bild von seiner Mutter an dem Abend, als sie starb. Er saß auf dem Boden, genau wie jetzt, starrte auf ihren zerschlagenen Körper, als sein Vater sich neben ihn hockte. Sein Dad hatte Tränen in den Augen gehabt, als er etwas aus der Hand seiner Mutter nahm. Es war rot und glänzend gewesen.

Jake blickte wieder auf die Kette, die aus Pierces Hand baumelte, und erinnerte sich an die Worte seines Vaters.

Oh, Sylvia, was in aller Welt hast du getan? Warum?

Hatte seine Mutter diesen Stein gefunden? Hatte sein Vater gewusst, dass *der Stein* etwas mit ihrem Tod zu tun hatte? Aber wie konnte er dann Jahre später an José Torrios Hals sein? Welche unglaubliche Verkettung von Zufällen hatte ihn zu Jake zurückgebracht?

Albert war oben im Haus gewesen. Torrios Killer hatte Albert umgebracht oder war da gewesen, als Albert starb.

Langsam fügte sich alles zusammen.

Diesmal habe ich draußen nichts gehört«, sagte Jake, als er und Cramer mit weiteren Armladungen Feuerholz in die Küche kamen.
»Es ist aber noch da.« Cramer schüttelte sich den Regen ab. »Ein Geist wie der macht nicht einen solchen Alarm und verschwindet dann. Memere sagt, die einzige Möglichkeit, einen Geist zu stoppen, sei, herauszufinden, was er will, und ihn *zufrieden zu stellen* oder seine Macht zu finden und ihr Herz herauszuschneiden.«
»Was für eine sympathische alte Dame, deine Memere.«
»Sie ist sehr weise«, sagte Cramer grinsend.
»Und was würde sie noch sagen?«
Cramer hörte auf zu grinsen. »Dass die Kette vielleicht wie ein Juju, ein Fetisch oder Zauber für die Geister ist. Vielleicht folgen sie ihr. Vielleicht wollen sie sie zurück.«
Jake überlegte und schüttelte den Kopf. »Das ergibt keinen Sinn. Wenn die Geister die ganze Zeit hier waren, wussten sie, wo der Stein ist, bevor Albert ihn gefunden hat. Ich denke, dass er aus irgendwelchen Gründen zu mir gelangen sollte. Deshalb landete er überhaupt in Houston.«
»Und was sollst du damit machen?«
»Ich wünschte, ich wüsste das.«
Cramer zuckte mit den Schultern. »Du hast ihn dem Jungen gegeben. Vielleicht war das der Sinn.«
»Nein«, entgegnete Jake kopfschüttelnd. »Pierce war ja schon hier. Warum sollten sie den Stein auf eine Viertau-

send-Meilen-Rundreise schicken, um ihn zu ihm zu bringen?«
Mandi saß vor dem Feuer und hielt Pierce im Arm. Die beiden waren in eine Decke gehüllt. Seit Pierces erstaunlicher Heilung schien Mandi nicht mehr von seiner Seite weichen zu wollen, als könnte ihre Nähe verhindern, dass das Wunder wieder nachließ.
Mandi fielen beinahe die Augen zu, wohingegen Pierce immer noch ins Feuer starrte. Jake kniete sich neben ihn und nahm seine Hand. Diesmal schenkte ihm der Junge ein scheues Lächeln.
Wer bist du?, buchstabierte Pierce.
Jake war erschüttert und fragte sich, ob sie einen Fehler gemacht hatten, ob der Stein zwar scheinbar Pierces Blind- und Taubheit geheilt hatte wie auch sein Bein, dafür jedoch seinen Verstand angegriffen hatte. Er buchstabierte langsam: *Jake.*
Pierce schüttelte den Kopf. *Warum kenne ich dich?*
Ich weiß nicht, antwortete Jake.
Doch Pierces Gesichtsausdruck verriet ihm, dass der Junge ihm nicht glaubte. Er hatte einen genauso sicheren Instinkt wie Jake. Nur verfügte er nicht über dieselben Informationen, um das Puzzle zu erkennen.
Cramer warf ein neues Scheit ins Feuer und schlich leise hinüber zum Vorderfenster, wo Virgil Posten bezogen hatte. Als Jake sich wieder Pierce zuwandte, bemerkte er, dass Mandi hellwach war und ihn beobachtete. In ihrem Blick lag ein Anflug von Misstrauen.
»Ich habe ihn nicht um den Stein gebeten«, erklärte Jake.

»Worüber redet ihr dann?«, flüsterte sie.
Jake blickte über seine Schulter, aber Cramer hatte die Wache übernommen und Virgil schien zu schlafen. »Ich weiß nicht genau, wie ich es sagen soll.«
»Was zu sagen fällt dir denn so schwer?«
Er sah erst Pierce an und sagte sich dann, das selbst wenn der Junge ihn hören konnte, er immer noch nicht verstehen würde, was gesprochen wurde. Jakes Flüstern klang sogar in seinen eigenen Ohren hohl und schwach.
»War Rich wirklich Pierces Vater?«
»Nein«, sagte Mandi knapp.
Jakes Schultern sackten ein und sein Atem setzte kurzzeitig aus. Das knisternde Feuer klang plötzlich wie eine Gewehrsalve.
»Schon gut«, sagte Mandi sanft. »Ich habe nie irgendetwas von dir erwartet.«
»Ich schätze, das hat niemand.«
»Es war eine lange Zeit«, flüsterte Mandi und legte ihre Hand über Pierces und seine. »Und du hast getan, was du glaubtest tun zu müssen.«
»Ich wäre nie fortgegangen, wenn ich das gewusst hätte.«
Ihre Antwort schien ein wenig zu zögernd zu kommen.
»Du warst schon weg, bevor *ich* es wusste. Wir müssen damit leben. Du dachtest, du würdest das Richtige tun.«
Sie vergab ihm, was er gern akzeptiert hätte, wäre da nicht jener Teil in ihm, der verlangte, dass er bestraft wurde, ehe er Vergebung erhielt. Egal *warum* er fortgelaufen war, egal *was* er wusste oder nicht wusste, er hat-

te die Frau verlassen, die er liebte, und seinen eigenen Sohn.

Pierce fragte Jake etwas mit den Fingern, aber der schüttelte nur den Kopf. »Er will wissen, worüber wir reden und warum ich ihm so bekannt vorkomme. Ich weiß nicht, was ich antworten soll.«

»Nun, das liegt bei dir«, sagte Mandi.

»Aber was denkst *du*?«

»Pierce hatte nie einen richtigen Vater und sich immer nach einem gesehnt. Die Frage ist: Was hast *du* vor?«

Ihre Stimme sagte ihm, dass sie akzeptieren würde, was auch immer er entschied. Jake hatte das Gefühl, dass sich ihm gerade in dem Moment, als seine ganze Welt dabei war, auseinanderzubrechen, vollkommen neue Möglichkeiten eröffneten. Aber er wusste, dass er Pierce schon jetzt mehr liebte, als er je jemanden geliebt hatte, und ganz gleich was geschah, er würde weder seinen Sohn noch Mandi wieder verlassen können.

Er sah Pierce an und buchstabierte langsam: *Ich bin dein Vater.*

Pierce zuckte zusammen. Er zog seine Hand fort und begann hektisch etwas in Mandis Hand zu zeichnen. Als sie zurücktippte, schluckte der Junge sichtbar, ehe er wieder nach Jakes Hand griff.

Warum bist du fortgegangen?

Ich wusste nichts von dir, buchstabierte Jake. *Ich wusste nicht, dass du unterwegs warst, sonst wäre ich nicht gegangen. Es tut mir leid.*

Aber warum?

Es war schwierig genug gewesen, Mandi die Gründe

seines Fortgehens zu erklären. Wie wollte er Pierce klarmachen, weshalb er glaubte, gehen zu müssen, noch dazu mit Fingerzeichen? *Ich dachte, dass deine Mutter in Sicherheit wäre, wenn ich gehe.*
Wegen des Dings da draußen?
Ja.
Wieso dachtest du das?
Jake zögerte, während Pierce ihm in die Augen sah. *Weil ich nicht sicher war, ob das alles real ist. Ich dachte, ich wäre vielleicht verrückt, ich könnte gefährlich werden. Ich wollte deiner Mutter nicht wehtun.*
Pierce bedeutete durch ein Schulterzucken, dass er die Antwort annahm. Doch sein Gesichtsausdruck fügte ein *im Moment* hinzu.
Liebst du meine Mom?
Ja.
Ich glaube, sie hat dich sehr vermisst.
Was ist mit Rich?
Pierce sah ihn fragend an.
War er schlecht zu dir?
Ich kam klar.
Jake lächelte und stellte sich vor, zu was für einem Mann Pierce heranwachsen würde. Er war sehr stolz auf ihn – so stolz, wie er noch nie auf irgendetwas oder irgendjemanden gewesen war. *Das wette ich.*
Ich habe den Fernseher kaputtgemacht, damit er abhaut.
Den Fernseher?
Pierce grinste. *Das war einfach. Und Rich konnte nicht ohne Fernseher leben.*

Jake lachte und Mandi fragte, was Pierce gesagt hatte.
»Ich denke, das er dir weit voraus war, was das Vergraulen von Rich betraf«, klärte Jake sie auf. »Wusstest du, dass er den Fernseher manipulierte, damit Rich ging?«
Mandi starrte den Jungen an, als der seine Faust öffnete und Jake den Stein zeigte.
Woher hast du den?, tippte er Jake in die Hand.
Jake erklärte ihm in groben Zügen von dem Abend am Strand. Pierce runzelte die Stirn.
Er gehört hierher.
Woher weißt du das?, fragte Jake.
Das fühle ich. Er ist kaputt, aber stärker als vorher bei Pam. Das Ding da draußen hat mit ihm zu tun. Auf dem Weg ... habe ich fast verstanden, was es sagte.
Jake sah ihn fragend an. *Der Stein war hier, als meine Mutter umgebracht wurde, und ich glaube, das Ding hat meinen Vater getötet.* Er zögerte, ehe er fortfuhr: *Ich glaube, es versuchte vor langer Zeit, mich dazu zu bringen, deine Mutter zu töten.*
Pierce erschrak. *Was hielt es auf?*
Ich weiß nicht.
Vielleicht du.
Wie?
Aber Pierce schüttelte den Kopf und sah auf den Stein.
Er zieht mich zu sich.
Mich auch.
Pierce hielt ihn Jake hin und buchstabierte. *Fass ihn noch einmal an.*
Jake spürte, wie sehr es ihm widerstrebte, mit dem Stein in Kontakt zu kommen, obwohl er ihn doch seit Tagen

mit sich herumtrug. Aber der Junge bestand darauf und nickte ihm eifrig zu.

Schließlich legte Jake die Hand flach über Pierces geöffnete Faust.

Die elektrische Spannung, die ihn durchfuhr, war deutlich intensiver als die Hitze und die Kälte, die er zuvor bei den Berührungen empfunden hatte. Ihm war, als würde sein Verstand in den Stein hineingesogen, und er zog hastig die Hand zurück. Dann blickte er in seine Handfläche, und wieder erwartete er beinahe, dass seine Haut verletzt wäre, doch das war sie nicht.

Was ist da gerade passiert?, fragte er Pierce.

Er ist kaputt. Aber als wir ihn beide berührten, schien es ihm besser zu gehen.

Was sollen wir mit dem Stein machen?

Pierce dachte angestrengt nach. *Das habe ich noch nicht herausgefunden. Und wenn ich nicht weiß, wozu er da ist, kann ich ihn nicht reparieren.*

Könntest du es, wenn du mehr wüsstest?

Jake war sich nicht sicher, ob es überhaupt eine gute Idee war, Pierce in diese Geschichte mit hineinzuziehen. Wenn der Stein tatsächlich kaputt war, wie Pierce meinte, war er bereits für unzählige Morde verantwortlich. Was würde erst geschehen, wenn der Junge ihn reparieren sollte?

Macht er jetzt irgendwas mit dir?, fragte Jake.

Der Junge neigte den Kopf und überlegte. *Manchmal kann ich in ihn hineinsehen. Und ich fühle ihn in mir drin.*

Etwas in Jake wollte Pierce den Stein entreißen und ihn

ins Feuer werfen, ganz gleich was er dem Jungen versprochen hatte. Aber er wusste, dass die Antwort auf ihr Dilemma unmöglich so einfach sein konnte, sonst hätte sein Vater den Stein vor Jahren zerstört. Und war dieses Ding tatsächlich die Ursache für all das Unglück, warum sorgte es dann scheinbar dafür, dass es Pierce besser ging?
Wir müssen es herausfinden, buchstabierte Jake.
Pierce nickte, doch er schien Angst zu haben. *Es wird stärker.*
Der Stein?, fragte Jake.
Pierce schüttelte den Kopf. *Das Ding draußen.*
Jake fasste Pierce bei den Schultern und nahm ihn in die Arme. Er sah die Tränen auf Mandis Gesicht und auch ihm war zum Heulen.
Wir finden es heraus, versprach er Pierce.

Jules beobachtete die verrückte Alte, die in einem anderen Topf auf dem Herd herumrührte. Sie bot ihm eine Schale Gumbo an, doch er traute ihr nicht. Stattdessen aß er kalten Chili aus einer Dose, die er im Schrank gefunden hatte.
Obwohl es unmöglich schien, war er sicher, dass sie ihn irgendwie unter Drogen gesetzt hatte. Anders konnte er sich einfach den verrückten Mist nicht erklären, der hier vor sich ging. Er wünschte, Jimmy hätte die bekloppte alte Hexe ausgeschaltet. Jetzt begann er sich allerdings

zu fragen, ob nicht schon der bloße Gedanke daran ein Fehler war.

An dem Tag, als Jimmy und Paco ihn hier ließen, hatte er geschworen, dass Voodoo oder Zauber, oder wie immer man diesen Quatsch nennen wollte, nichts als Hokuspokus-Blödsinn war. Inzwischen war er sich da nicht mehr so sicher. Er starrte auf Memeres grauen Hinterkopf und fragte sich, ob sie wohl seine Gedanken hören konnte.

»Ich muss deine Gedanken gar nicht lesen«, sagte sie lachend.

Jules fiel vor Schreck der Löffel aus der Hand auf den Küchentresen, woraufhin eine Ladung Dosenchili in seinem Schoß landete. Im Reflex schlug er mit den Knien gegen den Tresen, doch Memere drehte sich nicht einmal um.

»Du hast Angst, dass du nicht mehr weißt, was wirklich ist und was nicht. Du hast Angst, weil du nichts von deinem Boss hörst, Angst, er könnte tot sein. Er ist nicht tot.«

»Woher willst du das wissen?«

Memere kicherte wieder, nahm einen großen Schluck Gumbo und schnalzte laut. »Weil die Schlange ihn noch nicht getötet hat! Ich hab's dir doch gesagt! Ich habe die Schlange auf ihn gejagt und die hat ihn noch nicht erwischt. Die beiden schleichen eine Weile umeinander herum.«

Jules sah am anderen Ende des Zimmers das Terrarium, in dem die Alte ihre große Klapperschlange hielt. Er fasste nicht, dass er dieses Monstrum erst nach Stunden in der Wohnung bemerkt hatte. Man konnte fast meinen, Terrarium und Schlange wären aus dem Nichts *erschienen*. Als er es allerdings entdeckt hatte, kippte er einen Tisch dagegen – sicherheitshalber. Heute Morgen war er aufgewacht, weil die Schlange wieder und wieder mit dem Kopf gegen das Glas geschlagen hatte. Er zitterte, als er mitbekam, dass die Schlange tatsächlich die Scheibe zersplittert hatte, und fragte sich, ob sie wohl an *ihn* herankommen wollte. Als Memere das Tier aus dem Terrarium hob, bemerkte er, dass die Schlange sich geschnitten hatte. Ein langer Riss verlief von ihrem Hinterkopf bis halb hinunter zum Schwanzende. Memere hatte sie verbunden, wie man einen Menschen verbindet, und ins Terrarium zurückgesetzt.

Jules zweifelte nicht daran, dass die Schlange in der Wohnung und die, welche die Alte angeblich auf seinen Boss angesetzt hatte, irgendwie zusammengehörten. Ihm war nur unbegreiflich, wie das gehen konnte. Diese ganze Geschichte war ihm verdammt nochmal zu abgedreht. Er wünschte sich nichts sehnlicher, als in einer Bar zu sitzen, Cola-Rum zu trinken und sich mit ein paar Sekretärinnen zu vergnügen, die ihre Arbeit schwänzten. Stattdessen hockte er hier und spielte den Babysitter für eine Wahnsinnige.

Und die Schlangensache war noch längst nicht alles.

Er hatte sich einen der Wohnzimmersessel so hingerückt, dass er von dort die Alte im Blick behalten konnte, wenn sie in ihrem Schlafzimmer war. Schließlich sollte sie nicht auf die Idee kommen, irgendjemandem durchs Fenster Zeichen zu geben. Andererseits hatte sie überhaupt keinen Versuch unternommen, zu fliehen oder Aufmerksamkeit zu erregen. Sie machte einfach, was zu ihrer täglichen Routine zu gehören schien, kochte, stellte Essen und Rum vor die merkwürdigen kleinen Altäre …

Das war auch so eine Sache, die ihm zunehmend Sorge bereitete.

Bisher hatte er zwar gesehen, wie sie Obst und Brot und sogar häppchengroße Stücke gebratenen Fleisches vor jeden der Alkoven in dem anderen Zimmer gelegt und ein Schnapsglas dunklen Jamaica-Rums dazugestellt hatte, aber er hatte nie gesehen, wie sie die Sachen wieder wegnahm. Trotzdem war immer alles verschwunden, wenn er das nächste Mal ins Zimmer kam. Beim zweiten Mal hatte er geschlagene drei Stunden bei der Tür ausgeharrt, die Alte mit Argusaugen beobachtet und die Altäre im Blick behalten, wann immer sich Memere woanders aufhielt. Ging sie ins Bad, begleitete er sie bis zur Tür. Und dennoch: Kam sie in den Altarraum zurück, waren Essen und Rum verschwunden. Die ganze Wohnung hatte er danach abgesucht, während die Alte auf der Toilette war. Die komischen Opfergaben fanden sich nirgends. Jules starrte die Figuren an und fragte sich zum x-ten Mal, worauf er sich hier bloß eingelassen hatte. Mittlerweile war er an einem Punkt angekommen, an dem an Schlaf nicht mehr zu denken war. Er brachte es ja kaum noch fertig, überhaupt zu blinzeln.

»Du kannst bald so viel schlafen, wie du willst«, sagte Memere und lachte in ihren Gumbo-Topf.

Jules sprang auf, zog seine Pistole und richtete sie auf den Rücken der Alten.
»Hör auf damit!«, schrie er.
Sie drehte sich ruhig um. Er hätte schwören können, dass ihre Augen glühten. Aber sie streckte ihren Zeigefinger mit dem langen Nagel nach ihm aus und konterte: »Du tust mir gar nichts! Dein Boss macht dir die Hölle heiß, wenn du mich anrührst, ohne dass er es dir befohlen hat.«
»Mich interessiert ein Scheiß, was er sagt. Wenn du mich weiter kirre machst, puste ich dir die Rübe weg!«
Sie nickte bedächtig. »Es dauert nicht mehr lange. Meine Schlange ist schon verletzt. Manches von der Verletzung stammt von deinem Boss, manches von Jake Crowley. Aber meine Schlange wird deinem Boss bis zu seinem Todestag folgen.«
»Noch einen Tag und eine Nacht, alte Frau«, sagte Jules und sicherte seine Waffe wieder. »Mehr gebe ich dir nicht. Hör ich bis dahin nichts von Jimmy, bist du fällig.«
Memere zuckte gleichgültig mit den Schultern. »Vielleicht bringst du mich um, vielleicht auch nicht. Aber ich denke, dass wir alle bald dran sein werden, so oder so.«
Wieder lachte sie und wandte sich ab, um ihr Gumbo zu kosten.

Jake wurde von Virgils Schnarchen geweckt. Nach seiner Uhr war es später Nachmittag, aber er war so erschöpft, dass es ebenso gut mitten in der Nacht hätte sein können. Als er hörte, wie jemand durchs Haus wanderte, stand er auf und ließ Mandi und Pierce am Feuer zurück, um nachzusehen. Am Fuß der Treppe blieb er stehen und sah hinauf zu den tanzenden Schatten. Im nächsten Augenblick erschien Cramers Kopf über dem Geländer des Treppenabsatzes.
»Was machst du da?«, flüsterte Jake.
»Ich konnte nicht schlafen. Also dachte ich mir, ich sehe mich mal um. Das hätten wir übrigens schon *längst* tun sollen. Komm mal mit rauf.«
Jake schüttelte den Kopf. »Geh du vor.«
»Was für ein toller Partner du doch bist«, sagte Cramer und stieg weiter nach oben.
Jake wäre am liebsten gar nicht in den ersten Stock gegangen. Ihm widerstrebte sogar die Vorstellung, dass *irgendjemand* sich da oben aufhielt. Der erste Stock war gleichermaßen ein Ort des Schreckens wie der Erinnerung, der letzte Ort auf Erden, an dem er seine Mutter lebend gesehen hatte, und der Ort, an dem sie ihren blutigen Tod fand. Mit quälender Langsamkeit stieg er die Stufen hinauf und hielt sich dabei so krampfhaft am Geländer fest, dass seine Finger schmerzten. Wieder fragte er sich, wie Mandi es an jenem Abend geschafft hatte, ihn in das alte Haus zu locken. Oder hatte ihn schon damals der Stein hierhergezogen?
Am Ende des langen Flurs hing das Porträt von Jacob Crowley. Sein Urahn schien argwöhnisch jeden zu be-

äugen, der sich herwagte. Jake jedoch sah nicht auf das Gemälde, sondern auf den alten Kirschholztisch an der Wand. Wie in Trance näherte er sich dem Tisch, kniete sich daneben und strich mit der Hand über das aufwändig gedrechselte Bein. Auf der Tapete waren noch deutlich dunkle Flecken zu sehen. Jake tastete mit der anderen Hand die Stelle des Bodens ab, wo seine Mutter gelegen hatte. Plötzlich tauchten noch lebendigere Bilder der entsetzlichen Nacht aus seiner Erinnerung auf. All der Schrecken und die Furcht, die er in diesem Moment erneut empfand, kamen ihm wie die Strafe für das vor, was er als Zehnjähriger nicht imstande gewesen war zu tun.
Cramers Stimme riss ihn aus seinen Gedanken. »Alles in Ordnung?«
Zitternd stand Jake auf, immer noch auf den Boden starrend, als er Cramers Hand auf seiner Schulter fühlte.
»Ist es hier passiert?«, fragte sein Partner leise.
Jake nickte und für eine Weile standen sie beide schweigend da, bis Cramer sich räusperte.
»Du hättest lieber unten bleiben sollen. Tut mir leid. Das war blöd von mir.«
Jake hatte Mühe, ihm ins Gesicht zu sehen. »Nein, ist schon gut. Jetzt bin ich hier. Hast du etwas Interessantes gefunden?«
»Na ja, noch mehr Zimmer mit abgedeckten Möbeln.«
Jake schwieg.
»Sieht aus wie eine ältere Ausgabe von dir«, sagte Cramer und zeigte auf das düstere Porträt.

»Ja, das sagen viele.«
»Er muss ein wohlhabender Mann gewesen sein, wenn er so ein Porträt von sich anfertigen lassen konnte.«
»Das war kurz vor seinem Tod. Ich schätze, dass er recht vermögend war. Immerhin gehörte ihm das Tal, und aus dieser Zeit gibt es Bilder, auf denen mit Holz beladene Güterzüge zu sehen sind.«
»Was ist aus dem Holzgeschäft geworden?«
»Die großen Firmen drängten ihn vom Markt. Jacob besaß zwar das Tal, aber die großen Holzfirmen teilten sich den ganzen Rest von Maine.«
»Das Land konnte er aber behalten.«
»Ja, und seine Nachfahren konnten sich mit dem Holzhandel einigermaßen über Wasser halten. Allerdings wären sie kaum in der Lage gewesen, solche Häuser zu bauen.«
Jake folgte Cramer den Flur entlang – froh, von dem Tisch und seinen Erinnerungen wegzukommen. Cramer öffnete die letzte Tür auf dem Gang und ging voraus in das ehemalige Schlafzimmer von Jakes Eltern. Jake war überrascht, immer noch das Parfüm seiner Mutter riechen zu können. Er bekam weiche Knie.
»Wie viele Geschwister hatte dein Vater?«
»Eine Schwester.«
»Und was ist aus ihr geworden?«
»Sie heiratete einen Seemann und zog nach New York. Seitdem hat niemand mehr von ihr gehört, soweit ich weiß.«
»Und hier wohnten immer nur Crowleys?«
»Mein Großvater hatte ein Dienstmädchen, das hier

wohnte – na ja, wohl eher eine Haushälterin. Meine Mutter erzählte öfter von ihr. Sie wurde von einem umstürzenden Baum erschlagen.«
»Du machst Witze!.«
»Warum sollte ich?«
»Was machte sie unter einem Baum, der umstürzt?«
»Solche Geschichten sind in dieser Gegend nicht selten. Mein Großvater und mein Vater hatten am Tag vorher gefällt und einen Baum halb gefällt zurückgelassen. Am nächsten Tag fanden sie das Mädchen darunter.«
Cramer sagte nichts.
»Was ist?«, fragte Jake.
»Komm schon, du bist ein Cop, verdammt!«
»Ich schätze, es klingt wirklich seltsam. Aber als ich geboren wurde, war sie schon zwanzig Jahre tot. Ich fragte meinen Vater einmal danach, doch er wollte nie über Familiengeschichten reden. Die Crowleys hängen ihren Erinnerungen nicht nach.«
»Und ich kann mir sogar denken, warum nicht. Also, die Haushälterin geht hinaus in den Wald und stellt sich zufällig unter den Baum, den dein Vater und Großvater nur *halb gefällt* hatten? Taten sie so etwas häufiger? Ich meine, das ist doch gefährlich!«
»Ich glaube nicht, obwohl ich ihre Arbeitsgewohnheiten nicht wirklich kenne. Meinst du, dass das Ding sie umgebracht hat?«
Cramer zuckte mit den Schultern. »Was meinst du? Gehen die Haushälterinnen in dieser Gegend häufig auf Wandertouren?«
»Ehrlich gesagt habe ich die letzten vierzehn Jahre da-

mit verbracht, mir einzureden, dass das, was ich gesehen und gehört habe, nicht real war. Ich wollte all die Dinge als Halluzinationen, Einbildungen abtun.«
»Aber dafür hältst du sie mittlerweile nicht mehr.«
»Tja, zumindest fällt es mir immer schwerer.«
Cramer nickte. »Was gab den letzten Ausschlag? Warum bist du schließlich weggegangen?«
Jake erzählte ihm alles, die ganze Geschichte von jener Nacht mit Mandi in dem Haus, alles, woran er sich erinnerte und woran sie sich erinnerte. Lange bevor er zu Ende gesprochen hatte, erschienen tiefe Sorgenfalten auf Cramers Stirn.
»Brachte dein Vater nun deine Mutter um oder nicht?«
»Ich weiß es nicht. Als ich klein war, wollte ich glauben, dass das Ding sie getötet und er uns erst hinterher gefunden hätte. Doch nach dem, was mir in jener Nacht hier passierte, fing ich an zu denken, dass er sie vielleicht doch umgebracht hat, so wie ich ... wie ich *glaubte*, fast Mandi umgebracht zu haben. Inzwischen bin ich mir überhaupt nicht mehr sicher. Pierce denkt, dass die Kette und das Ding da draußen zusammenhängen, aber nicht eins sind. Er meint, das Ding bringe vielleicht deshalb Menschen um, weil der Stein kaputt ist.«
»Pierce ist dein Sohn, stimmt's?«
Jake starrte ihn verwundert an. Natürlich hätte er damit rechnen müssen, dass Cramer dahinterkam. Er erzählte ihm von seiner Unterhaltung mit dem Jungen.
»Oh Mann!«, sagte Cramer. »Dieser Urlaub wird immer besser, was?«

»Besser als ich erwartet hatte«, erwiderte Jake. »Vorausgesetzt, wir überleben ihn.«
»Planst du, mir wegzusterben?«
»Nein, eigentlich nicht.«
»Gut, dann lass diese Bemerkungen und hilf mir den Rest des Hauses abzusuchen.«
Jake sah ihn fragend an. »Verrätst du mir, wonach wir suchen?«
»Wonach wir immer suchen: Beweise.«
»Wofür?«
»Dafür, dass und inwiefern deine Familie mit diesem Fluch zu tun hat. Jacob Crowley lebte lange in diesem Tal, ohne umzukommen. Und dann setzte irgendetwas dieses verdammte Ding in Gang. Ich will einfach wissen, was es war. Ich denke, dein Großvater und dein Vater wussten es. Also, warum sagte dein Vater dir nichts?«
»Vielleicht war ich zu jung, als er starb.«
»Und so starb sein Wissen mit ihm. Aber irgendetwas muss es geben, das uns auf die Sprünge hilft.«
»Ich weiß, dass es verrückt klingt, aber ich schwöre, dass meine Mutter den Stein in der Hand hatte, als sie starb. Und ich frage mich jetzt, ob Jimmys Mann ihn nicht von Albert hatte. Vielleicht kam Albert hierher, fand ihn ... na ja, keine Ahnung. Jedenfalls fühlen sich sowohl Pierce als auch ich irgendwie von dem Ding angezogen.«
Cramer nickte nachdenklich. »Du hattest den Stein, als sich die Morde am Strand ereigneten. Dann hast du ihn hergebracht und das Mädchen starb, Dary Murphy

starb und Rich wurde umgebracht. Wieso hast du ihn nie vorher erwähnt?«

Jake schüttelte den Kopf. »Mir kam das alles viel zu verrückt vor.«

»Vielleicht ist es gar nicht so verrückt. Memere sagt, dass Dinge sich genauso an Menschen binden können wie Menschen sich an Dinge.«

»Memere ist wohl doch nicht so durchgedreht, wie ich dachte.«

Cramer lachte. »Sie ist total verrückt.«

»Was hat sie dir über mich gesagt?«

»Wie meinst du das?«

»Du bist doch nicht mit hergekommen, ohne sie vorher zu sehen und ihr zu sagen, was du vorhast. Was hat sie gesagt?«

»Sie sagte, dein Ballast könnte uns beide das Leben kosten.«

»Und? Glaubst du ihr?«

»Ich glaube ihr immer.«

»Trotzdem bist du mitgekommen.«

»Was hast du erwartet? Denkst du, dass ich in Houston auf meinem dicken Hintern sitze, während du hier oben bist und deinen weißen Hals riskierst?«

Jake lächelte. »Nein ... das habe ich nicht erwartet.«

Cramer nahm die Kleider aus dem Wandschrank und warf sie auf den Boden.

Jake erkannte den Wintermantel seiner Mutter und verzog das Gesicht. Der graue Wollstoff roch entsetzlich nach Mottenkugeln, Jake aber sah seine Mutter darin vor sich.

»Was ist?«, fragte Jake, als er bemerkte, dass Cramer auf den Kleiderberg sah.
»Die Taschen«, sagte Cramer.
Die Vorstellung, die Sachen anzufassen, war Jake unheimlich. Das war, als würde er seine Mutter berühren. Er konnte es nicht.
»Ich sehe in die Schubladen«, sagte er und wandte sich der alten viktorianischen Kommode zu.
Hier war der Mottenkugelgeruch noch schlimmer. Jake stellte überrascht fest, dass offenbar all die Jahre nichts in dem Zimmer angerührt worden war. In der einen Schublade lag die fein säuberlich gestapelte Unterwäsche seiner Mutter neben ihren Miedern und Strümpfen. Eilig schob er die Schublade wieder zu und blickte flüchtig in die übrigen Laden, wobei er sich wie ein Spanner vorkam.
»Hier finden wir nichts«, murmelte er.
»Wozu gehören die hier?«, fragte Cramer und hielt einen Schlüsselbund hoch.
»Könnten die Ersatzautoschlüssel von meinem Vater sein.«
»Was passierte mit dem Wagen?«
»Ich meine mich zu erinnern, dass er verkauft wurde ... nach dem Mord.«
»Sagtest du nicht, in dieser Gegend würde niemand seine Türen abschließen?«, fragte Cramer und sah sich die Schlüssel genauer an. »Die hier sehen eher wie Türschlüssel aus.«
Jake nickte. »Einer gehört bestimmt zur Kellertür. Mein Vater schloss den Keller immer ab.«

»Wieso?«
»Keine Ahnung.«
»Dann sehen wir einmal nach«, sagte Cramer grinsend und ging voraus in den Flur.
»Was wolltet ihr da oben?«, fragte Mandi, die am Fuß der Treppe stand.
»Wir haben das Haus durchsucht«, erklärte Cramer.
»Und was habt ihr gefunden?«
»Nur ein paar alte Kleidungsstücke«, antwortete Cramer. »Wo ist die Kellertür?«
»Unter der Treppe«, sagte Jake.
Cramer schloss die Tür auf. Sie schleifte auf dem Boden, als er sie öffnete. Ein erdiger Geruch schlug ihnen entgegen. Cramer leuchtete mit der Laterne hinein.
»Tja, dann schauen wir uns mal um.«
Jake sah Mandi an. »Wenn Cramer sich in etwas verbissen hat, lässt er sich durch nichts und niemanden aufhalten.«
»Was nicht unbedingt schlecht ist«, entgegnete Mandi.
Sie drehte sich um, als sie Schritte hinter sich hörte, und entdeckte Virgil und Pierce.

Alle fünf standen in der Mitte des alten Kellers. Die Holzdecke war niedrig und über und über mit Spinnweben bedeckt. An einer Wand standen drei große Überseekoffer mit verrosteten Metallriegeln. Zu Jakes Rechten befand sich eine lange Werkbank, auf der zahl-

reiche Werkzeuge für die Holzbearbeitung und rostige Farbdosen lagen. Cramer öffnete einen Überseekoffer nach dem anderen, doch alle drei waren leer. Dann nahm er ein altes Holzflugzeugmodell von der Werkbank und blickte sich nachdenklich um.
»Wir sind in einem alten Haus, in dem es jede Menge Leichen im Keller geben muss, aber wir finden sie nicht«, sagte er. »Was ist da drin?«
Jake sah in die Ecke. Dort war eine dunkle Metalltür, die sich farblich kaum vom Mauerwerk abhob und deshalb nicht auf Anhieb zu sehen gewesen war. Seltsamerweise stand Pierce vor der Tür und rüttelte am Knauf. Jake schüttelte den Kopf.
Cramer ging zur Tür und probierte verschiedene Schlüssel aus, bis er den richtigen gefunden hatte. Das Schloss bewegte sich quietschend und Cramer stieß die Tür auf. Dann leuchtete er mit der Laterne hinein. In dem kleinen Raum war die Decke noch niedriger, sodass Cramer den Kopf einziehen musste. Drinnen war kaum genug Platz für sie fünf. Auch dieser Raum war leer. Cramers Miene verfinsterte sich.
»Warum schließt jemand einen leeren Kellerraum ab?«, fragte er und befühlte die Betonvertiefungen, aus denen die Träger aufragten.
Nichts.
Sie gingen wieder in den Hauptkeller zurück, wo Cramer ebenfalls die Trägereinfassungen kontrollierte. Auch hier war nichts.
Als sie gerade wieder nach oben gehen wollten, bemerkten sie Pierce, der auf den Knien in dem leeren kleinen

Raum hockte und mit bloßen Händen an der festen Erde kratzte. Alle eilten zu ihm. Jake sah als Erster, was Pierce dort auszugraben versuchte. Auf den ersten Blick sah es wie ein alter Zementklumpen aus, doch sobald sie den festen Lehm beiseite geschoben hatten, war eine Inschrift zu erkennen.

»Vergraben von Jacob Elias Crowley, 10. August 1886«, las Jake laut vor und sah zu Cramer. »Er muss es hier vergraben haben, als das Haus gebaut wurde.«

»Wir müssen den Stein herausheben«, sagte Cramer und holte ein Brecheisen von der Werkbank, das er neben dem Stein in die Erde rammte.

Der Zementdeckel war erstaunlich leicht zu entfernen. Darunter fand sich eine rostige Blechkiste, in der ein ledergebundenes Notizbuch lag. Jake hob es vorsichtig heraus und blies den Staub ab.

»Ich werd verrückt!«, sagte er und schlug die erste Seite auf. »*Das persönliche und geheime Tagebuch von Jacob Elias Crowley.*«

»*Der* Jacob?«, fragte Cramer.

»Mein Ururgroßvater«, antwortete Jake und blätterte weiter.

Aber Cramer unterbrach ihn. »Nicht hier unten.«

Jake saß auf der Couch im Wohnzimmer, das Tagebuch auf seinem Schoß. Die Seiten waren dünn und brüchig und die Schrift war schwer zu entziffern. Er blätterte den Anfang, der sich größtenteils mit den Kriegsjahren befasste, zügig durch, bis er beinahe in der Mitte des Buches ankam.

»›Ich ertrage dieses Morden nicht mehr. Die Tapferkeit meiner Männer steht außer Frage, doch leider die der Feinde ebenso. Vor und hinter uns tut sich der Tod in Form eines Meeres von Blut auf, über dem die Schreie der Sterbenden auf immer in der Luft zu hängen scheinen. Mir ist, als dürfte ich nie wieder eine sanfte Brise einatmen, die nicht von Schießpulver oder Blut getrübt ist, dürfte nie wieder jene Ruhe in meinem Herzen spüren, wie ich sie einst kannte. Ich sah den Angriff von Picketts Männern, die von meinen Leuten niedergemäht wurden wie das Korn von der Sichel, und ihre Gesichter unterschieden sich von den unseren weder lebendig noch tot. Man sagte mir, wir hätten diese Schlacht dank der Couragiertheit gewonnen, welche die Männer aus Maine unter Chamberlain auszeichnete. Ich begegnete Chamberlain und nahm in seinen Augen dieselbe schreckliche Distanziertheit wahr, die nunmehr auch in meinen zu erkennen ist. Er sagte mir, wie sehr er sich nach den grünen Tälern Maines sehnte, in denen der Tod nur eine ferne Erinnerung ist.

Obgleich ich nie dort war, sehne auch ich mich nach ihnen.‹«

Jake überblätterte ein paar Seiten.

»Steht da irgendetwas über den Stein?«, fragte Cramer.

»›Ich fühle mich von einem Ort angezogen, der mir seit Langem vorschwebt, weit nördlich in den tiefen dunklen Wäldern, wo ich endlich Ruhe und Frieden finden kann‹«, las Jake weiter. »›Mir scheint, die Eingeborenen, diese Passamaquoddy, sind sehr freundlich, ganz und gar nicht so feindselig, wie man sich im Westen erzählt.

Sie wissen, wie man im Einklang mit der Erde lebt. Ich verbrachte den Winter mit diesen freundlichen Menschen und sie nahmen mich wie einen der ihren auf. Ich nahm sogar eine Frau von ihnen zum Weib, die in ihrer Sprache Wiesel heißt, obwohl ich bei ihr keinerlei Ähnlichkeit mit diesem Tier entdecken kann. Mir erscheint sie vielmehr hübsch und angenehm. Aber ihre Leute möchten nicht, dass ich in das nächste Tal ziehe, wohin es mich zieht.
Soweit ich bisher von ihrer Sprache verstehe, glauben sie, es wäre ein Ort des Todes. Ich jedoch fühle nichts dergleichen. Und ich fühle mich noch mehr dorthin gezogen, als es mich hierher zog.
Es handelt sich um ein Tal voller Wild, Kaninchen und gutem Holz. Ich plane, ein Haus gleich am Eingang des Tals zu bauen und dort von der Landwirtschaft zu leben. Wiesel will mit mir kommen, obwohl sie dieselbe unbegründete Angst hegt wie ihre Leute.‹«

»Dann hatten sogar die Indianer Angst vor diesem Tal«, murmelte Cramer.

»›Wir bauten ein solides Haus, und ich fing an, Holz zu fällen. Ich kaufte eine Säge, die von dem Bach angetrieben wird, der hier vorbeifließt. Ich plane das Holz zu verkaufen, da zu beiden Seiten des Tals neue Siedlungen entstehen. Außerdem kaufte ich alles Land, das ich bekommen konnte, was nicht schwierig war – fürchten die Ansässigen diesen Ort doch ebenso wie die Eingeborenen. Was für ein Verlust für sie! Ich hingegen bin entschlossen, das Beste aus meinem Besitz zu machen. Wiesel ist guter Hoffnung.‹«

Jake blätterte weiter. »Dieser Eintrag ist von 1880. Da müssen sie schon mehrere Jahre im Tal gelebt haben.«
Er las: »*Die Jungen arbeiten hervorragend und sind mein und ihrer Mutter ganzer Stolz. Ich liebe sie sehr. Die Geschäfte gehen gut. Überall in den umliegenden Tälern werden Farmen gebaut und sie alle brauchen Holz. Ich konnte genügend Geld zur Seite legen, um nun ein richtig schönes Haus an einem Platz zu bauen, den ich in der Nähe der Quelle am anderen Ende des Tals entdeckte. Dort gibt es gutes Wasser. Die Jungen haben eine schöne Schwimmstelle gefunden, die unweit des neuen Hauses liegt.*
Ich habe niemandem erzählt, was ich dort fand. Ich werde es hier niederschreiben und dann nie wieder davon sprechen. Denn ich glaube, ich habe die Wurzel der heidnischen Mythen und Legenden entdeckt, welche die Leute so lange von hier fernhielten. Als ich einen großen Stein ausgrub, den ich für das Fundament verwenden wollte, stieß ich auf einen riesigen Edelstein, bei dem es sich, wie ich glaube, um einen Amethyst handeln muss. Ich gestehe, dass mich bei dem Anblick zunächst die Gier packte und ich ihn eilig weiter ausgrub, nur um zu erkennen, dass jemand oder etwas vor mir da gewesen sein musste – war doch der große Stein so präpariert, dass er einen sehr viel kleineren, polierten Edelstein hielt.
Mir wurde sofort klar, dass ich an einem Ort der Götzenverehrung war, und bei der Berührung des kleineren Steins fühlte ich sogar dessen Kraft. Ich riss ihn heraus und versteckte ihn für alle Zeiten. Niemals wieder

werden in diesem Tal Dämonen verehrt oder ihr Unwesen treiben können. Gewiss hat mich genau dies in das Tal gezogen, denn ich wusste stets, dass ich zu einem bestimmten Zweck herkommen musste. Doch ich fürchte, hinter der Geschichte um das Tal steckt weit mehr, als man mir bislang erzählte. Manchmal kommt es mir vor, als würde sich der Stein gleichsam in meine innersten Gedanken drängen oder als würde er mich in sich aufsaugen wie Rauch durch eine Pfeife. Ich fürchte, ich verliere den Verstand!«

Jake schlug die letzte Seite um und erschrak. »Das sieht aus wie Blut«, sagte er und drehte das Buch um, damit die anderen die Flecken sehen konnten, die Teile der sauberen Schrift bedeckten.

»Crowley-Blut.« Cramer sah Jake an.

»Lies weiter«, sagte Mandi.

»›*Ich habe alles Menschenmögliche versucht, um den verfluchten Edelstein loszuwerden. Ich warf ihn in den Fluss, doch meine Söhne brachten ihn mir als Geschenk zurück, als sie ihn beim Schwimmen entdeckten. Ich legte ihn auf den Ofen und erhitzte ihn so sehr, dass Stahl geschmolzen wäre, und dennoch blieb er gänzlich unversehrt. Ich hämmerte auf ihn ein, aber er wollte nicht zerbrechen. Schließlich wollte ich ihn in meiner Verzweiflung dorthin zurückbringen, wo ich ihn fand, aber damit löste ich etwas aus, das ich nicht einmal zu beschreiben wage. Ich nahm ihn jedenfalls sofort wieder weg und verstecke ihn seither.*

Ich tat alles, was ich tun konnte. Ich flehte den Gott meiner Väter um Hilfe an und predigte Sein Wort an

den niedersten und finstersten Orten. Nichts half. Wer in dieses Tal kommt, läuft nunmehr Gefahr, hier umzukommen. Gott ist mein Zeuge. Ich weiß nicht, ob die dunkle Bestie aus dem Wald Wiesel von mir nahm oder ob es sich um einen Unfall handelte. Meine Söhne suchen noch das Ufer nach ihrem Leichnam ab, während ich im Grunde meines Herzens weiß, dass sie sie niemals finden werden. Mein Leben schwindet mit jeder Minute. Ich vergrabe dieses Tagebuch unter dem Lehm und hoffe inbrünstig, dass niemand es finden möge oder gar finden muss. Mit letzter Kraft werde ich das Haus in Brand setzen und sodann mit diesem Tal der Tränen abgeschlossen habe. Für den Fall, dass meine Bemühungen fehlschlagen, habe ich meinen ältesten Sohn über die wahre Bedeutung des Edelsteins aufgeklärt. Wenn ich nicht mehr bin, muss er dafür Sorge tragen, dass niemand den Stein je findet. Denn ich fürchte, dass er in den falschen Händen großes Übel anrichten könnte.‹«
»Das war's«, schloss Jake und klappte das Buch zu. »Der Legende nach ist er ertrunken oder verschwunden, genau wie mein Vater. Auf jeden Fall steckte er das Haus nie in Brand.«
Cramer schüttelte den Kopf. »Ich denke, das Ding ließ ihn nicht. Er verschwand wahrscheinlich, *genau wie dein Vater.*«
»Demnach wurde der Edelstein von einem Erstgeborenen zum nächsten weitergereicht«, folgerte Virgil.
»Und deine Mutter fand ihn«, sagte Cramer.
»Das erklärt nicht, warum er sie getötet hat«, wandte Jake ein.

»Vielleicht durfte sie ihn nicht haben«, mutmaßte Cramer. »Albert nahm ihn und ist tot. José bekam ihn irgendwie und ist tot. Der Stein suchte nach dir.«
»Vielleicht«, sagte Jake nachdenklich und sah zu Pierce hinüber.
»Wenn José an ihn rankam«, überlegte Virgil laut, »muss Paco ihn mitgenommen haben. Und als ich den zuletzt sah, lebte er noch.«
»Schon möglich«, murmelte Cramer. »Oder der Stein benutzte Paco, damit er ihn zu Jake brachte. Josés Tod kann einfach ein Zufall gewesen sein.«
Jake seufzte. »So kann man's auch nennen.«

Baute Jacob die Kapelle hinter dem Haus?«, fragte Cramer, der sich nachdenklich die Stirn rieb.
»Ja«, antwortete Jake. »Ich schätze, dass er in späteren Jahren sehr religiös war.«
»Dann sollten wir sie als Nächstes durchsuchen.«
»Wonach?«, fragte Virgil.
»Weiß ich nicht«, sagte Cramer. »Vielleicht nach dem Fundort des Edelsteins, dem großen Stein, aus dem er den kleineren herausgenommen hat.«
Virgil sah ihn ungläubig an. »Und Sie denken, er hat darauf eine Kapelle errichtet?«
»Warum sonst sollte er sich plötzlich für Religion begeistern und dahinten eine Kapelle bauen?«, war Cramers Gegenfrage.

Jake fiel auf, dass Pierce zum Feuer gegangen war und kopfschüttelnd davorstand.

Als Mandi ihm etwas in die Hand zeichnete, gestikulierte Pierce mit beiden Händen. Jake verstand die Geste als klares Nein.

»Er weiß, worüber ihr sprecht«, erklärte Mandi. »Und es gefällt ihm nicht.«

»Hast du nicht gesagt, dass er nicht versteht, was wir sagen?«, fragte Virgil.

»Schon. Auf jeden Fall werden Pierce und ich nicht mit in die Kapelle gehen. Wir bleiben hier.«

Doch auch das schien der Junge zu verstehen.

»Naaan!«, schrie er und stampfte mit dem Fuß auf. Er wirkte sehr ängstlich und sah Jake mit einem flehenden Blick an.

Jake nahm seine Hand und buchstabierte. *Was ist?*

Böser Ort.

Die Kapelle?

Pierce runzelte die Stirn. Niemand hatte ihm gesagt, was das für ein Gebäude hinter dem Haus war, aber er wusste offensichtlich, dass sich dort etwas Gefährliches befand.

Das Haus im Garten?, buchstabierte Jake.

Pierce nickte.

Warum?

Da wohnt das Ding.

Jake lief ein eisiger Schauer über den Rücken. Er legte Pierce die Hand auf die Schulter. *Du bleibst mit deiner Mutter hier.*

Pierce nahm Jakes Hände und drückte sie fest, doch

Jake zog sie langsam zurück und schüttelte den Kopf, um dem Jungen zu bedeuten, dass er und Cramer unbedingt in die Kapelle mussten. Schließlich gab Pierce nach, nickte stumm und teilte in Zeichensprache mit, dass er mitgehen würde.
Ich denke, du solltest hier bleiben, entgegnete Jake.
Ich bin der Einzige, der es reparieren kann.
Sollte es überhaupt eine Möglichkeit geben, das Ding zu reparieren – was Jake bezweifelte –, könnte Pierce wirklich der Einzige sein, der dazu imstande war. Schließlich hatte der Stein auch ihn »repariert«. Dennoch hatte Jake ein ungutes Gefühl dabei, den Jungen mit an einen Ort zu nehmen, vor dem er sich so sehr ängstigte. Sie zogen sich alle im Flur ihre Regenjacken über und gingen dann zur Hintertür. Cramer und Jake waren die Ersten, dann kamen Pierce und Mandi, als Letzter Virgil. Cramer hielt in einer Hand die Laterne, in der anderen den Schlüsselbund. Auf dem Weg durch den Garten sahen alle immer wieder nervös zu den Bäumen hinüber. Aber von dort kam weder ein Rascheln noch ein Flüstern, und auch Pierce schien das mysteriöse Unwesen nicht zu spüren.
Das Vordach über der Eingangstür der Kapelle war so klein, dass kaum zwei Erwachsene darunterpassten. Jake hielt die Laterne, während Cramer verschiedene Schlüssel ausprobierte, bis er den richtigen fand. Gleich darauf schwang die mit aufwändigen Schnitzereien verzierte Tür weit auf.
Alle fünf eilten hinein, um dem Regen zu entkommen. Die Wände waren aus schwerem Flussstein und die

Fenster – auf Brusthöhe und so schmal, dass kaum der Kopf eines Erwachsenen durch den Rahmen passen würde – dienten ausschließlich der Verzierung und Versorgung mit Licht, gewiss nicht der Luftzufuhr oder gar als Notausstiege.

»Hat eher etwas von einer Festung als von einer Kirche«, stellte Cramer fest.

»Wer weiß, was in Jacobs Kopf vor sich ging, als er sie baute«, sagte Jake kopfschüttelnd.

Cramer stellte die Laterne auf dem Pult ab und sah sich die drei kurzen Bankreihen auf beiden Seiten genauer an.

»Nicht viel Platz für eine Gemeinde.«

»Angeblich predigte Jacob vor allem zu seiner eigenen Familie«, erzählte Jake. »Einer seiner Söhne wurde zum ersten Gesundbeter in dieser Gegend. Er nahm in der Badestelle Taufen vor. Und er predigte hier zu seinen Patienten.«

»Hat dein Vater je gepredigt?«

»Daran erinnere ich mich nicht.« Jake sah Virgil an.

»Nicht dass ich wüsste«, sagte dieser.

»Tja, hier ist jedenfalls kein Platz, um irgendetwas zu verstecken«, stellte Cramer fest und blickte sich in der winzigen Kapelle um. »Ich dachte, es gebe vielleicht einen Keller, Wandschrank oder so etwas.«

»Ich schätze, mehr als das, was wir hier sehen, gibt es auch nicht«, sagte Jake.

Pierce entwand sich Mandis Hand und ging zum Pult. Er nahm die Laterne hinunter und stellte sie behutsam auf den Fußboden. Jake und Cramer sahen sich fragend

an und warteten. Mandi eilte zu ihrem Sohn, doch Pierce ignorierte sie. Er fasste das alte Eichenpult und rüttelte daran, als handelte es sich um einen Zaunpfosten, der herausgezogen und ersetzt werden musste. Jake bemerkte, dass sich das Pult leichter nach vorn als nach hinten bewegen ließ. Pierce hatte es wohl ebenfalls gemerkt, denn er trat zurück und zog. Cramer und Jake eilten zu ihm und halfen ihm, das schwere Möbelstück vorsichtig in den Gang zu kippen.
»Ein Klappdeckel«, sagte Cramer und starrte in die Öffnung im Fußboden.
»Du hast doch nach einem Versteck gesucht.« Jake wandte sich an Mandi. »Frag Pierce, woher er wusste, dass es hier ist.«
Allerdings fürchtete er, es bereits zu wissen.
»Er meint, dass er fühlte, wie es ihn anzog«, sagte Mandi und sah Jake besorgt an.
Cramer hielt die Laterne hinunter in die Öffnung und sah hinein. »Ist das das, was ich glaube, dass es ist?«
Jake beugte sich über das Loch. Da unten befand sich nicht etwa ein richtiger Kellerraum, sondern eher ein winziger Kriechkeller, in dessen Mitte ein halb vergrabener Stein von der Größe einer Badewanne schimmerte.
»Es ist der Amethyst«, flüsterte Jake und starrte auf den funkelnden Kristall.
»Dann ist Jacobs Geschichte also wahr«, sagte Cramer. »Ist das Ding nicht ein Vermögen wert?«
Jake zuckte mit den Schultern. »Nicht unbedingt. Diesen Stein findet man hier in den Bergen sehr viel. Aller-

dings habe ich nie von einem Stück gehört, das auch nur annähernd so groß ist.«
»Da ist das Loch, in dem der kleinere Stein steckte, genau wie in dem Buch beschrieben.«
Pierce stützte sich an der Kante des Einstiegs ab und rutschte an den beiden vorbei hinunter in den Kriechkeller. Behutsam strich er mit den Fingern über die Einfassung für den kleineren Stein. Jake nahm die Laterne und leuchtete den engen Raum ab, um sicherzustellen, dass hier unten nichts war, was Pierce gefährlich werden könnte.
Von draußen war Donnern zu hören und immer wieder erleuchteten Blitze die kleine Kapelle für Sekundenbruchteile. Alle lauschten auf das ominöse Flüstern, doch außer dem Trommeln des Regens auf dem Dach war nichts zu vernehmen.
»Vielleicht sollten wir versuchen, den Stein zurückzulegen«, flüsterte Cramer so leise, dass Mandi ihn nicht verstehen konnte.
»Das wird Pierce nicht gefallen«, gab Virgil zu bedenken, der neben ihnen kniete.
Jake sah zu Mandi und erkannte, dass sie Cramer sehr wohl verstanden hatte. In ihren Augen lag ein Ausdruck tiefster Verzweiflung.
»Er kann sehen, Jake«, sagte sie matt. »Er kann hören und gehen.«
Ihre Worte trafen ihn wie Dolchstöße und ihr Blick war noch um ein Vielfaches schlimmer. *Du hast uns schon einmal im Stich gelassen, uns verraten. Willst du es wieder tun?* Wie könnte er ihr, wie könnte er seinem Sohn

das antun? Wie wollte er von dem Jungen verlangen, den Stein herzugeben, der ihn doch von all seinen Beschränkungen befreit hatte? Er konnte nicht.
Cramer seufzte. »Wir sollten es zumindest versuchen. Vielleicht kann er ja trotzdem weiter sehen und hören.«
»Das könnt ihr nicht wissen«, wandte Mandi ein.
»Mandi«, erklärte Virgil ruhig. »Wir müssen wenigstens versuchen, ihn zurückzulegen. Pierce nützt es nichts, dass er sehen kann, wenn wir alle hier umkommen.«
»Nein«, sagte Jake bestimmt und sah die beiden anderen Männer streng an. »Jacob versuchte es damals und erreichte damit nur, dass das Ding wieder nach draußen gelangte.«
Mandi drängte sich zwischen die anderen drei in die Öffnung. »Bringt ihn hier raus. Ich will nicht, dass er da unten allein ist.«
»Ich hole ihn«, sagte Jake.
Er gab dem Jungen ein Zeichen, bevor er ebenfalls in den Kriechkeller hinabglitt. Pierce blickte ihn ängstlich an, reichte ihm aber die Hand.
Weißt du schon etwas?, fragte Jake.
Pierce schüttelte den Kopf. *Der Stein ist von hier.*
Glaubst du, dass er hierhergehört?
Ja, buchstabierte Pierce zögernd.
Sollen wir ihn zurücklegen?
Pierce schüttelte vehement den Kopf.
Warum nicht?, fragte Jake.
Pierces Augen sagten ihm, was er wissen musste, und Jake nickte. Wie konnte er von dem Jungen verlangen,

das zu tun, selbst wenn es vielleicht das Richtige war? Wie konnte irgendjemand das von Pierce verlangen?
Jake klopfte ihm beschwichtigend auf die Schulter, doch Pierce wich zurück. Also nahm er wieder seine Hand.
Ich werde dich nie zwingen, ihn wieder herzugeben, buchstabierte er. *Niemals.*
Nun entspannte sich der Junge sichtlich. Vorsichtig hob Jake ihn aus der Grube. Dann stieg er selbst wieder nach oben und verschloss das Loch mit Virgil gemeinsam.
Cramer sah ihn fragend an.
»Es muss einen anderen Weg geben«, sagte Jake knapp und wandte sich zu Mandi.
Ihr Blick sagte ihm, dass sie die Sache gemeinsam durchstehen würden, als eine Familie.
»Hast *du* eine Idee?«, fragte er Cramer, als sie vor der Tür standen und sich bereitmachten, durch den Sturm zurück zum Haus zu gehen.
Cramer zuckte mit den Schultern und sah zu Pierce.
»Wenn überhaupt jemand die Antwort wissen kann, dann er.«
Jake nickte und eilte hinter Mandi und Pierce her nach draußen.
Virgil folgte ihnen.
Doch als sie die Veranda erreicht hatten, stand Virgil noch im Regen und starrte in den Wald.
»Siehst du irgendetwas?«, fragte Jake.
Virgil sah noch ein wenig länger auf die Bäume, bevor er den Kopf schüttelte und hinter ihnen her ins Haus kam.

Der Regen prasselte fliegenden Kieselsteinen gleich gegen die Fenster und der Wind brachte die Bäume zu Knarren. Die Sonne hinter den dichten Wolken ging unter und würde bald eine noch tiefere Dunkelheit hinterlassen, als sie den ganzen Tag schon herrschte. Cramer blickte aus dem Fenster, als Jake zu ihm kam.
»Albert brachte dir bei, das Ding zu fahren, stimmt's?«, fragte Cramer und nickte zu dem Bulldozer, dessen Umrisse gerade noch zu erkennen waren.
»Ja, aber das nützt mir nur etwas, solange die Schlüssel stecken. Virgil kann ihn wahrscheinlich auch fahren. Trotzdem können wir nirgends hin, ehe das Unwetter vorbei ist. Versteh mich nicht falsch, ich hasse dieses Haus, und sollte auch bloß die geringste Chance bestehen, dass Haus oder Kapelle mit dem Fluch zusammenhängen, würde ich keine Minute zögern, beides dem Erdboden gleichzumachen. Im Augenblick bin ich jedoch ganz froh, ein Dach über dem Kopf zu haben.«
Cramer nickte. »Ich wollt's ja nur wissen.«
»Das Ding da draußen hat uns in Ruhe gelassen, seit wir hier sind«, sagte Jake, dem klar war, wie fadenscheinig diese Behauptung sich ausnehmen musste, da ja alle wussten, dass im Haus etwas mit ihm passiert *war*, in jener Nacht mit Mandi. Ebenso hatte sich der Mord an seiner Mutter im Haus zugetragen.
»Trotzdem«, wandte Cramer denn auch prompt ein.
»Glaubst du, dass sich etwas verändert hat?«
»Wir befinden uns auf seinem Territorium. Das ist das Einzige, was wir mit Sicherheit wissen. Nach dem Tage-

buch dachte Jacob Crowley, er wäre *in den Stein eingedrungen* und der Stein irgendwie *in ihn*. Das hört sich für mich verdammt nach der Geschichte an, die du von der Nacht hier allein mit Mandi erzählt hast.«

Virgil gesellte sich zu ihnen.

Jake lief ein eisiger Schauer über den Rücken. »Ich fürchte, dass es in jener Nacht nicht richtig in mir war, aber ihr beide passt lieber auf mich auf. Okay?«

»Ich passe die ganze Zeit auf dich auf«, sagte Virgil ruhig.

Cramer lachte. »Bis jetzt scheinst du jedenfalls nicht verrückter als sonst.«

»Wenigstens bete ich nicht zu Ogou.«

»Mach du nur Witze«, entgegnete Cramer. »Wenn es hart auf hart geht, wirst du schon sehen, was Ogou tut.«

»Wieso legt er nicht langsam mal los und erledigt das Ding da draußen?«

Cramer sah ihn streng an. »Ogou arbeitet nicht so. Er hilft bloß.«

»Wie du manchmal redest!«

»Tja, ich schätze, in solchen Situation kommt Memeres Erziehung durch.«

»Na, dann pass mal weiter schön auf!«

Cramer klopfte ihm auf die Schulter. »Keine Sorge. Du bist stärker als alle bösen Geister. Das hast du bereits in der Nacht bewiesen, als du mit Mandi hier warst.«

Jake jedoch konnte an Cramers Nasenspitze erkennen, dass er sich *so* sicher nicht war.

Er drehte sich um, da Mandi gerade zu ihnen kam.

Pierce schien vor dem Kamin eingenickt zu sein. Plötzlich fiel ihm wieder ein, was Pierce ihm erzählt hatte.
Er ist nicht böse. Ich glaube, er ist kaputt. Ich fühle etwas in ihm, wie einen fehlerhaften Stromkreislauf.
Keine Frage, der Stromkreislauf in diesem Ding stimmte garantiert nicht. Ein Energiekreis, der Männer dazu brachte, ihre Familien zu töten, der Fremde dazu brachte, sich gegenseitig und manchmal sich selbst zu töten, konnte nur defekt sein. Je mehr Jake darüber nachdachte, desto mehr kam er zu dem Schluss, dass ihre einzige Chance darin bestand, dieses Unwetter zu überleben und anschließend Haus, Kapelle und Amethyst mit einer Ladung Dynamit für immer aus der Welt zu schaffen.
»Ich mache uns etwas zu essen«, sagte Mandi und ging an ihnen vorbei.
Cramer sah Jake an und nickte Richtung Küche.

Pierce ließ seine Gedanken treiben, während er mit geschlossenen Augen vor dem Kamin saß. Das Feuer wärmte ihn angenehm. In der einen Hand hielt er den Stein, der ihn immer stärker zu sich zog. Je mehr er der Anziehung nachgab, desto besser glaubte er zu verstehen, wie die *Maschine* im Inneren des Steins funktionierte.
Der Stein schien eine Art Transformator zu sein. Er war dazu gedacht, eine Form von Energie aufzunehmen, sie

zu verstärken und dann in einer anderen Form wieder abzugeben. Und einiges von der Energie, die er geladen hatte, verlieh Pierce die Fähigkeit, zu sehen, zu hören und zu gehen, ohne zu humpeln. Genauso deutlich allerdings spürte er, dass damit fast sämtliche Reserven aufgebraucht waren.
Was aber hatte der Stein mit dem Monster zu tun, das im Wald lebte, mit der flüsternden Dunkelheit im Tal? Waren die beiden miteinander verbunden, wie Funkwellen mit ihren Übertragungsgeräten »verbunden« sind? Wenn aber der Stein irgendwie kaputt war, dann musste auch seine *Botschaft*, das flüsternde Ding, defekt sein. Oder es war erst durch den Defekt entstanden.
Er war ziemlich sicher, dass, könnte er den Stein reparieren, das Flüstern einfach verschwinden würde, so wie ein Funksignal. Aber er hatte Angst. Er hatte mehr Angst als je zuvor in seinem Leben, denn da unten in dem Loch mit Jake hatte er erahnen können, was es brauchte, den Stein heil zu machen, und was es ihn kosten könnte.

Jake streckte sich über Mandi, um einen Topf hinunterzuholen, an den sie nicht herankam. Als er ihn ihr gab, berührten sich ihre Hände. Beide hielten gleichzeitig die Luft an. Endlich erwiderte Mandi sein Lächeln.
»Mir tut das alles wirklich leid, Mandi«, sagte er und hoffte, dass sie wusste, was er mit »alles« meinte, nämlich sowohl die letzten vierzehn Jahre als auch die letzten paar Stunden.
»Schon gut.«

Jake schüttelte den Kopf. »Ich mache mir entsetzliche Vorwürfe, weil ich all die Jahre einen Sohn hatte und nicht für ihn da war. Weil ich nicht für dich da war.«
»Du wusstest es doch nicht.«
»Ich werde ihn nicht um den Stein bitten. Egal was geschieht, ich werde ihn nicht darum bitten.«
Mandi stellte den Topf ab und fiel Jake in die Arme.
»Was ist, wenn wir keine andere Lösung finden?«
»Wir müssen. Es muss einfach einen anderen Ausweg geben.«
Er wünschte inständig, er könnte daran glauben. Zu schön war das Gefühl, wie sich Mandis Brustkorb unter seiner Hand mit jedem Atemzug hob und senkte, wie zart und warm sie sich anfühlte. Als sie zu ihm aufblickte, küsste er sie, ganz sanft und vorsichtig, obwohl sich sein ganzer Körper anspannte. Schließlich legte sie die Hände auf seine Brust und ging einen Schritt zurück.
»Dieses alte Haus weckt eine Menge Erinnerungen«, flüsterte sie heiser.
Jake nickte und noch während er die Nähe zu ihr genoss, schien er seine Umgebung plötzlich auf zwei unterschiedliche Weisen wahrzunehmen. Er spürte, wie seine Hände ihren Rücken hinaufglitten, immer dichter an ihren Hals, und ein unermesslicher Schrecken überkam ihn, als ihm klar wurde, dass er ebenso wenig Kontrolle über sich hatte wie in jener Nacht vor vierzehn Jahren. Er kämpfte dagegen an, wollte seine Hände von ihr wegbringen ...
»Mandi«, hauchte er atemlos.

Sie sah ihn an, voller Vertrauen und Zuneigung. Ihr Blick wurde in dem Moment unsicher, als Jake begann, das Flüstern in seinem Kopf zu hören.
»Geht es dir nicht gut?«, fragte sie besorgt.
Jakes Finger bewegten sich langsamer, doch unaufhaltsam auf Mandis Kehle zu und er versuchte verzweifelt, sie unter Kontrolle zu bekommen. Er merkte, wie sich seine Hände um ihren Hals legten und zudrückten, während Mandi sich ihm zu entwinden versuchte.
»Du tust mir weh!«, keuchte sie und wollte sich von ihm losreißen.
»Lauf weg!«, befahl er ihr. Irgendwie schaffte er es, seinen Griff zu lockern, nicht aber, Mandi von sich wegzustoßen.
Sie stolperte ein paar Schritte zurück, verwirrt und ängstlich.
»Lauf!«, stöhnte er und ging auf sie zu.
Sie drehte sich um und rannte in den Flur hinaus.

Jake saß am Tisch und brachte nur mit Mühe die Kraft auf, Cramers prüfendem Blick standzuhalten. »Du musst mich wegsperren.«
»Was?«, fragte Mandi entsetzt.
»Tu es!«, sagte Jake. »Wir haben keine andere Wahl. Wenn dieses Ding wieder über mich kommt, ist keiner von euch sicher.«
»Wir werden besser auf dich aufpassen«, entgegnete Cramer kopfschüttelnd.
»Du müsstest mich erschießen, um mich aufzuhalten. Und das wäre mir ehrlich gesagt nicht so recht.«

»Und was ist, wenn es einen anderen von uns erwischt?«, fragte Virgil.
»Bis jetzt hat es noch nie einen von euch ausgesucht.«
»Der Stein hat aber etwas mit Pierce gemacht«, stellte Virgil fest.
Jake seufzte. »Er hat ihm nichts *Böses* getan. Und außerdem ist Pierce nicht groß genug, um dir oder Cramer etwas zu tun. Es gibt keinen anderen Ausweg. Ich hatte kaum die Kraft, nicht … Genauso war es in der Nacht, als Mandi und ich zusammen hier waren. Ich weiß nicht, warum oder wie ich es schaffte, mich zu kontrollieren, aber wir dürfen nicht riskieren, dass so etwas noch einmal passiert.«
»Er hat Recht«, sagte Virgil und sah Cramer an, auf dessen Stirn sich tiefe Furchen abzeichneten. Doch er nickte.
Mandi schüttelte immer noch den Kopf. »Nein. Ihr sperrt ihn nicht weg!«
»Es ist für alle das Beste so«, erklärte Jake. »Wenn der Sturm vorbei ist, werden wir das Haus und die Kapelle abbrennen, sie mit dem Bulldozer vergraben und diesen Teil des Tals zum Niemandsland machen. Falls nötig, werden du, Pierce und ich weit von hier wegziehen. Aber im Moment müssen wir dafür sorgen, dass ich keinem von euch etwas antue.«
»Jake, bitte!«
Jake schloss die Augen. Als er sie wieder öffnete, weinte Mandi, was ihm beinahe das Herz brach.
»Na gut«, sagte er zu ihr. »Du kannst die Schlüssel bewahren. Wie ist das?«

»Bitte, mach das nicht ...«
»Mandi.«
»Wie lange?«, fragte sie. »Wie lange wirst du eingesperrt sein?«
Jake überlegte. »Bis das Unwetter vorbei ist. Sobald wir hier herauskönnen, werden wir den Platz dem Erdboden gleichmachen und verschwinden.«
Sie stand mit verschränkten Armen da und schüttelte weiter den Kopf.
»Und wo sollen wir dich einsperren?«, fragte Cramer.
»Im Keller möchte ich nicht so gern eingesperrt sein. Die Speisekammer ist wohl am ehesten geeignet.«
Also schleppte Cramer eine der Matratzen zur Speisekammer, die dort den gesamten Boden ausfüllte. Nachdem Jake es sich so gemütlich gemacht hatte, wie es die Umstände zuließen, blieben Virgil, Cramer, Pierce und Mandi in der Tür stehen. Mandi hatte noch mehr Tränen in den Augen, und auch Cramer schien wenig überzeugt von der Maßnahme.
»Bist du sicher?«, fragte er Jake.
Jake nickte stumm zur Tür.
»Tut mir leid, Partner.«
Jake hörte, wie sich der Schlüssel im Schloss umdrehte. Schlagartig wirkte der Raum noch winziger als zuvor. Die Matratze reichte von einer Wand zur anderen, weshalb sie den Nachttopf aus dem ersten Stock auf dem untersten Regelbrett abgestellt hatten. Jake mochte gar nicht daran denken, ihn hier drinnen benutzen zu müssen, wenngleich die Chancen recht hoch waren, dass er es würde tun müssen.

Mandi hatte ihm einen Teller, Besteck, Konserven, einen Dosenöffner und einen Krug Wasser mitgegeben. Er würde also nicht verhungern, könnte jedoch durchaus an Langeweile sterben. Gegenüber der Tür setzte er sich an die Wand und sah auf seine Uhr. Der Regen war nicht mehr zu hören, doch er wusste, dass die anderen ihm Bescheid geben würden, sobald er nachließ. Er hörte, wie sie sich unterhielten, konnte aber nicht verstehen, was sie sagten.
Jake fürchtete, eine lange Wartezeit vor sich zu haben.

Durch die Bäume sah Jimmy die Lichter des Hauses bereits von weiter weg und wusste, dass er seine Beute letztlich doch wiedergefunden hatte. Der Gruppe durch die Dunkelheit und den Regen zu folgen, sich immer wieder zu verlaufen und durch Wasser und Schlamm zu waten, der ihm bis zu den Achselhöhlen reichte, hatte ihn bis an seine Belastungsgrenze gebracht. Am Ende aber hatte er den Wanderweg gefunden, was zu gleichen Teilen dem Glück wie auch seinem Training zu verdanken war. Seine Geduld hingegen war längst erschöpft.
Er strich mit der flachen Messerklinge über sein nacktes Bein und massierte den blutigen Kratzer, der quer über seinen Oberschenkel verlief. Die Schusswunde in seinem linken Arm schmerzte, war aber sauber. Er hatte sie mit einem Stoffstreifen verbunden, den er aus der

Bluse der alten Frau gerissen hatte. Besser wäre es natürlich gewesen, die Alte nicht gleich umzubringen, doch als er sie im Wald fand, hatte er eine solche Wut gehabt, dass er nicht anders konnte. Ganz abgesehen davon wäre sie wahrscheinlich so oder so gestorben, wenn er sie quer durch die Wildnis hierher gezerrt hätte. Und seine Beute in dem Haus wusste ja nicht, dass sie tot war, was einen echten Vorteil für ihn bedeutete.
Er hatte einen Hunger, wie er ihn seit Jahren nicht gehabt hatte, und er wünschte, er hätte den kleinen Köter erwischen können. Leider hatte er ihn knapp verfehlt, sodass das dämliche Vieh in die Dunkelheit entkommen konnte. Zu schade. Er hätte bestimmt ein nettes Abendessen abgegeben. Die verfluchten Idioten in dem Haus hatten garantiert zu essen. Und was immer sie hatten, würde bald er besitzen.
Er räusperte sich und rotzte in den Schlamm zwischen seinen Füßen. Dann machte er einen tiefen Kehllaut, der zu leise war, als dass man ihn im Haus hören konnte. Er diente lediglich der Dehnung seiner Stimmbänder. Schließlich stieß er ein hohes weibliches Kreischen aus. Da es für ihn immer noch einen Tick zu tief klang, versuchte er es noch einmal, diesmal höher und lauter – wie eine Frau in Angst oder mit Schmerzen.

Mandi war mit Pierce ins Wohnzimmer zurückgekehrt, Virgil und Cramer saßen am Küchentisch. Draußen erstarb das verbleibende Licht so schnell, dass man hätte meinen können, die Wolken hätten die Sonne ertränkt.

»Vielleicht ist es ja richtig, aber mir gefällt trotzdem nicht, dass wir jetzt auf Jake verzichten müssen«, flüsterte Virgil.
»Meinen Sie, ich finde es gut?«, sagte Cramer gereizt. »Aber wenn er sagt, dass das, was ihm heute Abend passiert ist, in diesem Haus schon einmal mit ihm passiert sei, und er überzeugt ist, dass er Mandi umbringen könnte, was bleibt uns dann anderes übrig?«
»Wahrscheinlich nichts.«
Cramer horchte auf. »Haben Sie das gehört?«
»Was war's? Das Flüstern?«
»Nein, ich dachte, ich hätte ein ...«
In diesem Moment erklang von draußen ein markerschütternder Schrei. Beide Männer sprangen auf und rannten zur Tür. Sie waren gerade da, als ein weiterer Schrei die Luft zerriss – wie von einer Frau, die entsetzliche Angst hat.
»Barbara«, sagte Virgil.
Cramer schüttelte den Kopf. »Nein, wir sind zu weit von der Stelle weg, an der wir sie verloren haben.«
Wieder ertönte ein Schrei, diesmal näher. Dann herrschte Stille.
»Verdammt, ich halte das nicht aus«, murmelte Virgil und griff nach seiner Pistole. »Wer immer sie ist, sie wird gerade umgebracht.«
»Aber von was?«, fragte Cramer und drehte sich um. Mandi und Pierce standen in der Küchentür. »Oder von wem?«
Der nächste Schrei war zu viel für Virgil. Er musste etwas unternehmen.

Auf einmal hallte eine männliche Stimme über die Lichtung.

»Ihr Ärsche habt wohl keine *Cojones?*«

»Jimmy«, raunte Cramer und starrte hinüber in den Wald.

Virgil verschwand im Haus und kam kurz darauf mit seinem Gewehr in der Hand wieder.

»Nein, Virgil!«, sagte Mandi und folgte ihm nach draußen. »Du kannst da nicht hingehen.«

Cramer wandte die Augen keine Sekunde vom Wald ab. »Das ist eine Falle.«

»Ich weiß, aber Jake sagte, dass Jimmy letztes Mal nur noch ein Messer dabeihatte.«

»Jimmy ist in so einem Wald schon mit bloßen Händen gefährlich.«

»Das ist mir klar«, entgegnete Virgil entschlossen.

Cramer nickte. »Na gut.«

Er bedeutete Mandi per Handzeichen ins Haus zurückzugehen.

»Sie haben Recht. Wir dürfen sie ihm nicht einfach überlassen. Ich gebe Ihnen Rückendeckung.«

Doch Virgil lehnte ab. »Sie müssen hier bei Mandi und Pierce bleiben. Sie haben sonst niemanden, solange Jake eingesperrt ist.«

»Sie und Jimmy *mano a mano* ist schlechtes Juju, und genau darauf hat er es abgesehen. Er benutzt Barbara als Lockvogel.«

»Ist mir egal«, sagte Virgil im selben Moment, als ein weiterer Schrei durch die Nacht hallte. »Ich kann nicht zulassen, dass er sie umbringt.«

Jimmys Stimme erklang aus dem Wald. »Ihr Ärsche wollt also, dass ich die alte Schlampe abmurkse?«
Virgil ging hinaus in den Regen, dicht gefolgt von Cramer.
»Benutzen Sie Ihren Verstand!«, fuhr Virgil ihn an. »Wenn wir beide gehen, kann Jimmy uns im Wald in die Irre führen, und dann wären Mandi und Pierce vollkommen schutzlos.«
Cramer grummelte zwar noch, doch Virgil wusste, dass er ihn überzeugt hatte. Natürlich war das Letzte, was er sich auf der Welt wünschte, Jimmy wieder allein gegenüberzutreten, aber er hatte keine andere Wahl. Das war nun einmal sein Job. Und zum Glück blieben ihm Doris' Ermahnungen erspart.
»Passen Sie auf sich auf!«, ermahnte ihn Cramer und klopfte ihm auf die Schulter. »Ich werde Ogou bitten, Ihnen zu helfen.«
Virgil grinste. »Da wäre ich Ogou echt dankbar.«
Noch ehe er den Rasen hinterm Haus überquert hatte, hörten die Schreie auf. Einen Moment blieb er stehen und lauschte. Er drehte sich um und sah Cramer, der in der Tür stand und ihm traurig hinterherblickte. Da ertönte ein tiefes Stöhnen aus dem Wald, ein Stück weiter links. Virgil zog die Schultern hoch, legte den Finger auf den Abzug des Gewehrs und schlich geduckt durch die Sträucher in den Wald hinein.

Mandi hatte Cramer auf der hinteren Veranda stehen gelassen und war mit Pierce ans Feuer zurückgekehrt. Die Kaminwärme vermochte jedoch nichts gegen ihr Frösteln auszurichten. In Gedanken war sie bei Virgil, der allein draußen im Wald war – ein alter müder Mann, der sich einer ungeheuren Gefahr aussetzte, um Barbara zu retten. Obwohl ihr Barbara entsetzlich leid tat, wünschte sie, Virgil wäre nicht gegangen, denn womöglich kam er nie mehr zurück.

Als sie sich umdrehte, bemerkte sie, dass Pierce mit weit aufgerissenen Augen dasaß. Diesen abwesenden Blick hatte er die letzten Tage immer dann gehabt, wenn er das Flüstern hörte.

Doch sosehr sie sich auch anstrengte, Mandi vernahm nichts außer dem steten Pochen der Regentropfen auf den Fensterscheiben. Auf einmal veränderte sich Pierces Blick und die Angst, die Mandi in seinen Augen sah, raubte ihr beinahe den Atem.

Er stand auf, griff nach ihrer Hand und wollte sie auf den Flur hinausziehen, doch sie hielt ihn zurück.

Was ist?, fragte sie.

Obwohl er vor Angst zitterte, konnte er noch halbwegs verständlich buchstabieren.

Es ist hier.

Im Haus?

Er bebte am ganzen Körper. *Es ist hier!*

Immer noch hörte Mandi nichts. Abgesehen vom Regentrommeln herrschte Totenstille im Haus. Sie nahm sich eine der Laternen und folgte Pierce mit weichen Knien zur Tür. Das Licht warf unheimliche Schatten

und ließ das alte Herrenhaus wie ein Spukschloss wirken.
Dennoch schien hier nichts Bedrohliches zu sein. Die wirkliche Gefahr befand sich draußen, im Moment jedenfalls, und zwar in Gestalt von Jimmy. Obwohl Pierce verzweifelt an ihr zog und zerrte, wollte Mandi der Gedanke an Virgil nicht aus dem Kopf. Er war alt und verwundet. Verletzlich. Für einen ausgebildeten Killer dürfte Virgil ein leichtes Opfer sein. Sie hätten Jake aus der Speisekammer lassen müssen, dann hätte Cramer mit Virgil mitgehen können. Mandi sah Pierce an, dessen Gesichtszüge angstverzerrt waren, und auf einmal wusste sie, was er fühlte.
Ist das Ding in Jake?, fragte sie.
Pierce schüttelte den Kopf und starrte sie panisch an. Da fiel es ihr wie Schuppen von den Augen. Es gab keinen Grund, Jake zu fürchten, selbst wenn dieses Ding versuchte, ihn zu beherrschen.
Jake war eingesperrt.
Cramer.
Sie erinnerte sich an den Anblick des riesigen Schwarzen mit bloßem Oberkörper und wusste plötzlich, was ihr Sohn meinte.
Memere sagt, ich bin zu offen für die Geister. Ich mache es ihnen zu leicht.
Nein, das konnte nicht sein. Sie hatten Jake doch nicht eingesperrt, damit Cramer nun von dem flüsternden Schrecken besessen würde. Und dennoch schien genau das nahe zu liegen, wenn sie daran dachte, was Cramer erzählt hatte.

Mit Iwas und anderen Geistern muss man vorsichtig sein. Sie können in dich eindringen.
Beide sahen zur Küche, ehe Mandi Pierce leise zur Vordertür schob. Auf der Veranda schlug ihnen der Regen entgegen. Die Laterne schaukelte und quietschte im Wind, als Mandi die Tür hinter ihnen zuzog. Pierce gab ihr per Handzeichen zu verstehen, dass sie ihm folgen sollte. Doch sie konnte nicht.
Geh in die Kapelle, signalisierte sie.
Pierce sah sie fragend an und schüttelte den Kopf.
Ich muss nach Jake sehen, erklärte sie ihm und drängte ihn in Richtung Stufen.
Ich warte hier.
Sie wusste, dass er ohne sie nicht gehen würde, und sie hatten keine Zeit zu verlieren. Nachdem sie die Laterne neben der Tür abgestellt hatte, eilte sie ins Haus zurück. Auf Zehenspitzen tappte sie durch den Flur. Zu ihrem Verdruss tropfte Wasser von ihren Hosenaufschlägen auf den Holzboden, was sich in der ansonsten vollkommen stillen Diele wie Hammerschläge ausnahm. Zudem musste sie den Lichtkegel durchqueren, der aus der Küchentür in den Flur fiel. Jedes Knarren im Haus zerrte an ihren Nerven. Sie stützte sich mit einer Hand am Türrahmen ab und lugte vorsichtig in die Küche.
Cramer saß mit dem Rücken zu ihr am Tisch und starrte in die Laterne, die in der Mitte des Tisches stand. Für einen kurzen Moment war Mandi versucht zu glauben, dass Pierce sich geirrt hatte, dass mit Cramer alles in Ordnung war. Doch je länger sie auf die breiten Schultern des Mannes sah, desto sicherer wurde sie, dass

Pierce Recht gehabt hatte. Sie erkannte Jakes Pistole in Cramers einer Hand und auf einmal kam ihr etwas seltsam anders, irgendwie merkwürdig an der Art vor, wie er dasaß.

»Ogou«, keuchte er. »Du musst mir helfen. Etwas versucht in mich einzudringen. Etwas Böses ...«

Er erschauderte, als hätte ihn eine kalte Böe erfasst, und Mandi sah, wie sich seine Finger um den Griff der Pistole schlossen. Sein Kopf zuckte. Erst jetzt begriff sie mit Entsetzen, dass er ihre Anwesenheit bemerkt haben musste. Da drehte er sich auch schon langsam zu ihr um.

Bevor er sich ganz umgewandt hatte, war Mandi um die Ecke geschlichen und presste sich mit dem Rücken an die Wand. Ihre Füße schienen ihr nicht mehr zu gehorchen und sie wagte nicht zu atmen. Schließlich blieb ihr nichts anderes übrig, als vorsichtig Luft zu holen. Aus der Küche hörte sie Cramer, der eine Art zischendes Summen von sich gab. Es ging langsam in ein Murmeln über, blieb aber unverständlich. Mandi wurde eiskalt, als ihr einfiel, woher sie dieses Geräusch kannte. Es hatte eine frappierende Ähnlichkeit mit dem Flüstern ...

Zitternd vor Schreck fühlte sie nach den Schlüsseln in ihrer Tasche und schlich leise den Flur hinunter. Selbst wenn das Ding Kontrolle über Cramer hatte, konnte es ohne die Schlüssel nicht an Jake herankommen. Das bedeutete, sie und Pierce schwebten in weit größerer Gefahr als er. Da sie ohnehin nichts für Jake tun konnte, musste sie dringend Pierce beschützen. Sie war gerade

bei der Vordertür angekommen, als Cramers seltsames Flüstern sie erstarren ließ wie ein Reh im Scheinwerferlicht.
Ängstlich drehte sie sich um und sah Cramers gewaltige Umrisse im Rahmen der Küchentür. Mandi riss die Haustür auf. Nun wurde das Flüstern zu einem Heulen. Mandi konnte sich rechtzeitig ducken, ehe seine Laterne direkt über ihr gegen die Wand flog. Sie stolperte hinaus in den Sturm, griff nach ihrer Laterne und mit der anderen Hand nach Pierces Arm und rannte mit ihm um das Haus herum zur Kapelle – dem einzigen Ort, von dem sie sich unter den gegebenen Umständen Sicherheit erhoffte. Auf der winzigen Stufe vor dem Eingang kramte sie zitternd die Schlüssel hervor und schloss auf. Dann schob sie Pierce hinein und verriegelte die Tür hinter ihnen. Sie huschten in die Ecke hinter dem umgekippten Pult. Mandi begann zu beten.

Jake glaubte etwas Seltsames aus der Küche gehört zu haben, aber die Tür war so massiv, dass er nicht sicher war, ob es sich wirklich um Geräusche gehandelt hatte oder nur seiner Einbildung entsprungen war. Er presste sein Ohr ans Türholz und lauschte, doch auf einmal war gar nichts mehr zu hören. Als sich über mehrere Sekunden nichts rührte, widmete er sich wieder seiner vorherigen Beschäftigung, nämlich dem Nachzählen sämtlicher Vorräte in der Speisekammer.

Da waren vierundzwanzig verstaubte Dosen mit Suppe, zwölf Dosen grüne Bohnen, zwölf mit Erbsen, zwölf mit Limabohnen und zwölf mit Kartoffeln. Alles war in Vierundzwanziger- oder Zwölferpäckchen vorhanden, ausgenommen die Pickles, von denen es nur drei Viertelpfundgläser gab. Jake war froh, dass sie nicht in Gallonengläsern abgefüllt waren.

Außerdem gab es einen beachtlichen Vorrat an Selterskisten sowie einen ganzen Karton mit Zahnstochern. Jake las sich das Rezept auf dem Etikett einer Pilzsuppendose durch und fragte sich, ob das mit dem Hühnchenrezept darauf ernst gemeint war. Eine solche Zubereitung musste abscheulich schmecken.

Jake setzte sich wieder mit dem Rücken gegen das Regal, starrte auf die Tür und versuchte sich nicht allzu sehr leid zu tun.

Die Speisekammertür war aus massivem Kiefernholz, der Rahmen – wie bei den meisten Türen im Haus – ebenfalls massiv und mit einer Messingplatte um das Schloss herum verstärkt. Sollte er hier auszubrechen versuchen, würden die anderen ihn unweigerlich hören, und dann wüsste Cramer, was zu tun war. Weder Cramer noch Virgil würden ihn gern erschießen, aber sie täten es notfalls, um Mandi und Pierce zu schützen.

Da war wieder das Geräusch, ein wenig lauter, aber Jake erkannte immer noch nicht, was es war.

»He, Cramer!«, rief er.

Seine Stimme hallte in dem kleinen Raum, sodass er sich noch eingesperrter fühlte. Auf einmal war ihm, als könnte er nicht richtig atmen. Zum ersten Mal fiel ihm auf, wie stickig es hier drinnen geworden war. Er kniete sich vor die Tür und hob die Matratze an, in der Hoffnung, dass durch den Türspalt etwas frische Luft hineinkam.

»Cramer!«, rief er wieder.

Ein Schatten fiel über den schmalen Lichtschlitz des Türspalts, aber es kam keine Antwort. Jake wartete einen Moment. War das ein Spiel? »Bist du das, Cramer?«

»Ja.«

Er kannte diesen Klang in Cramers Stimme, kehlig und ein wenig fremd. Sofort war Jake in Alarmstellung.

»Wie geht's euch da draußen?«, fragte er möglichst harmlos, obwohl er eine Gänsehaut bekam.

Der Schatten rührte sich nicht. Jake sah auf den Sekundenzeiger seiner Uhr.

Herr im Himmel, mach, dass ich mich irre.

»Alles in Ordnung, Cramer?«

»Ja.«

»Wo ist Mandi?«

Der Sekundenzeiger tickte weiter. Eine halbe Ewigkeit verging, ehe Cramer antwortete, und was er sagte, ergab überhaupt keinen Sinn.

»Weggegangen.«

»Mist!«, murmelte Jake, dem kalter Schweiß ausbrach, während sich sein Magen verkrampfte.

Der Sekundenzeiger war nun zweimal bis zur Zwölf gewandert.

Der Schatten verschwand – und Jake begann zu schreien.

Wie wild zog und zerrte Jake an der Tür, doch damit erreichte er nichts weiter, als dass die Pickelsgläser vom Regal fielen und ihm seine verwundete Schulter noch mehr zusetzte. Er schrie weiter nach Cramer, ohne eine Antwort zu erhalten.
»Verdammt, Cramer, komm zurück!«
Er musste ihn von Mandi und Pierce ablenken. Und wo steckte Virgil? Sie *mussten* am Leben sein. Mein Gott, was hatte er getan? Warum war ihm nicht klar gewesen, dass das Ding sich nicht nur ihn oder Pierce aussuchen könnte? Er hatte den Stein nicht mehr und selbst wenn, hatte er immer noch Josés Leute am Strand in den Wahnsinn getrieben. Und er hatte Rich dazu gebracht, sich umzubringen. Wie konnte ihm ein so dämlicher Fehler unterlaufen? Natürlich, er hatte sich jahrelang eingeredet, die *Crowley*-Männer würden verrückt werden ...
Wieder und wieder trat er gegen die Tür, achtete gar nicht auf den Schmerz in seinem Knöchel und versuchte eine der Holzpaneelen zu durchbrechen. Das alte Kiefernholz knarzte und knackte, wollte aber partout nicht brechen.
Jake trat weiter, bis er meinte, einen kleinen Lichtschein durch den papierdünnen Riss im Holz zu sehen. Doch auch wenn er es schaffte, eines der Holzbretter herauszubrechen, wäre der Spalt zu schmal, als dass er hindurchgreifen, geschweige denn sich hindurchzwängen könnte. Und der Schlüssel steckte nicht von außen, sondern in Mandis Tasche.
Er musterte die Angeln, die mit zusätzlichen Stoppern

gesichert waren. Hätte er einen Hammer, könnte er sie abschlagen und versuchen, die Tür auszuhängen. Hektisch bearbeitete er die Stopper mit den Fingern, kratzte mehrere Schichten Farbe herunter und konnte die drei kleinen Metallaufsätze schließlich losschrauben. Dann blickte er sich nach einem Werkzeug um, mit dem er die Tür heraushebeln könnte.

Er nahm sich ein paar Suppendosen, von denen er eine unter die obere Angel hielt und die andere als Hammer benutzte. Auf diese Weise allerdings kratzte er nur noch mehr Farbe ab und verbeulte die Dosen zu nutzlosem, tropfendem Blech.

Er warf die Dosen beiseite und trat erneut auf die Tür ein. Die Angeln quietschten und ein langer Riss tat sich im mittleren Türbrett auf, das jedoch nicht so aussah, als wollte es demnächst nachgeben. Jake erkannte, dass er nicht die Kraft hatte, diese Tür aufzubrechen. Als er sah, wie auf der anderen Seite Cramers Schatten wieder auftauchte, erstarrte er und hielt die Luft an.

Es kam ihm wie Stunden vor, die Cramer schweigend hinter der Tür stand. Jake fragte sich, ob das Ding vielleicht Probleme hatte, die Kontrolle über seinen Partner zu gewinnen, oder bloß überlegte, was er als Nächstes tun sollte.

»Wehr dich, Cramer!«, rief er. »Memere würde wollen, dass du dich wehrst!«

Da hörte er das unmissverständliche Geräusch des Sicherungshebels einer Automatikwaffe. Ihm blieb das Herz stehen, während sich in seinem Kopf die Gedanken überschlugen. Wie ein Affe kletterte er eines der

Regale hinauf und betete, dass es halten möge. Da es zu schmal war, musste er sich mit einem Bein am gegenüberliegenden Regal abstützen. So hing er praktisch in einer Grätsche über der Tür, den Rücken gegen die Metalldecke gepresst, als Cramer begann, in den Raum zu feuern. Dosen und Gläser polterten zerlöchert oder zerbrochen auf die Matratze hinab und erfüllten die Luft in dem engen Raum mit einem Geruch aus Essig und verdorbenem Eingemachten.

Eine der Kugeln löschte die Laterne, deren Ölbehälter allerdings wie durch ein Wunder kein Feuer fing. Dafür war Jake wirklich dankbar. In der Stille nach den Schüssen blickte er unter sich in komplette Dunkelheit. Er streckte die Armmuskeln und drückte die Hände noch fester in den rauen Putz unterhalb der Decke, um den Krampf in seinem Rücken zu lindern. Cramers Flüstern klang wie eine leckende Gashauptleitung in einem ansonsten totenstillen Haus.

»Jake …?«

Jake drückte sich still noch weiter gegen die Decke und reagierte nicht auf Cramers Rufe. Dreimal hörte er ihn seinen Namen sagen, ehe wieder Stille einkehrte. Schließlich war es lange genug ruhig geblieben, dass Jake wagte, nach unten zu steigen und nachzusehen, wie es um die Tür stand. Er ertastete unzählige Splitter, die an den Rändern der Einschusslöcher nach innen ragten. Durch die Löcher erkannte er schwache Umrisse in der dunklen Küche.

Er befühlte das Schloss und betete, dass die Schüsse es hinreichend beschädigt hätten, um es zu öffnen, aber er hatte kein Glück. Die alte Messingplatte war zwar zerbeult, aber sie hielt. Wieder kontrollierte er die Angeln. Bei der oberen konnte er nun den Fingernagel zwischen die beiden Hälften bekommen. In seiner Verzweiflung nahm er seinen Gürtel ab, doch die Schnalle war zu dick, als dass er sie als Hebel benutzen könnte. Er versuchte es mit der Schnallenzunge. Die Türangel gab gerade genug nach, dass er die Schnalle in den Spalt drücken konnte. Ein leises Quietschen verriet ihm, dass sich die Türangel bewegte. Mit aller Kraft drückte er nach oben. Er wusste: Wenn die Angel an einer höheren Stelle hakte, müsste er hämmern, um sie weiterzubewegen, und das kam nicht infrage. Doch kurz darauf fiel die Kappe der Angel auf die Matratze und Jake seufzte erleichtert auf.

Er strich mit den Fingern über den Türrahmen bis zur mittleren Angel, aber die ließ sich beim besten Willen nicht aufhebeln. Jake richtete sich wieder auf und zog an der oberen Türkante, bis es ihm gelang, wenigstens mit den Fingernägeln zwischen Tür und Rahmen zu greifen. Die obere Halterung quietschte und ließ sich ein wenig bewegen.

Jake rüttelte ein Stück tiefer an der Tür, sodass sich die mittlere Angel lockerte. Endlich konnte er den Stopper auch hier herunterreißen. Nun gab die Tür weit genug nach, dass er die Hand herausstrecken konnte. Er zog noch kräftiger, während er aufmerksam horchte, wo Cramer sein mochte.

Ihm war bereits klar, dass Cramer keinen Schlüssel hatte, sonst wäre er in die Speisekammer gekommen. Das

ließ immerhin darauf hoffen, dass Mandi und Pierce entkommen waren. An diese Hoffnung klammerte Jake sich wie ein Ertrinkender an einen Strohhalm.
Durch die Türrisse sah er Licht flackern. Es roch nach Rauch. Cramer musste das alte Haus in Brand gesteckt haben. Jake rüttelte wie wild an der Tür und riss sich dabei die Hände an den Türangeln ein. Schließlich fühlte er, wie der Riegel im Schloss aus der Türfassung rutschte. Er wollte die Tür auffangen, doch sie war zu schwer. Mitsamt der schweren Holztür kippte Jake zurück auf die Matratze und konnte sich mit knapper Not abfangen, ehe sie auf ihn fiel. Dichter Qualm waberte in die Speisekammer.
Jake krabbelte unter der Tür hervor, ließ sie auf die Matratze fallen und kletterte darüber. Er hielt sich an der Wand fest, als er ein gewaltiges Brummen von draußen hörte und der Boden unter ihm vibrierte. Ob das Fundament des alten Hauses aufgrund des gestiegenen Wasserpegels nachgab oder eine Springflut von unten dagegen drückte, vermochte er nicht zu sagen. Doch was immer es war, es musste Cramer ebenso erschrecken wie ihn. Jake sah seine Pistole auf dem Boden und hob sie auf. Es waren noch genau zwei Schuss übrig. Benommen vom Rauch stolperte Jake durch die dunkle Küche und schob den umgekippten Tisch beiseite. Wie viel Lärm er jetzt noch machte, war bei dem Krach um ihn herum vollkommen egal.
Das Haus hörte auf zu wackeln. Jake schlich zum Fenster und lugte hinaus, wo er die Ursache für den Lärm und das Beben entdeckte: Alberts Bulldozer. Er musste

das Haus gerammt haben. Die gewaltige Maschine hinterließ eine breite Schlammspur auf dem Rasen, während sie auf die Kapelle zuraste. Jake konnte nur vermuten, dass die anderen dort Zuflucht gesucht hatten. Wie es aussah, war Cramer nicht mit der Bedienung eines Bulldozers vertraut, doch es gelang ihm, die eine Ecke der Kapelle zu rammen, sodass das Dach wackelte. Der kleine Bau konnte jeden Moment in sich zusammenstürzen.

Pierce kauerte mit seiner Mutter in der Ecke der Kapelle, die am weitesten von den Lichtern des Bulldozers entfernt war. Die nämlich konnten sie durch die Risse im Mauerwerk bereits deutlich erkennen. Zwei schwere Trägerbalken waren vom Dach auf den Fußboden gekracht und durch die riesigen Löcher über ihren Köpfen prasselte der Regen auf Pierce und Mandi herab.
Mach ihn heil!
Dieser Gedanke traf Pierce wie ein Hieb und bestärkte ihn nur in dem, was er schon eine ganze Weile überlegte. Der Stein war kaputt. Er arbeitete wie ein Transformator, speicherte Energie, die er in andere verwandelte. Und die ursprüngliche Energie kam aus dem großen Stein unter ihnen. Doch Pierce wusste auch, dass es mit dem Zurücklegen des Steins nicht getan wäre. Das allein reichte nicht, um das Ding zurückzurufen, das sich Cramers bemächtigt hatte. Dafür musste der Stein erst einmal repariert werden.
Er drückte ihn noch fester und mühte sich verzweifelt, dessen seltsamen »Energiekreislauf« zu entziffern. In-

zwischen war die Energie in dem Stein so gut wie erloschen, und dennoch glaubte Pierce, eine Art Muster zu erkennen.

Der große Stein bezog seine Energie aus der Erde, die ihn umgab. Der Stein war eigens dafür gemacht worden, diese Energie aus dem Stein zu erhalten und in etwas zu verwandeln, das von jemandem genutzt werden konnte – einer Person, keine Frage. Und zwar von einer Person, die imstande war, zu lesen und zu verstehen, was der Stein übermittelte. Jemand wie Pierce.

Außerdem wusste der Stein, dass er beschädigt war.

Sein Kreislauf enthielt ein Programm, mit dem eine lebende, atmende Person kontaktiert werden konnte, eine, die ihn verstand. Und irgendwie schien der Stein zu wissen, dass Pierce ihn verstand. Oder er wusste, dass seine Familie ihn verstand. Deshalb hatte er die ganze Zeit nach dem richtigen Crowley gesucht. Und im Laufe der Jahre, je schwächer der Stein wurde, war die Suche immer fehlerhafter geworden. Diese Fehler hatten Menschen getötet und waren manchmal in ihre Köpfe eingedrungen – auf der stetig verzweifelteren Suche nach dem Richtigen –, wodurch diese verrückt wurden, mordeten oder Selbstmord begingen.

Wieder hörte Pierce in seinem Kopf die tiefe dröhnende Stimme.

Tu, was du tun musst! Ich darf nicht erlöschen!

Wie kann ich dich retten?, fragte er stumm.

Du hast es im Blut. Du bist derjenige, der mich heilen kann.

Pierce wartete eine Weile ab, bis ihm klar wurde, dass er

keine weiteren Antworten mehr erhielt. Er wandte sich gerade der Öffnung im Boden zu, als er seine Mutter aufschreien hörte.
Ein dritter Trägerbalken donnerte neben ihnen auf die Steine. Pierce hatte einen Kloß im Hals, als seine Mutter versuchte, ihn zu sich zurückzuziehen.

Riesige Flammen züngelten aus den zerborstenen Scheiben, gegen die der Regen nichts auszurichten schien. Das brennende Haus beleuchtete die Umgebung und verlieh ihr den goldenen Glanz eines funkelnden Märchenreiches. Der Rauch wurde von Regen und Wind zu Boden gedrückt, schlängelte sich um das Haus herum und von dort in einer schmalen Spur bis zur Kapelle.
Jake rannte zum Bulldozer, sich sehr wohl dessen bewusst, dass Cramer nicht nur besessen war, sondern auch noch im Besitz seiner eigenen Waffe. Doch bevor er bei der Maschine angekommen war, schwenkte sie in seine Richtung. Für einen Moment war er von den Scheinwerfern geblendet. Cramer steuerte direkt auf ihn zu, offensichtlich wild entschlossen, ihn zu überfahren.
Der Bulldozer bewegte sich langsamer, als Jake rennen konnte, doch das hohe Gras war nass und glitschig, sodass er stolperte. Er rappelte sich wieder hoch und lief hinüber zu den Bäumen.
»Hilfe!«
Mandis Stimme übertönte den Sturm und das Brummen der Baumaschine. Jake hielt sofort inne, woraufhin ihn die Schaufel seitlich an der Hüfte traf und umwarf.

Rücklings im Gras liegend sah er Cramers Gesicht. Der Mund war zu einem breiten, grausamen Grinsen verzerrt und seine Augen glühten förmlich. Jake krabbelte ein Stück zur Seite, als Cramer den Steuerhebel zog und versuchte ihn mit den Schaufelzacken aufzuspießen. Eine der abgerundeten Metallspitzen bohrte sich tief in den Schlamm.
»Cramer!«, schrie Jake, rollte sich herum und zielte mit seiner Waffe auf die Brust seines Partners. »Ich bin's, Jake! Wehr dich! Ruf Ogou!«
Für einen kurzen Moment glaubte er, den alten Cramer hinter der Fratze wiederzuerkennen, doch er war nicht sicher.
Er rappelte sich hoch und lief zur Kapelle. Cramer vertat sich mit den Steuerknüppeln und lenkte den Bulldozer zunächst in die entgegengesetzte Richtung, bevor er wieder hinter Jake hersetzte. Der hatte die Hälfte der Strecke zur Kapelle geschafft, als ein weiterer Schrei von Mandi durch die Nacht hallte.
Jake raste zur Tür und pochte wie verrückt dagegen. Inzwischen steuerte Cramer mit dem Bulldozer geradewegs auf ihn zu. Jake lehnte sich gegen die schwere Holztür und blinzelte in die Scheinwerfer. Die Vorstellung, Cramer erschießen zu müssen, erschütterte ihn bis ins Mark. Wenn er schon Jimmy nicht erschießen konnte, wie wollte er dann seinen Partner töten? Dennoch wusste er, dass ihm nichts anderes übrig blieb. Jenes Monster, vor dem er sich all die Jahre gefürchtet hatte, war nicht in *ihm*. Es war die ganze Zeit *draußen* gewesen und hatte in ihn einzudringen versucht. Und jetzt

steckte es in Cramer und ließ sich nur aufhalten, indem er Cramer tötete.
Langsam spannte sich Jakes Finger um den Abzug.

Virgil kniete auf dem schlammigen Waldboden – das Gewehr an eine knorrige Kiefer gelehnt – und band seine Schuhe auf, um sie auszuziehen. Er glaubte zwar nicht, dass Jimmy das leise Quatschen in seinen Schuhen hören konnte, das bei jedem Schritt erklang, aber er wollte nichts riskieren. Außerdem hatte er besseren Halt, wenn er auf Socken über den nassen Boden ging. Als er wieder aufstand und sein Gewehr nahm, atmete er einmal tief durch. Die Luft war schwer vom Regen.
Er hatte das Gefühl, sein ganzes Leben hätte einzig dem Zweck gedient, ihn an diesen Punkt, an diesen Ort zu bringen. Virgil wusste, wie gering seine Chance war, Jimmy zu töten – gleich null. Jimmy war wirklich eine lauernde Bestie.
Aber er wusste auch, dass er Barbara nicht einfach ihrem Schicksal überlassen durfte, ohne alles zu versuchen, um den Bastard aufzuhalten. Er konnte nicht in Ruhe abwarten, während Jimmy mit Jake und den anderen anstellte, was immer ihm in den Sinn kam. Es mochte das Dämlichste sein, was er je getan hatte, aber es fühlte sich richtig an, und Virgil fragte sich, ob Ogou ihm vielleicht doch helfen würde.
Seit fünf Minuten hatte er keinen Pieps von Jimmy gehört, aber er rechnete damit, dass er sich jeden Augenblick wie ein Wahnsinniger auf ihn stürzen würde. Eventuell stolperte Virgil auch vorher über Barbaras

Leiche. Sollte ersterer Fall eintreten, wollte Virgil gar nicht erst versuchen, Jimmy festzunehmen. Wenn sich ihm die Chance bot, würde er den Hundesohn erschießen und fertig. Und er hätte deshalb gewiss keine schlaflosen Nächte.

Virgil schlich durch den Wald und sah sich nervös um, als eine kräftige Faust nach dem Gewehr griff und es ihm wegriss. Er griff nach seiner Pistole, aber da traf ihn der Gewehrkolben unterm Kinn, sodass es ein fieses Knacken gab und Virgil auf dem Rücken landete. Er prallte recht hart auf, schaffte es allerdings, die Pistole aus dem Halfter zu reißen. Nur konnte er kein Ziel erkennen. Jimmy war wieder einmal im stockdunklen Wald verschwunden.

Mist! Jetzt war der Kerl mit einem Gewehr bewaffnet und *ihm* blieb bloß die Pistole.

Virgil stand zitternd auf und blickte sich um, wild entschlossen, auf alles zu feuern, was sich bewegte. Am liebsten hätte er einfach blind sein ganzes Magazin verfeuert. Entweder Jimmy oder er würden heute Nacht hier draußen sterben. Virgil fürchtete allerdings, dass es nicht Jimmy sein sollte. Andererseits verteidigte Virgil seine Heimat und seine Familie, was ihn gewiss ein klein wenig motivierter und mutiger machte als einen durchgedrehten Killer auf Rachefeldzug.

Natürlich konnte er sich da auch irren.

Jimmy hatte das Gewehr in der einen und das Messer in der anderen Hand. Mittlerweile gab es an seinem ganzen Körper keinen Quadratzentimeter mehr ohne Kratzer

von den Sträuchern und Büschen. Außerdem war er inzwischen extrem unterkühlt, was sein Konzentrationsvermögen beeinträchtigte. Deshalb hatte er den alten Mann aus dem Blick verloren, nachdem er in den Wald gekommen war. Und plötzlich war er über den Sheriff gestolpert, was ihn mindestens so sehr überraschte wie den Alten. Jimmy hatte sofort reagiert. Jetzt besaß er das Gewehr *und* das Messer, wohingegen der alte Cop nur seine Pistole hatte. Das dürfte ein Mordsspaß werden. Er plante, den alten Idioten langsam sterben zu lassen, sich ein paar von seinen Kleidern zu schnappen und dann einen Platz zum Aufwärmen und Trocknen zu finden, wo er sich in Ruhe ausdenken konnte, wie er den Rest der Gruppe erledigte. Jake Crowley wollte er sich selbstverständlich bis zum Schluss aufbewahren.
Er horchte und schnupperte in die Luft, ob er das Aftershave des Cops riechen konnte oder seinen nunmehr vertrauten Körpergeruch, aber der Regen wusch alles weg. Hinzu kam, dass die Erschöpfung seine Sinne schwächte. Als ein Zweig knackte, erstarrte Jimmy, lächelte und schlich in halb geduckter Haltung in die Richtung, aus der das Geräusch gekommen war.
Du bewegst dich. Ich bewege mich. Du bewegst dich. Ich bewege mich.
Ein Rascheln verriet ihm, dass der Sheriff näher kam, und jetzt sah er auch einen Schatten hinter den Bäumen. Er stand ganz still da, den Finger am Abzug des Gewehrs.

Virgil meinte zu seiner Linken etwas gehört zu haben. Er drehte sich um und richtete die Pistole dorthin. Aber da bewegte sich nichts. Als er nichts mehr hörte, atmete er tief durch.

Er wartete, lauschte und hoffte, dass sich Jimmy durch irgendeinen Laut verraten würde. Dabei wusste er doch, wie sinnlos diese Hoffnung war. Einen Profi wie Jimmy konnte man auf genau eine einzige Weise schlagen: Indem man ihn überraschte. Virgil musste etwas tun, womit der andere nicht rechnete – etwas Unerwartetes, vielleicht sogar etwas vollkommen Idiotisches.

Der aufreibenden Jagd müde und gestählt von seiner Wut, richtete Virgil sich zur vollen Größe auf und stapfte durch den Wald, als wäre er ein Spaziergänger an einem sonnigen Tag. Das Knacken der Zweige unter seinen Füßen musste weithin zu hören sein.

Pierce zappelte und wandte alle Kraft auf, um sich von seiner Mutter loszureißen, aber sie weigerte sich, ihn loszulassen. Er spürte, wie sehr sie zitterte. Schließlich gab er seine Gegenwehr auf und brachte sie dazu, ihn anzusehen.

Er begann hektisch auf ihre Handfläche einzutippen. *Du musst Jake herholen. Jetzt!*

Sie schüttelte den Kopf und buchstabierte zitternd und unsicher, als hätte sie es noch nie zuvor gemacht: *Wir können die Tür nicht öffnen. Dann kann dieses Ding hier herein.*

Dabei wusste sie genauso gut wie er, dass diese Tür sie nicht vor dem schützen konnte, was geschehen würde.

Der große und der kleine Stein wären bald zu schwach, als dass sie sich noch reparieren ließen. Und Pierce fürchtete, dass, wenn die Energie in beiden weiter abfiel, das Ding da draußen weiterleben und niemand es mehr unter Kontrolle würde bringen können. Aber er war sich mittlerweile auch darüber im Klaren, dass sie beide, Jake und er, nötig waren, um die beiden Amethyste wieder zusammenzufügen.
Sie waren vom selben Blut.
Das Ding, welches der Stein losgeschickt hatte, damit es jemanden holte, der ihn wieder heilte, hatte jeden auf die Probe gestellt, dem es begegnet war. Und die meisten waren dabei umgekommen. Nur er und Jake nicht, weil sie beide etwas in sich trugen, das der Stein wiedererkannte. Und vielleicht schafften sie es gemeinsam, dem Spuk ein Ende zu bereiten.
Pierce riss sich los und stürzte sich in die Öffnung im Boden, ehe seine Mutter reagieren konnte.
Die Dunkelheit in dem Loch war nichts Neues für ihn, sehr wohl aber das eisige Gefühl, das ihm hier entgegenschlug. Ihm war, als wandelte sich sein Blut in Gletscherwasser, und er bekam entsetzliche Angst. Er spürte, wie die letzte Energie aus dem Stein gesogen wurde und an ihre Stelle eine tiefe Leere trat, die Pierce schmerzlich an jene erinnerte, die er an dem Tag empfand, als Rich ihn die Treppe hinunterschleuderte. Am liebsten wollte er sofort wieder aus dem Loch herauskrabbeln und zu seiner Mutter laufen. Wie gern wäre er weit weg von hier, irgendwo, egal wo, doch er wusste, dass er nirgends hin fliehen konnte.

Seine Finger folgten den Konturen auf dem Boden wie einer Braillekarte. Die einzige Lösung bestand darin, zu reparieren, was immer an dem Stein kaputt sein mochte. Die Frage war nur, wie. Er hatte es nicht mit einem alten Fernseher zu tun, dessen Schaltkreise er ertasten und so den Fehler finden konnte, der sich mit einem korrekt ausgerichteten Draht oder einer wiederhergestellten Stromverbindung beheben ließ. Hier ging es um *Magie*, und davon hatte er keine Ahnung.
Heile mich. Du bist der Heiler.
Aber er hatte Angst, dass er allein nicht die nötige Kraft dazu aufbrachte. Er brauchte Jake, doch der war draußen und seine Mutter konnte ihn nicht herholen.
Die eisige, leere Dunkelheit drückte gegen ihn wie das Wasser in der Flut, zwang ihn nach unten, bis sein Gesicht fast flach auf dem Boden lag und er die feuchte Erde auf seiner Zunge schmeckte. Er war erschöpft von dem Ringen mit seiner Mutter und den anstrengenden Bemühungen, den Stein zu verstehen. Aber er atmete tief ein, verdrängte den Gedanken an seine schmerzenden Muskeln in Armen und Beinen, kniete sich hin und fasste den kleinen Stein mit aller Kraft.

Virgil drückte einen Birkensetzling beiseite und ließ ihn wieder los, als er vorbeigegangen war. Ein erstickter Laut hinter ihm brachte ihn dazu, sich in Windeseile umzudrehen und den Abzug noch während der Bewegung zu drücken.
Die erste Kugel traf den Baum neben Jimmys Kopf, während dieser eine Ladung aus dem Gewehr abfeuerte.

Schrotkugeln trafen Virgils ohnehin schon verletzten Arm und warfen ihn zur Seite, doch er drückte wieder und wieder den Abzug. Als Jimmy erneut verschwand, hörte er auf zu schießen und versuchte sich zu erinnern, wie viele Schüsse er abgegeben hatte. Der Abzug war noch fest gespannt, also musste noch mindestens eine Kugel in der Waffe sein.

Instinktiv ging er in dem Moment einen Schritt seitlich, als das Gewehr keine drei Meter von ihm abgefeuert wurde. Er zielte auf das Mündungsfeuer und stürzte sich zwischen die Bäume, trieb Jimmy an eine engere Stelle in den Sträuchern, wo er mit dem Gewehr nicht mehr viel anfangen konnte. Er zielte auf Jimmys Oberkörper und schoss. Dann fuhr der Abzug zurück. Im selben Augenblick traf ihn Jimmys Faust an der Schläfe. Virgil ließ die leere Pistole fallen und kämpfte mit Jimmy um das Gewehr.

Er schmeckte und roch Blut, während sie sich keuchend im Schlamm wälzten. Schließlich ertastete er den Kolben des Gewehrs, doch da rollte Jimmy sich über ihn und versetzte ihm einen Hieb in die Rippen, dass ihm die Luft wegblieb.

Virgil zielte mit der Faust auf die Stelle, an der er Jimmy getroffen haben musste. Jimmy stöhnte und Virgil schlug noch einmal zu. Diesmal würgte und fluchte Jimmy und Virgil konnte ihn wegstoßen. Da sah er den Schatten des Gewehrs, das direkt auf seinen Kopf zielte.

Plötzlich blinkten Zähne auf, die sich sogleich in Jimmys Gesicht gruben. Ein hohes Knurren ertönte im

Chor mit Jimmys Schreien, als sich der kleine Hund zielsicher auf Jimmys Kehle stürzte. Virgil sprang auf und trat auf Jimmy ein, wieder und wieder. Er hörte, wie seine Rippen knackten. Als Jimmy sich auf den Rücken rollte, riss er ihm das Gewehr aus der Hand und richtete es auf ihn. Den knurrenden Oswald schob er mit seinem Fuß aus der Schusslinie.
»Wo ist Barbara?«, keuchte er. Das Sprechen fiel ihm schwer. Sein Kiefer musste gebrochen sein.
»Die alte Schlampe?«, stöhnte Jimmy und hielt beide Hände über seinen blutenden Bauch. »Was glaubst du?«
Virgil schüttelte den Kopf. »Die Schreie …«
Jimmy lachte und stieß ein hohes Kreischen aus. Es klang wie der Schrei einer Frau, die schreckliche Angst oder Schmerzen hatte. »Fick dich«, sagte er, rappelte sich auf die Knie hoch und langte nach dem Gewehr.
Virgil drückte den Abzug und Jimmy stürzte hintenüber. Dann ging er um ihn herum, lud nach und schoss ihm den Kopf weg.
Oswald kam zu ihm gehoppelt und schnupperte an der Leiche, bevor er das Bein hob und auf Jimmys Arm pinkelte. Der Wind rüttelte an den Bäumen, als ein weiterer Blitzschlag alles erhellte und Virgil zusammenzuckte. Er richtete das Gewehr auf das Ding zwischen den Bäumen, das ein Mann zu sein schien und auch wieder nicht.
Oswald starrte in dieselbe Richtung und schnüffelte.
Doch als sich nichts bewegte und auch nichts mehr zu sehen war, beruhigte sich Virgils Herzschlag wieder und er vertrieb das Bild aus seinem Kopf.

Wahrscheinlich hatte ihm seine Fantasie einen Streich gespielt. Hier draußen war niemand mehr, jetzt, da Jimmy tot war.
Und erst recht war hier kein überlebensgroßer Schwarzer mit einer Machete.
»Komm mit, Oswald«, sagte er und kraulte den Hund hinterm Ohr.
Er blickte sich zwischen den Bäumen um und versuchte sich zu orientieren, was in der Dunkelheit und dem Regen praktisch unmöglich war. Mit dem nächsten Windstoß nahm er den Geruch von brennendem Holz wahr. Er blickte in diese Richtung und meinte in der Ferne ein Feuer zu erkennen. Darauf marschierte er zu.

Pierce lag auf dem großen Stein, den kleinen mit der Faust umklammernd. Eisige Messer schienen ihm direkt ins Herz zu stechen. Seine Haut schmerzte, als würde sie von Millionen Nadeln durchbohrt, und das Atmen fiel ihm schwer.
Du bist der Heiler.
Warum ich?
Du hast es im Blut.
Was bist du?
Ich bin die Quelle.
Die Quelle wovon?
Kraft.
Genau wie er gedacht hatte.
Was für eine Kraft?
Du würdest sie Magie nennen.
Warum mein Blut? Was ist so Besonderes an mir?

Dein Blut war stets offen für die Quelle. Es wurde mir vor langer, langer Zeit genommen. Aber jetzt bist du hier.
Pierce schüttelte den Kopf. *Ich weiß nicht, was ich tun soll.*
Doch wie in den beiden Steinen waren auch Schaltkreise in Pierces Kopf, die er langsam besser verstand. Er fühlte sich, als könnte er jede Synapse in seinem Gehirn sehen, jede fehlerhafte Verbindung. Und er konnte sehen, auf welche der Stein eingewirkt hatte, dass sie ihn hören und sehen ließen. Dadurch jedoch waren die Steine noch schwächer geworden – als hätte der kleine Stein seine letzten intakten Schaltkreise an ihn weitergegeben, damit er verstand, was er zu tun hatte, damit er die Steine wieder heilen konnte. Etwas anderes allerdings begriff er auch, und davor hatte er sich die ganze Zeit gefürchtet.
Ich werde wieder taub und blind sein, richtig?
Es verging eine Weile, ehe das Flüstern antwortete: *Vorerst.*
War das ein Versprechen? Wie lange würde *vorerst* dauern? Oder war es nur ein Trick, um ihn dazu zu bringen, die Steine wieder ganz zu machen?
So oder so – er hatte keine Wahl. Während er dem Wind und dem Regen lauschte, der durch die Löcher im Kapellendach fiel, wusste er, dass er die Steine reparieren musste, sonst würden seine Mutter, Jake und alle anderen sterben.
Er hörte ein Scharren auf dem Fußboden über sich, wie alte Nägel, die über ein Brett gezogen wurden. Eine

Hand erschien in der Öffnung, dann das angsterfüllte Gesicht seiner Mutter, dahinter Dunkelheit. Sie ließ sich zu ihm hinunter und hockte sich neben ihn.
Pierce nickte ihr zu, fügte den kleinen Stein in den großen und schloss seine Augen.
Es war ein merkwürdiges Gefühl, als würde er zwischen den entgegengesetzten Polen einer Batterie feststecken. Ein Stromschlag durchfuhr seine Arme und explodierte gleichsam in der Nähe seines Herzens. Plötzlich konnte er nicht nur alles um sich herum sehen und hören, er sah und hörte auch Cramer und Jake draußen. Er konnte sogar in das Herz des Unwetters blicken und auf Anhieb erkennen, dass es sich um kein normales Unwetter handelte.
Die Energie, die durch seinen Körper fuhr, kontrollierte auch den Wind und die Wolken.
Pierce tippte auf die Hand seiner Mutter ein.
Du musst Jake herbringen, jetzt! Ich kann das nicht allein.
In diesem Augenblick ertönte draußen ein Schuss.
Pierce und seine Mutter starrten einander erschrocken an.
Dann aber veränderte sich der Ausdruck in ihren Augen.

Jake sah die schmale Blutspur, die oberhalb von Cramers Herz begann und seine Brust hinunterrann. Cramer saß auf dem Bulldozer wie ein Fotomodell, die Augen stur geradeaus auf den Wald hinter der Kapelle gerichtet. Wie Jake befürchtete, hatte er sein Ziel diesmal

nicht verfehlt. Der Schuss war tödlich gewesen. Doch als er Pierces kehligen Schrei hörte, wusste er, dass er keine Zeit zu verlieren hatte.
Er steckte die Pistole in die Hosentasche und trat gegen die Tür der Kapelle, bis sie aufsprang.
»Mandi!«, rief er. »Wo seid ihr?«
Pierce schrie noch einmal, wenngleich weniger laut und seltsam abgebrochen.
Jake erkannte sofort, dass das Ding Cramer verlassen und sich Mandis bemächtigt haben musste. Die Vorstellung, ihre Hände könnten sich um den Hals ihres Sohnes, *seines* Sohnes legen, lähmte ihn beinahe. Er hörte Cramers Stimme in seinem Kopf.
Es ist dein Blut.
Es *war* sein Blut. Und das hier waren *sein* Tal und *seine* Familie. Kein Geist oder Schatten würde sie zerstören. Das ließ er nicht zu. Er kletterte über den Schutt und die Träger, stürzte sich blindlings in das Loch hinter dem Pult und fiel auf Mandi. Ein eisiger Schrecken durchfuhr ihn, als sie ihn anhob wie eine Puppe und gegen die Steinmauer schleuderte. Da hörte er, wie Pierce keuchte. Der Junge lebte. Jake warf sich nach vorn, Mandi fiel auf ihn und begann, ihn zu würgen. Ihre Fingernägel gruben sich in seinen Adamsapfel. Er versuchte ihren Griff zu lösen, doch ihre Hände waren wie Schraubstöcke und er spürte, wie der tödliche Druck auf seine Halsschlagader zunahm. Er trat, schlug und versuchte sich unter ihr wegzurollen. Sie war stärker.
Ich werde hier nicht sterben. Ich werde sie hier nicht sterben lassen.

In seiner Verzweiflung zog er seine Pistole ein zweites Mal und drückte sie ihr in den Bauch. Er hatte Cramer erschossen, aber Cramer war nicht Mandi. Wenn sein Leben ihres kostete, was wäre es dann überhaupt noch wert? Die Antwort war klar. Andererseits wusste er, dass dieses Ding sie zwingen würde, Pierce zu töten, nachdem sie ihn umgebracht hatte. Jake wollte sich nicht ausmalen, wie er dem Jungen erklären sollte, dass er seine Mutter erschießen musste. Aber es schien keinen anderen Weg zu geben. Er legte den Finger auf den Abzug.

Doch Mandi war schneller. *Ihr* Finger glitt zwischen Jakes und den Abzug und drückte zu. Jake fühlte einen überwältigenden Schmerz, als der Schuss losging. Mandis Kraft war unglaublich.

Er versuchte sie mit der Waffe zu schlagen, aber sie schlug sie ihm aus der Hand, sodass sie in die Dunkelheit flog. Jake streckte einen Arm aus und tastete nach etwas anderem, das er als Waffe benutzen konnte – irgendetwas. Doch da war nichts außer der Steinmauer und jeder Menge Schmutz. Wieder waren Mandis Hände an seiner Kehle und Jake spürte, wie er das Bewusstsein verlor. Da fasste Pierce seine Hand und drückte sie. Jake bemerkte, dass ein seltsames Licht über ihnen die Kapelle erleuchtete, und fragte sich, ob das wohl jenes sagenumwobene Licht am Ende des Tunnels war.

Plötzlich griff eine riesige schwarze Hand aus der Dunkelheit nach Mandis Haar. Sie schlug nach Jake, während sie strampelnd und schreiend nach oben gezogen wurde.

Im nächsten Moment beugte sich Cramer über die Öffnung und lächelte tatsächlich, obwohl ihm anzusehen war, dass er Schmerzen hatte.

»Du lebst!«, keuchte Jake. »Gott sei Dank.«

»Du bist und bleibst eben ein lausiger Schütze«, sagte Cramer grinsend. »Also, was immer ihr zwei da macht – ich würde sagen, dass ihr euch damit besser beeilen solltet.«

Er hatte kaum zu Ende gesprochen, als Mandi sich von hinten auf ihn warf. Nun hörten Jake und Pierce nur noch, wie die beiden oben miteinander kämpften.

Jake wandte sich Pierce zu und legte einen Arm um ihn. Der Junge nahm seine Hand und begann so schnell zu buchstabieren, dass Jake Mühe hatte mitzukommen.

Du musst deine Hände über meine auf den Stein legen.

Was machen wir?

Wir machen ihn heil. Ich schaffe es nicht allein.

Aber Jake spürte die Traurigkeit des Jungen und vermutete, den Grund dafür zu kennen.

Wirst du dann noch sehen können?

Es dauerte einen Moment, ehe Pierce antwortete. *Nein.*

Jake brauchte ihn nicht zu fragen, ob er hören oder ohne Humpeln laufen können würde. All das war Teil des Tauschs.

Wenn wir es nicht machen, buchstabierte Pierce, *werden wir alle sterben.*

Auch das gehörte zum Tausch und Jake wusste, dass der Junge Recht hatte. Was war er nur für ein Kind, dass er eine solche Entscheidung traf? Was war das für eine Welt, in der ihm solch eine Entscheidung abverlangt wurde? Jake war stolz und unendlich traurig zugleich. Er drückte den Jungen fest an sich und Tränen liefen ihm über die Wangen. Über ihnen kreischte Mandi wie eine Furie und Cramer antwortete mit Voodoo-Flüchen. Daraufhin folgten Schmerzensschreie von beiden.

Wir müssen, zeichnete Pierce, *bevor sie sich gegenseitig umbringen. Leg deine Hände auf meine.*

Jake tat, was Pierce wollte, und verspürte dasselbe Gefühl wie in jenen Momenten, wenn ihn seine sonderbaren Ahnungen überkamen, nur dass es jetzt weit klarer war. Er wanderte durch die Tiefen des Steins, fühlte die defekten Synapsen, welche zu denen in seinem Kopf zu passen schienen.

Und dann begriff er, wie Pierce sie wieder in Ordnung brachte und woher er wusste, was an ihnen kaputt war, ohne sie zu sehen. Er fühlte Pierces Geist, der mit seinem in dem Stein war und gemeinsam mit seinem arbeitete. Sie drehten einmal hier, zogen einmal dort und *reparierten* so den großen Stein wie auch den kleinen, der in ihm steckte. Mit jeder wiederhergestellten Verbindung fühlte Jake, wie Pierces Hören und Sehen schwanden, bis die beiden Steine wieder so waren, wie sie sein sollten.

Bis sein Sohn wieder taub, blind und lahm war.

Nach einer Weile glitten Pierces Hände unter seinen weg und der Junge stürzte sich in Jakes Arme.

Jake lugte vorsichtig aus der Öffnung heraus ins Licht der Bulldozerscheinwerfer, die durch die offene Tür in die Kapelle leuchteten. Mandi lag auf Cramers Bauch.

Ihre Hände waren ineinander verschlungen, doch beide schienen benommen.

Jake kletterte aus der Öffnung und zog Pierce nach oben. Anschließend half er Mandi auf. Als er Cramer ebenfalls auf die Beine helfen wollte, winkte der ab, rappelte sich mühsam allein hoch und hielt eine Hand auf die blutende Wunde an seiner Schulter. Alle vier stolperten gerade erschöpft aus der Ruine der Kapelle, als ihnen Virgil aus dem Wald entgegenkam. Der alte Sheriff winkte und schüttelte den Kopf. Da erblickte Jake Oswald, der brav neben Virgil hertrottete.

»Bist du okay?«, rief Jake.

»Mm-hmm!«, antwortete Virgil und hielt sich das Kinn.

Ein letztes Donnergrollen grummelte über den Himmel, und erst jetzt bemerkte Jake, dass der Regen nachließ. In den Wolken tat sich ein Riss auf, durch den fahles Mondlicht auf den überfluteten Rasen und die Bäume hinter Virgil schien. Mandi stieß einen erschreckten Laut aus, und Jake glaubte für einen kurzen Moment etwas vollkommen Unglaubliches zwischen den Bäumen zu erkennen: einen riesigen nackten schwarzen Mann, der eine Machete schwang. Und dann war das Bild auch schon wie von Zauberhand verschwunden und die Wolken schoben sich wieder vor den Mond.

Während der Mond die Wolken zu durchdringen versuchte, standen Jake, Mandi, Pierce, Virgil und Cramer hinter dem Bulldozer, um sich vor der Hitze des brennenden Hauses zu schützen.
»Wo sollen wir denn jetzt hin?«, fragte Cramer.
»Der Bulldozer bringt uns durch weit tieferes Wasser als das hier«, sagte Jake. »Und da der Regen aufgehört hat, wird wohl keine neue Flut kommen. Virgil meint, wir könnten es aus dem Tal schaffen. Aber selbst wenn wir in irgendjemand anderes Haus bleiben müssen – hier bleiben wir jedenfalls nicht.«
Cramer blickte in die Flammen, eine Hand auf dem Verband, den Mandi ihm aus seinem Hemd gemacht hatte. »Dem stimme ich zu«, murmelte er.
»Bist du sicher, dass wir dir keine Pritsche bauen sollen, damit du vorn auf der Haube liegen kannst?«
Cramer lachte. »Ich wurde schon von fähigeren Schützen als dir angeschossen.«
Jake half Mandi auf den Bulldozer und wollte Pierce hochhelfen, doch der tastete mit den Fingern die Spuren im Schlamm ab.
»Wir konnten nichts anderes tun«, flüsterte Jake. Er schämte sich und fühlte sich entsetzlich schuldig.
Mandi legte ihm die Hand auf die Schulter und nickte traurig. Jake wusste, dass sie alle nie vergessen würden, wie es war, Pierce vollkommen gesund und hinterher wieder so gebrochen zu sehen. Ihr Sohn hatte sie alle gerettet und dafür die kostbarsten Gaben aufgegeben. Jake war unendlich stolz auf ihn, aber auch unermesslich traurig und beschämt.

Als Pierce sich auf den Bulldozer setzte, regnete es überhaupt nicht mehr. Scheinbar wollte nicht einmal mehr die Natur etwas tun, um die Reste vom alten Herrenhaus zu retten. Virgil ließ sich ebenfalls von Jake auf die schwere Maschine helfen und hockte sich neben Cramer auf die Motorhaube, gleich vor dem Fahrersitz. Mit dem Bulldozer konnten sie zwar alle fahren, aber gemütlich würde es gewiss nicht werden. Zu Jakes Füßen kläffte Oswald. Er hob den kleinen Hund hinauf in Cramers Arme.

Schließlich kletterte er selbst nach oben auf den breiten Fahrersitz, den er sich mit Mandi und Pierce teilte. Mandi saß auf der Armlehne. Als er den Motor anließ, nahm Pierce seine Hand und buchstabierte.

Fahren wir heim?

Ja.

Wirst du bei uns bleiben?

Ich werde euch nie mehr verlassen.

Pierce lächelte und Jake seufzte. Der Junge schien zu fühlen, was in ihm vorging.

Es ist in Ordnung, buchstabierte Pierce. *Sie sind jetzt wieder heil und werden niemandem mehr etwas tun.*

Bist du sicher?

Ja.

Aber du kannst weder hören noch sehen.

Pierce drückte seine Hand, ehe er buchstabierte: *Das war ein fairer Tausch.*

Dann schlang er die Arme um Jake und schmiegte sich an ihn.

Todmüde stand Jules auf. Die ersten Sonnenstrahlen, die durchs Fenster fielen, hatten ihn aus einem wenig erholsamen Halbschlaf geweckt.
Die ganze Nacht hatte das Telefon nicht geklingelt. Jetzt war die Zeit gekommen. Er umfasste den Walnussgriff seiner Pistole und versuchte nicht zu zittern. Er wollte die Waffe direkt an die Schläfe der Alten setzen und abdrücken, ehe sie sich rühren konnte. Mit der Mündung auf ihrer Haut würde der Schuss gedämpft. Was war schon dabei?
Trotzdem hatte er Angst.
Er sah zur Tür des Altarzimmers und hätte schwören können, von dort ein Flüstern zu hören. Leise Stimmen. Beängstigende Laute. Aber die alte Frau war im Schlafzimmer. Ihr Schnarchen drang bis hierher.
»Da sind keine Stimmen«, murmelte er so lange, bis das Flüstern wieder weg war.
Er fasste seine Pistole noch fester und wollte nichts sehnlicher, als diese Sache endlich hinter sich bringen, die Alte umbringen und nichts wie weg von hier, weg aus der Wohnung und dieser Gegend voller Verrückter. Die langen, dünnen Sonnenstrahlen, die durch die Wohnzimmerjalousien fielen, machten die Schatten im Schlafzimmer umso dunkler, sodass Jules für einen Moment vollends blind war, als er den Raum betrat.
Kaum hatten sich seine Augen auf die Dunkelheit eingestellt, erschrak er. Das Bett der Alten war leer. Er drehte sich ruckartig um, bereit, die alte Hexe auf der Stelle zu erschießen, doch sie war nirgends zu entdecken. Wie konnte sie so schnell aus dem Bett gekommen

sein? Egal, auf jeden Fall war sie es. Überhaupt tat sie dauernd solche Dinge, die ihn langsam, aber sicher in den Wahnsinn trieben.

Sie musste im Bad sein. Die Tür stand halb offen. Drinnen brannte noch das Nachtlicht. Jules schlich zur Wand neben der Tür und wartete, dass sie wieder herauskam. Er hörte Wasser laufen. Als er vorsichtig um die Ecke lugte, sah er Wasserdampf hinter dem Duschvorhang aufsteigen. Der Spiegel war beschlagen. Lautlos ging er ins Bad, wobei er besonders Acht gab, nicht auf dem nassen Boden auszurutschen oder zwischen das Licht und den Vorhang zu treten und so einen Schatten zu werfen.

Er begriff einfach nicht, warum ihm die Alte so sehr zusetzte. In seinem Leben hatte er dutzende von Männern und einige Frauen getötet. Er hatte Situationen erlebt, in denen der kleinste Fehltritt, der harmloseste Versprecher seinen Tod bedeutet hätten, und nie war ihm auch nur der Schweiß ausgebrochen. Aber seitdem Jimmy ihn hier gelassen hatte, lebte er in einer entsetzlichen Angst vor einer Frau, die so alt war, dass ihr die Zähne im Mund verrotteten. Damit war jetzt Schluss! Er fasste die Pistole noch fester und streckte den Arm aus, um den Duschvorhang aufzuziehen.

Da plötzlich blitzte vor seinen Augen das Bild eines Leichnams auf. Ein verwesender, halb verfallener Leichnam, bei dem die Knochen schon durch das verfaulende Fleisch schienen, jedoch mit lebendigen Augen, einem zahnlosen Grinsen und grauen Haarbüscheln auf dem Schädel. Und dieser Leichnam stand auf der anderen

Seite des Duschvorhangs, wusch sich wie ein lebender, atmender Mensch. Jules konnte nicht mehr. Schreiend rannte er aus dem Bad.
Das bilde ich mir bloß ein! Sie bringt mich dazu, mir solche Sachen auszudenken, irgendwie. Sie will mich davon abhalten, sie umzubringen, indem sie dafür sorgt, dass ich durchdrehe.
Er zwang sich, den Vorhang beiseite zu ziehen und die Duschkabine buchstäblich mit Kugeln voll zu pumpen, bevor ihm klar wurde, dass dort niemand war. Da stand keine alte faltige Frau, der das bläuliche Haar am Kopf klebte. Auch kein lachender Leichnam. Das Wasser lief, aber niemand duschte. Wieder drehte er sich um und richtete seine Waffe ins Schlafzimmer. Sein Herz donnerte gegen seine Rippen. Von hier sprang er ins Wohnzimmer. Vielleicht versuchte sie zur Wohnungstür zu kommen. Sie war weder im Wohnzimmer noch in der Küche, wo er sogar hinterm Tresen nachsah, ob sie sich dort versteckte. Blieb nur das Zimmer mit den Geisternischen. Und genau aus diesem Raum hatte er vorhin das Flüstern gehört.
Er schlich langsam über den Teppich, blickte vorsichtig um die Ecke, ob die Schlange noch in ihrem Terrarium war und der Deckel fest auflag. Schließlich wollte er nicht, dass ihm die Alte das Vieh entgegenwarf oder so etwas.
Dann lehnte er sich an die Wand und lauschte. Wieder war er sicher, flüsternde Stimmen zu hören. Dabei konnte außer der Alten niemand hier sein.
Mist!

Wenn er schon nicht wusste, wie *sie* es geschafft hatte, unbemerkt aufzustehen und an ihm vorbeizukommen, konnte er es sich von jemand anders erst recht nicht vorstellen. Bestimmt hatte sie ein Tonband oder so etwas laufen, weil sie ihn in den Wahnsinn treiben wollte. Nein, damit war es jetzt vorbei! Er ging in den Raum, bereit, eine ganze Magazinladung zu verfeuern, falls es nötig sein sollte. Und dann eilte er auch wieder hinaus.
Das Zimmer war dunkler, als er erwartet hatte. Sämtliche Altarkerzen waren erloschen und kein noch so winziger Lichtschein schien hierher vorzudringen. Dafür war das Flüstern lauter und näher. Er verstand die Worte nicht, aber es klang wie der Voodoo-Cajoun-Quatsch, den die alte Hexe dauernd vor sich hinbrabbelte. Allerdings war ihre Stimme nicht dabei. Die Stimmen, die Jules hörte, klangen nicht einmal menschlich, eher wie die Geräusche, die ein Fleischwolf machen könnte, wenn man ihn mit Glasscherben füttert. Als etwas Hartes gegen seine Waffe schlug, drückte er den Abzug und ein Schuss durchbrach die gegenüberliegende Wand.
Jules wandte sich blitzschnell dem Angreifer zu, doch auf einmal schienen überall Hände zu sein, die nach ihm griffen, ihn würgten, schlugen und kniffen. Er bekam keine Luft mehr, die Waffe fiel zu Boden. Er wollte nur noch zurück ins Wohnzimmer, aber es kam ihm vor, als wäre die Tür dorthin Millionen Meilen entfernt. Er *rannte* in die Richtung. Als er es schließlich aus dem Zimmer schaffte, eilte er direkt zur Wohnungstür, öff-

nete mit zitternden Händen alle Riegel und Schlösser, riss die Tür auf und stürzte geblendet vom Sonnenlicht hinaus auf den Gang. Hier packten ihn ein paar noch kräftigere Hände, die ihn mit dem Gesicht an die Hauswand drückten.
»Langsam, Partner!«, sagte eine tiefe männliche Stimme.
Jules merkte, wie ihm Handschellen angelegt wurden. Es machte ihm nicht einmal etwas aus. Er war draußen, im Sonnenlicht, weg von der verrückten alten Hexe. Weg von dem, was auch immer sie da drinnen losgelassen hatte.
»Alles in Ordnung, Memere?«, fragte eine andere Männerstimme.
»*Oui*«, antwortete die alte Frau.
Jules Augen hatten sich mittlerweile an die Helligkeit gewöhnt. Er sah die Alte in der Tür stehen. Sie grinste ihn mit ihrem zahnlosen Mund an. Auf ihrem Arm hielt sie die Schlange und streichelte sie.
»Ich bin so froh, dass ihr diesen Mann habt«, sagte sie und nickte zu Jules. »Er hat mich wie eine – wie sagt man – Geisel gehalten.«
»Jesus, Memere!«, rief der eine Polizist aus. »Geht es dir wirklich gut? Cramer hat uns gerade angerufen und gebeten, nach dir zu sehen.«
»Ich bin ganz okay«, antwortete sie lächelnd. »Der hier und sein Boss, die sind nicht so okay. Aber ich und meine Schlange, uns geht's gut, danke. Es tut richtig gut, aus dem Schatten zu kommen und die Sonne wiederzusehen.«

»Wie kommt eigentlich ein großer mieser Kerl wie du dazu, sich an einer netten alten Lady zu vergreifen?«, fragte einer der Polizisten und zog Jules von der Hauswand weg.

Memere lachte. »Ich glaube, der hier schleppt eine Menge Ballast mit sich herum.«

Viele Menschen trugen zur Entstehung dieses Buches bei, und ich möchte mich besonders bei allen Taubblinden und ihren Familien bedanken, die ausnahmslos hilfsbereit und freundlich zu mir waren. Im Gegenzug erwarteten sie nichts, als dass man sie fair und mitfühlend behandelt. Bevor ich mit meinen Recherchen begann, hatte ich bedauerlicherweise keine Vorstellung von der stillen, dunklen und doch überraschend vielschichtigen Welt, in der diese Menschen leben. Ich hätte auch nie damit gerechnet, eine ganze Reihe von Taubblinden-Witzen zu erhalten, die mir ein Herr von seinem Braille-Laptop per E-Mail schickte. Herzlichen Dank dafür. Wie immer danke ich Dr. Kevin Finley für seinen medizinischen Rat. Und nicht zuletzt bedanke ich mich bei meiner treuen Agentin, Irene Kraus, ohne deren Anstrengung niemand dieses Buch lesen würde. Desgleichen gilt mein Dank meiner Verlegerin, Caitlin Alexander, deren Geduld legendär ist, sowie meiner Ehefrau, Seelenverwandten und Freundin Rene.

Achtung: Hochspannung!
Bevor Sie diesen Thriller lesen,
verschließen Sie die Türen und
schalten Sie alle Lichter an!

Chandler McGrew

Eiskalt
Thriller

Bewegungslos kauert die 16-jährige Micky in ihrem Versteck. Sie versucht, so leise wie möglich zu atmen, kein Geräusch zu verursachen. Doch die Schritte kommen immer näher. Beinahe hat der Mörder ihrer Eltern sie entdeckt, da schreckt ihn ein Geräusch auf und er flieht.

15 Jahre später: Micky hat sich in ein abgelegenes Dorf in Alaska zurückgezogen, um den Geistern der Vergangenheit zu entkommen. Hier glaubt sie sich in Sicherheit. Doch sie irrt sich …

Haben Sie starke Nerven? Fürchten Sie sich nicht vor einer Begegnung mit dem Tod?
Dann lesen Sie den folgenden Auszug aus
Chandler McGrews »Eiskalt«!

Knaur Taschenbuch Verlag

Leseprobe

aus

Chandler McGrew

Eiskalt

erschienen bei

Knaur Taschenbuch Verlag

Houston, 23. Juli

Der Tod wartete drei Blocks weiter.
Micky Ascherfeld beobachtete die Straßen durch das Fenster auf der Beifahrerseite des Streifenwagens, das eine kühle Barriere bildete. Ihr Partner Wade Smith summte eine Country-Melodie und nickte dazu mit dem Kopf wie einer dieser Perpetuum-mobile-Vögel in den Schaufenstern des Galleria-Shops.
Sie hielten vor einer roten Ampel, und Micky warf einen kurzen Blick auf zwei Teenager, die sich an der Straßenecke gegenseitig herumschubsten. Aber die beiden taten sich nicht wirklich etwas. Micky erkannte potenzielle Gewalt, wenn sie sie sah.
Hitzewellen verwandelten ferne Gebäude und Fußgänger in Luftspiegelungen. Als der Streifenwagen von der Kreuzung losfuhr, stellte sich Micky vor, dass die Reifen geschmolzenen Asphalt von der Straße abzogen. Es war erst ein Uhr. Gegen drei wurde mit Temperaturen von über vierzig Grad gerechnet. Sie hielt die Hände vor die Schlitze der Klimaanlage.
Sie rollten dahin und ließen den Verkehr an sich vorüberziehen.
Ihr Auftrag an diesem Tag war, während ihrer Runde

nach zwei Verdächtigen Ausschau zu halten, die in mehreren Elektroläden Blitzüberfälle verübt hatten. Das Pärchen, ein weißer Jugendlicher und eine schwarze Frau in den Zwanzigern, stürmte mit Pistolen bewaffnet in die Geschäfte, schnappte sich das Geld in der Registrierkasse und die handlichsten Geräte und flüchtete anschließend zu Fuß. Aber Micky glaubte nicht, dass die beiden an einem Tag wie diesem irgendwo herumrennen würden.
Sie bemerkte ein Blumengeschäft, und ihr Herz pochte. Plötzlich war es kalt in dem Streifenwagen, und sie schob beide Hände unter die Oberschenkel. Als sie an dem Laden vorbeifuhren, versuchte sie, die Erinnerungen aus ihren Gedanken zu löschen, indem sie im Kopf das Mantra aufsagte.
Kein Problem.
Kein Problem.
Bis sie das Blumengeschäft weit hinter sich gelassen hatten. Bis das verhasste Bild, das es heraufbeschworen hatte, verblasste.
Wade hielt vor einer weiteren roten Ampel.
»Alles in Ordnung?«, fragte er.
»Ja.«
»Hast du wieder dein altes Problem?«
Sie schüttelte den Kopf.
Der Mord an ihren Eltern war aktenkundig. Aber was das Houston Police Department anging, hatte Micky den psychologischen Schaden überwunden, den das Trauma verursacht hatte. Als sie zur Polizeischule gegangen war, lagen die Morde vier Jahre zurück. Sie hatte

den Schmerz und die Angst so tief in sich vergraben, dass selbst der Psychologe der Abteilung nicht genug davon finden konnte, um sie für dienstuntauglich zu erklären.

Aber man konnte Gefühle wie diese nicht vor einem Partner verbergen. Nicht wenn man seit vier Jahren zusammen auf den Straßen arbeitete.

Und vor dem eigenen Geliebten konnte man sie erst recht nicht verstecken, und sie waren seit drei Jahren ein Liebespaar, obwohl die Dienststelle auch davon nichts wusste.

»Ich hatte nur kurz was gesehen«, sagte sie.

»Den Blumenhändler?«

»Ja.«

»Warum redest du nicht mit dem Arzt?«

»Mir geht's gut«, erwiderte sie. Aber sie mied Blumenläden, Beerdigungen, Friedhöfe und Hochzeiten. Solange sie nicht an düstere enge Orte ging, war alles in Ordnung.

Kein Problem.

»Es geht dir *nicht* gut.« Wade sah zu, wie sich der überladene Kleinlaster eines Klempners über die Kreuzung schlängelte. »Du bist einunddreißig Jahre alt, und du bist nervlich ein Wrack. Du kannst das nicht alleine in Ordnung bringen.«

»Das weiß ich«, sagte sie und versuchte ein Lächeln. »Aber ich hab mich jetzt so lange allein damit auseinander gesetzt. Ich kann damit umgehen.« Ein Bild ihres Vaters, wie er in einer Blutlache auf dem weiß gekachelten Boden lag, schoss ihr durch den Kopf. Sie konnte die um seine Leiche verstreuten Blumen riechen. Sie kroch wieder durch den Laden ihrer Eltern. Das leise Geräusch von tappenden Gummisohlen irgendwo hinter sich.

»Du solltest dir hin und wieder von anderen Menschen helfen lassen.« Wade klang trotzig, und dieser kindliche Ton kam ihr bei einem Mann seiner Größe komisch vor.

Sie stieß ein dumpfes Lachen hervor und wusste sofort, dass sie ihn gekränkt hatte. Sie berührte seinen Arm, aber er wich zurück.

»Es tut mir Leid, Wade. Ich hab nicht über dich gelacht.«

»Worüber dann?«

Worüber hab ich schon zu lachen?

Ich bin eine Verrückte, die sich als Polizistin ausgibt.

»Wie hast du es auf der Polizeischule nur durch den Übungsparcours für bewaffnete Durchsuchungen geschafft?«, fragte Wade zum tausendsten Mal. Hierbei wurde von den Rekruten verlangt, ein Gebäude nach bewaffneten Verbrechern zu durchsuchen. Paarweise, bei Nacht und mit Platzpatronen in ihren Pistolen. Verkleidete Polizeibeamte tauchten unerwartet auf. Manche mit Revolvern, andere in der Rolle von unschuldigen Zuschauern.

Micky zitterte, als sie daran zurückdachte.

»Ich weiß nicht«, sagte sie.

Nicht einmal Wade würde je herausfinden, dass sie es nur mit Hilfe von illegal erworbenem Valium und ihres Mantras, das sie während der gesamten dreißigminü-

tigen Tortur ständig wiederholt hatte, durch den Lehrgang hatte schaffen können.
Wade fuhr über die Kreuzung. Bürogebäude und Geschäfte grenzten an Parkplätze vor kleinen Einkaufspassagen. Auf der verzweifelten Suche nach Schatten schirmten die Fußgänger ihre Augen mit den Händen ab.
»Du hattest letzte Nacht wieder diesen Albtraum«, sagte Wade.
Verdammt.
Sie erinnerte sich am nächsten Morgen nicht mehr daran, wenn sie diese Träume hatte. Einzig der graue Schleier, durch den sie am nächsten Morgen alles wahrnahm, so als hätte die nächtliche Ruhe ihrem Körper nicht gut getan, ließ sie ahnen, dass irgendetwas nicht in Ordnung war.
»Tut mir Leid«, war alles, was sie herausbrachte.
»Ist schon gut. Ich hab dich in den Arm genommen, und du bist schließlich wieder eingeschlafen. Aber es ist beängstigend. Ich komme mir so verdammt nutzlos vor, wenn du diese Probleme hast.«
»Du bist nicht nutzlos«, antwortete sie und sah dabei aus dem Fenster. »Ich liebe dich.«
»Ich liebe dich auch«, sagte er und umkurvte vorsichtig einen einparkenden Truck. »Vielleicht sollten wir mal ein paar Tage rausfahren.«
»Wie sollen wir das machen?«
»Wir haben bald frei. Warum fahren wir nicht an den See? Das könnten wir nächste Woche tun.«
Es gefiel ihr sehr draußen am See. Eigentlich war es ein

künstlicher Weiher. Eine Gruppe begeisterter Angler, darunter ihr Onkel Jim, hatte das Land oben in East Texas gekauft, als es noch spottbillig war, und dort ihre eigene abgelegene Grube zum Angeln ausgehoben.
»Ich werde nie verstehen, warum du hier in Houston bleibst«, erklärte Wade. »Warum sagen wir nicht einfach ›Hol's der Teufel‹ und suchen uns einen Job auf irgendeinem Revier in der Provinz?«
»Das würdest du tun?«, fragte sie. Wade war für die Beförderung zum Detective vorgeschlagen. Das war es, was er sich immer gewünscht hatte, sein Ziel seit seiner Kindheit. »Du würdest für mich aufs Land ziehen?«
»Auf der Stelle.«
»Du würdest es hassen und ich auch«, erklärte sie ihm.
»Warum würdest du es hassen?«
»Ich würde es hassen, weil du es hassen würdest. Ich würde es hassen, weil ich dann aufgegeben hätte.«
»Du willst also für den Rest deines Lebens so weiterleben, tapfer mit deinen Dämonen kämpfen und niemals zufrieden sein?«
»Zufriedenheit wird überbewertet.«
»Manchmal erinnerst du mich an eine deiner Buntglasarbeiten«, sagte Wade. Buntglas war Mickys Leidenschaft. Zwei ihrer Arbeiten hingen in einer Galerie der Stadt, und im Jahr zuvor hatte sie ein Stück für über tausend Dollar verkauft. »Du bist so schön, dass ich dich am liebsten irgendwo an einer Wand aufhängen würde.«
»Unbequem«, erwiderte Micky.
»Du weißt, was ich meine. Irgendwas in dir scheint ein-

fach zerbrochen zu sein, und egal, was ich tue, ich kann's nicht reparieren.«
»Manche Sachen kann niemand reparieren.«
»Ich wünschte, du würdest irgendwann eine der abstrakten Arbeiten fertig stellen, die du angefangen hast.«
»Die abstrakten Arbeiten sind nicht gut.«
»Sie *sind* gut. Aber jedes Mal, wenn ein Bild anfängt interessant zu werden, machst du es schlecht und fängst wieder mit den alten Motiven an.«
»Den Leuten gefallen die alten Motive.«
»Aber was gefällt dir?«
»Es ist nur ein Hobby«, sagte sie.
Er trommelte mit den Fingerspitzen auf dem Lenkrad, und sie beobachtete, wie die Hitze aus dem Motorraum aufstieg und den Tag aufheizte.
Meine Vergangenheit kommt wieder hoch.
»Du bist nicht verantwortlich für das, was passiert ist«, sagte Wade.
Sie fuhren langsam auf eine weitere rote Ampel zu.
»Du scheinst jede davon zu erwischen«, stellte sie fest, deutete mit dem Kopf auf das Rotlicht und lächelte.
»Hast du's eilig?«
»Nicht, wenn du's nicht eilig hast.«
Reifen quietschten, und Hupen plärrten, und verängstigt aussehende Fahrer rasten über die Ampel, noch bevor sie umsprang. Wade reckte den Hals, um zu sehen, was der Grund für all diese Aufregung war. Als die Ampelanzeige umschlug, fuhr er langsam wieder an und schaute weiter nach hinten.
Der wie ein Schlachtschiff gebaute Truck war vier Wa-

gen hinter ihnen und kam schnell auf die Kreuzung zu. Servolenkungen kreischten, als sich die Fahrer verzweifelt bemühten, ihm auszuweichen. Die Wagen, die nicht schnell genug waren, wurden von dem schweren Lkw einfach zur Seite geschoben. Funken flogen, und die Luft war erfüllt vom Klang knirschenden Metalls, vom Hupen, von lauten Flüchen und vom Gestank glühender Reifen.

»Er hält nicht an«, rief Micky, als sie die Mitte der Kreuzung erreichten.

Als der große Truck das letzte Auto aus dem Weg räumte, trat Wade das Gaspedal durch.

Micky sah mit offenem Mund, wie die Vorderfront des metallenen Monsters auf sie herabstieß. Der gewaltige Kühlergrill sah aus wie das Gesicht eines boshaft grinsenden Riesen, der es darauf abgesehen hatte, sie beide zu verschlingen. Der Aufprall war jäh und heftig.

Wade knallte mit dem Kopf an das Fenster der Fahrerseite, als die riesige Stoßstange in den Wagen krachte. Beide Airbags explodierten wirkungslos und verschwanden, während der Streifenwagen vom Boden gehoben wurde. Als der Wagen mit einem widerlichen Ächzen wieder auf der Fahrbahn aufschlug, wurde das Dach eingedrückt. Drei Reifen platzten, als das Gewicht des großen Lkws den Streifenwagen über die Bordsteinkante, quer über den Bürgersteig und auf den Parkplatz einer Oben-ohne-Bar schob. Metall knirschte auf Asphalt. Der heulende Motor des Trucks und sein knirschendes Getriebe kamen zu dem chaotischen Lärm noch hinzu.

Wade sank auf das Lenkrad, während Micky verzweifelt zu begreifen versuchte, wo sie war und was sie tun sollte. Blut machte ihre Hände glitschig und brannte in ihren Augen. Sie wusste nicht, ob es ihres oder Wades Blut war. Aus seiner Nase, seinem Mund und seinem rechten Ohr tropfte Blut, aber sie konnte ihn nicht berühren. Ihre Hände gehorchten ihr nicht, und ihr Gehör und ihr Sehvermögen waren beeinträchtigt.

Ein weiterer harter Schlag, und der Wagen ruckte zur Seite.

Micky blinzelte, als sich ein kleiner Baum quer über die Motorhaube des Streifenwagens legte und dann verschwand.

Wade drehte sich zu ihr, Verwirrung in den Augen. Sein Kopf wackelte, aber er zerrte an seinem Pistolenhalfter. *Will er auf den Truck schießen?*

Mit einer Hand, die so heftig zitterte, dass sie gegen das Fenster schlug, griff sie nach ihrer eigenen Pistole, einer kompakten Glock-Automatik. Sie konnte den ledernen Druckknopfverschluss des Halfters nicht öffnen.

»Bleib bei mir, Wade!«, rief Micky über den Lärm des Trucks hinweg.

Instinktiv zog sie mit einem Ruck die Pumpgun aus ihrem Gestell zwischen den Sitzen. Wades Augen waren glasig geworden, und es tropfte zu viel Blut von der Seite seines Kopfes.

Der Streifenwagen rammte zwei parkende Autos. Metall wurde knirschend zermahlen, als der Truck heruntergeschaltet wurde und sie über einen weiteren Bordstein auf den Gehweg vor der kleinen Einkaufspassage hob. Vor ihnen schrien Passanten und deuteten mit den Fingern auf sie, und Micky betete, dass sie sich weit genug von dem Irren fernhalten würden, der den Laster fuhr. Wer immer hinter dem Lenker des großen Sattelschleppers saß, würde sich nicht mit einer kurzen Attacke zufrieden geben.

»Bleib bei mir!«, rief sie, als das Wagenfenster platzte und die Scheibe an der Vorderfront der Baby Doll Topless Bar zerbrach und nach innen fiel.

Schreie und zersplitterndes Glas.

Ächzendes Metall und zerbröckelnder Beton.

Und dann waren sie plötzlich in einer Hölle gefangen, die nach einer Mischung aus Alkohol, Zigaretten, überreifen Hormonen, einer Klimaanlage und nach Geld stank. Reifen wühlten heißen Asphalt auf, und Keilriemen kreischten; der Streifenwagen fiel wieder herab und zitterte wie ein Hund, der sich nach einem kalten Bad schüttelt.

Der große Lkw wich langsam zurück, fuhr rückwärts über den Parkplatz. Micky tastete nach dem Mikrofon des Funkgeräts. Aber sie hielt mitten in der Bewegung inne, als der Truck knarrend stoppte. Einer seiner Scheinwerfer hing an einem dünnen schwarzen Kabel herunter. Der andere schien Micky lüsterne Blicke zuzuwerfen.

Wieder knirschte das Getriebe.

»O mein Gott«, flüsterte sie, als sie sah, dass der Truck vorwärts rollte.

Diesmal gab es kein Entkommen. Diesmal würden sie zwischen den sechs Tonnen des gepanzerten Trucks und

der unnachgiebigen Masse des Betons zermahlen werden. Sie packte Wade an der Schulter seiner Uniform und zog ihn zu sich herüber. Sein volles Gewicht. Er fiel quer über sie und drückte ihr die Schrotflinte schmerzhaft gegen die Brust.
Der Truck schubste sie seitlich durch das Fenster der Bar und trieb Mickys Kopf in den Türrahmen. Vor ihren Augen blitzte es, und sie kämpfte dagegen an, bewusstlos zu werden.
Aber sie empfand keinen wirklichen Schmerz. Noch nicht.
Der Schmerz würde später kommen.
Falls sie überlebte.
Wieder war das Geräusch quietschender Reifen zu hören, als der Truck versuchte, sie durch das Gebäude zu schieben. Der Motor des Lasters heulte wütend auf, und der Streifenwagen schaukelte.
Wer zum Teufel fährt dieses Ding?
Wo bleiben die Cops?
Blut wärmte ihre Brust und den Bauch und bedeckte ihre Finger. Die Seite von Wades Kopf fühlte sich seltsam weich an, als ob er unter seiner blutigen Haut keinen Schädel hätte. Die Vorderseite ihrer Uniform war blutrot besprizt.
Der Truck legte den Rückwärtsgang ein und schüttelte den Streifenwagen wieder ab.
Sie mussten raus aus dem Auto. Beim nächsten Mal würde der Laster den Streifenwagen zusammendrücken und sie beide zerquetschen wie überreife Melonen.
Micky tastete nach dem Türgriff.

Verklemmt.
Was für eine Überraschung.
Wades Gewicht und die Schrotflinte drückten sie gegen die Tür, und die Tür selbst war gewellt und verbogen und in den Überresten der Seitenwand verkeilt. Sie würde sie keinesfalls öffnen können. Sie warf einen Blick über die Schulter und starrte direkt in die Augen einer der Tänzerinnen.
Das Mädchen war dünn und blass und hatte unglaublich große Brüste.
Selbst für einen unanständigen Abend in den Flitterwochen hatte sie eindeutig zu wenig an.
»Helfen Sie mir!«, keuchte Micky und versuchte, Wades Gewicht von sich zu schieben, damit sie sich im Sitz umdrehen konnte. Ein rasender Schmerz schoss ihr den Rücken hinauf.
Ich bin also verletzt.
»Helfen Sie mir! Los!«, schrie sie.
Es waren auch Gäste in der Bar, aber niemand traute sich vorwärts durch das Meer umgestürzter Tische und am Boden liegender Stühle. Das Mädchen kaute auf seiner Unterlippe, machte aber einen vorsichtigen Schritt, und das zertrümmerte Glas knackte unter ihren hochhackigen Schuhen.
Micky schaffte es, sich umzudrehen. Sie reichte dem Mädchen die Schrotflinte, und die Tänzerin verzog das Gesicht, legte das Gewehr aber behutsam in einer Nische ab und kam rasch zurück.
Micky warf einen Blick über die Schulter; der Truck fuhr noch immer rückwärts. Aber es blieben ihnen

höchstens noch Sekunden. Sie streckte die Hände nach der Tänzerin aus und stieß sich ab.

Das Sicherheitsglas des Wagens hatte sich in unzählige harmlose kleine Kristalle aufgelöst, und als sie versuchte, sich durch das Autofenster zu schlängeln, brach ihr Oberkörper die letzten von ihnen weg. Das Fenster der Bar aber war in große Scherben zersplittert, die aussahen wie lange silberne Schwerter mit messerscharfen Schneiden und wie Dolchspitzen. Micky starrte auf eines der gemein gekrümmten tödlichen Glasstücke, das direkt auf ihr Herz deutete.

Skalpellglas.

Scharf genug, um mich in zwei Teile zu schneiden.

Zögernd griff die Tänzerin über das gefährliche Stück der kristallenen Trümmer hinweg. Sie umfasste Mickys Hände fest mit ihren weichen Handflächen und zog.

Gutes Mädchen.

Wenn ich fast draußen bin, muss ich mich nach links rollen.

Wenn ich absacke oder gerade nach unten falle, werde ich aufgespießt wie der Priester in Das Omen.

Micky betete, dass der Angriff aufgehört hatte. Dass dem geisteskranken oder betrunkenen Fahrer Zweifel gekommen waren oder dass er seine Strategie ändern würde. Aber sie stellte sich den Kerl hinter dem Lenker des Trucks vor, wie er schaltete und zermalmend anfuhr, schaltete und anfuhr, wieder und wieder in den Streifenwagen donnerte, bis dieser eine nicht wieder zu erkennende Masse aus zerquetschtem Metall war und Wade …

Was war mit ihm?
»Hol mich raus!«, brüllte sie.
»Ich versuch's ja!«, rief das Mädchen.
Mickys Knie schrammten über den Türrahmen, und Wade rutschte zwischen ihre Beine. Sie rollte sich nach links und fiel, Glas verstreuend, auf den Kachelboden. Das Mädchen fiel mit ihr.
Micky holte tief Luft. Ihre Beine zitterten ebenso stark wie ihre Hände. Sie konnte bereits das fürchterliche Geräusch des Lkws hören, dessen Motor wieder aufheulte.
»Zurück!«, schrie Micky, stieß das Mädchen in die nächste Nische und raffte die Schrotflinte an sich. Sie drehte sich um in das schreckliche Licht der texanischen Sonne, die gleißend von der Windschutzscheibe des Trucks widergespiegelt wurde und in ihren Augen brannte.
Die Schrotflinte wog eine Tonne. Aber sie entsicherte sie und überprüfte automatisch die Kammer nach einer Patrone.
Noch bewegte der Lkw sich nicht.
Vielleicht hatte der Fahrer sie mit dem Gewehr gesehen und war in Panik.
Ausgeschlossen.
Er musste wissen, dass die Schrotflinte gegen die schwere Panzerung und die kugelsichere Scheibe seines Trucks nichts ausrichten konnte.
Die ersten Sirenen heulten. Es war Hilfe unterwegs.
»Kannst du aussteigen?«, rief sie Wade zu.
Er gab keine Antwort.

»Halte durch«, sagte sie.

Sie griff in den Streifenwagen und strich sanft über sein vom Blut klebriges Haar.

Er lag zusammengesackt quer über dem Sitz.

Aber er atmete.

Sie legte die Schrotflinte auf die Motorhaube, als der Fahrer des Lkws wieder zu sich kam und den ersten Gang einlegte.

»Scheiße«, flüsterte sie.

Wollen Sie wissen, wie es weitergeht?
Dann lesen Sie:

Eiskalt

von Chandler McGrew

Knaur Taschenbuch Verlag

Giles Blunt
Blutiges Eis

Thriller

Eines Morgens, mitten im dichten Januarnebel, verschlägt es Ivan Bergeron die Sprache: Sein Hund legt ihm einen abgerissenen Arm vor die Füße. Zunächst glaubt Detective John Cardinal von der Polizei in Algonquin Bay, dass der Mann von Bären zerrissen wurde. Doch schon bald entdeckt Cardinal in einer abgelegenen Hütte weitere Leichenteile, und wenig später wird im Wald die nackte Leiche der Ärztin Winter Cates gefunden. Als sich herausstellt, dass das erste Opfer amerikanischer Staatsbürger war, wird das Bild noch verworrener. Offensichtlich sind der CIA und auch der kanadische Geheimdienst mit im Spiel. Cardinal stößt auf ein gefährliches Geflecht von Spitzeln und Informanten, das bis in die höchsten Kreise von Algonquin Bay reicht.

»Wem bei diesem Krimi nicht das Blut in den Adern gefriert, hat ein Herz aus Stein.«
Schweizer Illustrierte

Knaur Taschenbuch Verlag

Thomas Thiemeyer
Medusa

Roman

Tief im Herzen der Sahara, inmitten jahrtausendealter Felsmalereien, macht die erfahrene Archäologin Hannah Peters eine seltsame Entdeckung: Eine Medusen-Skulptur, verziert mit Landkarten und Symbolen, kündet von einem Kultgegenstand von sagenhafter Schönheit und dunkler Kraft. Und das Volk, das ihn schuf, scheint sich selbst ausgelöscht zu haben. Als ein Team der National Geographic Society mit ihr auf Schatzsuche gehen soll, beschleicht Hannah starker Widerwille. Ein Alptraum beginnt: Was das steinerne Auge der Medusa vermag, ist mit menschlichen Sinnen nicht zu greifen. Es ist nicht bestimmt für die Lebenden …

Knaur Taschenbuch Verlag

Markus Heitz
Ritus

Frankreich im Jahre 1764: Eine Bestie versetzt die Menschen des Gévaudan in Angst und Schrecken. Männer, Frauen, Kinder werden gehetzt – und getötet. Der König setzt öffentlich ein hohes Preisgeld auf den Kopf des Monsters aus. Der Vatikan hingegen entsendet Geheimermittler, die undurchsichtige Ziele verfolgen. Auch der Jäger Jean Chastel beteiligt sich an der Jagd auf die Bestie. Immer wieder kreuzen sich dabei seine Wege mit denen der ebenso energischen wie geheimnisvollen Äbtissin Gregoria. Beide können nicht ahnen, dass sie kaum mehr sind als Figuren in einem erschreckenden Spiel, das auch über 200 Jahre später noch nicht beendet sein wird …

Knaur Taschenbuch Verlag